出口

张 虹◎著

西安出版社

图书在版编目（ＣＩＰ）数据

出口 / 张虹著. —西安：西安出版社，2016.6
ISBN 978−7−5541−1678−4

Ⅰ．①出… Ⅱ．①张… Ⅲ．①长篇小说—中国—当代
Ⅳ．①I247.5

中国版本图书馆 CIP 数据核字（2016）第 160659 号

出　口

著　　者：张虹
出版发行：西安出版社有限责任公司
社　　址：西安市长安北路 56 号
电　　话：（029）85253740
邮政编码：710061
网　　址：www.xacbs.com
印　　刷：陕西汇丰印务有限公司
开　　本：787mm×1092 mm　1/16
印　　张：24
字　　数：254 千
版　　次：2016 年 7 月第 1 版
　　　　　2016 年 7 月第 1 次印刷
书　　号：ISBN 978−7−5541−1678−4
定　　价：36.00 元

目　录

第一章　归去来辞

　　林意琳和蓝梅在整理东西时发现，他们北漂了十二年，结果是一无所有，只弄下一堆破烂。父母在遥远的云城千叮咛万嘱咐，说举家搬迁是一件天大的事，你们务必把要紧的东西首先装进箱子里，免得到时出错。他们要紧的东西有什么？两本大学毕业证，两本学位证，每人再两本英语四级、六级证书，两个银行卡，里边可支配金额一万六千元，加起来不到五百克，一个纸质大信封足够。再要紧的就是两部电脑、两部手机，这天天要用，丢不了。其他堆满屋子的，都是可要可不要的东西，既不关乎身家性命，又不当饭吃。比如床、柜子、冰箱、空调、洗衣机，满架的书籍，破烂的和好的衣服被褥等等，但却一样也不能扔，扔一样你的日子就要打祥儿。

　　林意琳望着满屋乱糟糟的东西长叹一声，走进卧室。卧室门外阳台改造的角落有他的避风港——台式电脑。电脑里的游戏是他避风的港湾，他只要躲进去，就会把什么都忘了。有没有米下锅，有没有托运行李以及回家必需的车钱，他都会忘记。甚至不吃饭、不上厕所，日日夜夜就那么打下去。

　　好脾气的蓝梅从网上定下几十个纸箱，一会儿有人敲门送来，她就不声不响包装。最先入箱的是书籍，各种各样的专业书，也许今后再也用不上了，但她还是把它们放进箱子，小心地蒙上塑料纸防潮，再在外边注明类别。衣柜、电脑桌椅，以及她的宝贝电子琴是要拆卸的，请来工人，叮叮当当忙活了好几天才包装完毕。床架、冰箱、抽油烟机、茶几这些实在没必要搬回去的东西就在网上拍卖，这样折腾了二十多天，到装衣服时就没有那么耐心了，新的旧的，夏装冬装一齐塞，塞满一个箱子就写上"衣服"两个字；轮到收拾被褥时，竟有些伤感，她发现在北京搬过那么多次家，两个人上学时的被褥和床单都没有扔掉。林意琳那些床单是多么脏啊，中间发黄的大地图，套着许多形状各异的小地图，还散发着腥臭的味道。他说过在学校时床单床罩从来不洗。可每次搬家，这些又脏又旧的床单被罩都跟着他们，现在当然还要跟着他们。这是他们的历史，而历史是不能扔掉的。

但蓝梅在包装这些"历史"时，还是把林意琳喊了过来，问这些东西扔掉呢还是搬回去？这可是地道的破烂了。她这么说，是有意要试试林意琳的态度。林意琳说当然要搬回去，一件也不能丢。

林意琳没想到他们的破烂竟有那么多，大大小小几十个纸箱子，森林一般耸立在屋子里。所有的东西都打包了，屋子里只留下一个床垫供两人睡觉。他问，退房是几号？

蓝梅说，19 号。从现在算起，还有 29 个小时。

林意琳有些惊愕，意识从电子游戏里回到现实。他喃喃道，就是说，29 个小时之后，我们就要永远地离开北京了？

蓝梅说，对呀，明早八点托运公司来起货，我准备预定明晚上九点半的车票。

林意琳说，这么急干嘛？

蓝梅说，东西都托运走了，咱们还在这里干什么。再说，房子也到期了。

林意琳说，跟房东求个情，再续上一个月。

蓝梅说，这是为何？所有的事情都处理完了，却不走了，还要白白多交一个月的房租。你脑子里都在想什么啊？

林意琳说，就这么定，别啰嗦那么多。说完操起电话要跟房东商量续房事宜。他们在这里没有住满一年，房东按规矩扣掉两千五百元押金，他们痛痛快快认了，再续一个月，房东当然也不能说什么。可是不巧，房东那边老占线，怎么也打不进去，气得他把手机摔在了床垫上。

蓝梅虽然性情绵软，也禁不住这怪诞的决定，她说，两千五百块啊，就这么白白丢了，你脑子进水还是怎么了？

林意琳不理她，抓起羽绒服冲出去。钢质的防盗门在他身后哐的一声，锐利的声音直抵蓝梅心脏，泪水就像钱塘江潮那样忽地漫过了堤坝。她对着门外喊道，你不想走，有本事你就在北京待着！

自从痛下决心回家乡云城谋生，他们突然觉得在北京一天也无法忍受了。他们是那么急切地想回家，恨不得插翅逃离这个城市。每天都度日如年，每天都焦急地处理着那些怎么也处理不完的事务。在林意琳方面，这种情绪似乎是更为强烈的。现在终于可以走了，他这是哪根神经出毛病了？

林意琳和蓝梅的关系是一种典型的搭档关系。虽然，最终领了结婚证，也在家乡的小城举办了像模像样的婚礼，但那种搭档的意味始终没有改变。这就好比一个人的性情，在出生时那"哇"的一声里已经定性了，后天再怎么折腾，也无法改变。

八年前，他们都住在阜成路一家小宾馆的地下室里。常常在对面的小餐馆里遇上，彼此看一眼对方的川味盖浇饭，搭讪一句：你也吃这个？

嗯啦！不吃这个吃什么？

盖浇饭应该改个名，叫做蚁族大餐。

对方笑了。

笑什么，我说得不对？

对方摇头。

之后再相遇，话就多了些。说到了彼此毕业的学校。他们竟然都是连续两年报考北大落榜，不得已退而求其次上了别的大学。毕业之后，又梦想着落户京城，就做了京漂。同是天涯沦落人，当然就容易沟通。自然而然，说到了各自的家乡。他们竟然来自同一座城市，只不过一个在江南，一个在江北，一个在市一中上学，一个在市五中就读，一个高一级，一个低一级。

几个月之后，他们搬到一起住了。因为他们掐指一算，两个人住地下室的钱，合起来可以在地上租个房子，从地下到地上，虽不能说是从地狱到天堂，那毕竟是可以享受日月光华了。在北京打工的人，都知道地上地下的差别！

北京是一个人流如蚁的热闹地方，北京又是一个最孤独的地方。他们搬到一起之后，立即尝到了相依为命的好处。从此，一天勤扒苦做归来，有个人可以说说话，周末无所事事的游荡，也有个人可以依傍。有人说在外独自打拼，最害怕哪天死在屋里没人知晓。现在他们不用担心这个了。

开头他们是不谈婚姻的。很多打工族都这样，在一起搭伙过日子只是在奔向梦想的路上彼此取暖。后来，他们发现梦想离他们越来越远，彼此反而难舍难分了。

同一个阶层的人，最大的好处是同甘共苦，彼此知冷知热。他们都在公司里做事，月薪不到三千，合在一起，勉强交得房租顾得温饱。后来涨到四千、五千，有条件在昌平一带租个两室一厅的房子住了，他们才觉得应该谈婚论嫁了。年岁不饶人，逼近三十，必须给父母一个交代。

说到给父母一个交代，那其实更像演戏。在父母面前，他们是在北京打拼的成功者。北京对于小城人，那是一种理想、一种向往，一种成功的标志。他们的婚礼多么热闹啊，从北京到云城的婚礼，曾让父母满面红光，飘飘然如坠五里云烟。父母清醒过来，是在他们先后两次来北京小住之后，是他们领略几次挤地铁的可怕之后。他们呀呀大叫，说天天来回在地铁里挤四个多小时，就是天才也挤成蠢材了。妈妈干脆说，我挤在地铁的人堆里出不来气时死的念头都有。林意琳的父亲是响当当的云城中学校长，母亲是中学里的音乐教师，在小城算得上中产阶级。蓝梅的父母虽然是市井阶层，但也混得有房子住有饭吃，生活稳定。他们都在小城过惯了悠闲日子，不能忍受京城的拥堵和喧嚣。他们的人生没有别的盼望，就希望能像所有人那样，有生之年，儿女该成家的时候成家，该有孙子的时候有孙子。到北京和他们住过一段才知道，在北京打工是没有条件生儿育女的。两个人每天天不亮奔出去，差不多晚上十点左右才能回来，回家倒头就睡。好不容易盼来周末，两个人都睡得昏天黑地。好不容易醒来，又是各人守着个电脑，网购，打电子游戏。如此沉迷又如此乐此不疲。父母说，这还是人过的日子吗？父母反复问他们，在北京这样辛苦，你们到底为的什么？

林意琳从来都不回答父母这种无聊的提问。他懒得说，为什么？你们说为什么？为了活着呗。蓝梅比他有耐心。她会轻声告诉他们：为了梦想。

梦想！什么是梦想？林意琳的中学校长爸爸大声地质问他们：像这样漫无目的的活着就是你们的梦想？像这样连基本的生儿育女都没法进行就是你们的梦想？你们的人生价值难道就是这样？林意琳的中学校长爸爸帮他们分析，你们在北京漂了这么多年，存款不到两万，北京的房价已经飙到四万一平，你们今辈子买不起房！北京买车要户口，有户口还要排队，你们今辈子不能买车，不能买车就得永远坐地铁，你三十岁可以坐，四十岁可以坐，五十岁可以坐，六十岁之后怎么办？

林意琳的母亲说，与其这样漂着，还不如回云城去。我们老了，什么都想透了，也不在乎别人怎么看。回家至少有房住，父母也能帮衬你们。现在当务之急是生孩子。回去安顿下来，先把这天大的事办了，再说找工作的话。

这个问题讨论了两年，他们始终下不了决心。凡是在外边闯荡的人都这样，他们既痛恨打工生活的居无定所，前途渺茫，又眷恋这种看不见明天的迷梦，就好像染上毒瘾的人，戒毒者，都是意志非凡的英雄好汉。

直到十一长假他们回云城，林意琳的中学校长爸爸有意识把他们带到云雾山景区住了几天，他们才痛下决心打道回府。

云雾山是国家四 A 级景区，由于地处偏远而游客稀少，但风光却是一流的。由于偏远，这里的流水保持了绝对的纯净，金水河像少女那样在山间娇羞地千回百转；被风霜染红的林木千姿百态，金黄的银杏、嫣红的枫叶、碧绿的香樟……层层叠叠的美艳。而且几乎没有人，那仙境就像专为你而存在。这让整日淹没在人海里，整日在喧嚣里奔波的林意琳和蓝梅大为感动。他们在山道上奔跑，在金水河里嬉戏，互相泼得水鬼一般。很多年没有这样痛快过了，很多年没有这样亲近过自然了。北京是什么？北京就是一个最没有人情味儿、最远离自然的都市荒岛。他们撩着水花，不约而同地唱起费翔的歌：

> 我曾经豪情万丈
>
> 归来却空空行囊
>
> 那故乡的风、故乡的云
>
> 为我抚平创伤……

他们惊讶地发现，彼此的眼眶都湿润了。

就在那一天，他们告诉父母，他们下决心回呀。

出了电梯林意琳才发现下雪了。纷纷扬扬的雪花飘洒到他的脸上身上，就像一些冰凉的手在抓挠他，很不舒服。他仰起脸，痴痴地看那漫天飞舞的雪花，心想，我们要走了，苍天在为我们哭泣呢。

这当然是林意琳多情的想法。北京是个多雪的地方，北京又是个人流如蚁的大都市。吞吐量非常大。谁来谁走，丝毫不起波澜。也就是说，个体生命想在这里彰显，那纯粹是做梦。有人说，在北京这样的地方，走个外来的飘泊者，就如飞走了一只苍蝇或蚊子，谁也不会在意。可林意琳在离开的当儿偏偏非常在意自己曾经的存在。十二年的青春啊，扔在这里，当真一点痕迹也没有？他有太多的不甘心！

他将衣领竖起来，用围脖儿包好脖子和半个脸，将自己投进茫茫雪野。他其实也不知道自己要去哪里。也许是惯性使然吧，他走着走着，一抬头，发现来到了地铁站。他最恨北京的地铁。在决定回老家的那一刻，第一个开心的理由就是从此告别地铁啦。那天晚上他在梦里大喊大叫：我要向全世界宣布，我，林意琳，此生绝不再坐地铁啦。谁知无意间，他竟又来到地铁站。地铁，那是天堂和地狱的入口。在这里，他体味了太多的焦虑、煎熬、恐惧和无奈，也体味了太多挤上车的快感和挤不上车的绝望。往往，挤上一班车，就意味着抓住一个机会，当然，挤不上车，就会眼睁睁看着一个机会从眼前溜走。那机会不是别的，是饭碗，是在这个城市里生存下去的希望。所以，站在地铁入口的人，个个都是拼命三郎。为了挤上车，他们可以打得头破血流。一旦挤上车，立马又变得心平气和。

他进入地铁，刷卡，进站，到了西二旗下来，站在那里等待去13号线的车。这是他过去每天必走的路线——过去的八年，八年里的每一个工作日的早晨七点，他都在这里备受煎熬。西二旗地铁，简直就是打工族的油锅。几乎所有的打工者都蜗居在昌平一带乡村建起的楼群里，他们每天从朱辛庄或者沙河涌到这里，然后通过这里，奔向北京的四面八方去工作，深深的夜晚，再从这里散去。

下午三点，是地铁里最清闲的时刻。时光仿佛停滞了，到处弥漫着散漫的气息，是那种悠闲的、天堂般的散漫。林意琳奇怪自己在这里来来往往了八年，怎么从未发现地铁里还有这样美妙的光景。他当然知道，这是因为他过去从未在这个时刻光顾过地铁。他乘坐地铁是铁定的早晨七点，晚上七点。那是地铁里最恐怖的时间段。在那个时间段里，每个人都是勇士，同时也是魔鬼。他们要不顾一切地、拼命地往上挤。一边在人流里步步为营地挪动，眼睛焦虑地盯着前边的队伍，盯着大挂钟，秒针的咔咔声逼得他心跳几乎停止。不时有人用哭腔哀告着：让让吧，让让吧，我已经错过好几趟车了，今天再迟到，公司就要炒我了。

那是哪一天啊，林意琳夹在门缝里也这么哀告，但是没有人让一让。挤在这里的人，都有着一样的心焦，也都早已麻木，是听不见任何带感情的声音的。那一次林意琳就那么被夹着走了一站。那种不要命的感觉如今回想起来心惊肉跳，但当时并没有这种感觉。当时，必须准时到公司的目标压倒了一切。

地铁列车轰隆隆地开过来，他环顾了一下四周，莫名其妙地又上了车。他走到对面坐下，车厢很空，他却分明感觉脸贴脸的拥挤。那张胖乎乎、油腻腻的脸紧贴在他的脸上，他正感到窒息，正想方设法地躲避着，对方却在骂他流氓了。可是，他没法不流氓。他的脸夹在数张脸之间动也没法动。后来下了车，胖脸手指戳到他脸上骂他流氓，他是那样的茫然无措，还是一位好心的京城大妈劝阻了她。大妈说，姑娘，算了吧，车上那么挤，人家又不是故意贴你。出来混，谁都不容易。

他记得，出站时，他追着京城大妈走了很远。她那婉转好听的卷舌音，化解了他心里的所有愤懑和委屈。不然，他忍无可忍之下很可能折断那根戳在他脸上的胖指头。那他现在也许蹲在监狱里了。之后，每当在西二旗上下车，他都下意识地寻找那位大妈，可是再也没有碰到过。北京太大了。北京的人多得如同蚂蚁，地铁更是蚁群涌动的地方，上哪里去找一个一面之缘的人啊。

也许今天能碰到吧。他这样想着，眼睛穿过车厢过道向两边睃巡。当然没有找到。他深深地叹了一口气。

林意琳第二个无意识到达的地方，是他曾发誓永不再去的地方——飞天公司。在这里，他看了五年老板的白眼。那个獐头鼠目的家伙，却掌握着几十号人的饭碗。说让你留你就留，说让你走你就得走。他永远不明白，那么一个小小的、尖溜溜的脑袋，怎么会有那么多馊主意啊。他有花样繁多的理由让你加班，就是午饭的一个半小时，他也要让你开班组会，汇报各自完成任务的情况，交流经验，美其名曰"分享"。员工们私下里叫他吸血鬼，私下里说，你挣私营老板一个钱，他就想法儿榨出你十滴血汗。老板和员工永远是对抗的两极。更可气的是他有花样繁多的折磨员工的办法，看谁不顺眼，年底的红包里就会有炸弹——你的二百，他的可能就是一千，而且还要有意无意地让你知道。你知道也没办法，徒然恨得牙痒痒。在这里，你是没有资格跟他理论的，除非你不想干了。

那么，林意琳今天来这里，是要跟这个家伙理论么？他的最终下决心离开，就是发现了公司全体员工年底都发了五千、一万不等的奖金，唯他没有！这是多么大的屈辱和不公啊。一年的奔波，一年没日没夜地拼命干活，落得个这样下场。如果说，建筑工地的工人干活耗的是体力，那电脑程序员耗的就是脑子。有人说，程序员干一年的活，要杀死无数脑细胞。就是这样一份耗命的工作，他也不让你痛痛快快干。当他知道真相的时候，他的第一个念头就是捡块砖拍了他。他林意琳在工作上是勤勤恳恳的，为人是谨小慎微的，他凭什么要给他这份气受？

他是怎么消气的？是那样一对眼睛——那对眼白多、黑眼珠子小的眼睛惊愕地盯着他因愤怒而扭曲的脸，那惊恐、那哀求、那急切，使他举起的手放下了。那是公司里的勤杂工袁明亮的眼睛。来自大别山区的袁明亮，这个怯生生的勤杂工，因为取了那么一个响亮的名字，曾经是他们取笑的对象。可是她的温顺善良最终赢得了所有人的尊敬。林意琳第一次注意到她，是他吃不下公司里千篇一律的午餐，坐在大楼背后唉声叹气，袁明亮将一个饭盒无声地放在他手里，打开一看，不仅有他爱吃的炒空心菜，还有香喷喷的熏肉肠。袁明亮除了负责公司的保洁工作，还要值夜班，所以住在值班室里。住值班室的她有条件自己做饭。虽然公司只允许她晚上八点之后做一顿饭，她还是能把自己的生活打理得有声有色，起码不用一天到晚吃公司食堂那难以下咽的饭菜。林意琳奇怪，他们并没有交情，她怎么会注意到他讨厌公司的饭菜？袁明亮说，我留心你好几天了，你不能天天中午饿着，出门在外，要知道疼惜自己。

就因为那个盒饭，他和她亲密起来。倒不是他好吃，被一个盒饭收买了，而是在职场，太缺乏这种人与人之间的温情了。之后，隔三差五的，他总能吃到袁明亮送给他的盒饭。有时候加完夜班，她会陪他走到地铁站，寒风里对他挥手依依，千叮咛万嘱咐让他小心。他问过她，公司里这么多人，为什么独独对他好。袁明亮说，你不小看我，我给你们烧开水拖地板时你总对我说谢谢。

哦，多么简单的理由啊。就是这个理由制造了一种叫作温情的东西。后来他在公司受了委屈，就有地方诉说了。她也把自己的苦楚告诉他：她有个青梅竹马的相好，在北京上大学后背叛了她。她就是为了这口气来北京打工的——她要看看那负心人最终能找个什么样的姑娘。这是个毫不新鲜的话题。问题是他们诉说苦难之后，彼此觉得心心相印，彼此成了对方的知己。

　　当他告诉她他将辞职回家乡，他原想着她会抱怨，或者责骂他。但是她没有。她只用那泪汪汪的眼睛看着他。那眼睛眼白多黑眼仁小，看起来一点儿也不动人，但那里边聚集的火焰却把他的心烤焦了。

　　他说，你骂我吧。

　　她问，为什么要骂你？

　　她说，我对你只有感恩。

　　感恩？他不解地望着她。

　　感恩。她说，感恩那些我们在一起取暖的时光。

　　那一刻，是他泪光莹莹了。

　　多么可心的女人啊。

　　他送给她一个手镯。她有一双滚圆的手臂，手腕部分尤其圆而莹润。拿出三千元钱买一个不能吃不能喝的翡翠手镯，对他而言可不是小数目。在著名的周大金珠宝店里，他不知犹豫了多少回，徘徊了多少回。现在看来，是值得的。可是袁明亮不要。

　　她说，你的心意我领了，但我不能收。听我的话，把这个送给你媳妇吧。你们在北京厮守一场不容易，你不是说没给她买过任何礼物么？就把这个给她做念想吧。

他说，可是我……

袁明亮说，不要可是，忘了我，回去好好过日子。

她这么说着，却哭出了声。哭声很细很小，就像夏夜蚊子的嗡嗡声，却足以让他肝肠寸断。

那天，他在公司办完手续出来，她一直跟着他，并且，坚持送他登上地铁列车。他分明地看见，车开走之后，她跟着列车疯狂地奔跑，后来被谁绊倒了。好几天，他都想打电话问她伤没有？但是号码拨到一半他又删除了。整整一个月，他人在北京却没有跟她联络。今天这是怎么了，他不由自主地来到这里是不是想再见到她？

他当然不能见她。他已经让她的心流了一次血，不能再来第二次。决不能！

他只是来祭奠自己的心，祭奠留在这里的青春岁月！

正是午饭时间，他怕碰见熟人，稍作逗留，就匆匆走了。之后，他漫无目的地坐上公共汽车，三倒两倒地突然看见了北京理工大学的牌子，他才明白自己的心，原来，他的心里，也不舍自己的母校。

林意琳自己也没法解释的是，这天剩下的时间，他竟然在他往日上下班的地铁网里反反复复地坐了好几个来回，直到夜色深沉，直到地铁里再一次沸腾起来，他才意识到，该回家了。

该回家了，又是西二旗！

他走下十三号线开过来的地铁列车，却没有勇气在人群里挤着去换乘。好像是过去的八年把他的勇气消耗光了。他远远地站在一个灯柱下，眼光胡乱地投在人群里。

多少个晚上的九点左右，蓝梅都是在这里等待他汇合。见面的第一句话总是：今晚吃什么？

是啊，吃什么呢？疲惫不但败坏了心情，也严重地败坏了胃口，没什么东西是他们想吃的。但是，又必须吃，不吃就熬不到天亮。那时候，他们站在这里，是多么茫然啊。可恨的北京，小吃是那么单调。城市综合体永旺超市外边的小吃摊又脏又乱，可那是他们天天晚上就餐的地方。他们在生命科学园下车，走在黑乎乎的旷野里，一句话也不说，就奔着前面的灯光走。然后就是胡乱地找一个地摊坐下。麻辣米线、卷菜饼、馄饨或者砂锅，没有一样是想吃的，但是，每晚都吃了。然后再走。在车流里穿行半个多小时，再拐上尚未修好的公路。并不算太远，却是怎么也到不了家的感觉。尤其冬天，那种到不了家的感觉常常逼得他心生绝望。蓝梅不止一次地默默流泪。朱辛庄清一色的建筑里统统没有电梯，他们的租房在六层。每次走到楼下，蓝梅都要赖在楼梯上坐半天。

什么叫往事不堪回首？

好在，这一切就要结束了。

林意琳回到家的时候，已经是晚上九点半了。蓝梅看他一眼，说，让我猜猜，你今天去了哪里？

林意琳说你猜，猜中了算你厉害。

蓝梅说，你去了地铁，还去了学校，去了公司，你肚子里那点水，我还不知道？

林意琳点点头，猜得没错。不愧是跟我睡了七八年的女人。

蓝梅说，怀旧的结果怎样，走还是留？

林意琳骂道，小女人见识。

蓝梅说，看来你在北京没待够哦。后悔了的话现在还来得及，明天行李托运了可就没得退路了。

林意琳不接她的话茬儿，只顾在那里摆弄手机。蓝梅问，怎么，还要跟房东商量续房？

林意琳不抬头，嘴里撂出冷冷的话语：你再打电话叮咛一遍明早行李托运的事，我已经把明晚的车票订下了。

蓝梅松了一口气。她没想到林意琳会改变主意。一般情况下，他说什么是什么，错了也不肯回头。到底是回家心切啊。

为了安抚他，蓝梅赶紧给托运公司打了电话。然后走进厨房，开火做饭。林意琳出去后她也满心惆怅，她也是肉长的心，打拼多年的地方，说一点不留恋那是假的。但是留恋有什么用！她伤着心看着窗外发呆，饭不吃水不喝，直到林意琳开门进来。

饭是老一套，开水煮青菜鸡蛋再加方便面，这是他们在家做饭恒定的食谱。他们也知道方便面是垃圾食品，但这垃圾食品方便。谁都没法知道常年奔波在地铁里的人心底里那份疲惫，那疲惫使他们在走进家门的那一刻，不想再用一点点力气。

莫名其妙，蓝梅就想到，他们大概有一个多月没做那事了。三十来岁，如狼似虎的年纪。他们却像老人一样远离了激情。

想到这里，她改变了主意，食盒里还有一把米，窗台上还有两根火腿肠，三根黄瓜，她何不把这最后的晚餐弄得丰盛一点？焖点米饭，蒸个蛋羹，拍个黄瓜，炒个青菜，煎个火腿肠，再把方便面做成汤，好赖也是四菜一汤啊。

蓝梅立即付诸行动，厨房里叮叮当当一阵乱响。林意琳伸进头来，问道：你搞什么名堂？

蓝梅说你别管，等着享受最后的晚餐吧。

果然是米面夫妻，有了好吃的，就有了好心情，有了好心情就有了额外的想法。古人不是说闲情逸致么。今夜，一切理顺了，心里就轻松了，闲情逸致就有了。一放下碗，林意琳就把蓝梅掀到了床垫上。

蓝梅说，让我把碗筷收拾了。

林意琳说，收拾它干什么，反正这些咱又不要，咱们走了让房东收拾好了。

蓝梅说，不，这里最后的一晚，我不想这么鸡零狗碎的龌龊。我想制造一点点浪漫。我们都去洗洗，把屋子打扫一下，再点上两根蜡烛，然后再缠缠绵绵一起飞，好不好？

林意琳说，女人就是事多。但他也觉得蓝梅说得有理。"最后"嘛，就有了"仪式"的意味，仪式就要庄重，就像刚才那顿最后的晚餐，不仅复杂了，还碰了杯，喝了酒，还说了些莫名其妙的废话，还流了几滴猫尿。

折腾到十一点，蜡烛点起来，关了电灯，烛光摇曳，影影绰绰，果然有了几分浪漫。两人上了床垫，调动起满腔柔情，纠缠在了一起。一会儿，林意琳说，咦，你怎么这样涩？

蓝梅说，你的状态也不好，它不像往日那样生龙活虎的，蔫塌塌像个小老鼠。

林意琳说，别急，咱们耐心等一等。

于是，岔开话题，说，你看，北京这地方，不是人待的吧。长年疲惫，把激情都消磨光了。咱们多年轻，竟然连这事都弄不成了，再待下去，恐怕要英年早逝了。

别胡说。蓝梅一只手捂住他的嘴，一只手在下边动作，说，再试试。

林意琳积极响应，却始终无法如愿，反而弄出一身臭汗。他沮丧地翻身下来，仰躺着，长吁短叹：哎，彻底地败走麦城，这就是北京给我们的。

早晨，托运公司来搬运东西，那一个忙乱啊。林意琳说遭劫就是这样的。蓝梅说，你就不会说点好听的么。回家是好事，叶落归根，咱们在北京是无根的浮萍，迟早都要回去，迟走不如早走，从现在起，咱们一定要调整好心情。

忙乱到下午，刚收拾停当，房东来了。房东夫妇是大学教授，这套房子是买给儿子结婚用的，儿子却待在美国不肯回来。为了不暴殄天物，他们才把房子出租了。因为是新房，百般不舍，租房时千叮咛万嘱咐，生怕他们不知轻重把房子弄脏了。没想到他们把房子收拾得这样干净，最重要的，还留下许多东西，没卖掉、也拿不走的玻璃书柜和餐桌，庞大的狗笼子，还有茶几和床垫等等，这多少为以后的租房者提供些许方便，所以，房东直夸他们素质高。

男房东说，小城市便于生存，你们有文化，又有这样高的素质，回到家乡绝对会生活得很好。

女房东说，好孩子，还真舍不得你们走。以后到北京，方便的话来家里做客。记着，一定来！

他们答应着，一边将两个庞大的旅行箱拖进电梯。出了电梯，雪花迎面扑来，所有人都不由得打了个寒战。

男房东说，坐出租走吧，这么大的雪。

林意琳点头同意，房东夫妇帮忙叫来熟悉的出租车。车子一启动，北京立即显得陌生而遥远了。

林意琳本不想摇下车窗，无奈房东夫妇在跟着车走，他只好把车窗摇下来，而雪花也就跟着扑了进来。冷冰冰的、洋洋洒洒的雪花扑在他的脸上，扑进他的脖子里，有种怪怪的感觉。他想起歌剧《白毛女》里那句经典歌词：

　　　　北风那个吹
　　　　雪花那个飘……

第二章　漩　涡

　　在林意琳他们准备京城之别的这段时间，远在云城的父母内心比他们还要紧张。当初极力主张儿子儿媳回云城的时候，他们并没有把握能在云城为他们找到工作。林元校长的想法是：只要自己开口，在学校或其他事业单位安排孩子的工作应该不成问题。妻子梁音提醒过他，还是等联系稳妥了再让孩子们举家迁回。梁音说这社会变得我们已经不认识了。据说，安排一个人没有十万二十万想都别想，还得有门路，还得有办法把钱送出去。他反驳道：你总是容易看到社会的阴暗面。我就不信，我在云城中学做了二十年校长，亲手把一个名不见经传的小城中学办成了声震全省的名校，亲手送出了云城的第一个北大生、清华生、复旦生，云城还不能给我的孩子一份工作！梁音说，对着哩，你对云城教育的贡献虫子蚂蚁都知道。现任的领导们对你也很尊重，新年团拜会上，你还和书记市长坐一桌哩，但是你真要去办事你试试。你多年在学校，不了解社会。

　　林元不听妻子的。常年在教育岗位上工作的他，始终相信社会的公平和正义。他其实也知道，过去由于忙工作，无暇顾及儿子的工作问题，已经把孩子耽误了，现在如果再不痛下决心解决这个问题就真的来不及了。他其实也明白，人是最健忘的动物。他已从一线岗位退了下来，等到明年初办了退休手续，随着时间的推移，不管他曾经为云城做过多大贡献，人们都会把他淡忘了。更何况铁打的衙门流水的官，现在还能认识一两个领导，以后恐怕连一个熟识的人都没有了。那时候怎么办事？难道去给那些一点都不知道你的年轻人，絮絮叨叨说你曾经怎样怎样，那该多难堪！他不能想象他林元的儿子一辈子在京城的荒郊野外过那种漂泊无依、居无定所的日子。他觉得，必须让他们立即回家，回到这个温暖的小城来。

梁音还在那里唠叨，这会儿着急，早干什么去了？八年前儿子大学毕业，问你怎么办？你一句话就挡回去了，说就在外边闯，别回来挤云城这么几个可怜的就业岗位。好像你多么革命似的。我一说话你就呛。这会儿睡醒了，什么都晚了。

林元理亏，只好任她唠叨。的确，八年前儿子如果回来，不用开口，有人就会给他办好。现在，的确是难办啊。凡进必考！但又不全是考分决定，云里雾里的你都摸不着头脑。

那些天，他们一边紧张地为孩子们收拾房子，一边盘算着怎么去找市长。市长是当地人。在走马灯般不停更换的官员里，有那么几个当地的官员他很熟悉，尤其现任市长，他的儿子就是从他手里上的北大。当然，人家的儿子有出息，现在已经在大洋彼岸的美国工作了。不能全算作他的功劳，但这份情，市长应该还是领的吧。

林元并不迂腐。他知道多年不联系，要上门办事，也不能空手套白狼。他的老同学苏一苏在省城开着画院，作品虽算不上一流，在省里也还是有些名气。他打一通电话，远山远岭地说了好些个恭维话，最后才回到主题上来。苏一苏在电话那边

20

惊呼：你要那么多画干什么，你可知道这东西有多贵么？如果你要一两幅，我当然可以无偿赠送，可你要六幅，我就是再慷慨，也没法满足你。

林元坚定地说，必须六幅。我不要你白送，你比市场价优惠些就行了。他在心里反复算过：市长那里一幅，接收单位的主管部门领导一幅，具体办事人一幅，人事局局长一幅，还有两幅备用。光这个敲门砖，就得花掉好几万，还要看老同学面子给到什么程度。但要办事，这个账是算不得的。这些他都不跟梁音说，女人家头发长见识短，往家拿钱高兴，往出拿钱就跟割肉似的万般不舍。为了做得隐秘，他决定亲自去一趟西安。幸在还没完全退休，随便找个理由就可出去。幸在家里的钱财掌握在他手里，不用为钱的事跟梁音多费口舌。

拿钱办事很容易。因为是拿钱办事，老同学苏一苏很高兴。兴奋之余非要请他去喝两盅。他就点了和平门里的刘家棒棒肉。那是个热闹场所，大排档，喧闹得像菜市场一样。他之所以选择这里，一是不要老同学太破费，二是这种场所几乎说不成话。他现在最怕人家说自己的孩子在美国英国加拿大或者澳大利亚如何如何。他觉得奇怪，在他埋头工作的这些年，周围的人似乎都把孩子送出国了，形式五花八门，但都出去了。这些出去了的人，无论学业怎样，有一个海归的牌子，有一口流利的英语或者法语、德语、日语，回来就有绝对的优势。尤其回到云城这样的城市，门早就为他们打开了。话说回来，出去的都是些什么人的子弟啊，普通人出得去么？就是有，也是凤毛麟角。就是有，也不会回云城。林元在云城教育界叱咤风云几十年，他给外界的印象是铁腕领导，其实他的内心很脆弱，脆弱到一听别人说自己孩子如何如何，他就有一种失败感——人生的终极失败！没有培养好子弟，这失败就否定了你的一生。你还有什么好说的！今年，在他临近退休的时候，这种感觉尤为强烈。他由此产生了英雄末路的悲凉。俗话说，前半辈子看父母，后半辈子看儿女。一个人，无论你多么英武，你哪怕主宰过世界，改变过全球面貌，当你退出历史舞台的时候，你的儿女接不上去，你立马就败下阵来，甚至被生活遗弃。也许，正是这不变的定律，调节了世界的平衡法则，才使哲学有深入研究的意义。

棒棒肉，实际上就是秘方制作的熏肠，比鲜肠多了点嚼头，比腊肠少了点陈腐，口感奇特，是下酒的上等好菜。再加价格便宜，坊间百姓趋之若鹜，店里挤得水泄不通，店外桌子摆到城墙根底下，桌椅不够，还有拿筐子反扣在地上摆酒菜的，还有将酒菜放在塑料凳上，自己站着吃菜喝酒的。他们等了许久才等到一张简易餐桌。苏一苏埋怨道，我本意是要找个清静地方好好叙叙旧的，不知你为何非要到这么个乱哄哄的地方来，是怕我在酒店请不起你吗？

林元说，我一辈子做的是放羊的工作，就喜欢这个闹劲儿。你没去过学校吧？如果你恰好放学时去过学校，就知道什么叫作闹了。这点儿闹算什么呀。

苏一苏说，怎么没去过？接送孩子上学时天天见。只不过咱们是朋友聚会，安静的地方才好说话啊。

林元说，喝酒就是喝酒，说什么话呢。说着自己先坐下点菜。他点了棒棒肉、凉拌黄瓜、川味凉粉、农家小炒，还有两扎啤酒，主食点的是肥肠烩馍。苏一苏笑他是典型的农民工吃法，他也不在意。问题是，尽管他用尽心机，在等待上菜的空挡里，苏一苏还是谈起了在美国哈佛读博士的女儿，说女儿多么多么懂事，出国时只有 17 岁，但在上海国际机场送别时，她走过安检门之后头都不回。到学校之后，勤工俭学，半夜四点给学校打扫篮球场，中午休息时间跑外卖，硬是不要父母花钱。苏一苏说十几年过去了，他至今都忘不了穿着牛仔衣裤的女儿拉着蓝色帆布箱子毅然决然走向飞机的样子。多小的孩子啊，竟有那么坚强的意志。

　　林元看着眼前这个成功的父亲有些茫然。苏一苏是名画家，但苏一苏并不是好父亲，女儿刚出生就闹婚变，还是同学们轮番围攻才阻止了其荒唐行为，在以后的日子里绯闻不断，这是众所周知的事实，不知他何以这样好命。而他林元，是一个怎样的父亲啊，勤恳敬业，率先垂范，几乎没有任何品质上的污点。妻子梁音虽然平凡，但业务精进，家事也是顶呱呱的，为人更不用说了。这样两个人养育的孩子，再怎么说也应该不错吧！可这个几乎是用爱的乳汁喂大的儿子，偏偏意志薄弱，任性懒惰，没有理想，更不要说思想了。这也许就是生活的悖论——教育人的人教不了自己的孩子！这就是当年他坚决不主张儿子回云城的理由。首先，他想让他在市场经济的狂风恶浪里摔打，一个潜藏的心理动因就是他怕他的平庸让他抬不起头来。云城是个熟人社会，任何一点小事瞬间就会传遍全城。是的，儿子如果工作不努力，他就没法做人就没法站在名校的舞台上高台教化。而现在，他的想法却完全改变了。人到了这个份儿上，就把家人的平安生活看得高于一切。就这么一个儿子，优秀也好，平庸也罢，平平安安地生活在自己身边，他们有了依靠，孩子也能享受父母的恩泽。最起码，会结束那种居无定所的飘泊日子，最起码，孩子不用经常吃方便面、啃干馍馍，天天挤那该死的地铁了。他在心里告诫过自己，今后的重心要转移到家庭生活上来。他是个想到做到的人，差不多在产生这个想法的同时，他就上街买菜，下厨做饭，为孩子们归来做准备了。

已经有了充分思想准备的林元，在苏一苏唾沫飞溅地颂扬女儿的时候，还是止不住伤感。所以，菜就吃得没滋没味，酒也就喝得寡淡了。不到半个小时，两人就站起来抹嘴告别。苏一苏一个劲儿说抱歉，说下次再来时无论如何要请他去金石，说那里的辽参、林蛙做得可是独一无二。林元说一定。

林元回到家，就安排着去找市长。他当然得找内线打听市长去向。人家一会儿说市长在省党校学习，一会儿又说去了北京。他这才知道为私事找市长的艰难。如果是为公事，坐上车直接去市政府就行了。私事不行，私事要选择市长相对不忙，市里相对没有棘手大事件发生的时候。因为你要办事，人家心情不好或者忙得团团转的时候总不行吧。

那是一些多么难捱的日子啊，仿佛心时时刻刻都提着的。如果儿子那边再催促，他简直就觉得心都要被烤焦了。好容易等到市长回来，又是几天的不着家——下基层、走乡镇。一个三百万人口的山区市，该有多少大事要办啊！且个个都关乎百姓的生产生活，哪一件都比林元要办的事重要。他只好耐心等着。这期间他给市长写了封言辞恳切的信，为的是让市长有个心理准备。信是辗转着托市长秘书送到市长办公桌上的，应该万无一失。这期间，他们天天研究对策，算计怎样能直接见到市长本人。梁音说，简单得很，打听到他在云城，上班时间在电梯口堵他，或者到他开会的地方去，等在会议室门口。他笑她女人见识，我们又不是上访，弄得那么严重干什么。

也许是等得太久了，星期二那天，当内线告诉他市长在办公室的时候，他的心咚咚跳着，连站起来都困难了。妻子梁音看在眼里。梁音说，别那么紧张，市长又不吃人。你又不是没见过他。他坐在那个位子上就是给人办事的，你怕什么？

林元说，我不是怕。我一辈子没求过人，求人办事就心怯。

梁音说，你就想想平时那些家长是怎么求你的就行了。豁出一张老脸不要，见谁不行啊。

林元知道这种对话于事无补。说一千道一万，他必须独自面对。你总不能让老婆出头露面吧？再没出息的男人也该把这种事一肩担起来。何况他林元，曾经是怎样叱咤风云的人物！

为了思想上有一个缓冲的时间，他选择走路去市政府。从家里出发，十分钟路程，他整理了思绪，设计用最简单明了的话语表述自己的意愿，绝不超过五分钟。

市长当然不是直接就能见的。他还没走到市长办公室门口就被保卫室的两个保安人员挡住了。这之前，他竟不知道，在市长办公室对面，竟还有这样两个保安人员。他们穿着军服，使他弄不清他们是正规部队的军人还是警察，抑或是市政府内部的保安人员。不过这么一挡，他反而镇定下来。他说，他是得到市长办公室允许来拜见市长的。并且，他想了想，说出了自己的身份和名字。这样，其中一个就将他带到了秘书科。他赶紧抢先说他给市长写过信。秘书科有四个年轻人，其中一个科长模样的人点头让他坐在沙发上等，跟他说市长已经看了他的信，说完走出去，看样子是去通报，很快又走了回来，说市长正忙。另一个为他泡了杯清茶。然后，他们各自埋头在电脑上做事，仿佛屋子里不存在另外一个人。他不由东张西望去审视这几个年轻人，竟没有一个熟悉的。他在云城中学工作了半辈子，自诩桃李满天下。这里怎么就没有他培育的一个桃李？他们都是从哪里来的？难道他们之中就没有一个人知道他？看来是没有。因为在长长的一个多小时里，没有任何人主动跟他说话，也没有任何人抬头多看他一眼。无限悲凉涌上心头。做一个校园王是多么悲哀，出了校门，竟连市政府的一个门卫都不如。因为他坐在沙发上较低，几个坐在椅子上的年轻人位置都比他高，这种想法更加汹涌澎湃，以致使他产生了深深的自卑。

等待的时间总是最漫长最难熬的时间。他无聊地拿起面前的《人民日报》。那上面有十八大即将召开的喜讯，有薄熙来的消息，但他一个字都看不进去。他只关心着一件事：他能不能见到市长。时间一分一秒过去，如果到了下班时间，市长的公务还没有处理完，他就得再选时间求见。那是多么可怕啊。因此他决定，今天必须要见到市长。他站起来，说我到门口去等吧。他的想法是：只要市长开门出来，他立即拦住他说事。他的事只要五分钟就能说清楚，市长再忙，也能挤出五分钟吧。但科长模样的年轻人立即阻止了他的行为。说市长正在跟分管工业的副市长谈事，让他耐心等待。他就又坐下看报，茶水已经喝过五杯了，就是说有一个年轻人已经站起来给他续过五次水了，不能再喝，再喝就要令人讨厌了。再说，喝多了水，如果恰恰那时市长召见，而他又内急（他往往在情绪紧张的时候内急，而且须臾不能等待），那该多尴尬！

那么就看报吧，想办法看进去，这样时间就不显得那么漫长了。但很遗憾怎么也看不进去。他掏出手机看了一下，下午

　　五点半，办公室里有了动静，几个年轻人显然已经在做下班的准备了。这时候，突然响起了电话铃声。他的目光刷地扫过去，科长模样的年轻人已放下电话，轻声对他说，你去吧。

　　他弹簧一样跳起来，又箭一样地射出去。到了那扇厚重的赭红色门前，他才想到了自己的身份，才告诫自己要保持冷静。

　　市长是和蔼的。

　　市长热情地跟他握手。

　　市长说，你的信我看了。你是对云城有贡献的人，按理说，政府应当解决你孩子的就业。假如时光倒回去两三年，这事很容易解决。但现在难度太大，凡进必考，你的孩子又在外地这么多年，非常难办啊。

　　他说，我没有过高的要求，市里随便哪个单位都行。只求有个安定的饭碗。

　　市长沉吟了一下说，现在就业问题很严峻，许多应届毕业的大学生都没法安排。这不是你一个人的问题，你要体谅政府的困难。

　　他一下子张皇失措。他的眼眶竟然一热，一股热辣辣的东西在那里盘旋，他极力控制着不让那热辣辣的东西冲出眼眶。

　　市长低下头去，他显然不愿意让他难堪。

　　市长很年轻，也很精神。洁白的衬衫，薄薄的钢蓝色毛料西装，马鬃一样乌黑油亮的头发，眼睛闪闪有光，就连一尘不染的办公桌也显示出一种尊严与高贵，这一切，都衬出了林元的暗淡与卑微。

　　林元说，我知道难，所以才来找你。我在云城工作大半辈子，没有给政府找过任何麻烦。孩子的工作问题，事关一辈子，找政府我也是走投无路。

市长再次沉吟。片刻，他说，这样吧。市里刚刚组建的金湖旅游开发区，用人机制比较灵活。你说它是政府，它又不是，你说它不是，它又是。开发区前景很好，你孩子去那里也好发展。你先去找一下分管开发区的何副市长，然后把结果告诉我，我来协调。

林元立即像怎么也走不出洞窟的人突然看见了光亮那样恢复了常态。他说，可是，我不认识这个新来的副市长啊。

市长说，不要紧。见了面不就认识了嘛。你去找了，我才好说话啊。然后又强调说，目前，这是唯一的解决办法。就这难度也很大，竞争也很激烈，也得费很大周折。

林元点头称是。不知怎么的，这一刻，他的眼眶又发潮了。他赶紧低头在包里摸索。他掏出了苏一苏的画作，笨手笨脚展开，说秀才人情一张纸，请市长收下。

市长说，谢谢。收起那幅画，就站起来准备送客了。

市长将他送到门口，并亲自为他打开办公室的门。

门外的景象是欢腾的——所有的工作人员都在那里候着，有人为他按下电梯升降按钮，有人跟他点头微笑，朋友一般友好。

林元回到家里，刚将钥匙伸进锁孔门就打开了。原来梁音听见他的脚步声就拉着门把手等着。梁音接过他手里的包，迫不及待地问，怎样，有没有希望？

他答非所问，说，你知道吗，市长有专用电梯！如果按你的办法在公用电梯口等市长，那你等到头发白也见不着。

梁音说，哎呀，你快说要紧的。怎么样，市长没拒绝吧？

市长怎么说也得给你点面子吧。

林元就把市长的回答重复了一遍。

梁音听了他的话很泄气，叫道，临时聘用，这等于什么问题都没解决啊。又追问，事业单位也不行吗？这几年事业单位塞进了多少人？咱们院子赵敏的儿子只不过上了个师范学校，刘晓东的女儿才上了个职校，他们都怎么进的事业单位？咱儿子好赖还是本科生呢，好赖还是在北京上的大学呢！

林元说，行了，市长要让你当上就好了。又说，就这，还要去找何副市长哩。听说那人脸冷，还不知能不能说上话。

梁音说，找他容易。他不是咱们老乡么。生拉硬扯地跟他攀老乡，他还能冷到哪里去！你歇着，我去，我现在就去。

林元说，都下班了，你去找谁？

梁音说，我去他家找他。我才不会像你一样地守株待兔。我昨晚还在电视上看见他了，他该不会飞走吧。

林元说，再怎么急也不能在吃饭的时候去人家家里。你先找人打听一下他的行踪，然后去办公室找他。

梁音说，不急行吗？儿子又在打电话催了。他们已经买好了车票，今晚上车，最迟明天下午就到家了。

梁音说着就出门。她果然比林元厉害，一出手就有结果：何副市长爽快答应儿子下月就去上班。

林元问，怎么个上法，是合同制干部，还是临时聘用？

梁音说，这个没说。只说具体办事人出国考察去了，回来跟人家联系。我估计最差也是合同制干部吧。然后，又自作聪明地加一句：先挤进门去，今后怎么发展，就看咱们怎么运作了。这话意味深长，林元当然知道是什么意思了。

第三章　离婚变奏曲

　　迎接儿子回家是隆重的。早在半年以前，他们就装修好了城南皇苑新区三室一厅的新房子。皇苑是新开发的居民小区，环境优美，设施齐全，清一色小高层，采光通风都好，还靠近南山公园，上山锻炼异常方便。这是他们倾尽半辈子的积蓄为自己养老购置的房子。多少年来，他们都梦想着各自有个独立的书房。中学教育专家林元希望静心完成《中学教育论》；而从事了几十年中学音乐教育的梁音则想写本通俗易懂的音乐教科书。到头来，他们却心照不宣地把房子让给儿子媳妇住。更有甚者，办房产证时，梁音想都没想就写上了儿子林意琳的名字。当时林元有点不解。梁音的解释是：儿子都三十一岁了，名下一点财产都没有，想想都恓惶。林元当然没意见。八零后是个特殊的群体。不好的事情似乎都让他们赶上了。上大学时碰上扩招，大学空前混乱；大学毕业时赶上国家不再包分配，他们为一个饭碗愁断肝肠；买房时碰上房改，他们为一个栖身之地需终生奋斗；而医疗产业化，使他们连生病的权利都没有。教育家林元怀着对这一代人命运的感叹及至儿子，心里百感交集。他想，让儿子名下有套房子也好，也算他在人世间有了立足之地，也算他回到家乡的一点慰藉吧。

　　说话间，儿子儿媳回来，家里一下子乱起来。因为行李没到，孩子们得暂时住在家里。他们过了多年清净日子，一下子有些不大适应。单是房子就显得拥挤，儿子媳妇占去一间，箱子行李往里边一放，那就成了人家的领地，你要进去得先敲敲门，敲多了自己都觉得讨厌。可是不敲又不行，因为电脑放在里边，常常有些文稿要处理。生活规律也顷刻被打乱。教师的日常生活是刻板的。永远是清晨六点即起，七点早餐，十二点午饭，晚上 11 点前就寝。孩子们不行，回家就好像到了逍遥宫，早晨不起，晚上不睡，晨昏颠倒。而且是你做好了饭他们说不饿，你洗涮了锅碗瓢盆他们又说饿了，梁音这方面觉得尤其疲累。他们常常相对而坐，互相鼓励，勉励对方一定要耐心度过这艰难的磨合期。好在孩子们的行李几天后回来，这使得他们长长舒了一口气。无论如何，有了独立住处，他们的负担会相应地减轻一些。

　　一向只忙工作不管家事的林元，自告奋勇奔过去帮忙拆卸行李。大小六十多个纸箱子，把房子堆成了货仓。他看着竟有些茫然，不知从哪里下手。倒是流浪惯了、搬家惯了的儿子有经验，说，先把床上用品找出来，铺好床，其他东西慢慢收拾。但林元是急性子，岂容慢！他立即下楼叫来一个收废品的，一边拆纸箱一边让人家把废品收走。两天下来，手也破了，胳膊也疼了，感叹岁月不饶人，竟有些难言的辛酸。是啊，看看周围的同龄人，哪个不是早早地把儿女安排在身边，如今工作稳定，孙子孙女满地跑。他过去完全没有在意这些，如今碰见熟人，就本能地想到人家的儿子在市政府办，或人家的女儿已经在组织部做了科长，即使在下边镇上，也都有了一官半职。他会久久地看着人家的背影，想自己怎么就输了人生？

是的，过去的一切辉煌和头顶的光环都非常虚幻，只有无情的现实才是真实的。

他的现实就是：儿子儿媳生计无着。

于是，明明知道金湖旅游开发区的胡主任没有回来，他却一趟又一趟地往那里跑。有生以来，他还是第一次心里这样焦虑，这样的没有着落，这样的迫不及待！如果你现在在金湖旅游开发区大门口看见林元，简直不相信今天的他，曾是赫赫有名的云城中学校长——不相信这个神情恍惚的人，竟是那个每年新生招考伊始就被家长疯狂追捧的大校长林元。真正英雄末路，凄凉无限啊！他当然没告诉家里人他去了哪里，但他每天回来的焦虑神色却瞒不过妻子梁音。梁音悄悄地将他拉进卧室，对他说，你不能先乱了阵脚。人家胡主任没回来你急有什么用啊？你这样，儿子会怎样想？

女人天生是家庭的粘合剂。梁音心里同样着急，但表面上却是欢欣鼓舞的样子，今天买虾，明天买鱼，后天包饺子，变换着花样，整出一桌一桌的菜肴。正餐必喝点红酒。珍藏多年不用的几个高脚酒杯，一次一次被郑重摆在餐桌上。举杯时总要说些祝福的话，开头的几次必说欢迎你们回家。后来就说愿你们心想事成，再后来就说，咱们一家人同心协力从头再来。觥筹交错，一天一天在幸福的焦虑里过去。

终于有一天，林意琳在餐桌上忍不住问道，几时去上班啊？去那里我的身份算不算公务员？

林元摇头。林元避开儿子的目光，慢声细气说道，如今公务员是要考试的，全省统一考试，很难，还有年龄限制和专业限制。而且，目前只能解决你一个人的问题，你媳妇的工作下一步才能考虑。

林意琳说，我还以为你在云城卖了一辈子的命，他们会看你面子给我俩安排个像样的工作呢。

林元说，现在不同于过去，你长期在技术领域工作，不太了解社会。

林意琳的确是有些天真。他以为回到云城就是回到了天堂。他本是忽冷忽热的性情，又容易把生活中阴暗的东西无限夸大。所以离开北京时，满心都是逃离地狱的想法。他不知道，天下乌鸦一般黑的说法，其实就是说哪里都没有净土。北京没有，云城也没有。

林意琳到金湖旅游开发区上班的时候，身份是临时合同制干部，分配在办公室工作。办公室主任袁消分配给他的第一件差事是修电脑。袁消长着个冬瓜脸，柿饼嘴，人瘦得像根电线杆，声音却大而蛮横。他说，林意琳，听说你是学电脑的，你就把机关所有电脑修修，最近每个科室电脑都出问题了，你来得正好。

林意琳还以为听错了。他想说他的专业是电脑软件开发，他是高级软件工程师而不是修理电脑的技师，但是他没有说，而是本能地答应了一声好。

袁消说，先修我的吧。袁消说完就坐到了沙发上。沙发上放着一摞《人民日报》。袁消抖开最上边的一张，然后叼上一支烟，然后翘起二郎腿，然后喝茶，喝茶时还弄出吱吱的响声。这派头把林意琳给镇住了。以前在私企干活，虽然辛苦，但还没有这种等级森严的感觉。私企的老板绝对敬业，绝对不敢如此傲慢，至少表面上不能这样。

修电脑不是苦活儿。但修电脑需要钻到桌子底下摆弄那些个管线。林意琳钻到桌子底下干活的时候，再仰头看官气十足的袁消，一种酸楚涌上心头，使他心里阵阵发紧。

他想，晦气啊，我林意琳回到家乡，反而沦落在桌子底下了！

他想，我沦落在桌子底下，还有人翘着二郎腿监工呢！

这一天，林意琳共修了十二台电脑。十二台电脑的主人对他都是居高临下、颐指气使。到下班的时候，他肚子里装满了委屈和愤懑。他奇怪，这些人的优越感是从哪儿来的？小小公务员，竟有皇帝般的凌然气势。这在私企里是绝对见不到的。他深感小地方的落后不是物质的落后而是意识的落后。这使他多少有些后悔回来。

为了缓解这种心理，他不得不走到江边去舒缓情绪。可是刚在草地上坐下手机就响了。父亲叫他立即回家，因为他的岳父岳母来了。

一听此话，林意琳愤懑的情绪里又加上了忧愁。他不喜欢岳父岳母，他讨厌他们身上的市侩气息。在江边打了半辈子鱼、斗大的字识不了几个的岳父每次见面都要说到考研考博，说他本来一心一意要供养女儿读到博士后的，谁知女儿没志气，跟了林意琳这样的人混日子。说他还是不放弃，还想看见女儿觉悟的那一天，还想看见女儿戴上博士帽的那一天。岳母是鸡蛋贩子。一辈子抠着一分两分钱过日子的鸡蛋贩子眼睛却向上长着，只看得见钱和权，说不上三句话就要扯到城里某某人的女儿嫁了煤老板，或某某人的女婿新近升任了某局局长，说话间还要拿目光扫射林意琳，把对女婿的不满和轻蔑明明白白写在脸上。名气虽大、日子清贫的林家更不是她眼里的菜。她干脆直白地说，如今呀，最没用的就是读书人。你们这种家庭，外边名声挺大，其实屁也不顶。你看如今城里工作的人，哪家不是房子三四套，好车一两部，你们就住个两室一厅，钱也没存下多少，撑死撑活地给孩子们买个新房吧还不在高尚社区。不仅如此，她还把这种轻视表现在行动上。林意琳的父母过年过节多次请他们吃饭，他们一次也不回请。林意琳去他们家，她开水也懒得倒一杯。为这事，林意琳跟蓝梅摔过杯子，砸过碗。但是一点用都没有。蓝梅就那一句话：我不是坚持跟你过了么。父母是没法选择的呀，你让我怎么办！

我坚持跟你过了。这就是最堂皇的理由！

父母是没法选择的。这也是最堂皇的理由！

就因为这理由,林意琳一次次地容忍了她父母的轻视和挑衅。

岳父岳母眼里没有他，长此以往，他眼里也就没有了岳父岳母。他对付他们的办法是"躲"，躲着不见面，躲着不打电话，像举家回云城这样的大事，他也不许蓝梅提前告诉他们。然而，同在一座城市，又怎么瞒得住！差不多在他们回家的当天，岳父岳母就知道了。他们没有立即上门兴师问罪，是在等待林意琳先去拜见他们，给他们一个说法。可是等了一天又一天，林意琳都没有露面。半个多月过去，他们实在忍不了了，就自己找上门来了。

梁音是贤惠的女人。不管亲家是来走亲戚还是来兴师问罪，她都把他们当作贵客。就在他们进门落座之后，她迅速到超市采购，不到两个小时，她竟然花花绿绿弄出一桌丰盛的饭菜来。林意琳进门的时候，凉菜热菜都已摆上桌子，酒也升起来了。林意琳走到他的位子上坐下，很勉强地叫了声爸妈。

岳母说，我在北京有个干哥，最近刚调到中央部委，才说要给你们安排工作呢，你们倒好，这么不声不响就回来了。

岳父说，是啊，这么大的事，至少事先也该问问我们的意见吧。

林意琳压着一肚子的火，为了不让火气发作，他就拼命吃菜。从面前吃起，一下子吃到父亲面前的盘子里。父亲几次暗暗制止，他都假装没看见。父亲只得说，意琳，给你岳父岳母敬酒，他才恍然大悟一般地端起酒杯。他高高举着酒杯，说道，没想到我攀的还是一门皇亲啊。不知干舅舅在中央哪个部委？干舅舅是在买鸡蛋时认识你的吗？北京的高官跑到云城来买鸡蛋代价也太昂贵了吧？再说，就是要买也得保姆来买吧？

岳父说，你以为我们这种人家就没有好亲戚吗？告诉你吧，你干舅舅他有一年在云城出差，心脏病犯了倒在路上，还是你岳母做人工呼吸把他救活的呢。

林意琳说，哦，人工呼吸，嘴对着嘴，情分不浅啊。可是这么多年，怎么从没听你们说起过啊。看来蓝梅嫁我确实委屈了。我看蓝梅应该跟你们回去，另觅高枝。

岳父豁地站起来，将椅子踢得哐啷一声响，叫道，你以为我不敢把女儿领回去吗？你们擅自从北京回来，大大地冒犯了我们，以前你们在北京混，我们还图个虚名，现在你们灰溜溜地回来，我们的老脸往哪儿搁，嗯？

岳母也站了起来，说，就是，脸面都让你们丢尽了。混到现在工作都没有，还敢嘴硬。

林意琳的母亲也不高兴了，说道，亲家，话可不能这么说。

什么叫没工作？意琳好像刚刚从工作单位下班回来呢。

蓝梅的父亲叫道，你还有脸说。那是什么狗屁工作，合同工而已，合同工都算不上。亏你们还认为自己有头有脸呢！

林意琳感觉自己心里就像火山喷发前那样憋闷和难受。他赶紧将手放在桌子底下，但那手还是不听大脑指挥，失控了，一桌饭菜哗啦倾倒，岳母那精心化过妆的脸泼上了一层油腻腻的鸡蛋炒西红柿，岳父的西装也让红烧肉泼污了。

瞬间的静场之后，是歇斯底里的叫骂——市井的叫骂，市井的撒泼，极尽人类语言的垃圾。岳母撕乱了头发，捶胸顿足叫喊，烫过的卷发散乱开来，就像咆哮的母狮。

林元气急败坏地低语：斯文扫地！斯文扫地啊。

梁音则把眼睛睁得铜铃一般。一辈子在音乐和歌声里生活的中学教师，一下子还无法理解眼前发生的事。她喃喃自语道：怎么会这样？怎么能说出这些话？我们是亲人啊。

林意琳的岳父大叫，谁是你们的亲人？我们是仇人，不共戴天的仇人！说完，拉起蓝梅就走。

蓝梅有点迟疑。可是她母亲立即就给了她一个耳光。她就跟着父母亲走了。

林意琳叫道，蓝梅，你今天出了这个门就永远不要回来。

走到门口的蓝梅再次迟疑了一下，然后木然地回头离开了。

屋子里顿时安静下来。有那么一段时间，谁都没有说话。

过了许久，一直对这个儿媳妇不满、却从未说出口的梁音评论道：你这个媳妇，在本质上和她爸妈是一样的。

林意琳突然问道，妈，当初，你和我爸都是反对这门亲事的，为什么最后又同意了？

梁音说，你真的想知道原因吗？

林意琳点头。

梁音说，因为爱你。

梁音说，因为你对我说，在北京太孤独了，需要有个人相互取暖。

林意琳垂下头去。似乎这一刻才知道父母为他做了多大的让步，隐忍了多少委屈。

林意琳一夜之间生出许多白发。他照着镜子，试图一根一根拔掉它们，并自语道：古人说一夜白头，还真有这么回事啊。他才三十一岁，就为个女人离开，这一夜之间还真就白了头。他偷偷看父母的变化。父亲一夜之间似乎苍老了许多，脸色阴沉，就像个永不会开绽的煤坨。母亲总是发呆。估计她一时半会儿走不出那情景——那粗野的、跟她的梦幻世界天壤之别的情景。林意琳和父母一样，无法接受那天的现实。他在想，这一切是怎样发生的呢？好好的人，都长着鼻子眼睛，精神差别咋就那么大呢？他林意琳咋就偏偏遇上这样的一家人呢？而且，事情怎么会发展成这样呢？好好的家，说散就散了。一起打拼过七八年的女人，说走就走了。他设想了很多另外的结局——假如他不掀翻桌子，假如岳父说那番狗屁话时，他一如既往地装聋作哑忍耐，假如岳母撒泼打滚时，母亲不高喊那一声"滚出去"，也许就不会发生那最后的一幕，他的老婆他的家就还存在着。但是，忍下去怎么办？任凭自己的尊严被践踏？就算他能忍，父母怎能忍？他们一辈子干得多辛苦，把自己的职业看得多神圣，又是多么地受人尊敬呀。他怎能容忍别人当众羞辱他们，伤害他们！想到这里，他走到父亲的书房里，对埋头写作的父亲说道，对不起，儿子不孝。

父亲抬起发红的眼睛看着他，什么也没说。

母亲跟进来，担忧地说，琳儿，你的婚姻就这么散了？

林意琳说，不散还能怎么着？

母亲说，你还是主动给蓝梅打个电话吧。毕竟，你们之间没有矛盾，和好的可能性还是有的。婚姻不是儿戏，要慎重对待。

父亲说，从今晚开始，你还是回去住吧。说不定蓝梅会回家。人是感情动物，你让家里亮着灯，说不定她看见灯光会忍不住回家去。你是男子汉，有了矛盾，要设法解决矛盾，不能躲在这儿回避矛盾。

林意琳说，爸，妈，你们不是也看出来了吗，蓝梅在本质上跟她父母是一样的人，她既然迈出了那一步，就不会回头。我主动给她打电话，只能自取其辱。

父亲说，即便自取其辱也要打，诚恳地劝她赶紧回来。

林意琳就去打电话。一次，两次，三次，蓝梅的态度果然很强硬，一点回头的意思都没有。而且，每次都在电话里吵闹不休，每次都是从头发尖数落到脚后跟地指责林意琳的不是，而且，把他的父母一起捎带上数落。仿佛他们在一起度过的八年是在地狱里熬过的八年。林意琳自省不是这样啊。那些年虽然过得清苦，他也还是尽力尽责的。最起码，他承担了绝大部分的家务，为她学会了洗衣做饭；最起码，他没有背叛婚姻的行为。而这后一点，在这爱情大大消解的时代，林意琳自认为自己做到了自律，也做到了高尚。为什么，蓝梅就一点都看不到呢？

事不过三。三次劝解不生效，林意琳就坚决不打电话了。

一天，母亲突然问他，你不会再产生出去打工的念头吧？

他说不会。既然回来了，就不会再走了。不过，那个班我也不打算去上了。我会给自己找一条生路的。爸妈放心吧。

在难得的空闲里，林意琳用读书来打发时光。他在网上买来一大堆书，全是美国人写的：《家园》《地狱》《追风筝的人》《老谋深算》《船讯》《隐者》《站在黑暗中的人》等等。

读书是一件多么奢侈的事情啊。在北京打拼的那些年，他多少次想读书都没有时间。一些书买来放在书架上，灰尘落满了都没有时间翻上一翻。现在好了，有时间看书了。清代的张潮不是说过吗，有时间看书是人生的一大福分。

他还有时间看窗外风景——花开花落，小鸟鸣唱，树叶翩飞。

可是，无论他干什么，心里那种难受是怎么也排解不开的。那是一种怎样的难受啊——比死还难受的难受。那难受让他茶不思饭不想，那难受让他忍不住一支接一支地抽烟。

他想起那样的一些夜晚——冬天的夜晚。下班后，天已经黑透了，他从公司迅疾地奔出来去赶公共汽车，北风刮耳，雪花刺脸，他缩着脖子，站在人堆里，眼巴巴望向远处，每一辆开过来的大巴都让他心跳加速。而如果不是他等待的车子，那焦急简直要撕碎他的胸口。好容易挤上公共汽车，然后还要挤地铁，折腾两个多小时，来到西二旗，蓝梅就在地铁站的某个柱子下等他。看到蓝梅的那一刻，是垂死的人看到启明星的感觉，是迷航的船看到灯塔的感觉。那种时刻，林意琳是多么地感激他的启明星和灯塔啊！

他想起那样的一些日子——那些日子，他们下班后隔三差五在一个偏僻地段的川菜馆碰面。川菜馆里各种各样的盖浇饭是打工仔们的幸福大餐——青椒肉丝盖浇饭、蘑菇鸡丁盖浇饭、尖椒牛柳盖浇饭、鱼香肉丝盖浇饭、酸豇豆肉末盖浇饭、西红柿鸡蛋盖浇饭、红烧茄子盖浇饭、酸辣土豆丝盖浇饭、麻婆豆腐盖浇饭……他们一周里有两三次在这里享用。往往兴冲冲走进来，目光在墙上的菜单上迅速地溜一遍，然后舔舔嘴唇，将目光从前边的那几行字上挪开，点上一个麻婆豆腐盖浇饭或者酸辣土豆丝盖浇饭。这是盖浇饭里最便宜的，五块钱一份。一周里的两三次，他们只能吃这个。在他们决定搬到一起住的那天，他曾经动意点个尖椒牛柳盖浇饭请她饱饱吃一顿，但犹豫了半天还是点了麻婆豆腐盖浇饭。因为他兜里实在没钱了。离发工资还有遥远的十天，他不能一次大方，弄得钱袋告罄，月底饿肚子。

他感激的正是蓝梅没有嫌弃他，没有因为他请不起她吃一个像样的盖浇饭而跟他吹！

他想起那样的一些时刻——那些时刻，他们为买不起刘德华音乐会的门票而犯愁，愁得乌云密布、肝肠寸断。后来，蓝梅想到了好主意，他们倒三次公交，两次地铁去批发市场买来荧光棒，然后拿到国家大剧院门前去卖。他们竟赚了钱，不仅赚到了门票，还有吃份像样的盖浇饭的钱。他们乐得在国家大剧院门前蹦起来，以至别人以为他们疯了。

他想起，有一次他病了，肛脓肿，需要手术。手术的感觉是进入地狱之门的感觉，而手术出来就是回到人间。他回到人间的刹那，第一眼看见的是蓝梅坐在走廊的椅子上打盹。走廊空空的长长的，没有一个人走动。那感觉就是她在地狱门口等他归来。

想到这里，林意琳长叹出声。理智的堤坝崩塌。他掏出手机第四次拨打蓝梅的电话。

电话接通了，他不等对方说话，就抢先说道：我怀念我们在北京一起打拼的日子。我舍不得你。

对方久久地不说话。

他又说道，我们见个面吧。回咱自己的家去说说话，我相信我们见面就能沟通。我相信，只要回到家，咱们就还是亲亲的一家人。

蓝梅说，有那个必要吗？

他说有，太有必要了。我们不能就这么分开。我们走过了多少艰难的日子啊。好不容易举家回来了，好不容易有了个安定的窝。

蓝梅咆哮道：别提你那个窝。我才不会回到那个窝里去。你不就是因为你爸妈给了套房子你就嚣张么！

林意琳说，那，我们到文苑路的上岛咖啡见面好不好？六点。我六点准时在二楼等你。

电话的那头没有声音。

林意琳说，你不说话就是同意了对吧？我们无论如何得见个面，就是最终分开也得见个面啊，毕竟，我们之间没发生任何矛盾，我们还算是恩爱夫妻，你说对不对？

蓝梅还是没有回答。

林意琳看了下腕上的手表：四点五十。他决定立即出发。他愿意在等待的忐忑里度过见面前的那段时光。一向不修边幅的他，换了干净的牛仔裤，穿了枣红色棉衬衣、立领黑色夹克，镜子里的他一下子精神了许多。他本是个帅小伙，只是长期将自己套在宽宽大大的休闲服里，连自己都觉得自己邋遢了。他知道他是在意蓝梅的。一个男人，愿意为自己的女人打扮，说明这个女人在他心里有位置。

来到上岛咖啡二楼，他一眼看中最里边靠窗的卡座。他坐下来，呼唤服务生上了招待茶，点了咖啡和牛排，静等着蓝梅的出现。

六点，蓝梅没来。

六点半，没见蓝梅的影子。

他一点没有慌乱。相反，他的内心很平静。他想，今晚，就是等到天亮，我也不放弃。但只限于今晚。

一直等到八点半，蓝梅才慢腾腾地摇了过来。显然，她没有他那种期待和兴奋。她整个神情里都是那种他看惯了的末日来临的感觉。这使林意琳多少有些失望。他知道，在这段分别的日子里，他在想象里将她美化了。

林意琳打了个手势，服务生立即端上了热气腾腾的咖啡和牛排。

蓝梅说，你其实没必要这么破费。

林意琳说，回来啃老，兜里反而有钱了。

蓝梅冷笑一声说，你爸妈有钱啊，这些年怎么不肯拿出来给你在北京买房买车？如果他们不那么死抠，不那么涩皮，早早拿出钱来在北京给咱们买个房买个车，会有现在的结局么！

林意琳有些不解地望着她，说，咱现在住的房子，不是我爸妈省吃俭用攒钱买的吗？

蓝梅道，我说的是在北京买房。你没长耳朵吗？

林意琳心里的火腾地蹿起来了，说道，我爸妈是穷教书匠，就是卖了那把老骨头，也买不起北京的房子啊。

蓝梅见他生气了，避开这个话题，说道，你那天掀桌子烫了我爸妈，你是有预谋的吧？你一向讨厌我的父母对不对？

林意琳说，咱们今天不说这个。

蓝梅说，必须说。我想知道，你对我爸妈的仇恨究竟有多深？

林意琳说，我并不恨他们。只是你爸妈说话太过分了。我的父母是这个时代最纯洁的知识分子，你爸妈那样说话，就是用软刀子杀他们。

蓝梅说，所以你恨死了我的父母是吧？那天，如果手边有刀子，你也许会杀了他们是吧？

林意琳说，冲动是魔鬼。有的时候，人也许控制不了自己的情绪。

蓝梅说，哼，想不到你还承认了。你有严重的暴力倾向！

林意琳想说什么，又咽了回去。他知道这样对话的后果是什么。他是来和解的，不是来吵架的。有高人说过，夫妻之间是讲爱的，不是讲理的。

从这一刻起，蓝梅也不说话了。她认真地享用那份牛排，吃到最后，用面包把盘子里的汁都擦干净了。

林意琳一阵心酸。这个女人，日子过得太省了。她也许很久没有吃过西餐了。而她最迷恋西餐了。他们搭伙过日子之后，口袋里的钱略有盈余，她是宁肯一个星期吃泡面，也要省下钱周末进西餐厅吃顿西餐的。她认为吃西餐吃的是一种品位和感觉。她常说，人活着如果没了那份感觉，那生和死就没什么两样了。

想到这里，他说，我今天决定回咱们的小家住。我希望你

44 •

也能回来。我会努力赚钱，让你过上好日子。让你经常吃西餐。

蓝梅说，你在做梦吧？发生了那样的事，你还想和解！

林意琳说，我们之间又没有发生任何矛盾，为什么不可以和解？

蓝梅不回答他的话。她端起咖啡，优雅地搅动了几下，然后小啜几口，说道，你想知道那年在北京我决定跟你一起住的最初动机吗？

林意琳说，洗耳恭听，你有什么动机？不就是两人搭伙取暖吗！

蓝莓说，不仅仅是那样。我们刚认识不久，你妈到北京参加全国先进教师代表会议，住在北京饭店。你带我去见她。我被北京饭店富丽堂皇的气氛迷住了，也被你妈优雅高贵的气质迷住了。我以为你们家是云城的贵族，我以为跟你结婚就能改变我的命运。后来才发现我错了。严格地说，是你和你妈一起把我骗了。

林意琳说，注意，说话不要捎带我的父母。

蓝莓说，捎带又怎么了？你们就是一家子穷书生，还在那里装清高！可怜我还存了那么多年幻想，浪费了那么多年青春，我都悔死了。

林意琳道，这么说，你一直没有死心塌地跟着我的想法？我还以为我们在一起是因为爱情呢！我还以为你对我的爱超凡脱俗呢！既如此，你为什么跟我结婚？

蓝梅说，因为抱着幻想呀。我以为你父母藏着万贯家产呢，但是他们没有！我以为你终有一天能飞黄腾达呢，但是你没有！

林意琳说，蓝梅，你不要这样说话。你完全可以不这样说话。我们在北京相依为命的八年，有多少珍贵的回忆啊。你不要让你的形象在我心里减分。

蓝梅意味深长地望了他一眼，说，你对我印象好与不好，已经没有意义了。你马上就会接到法院的传票。我已经起诉离婚了。

林意琳惊道：起诉！我们之间有什么深仇大恨，你要到法院起诉我？我们就是离婚也应该是协议离吧？我们又没什么财产，到法院说什么呀？

蓝梅说，到了法庭你就知道了。说完起身就走。神情之冷漠之决绝，以至林意琳都没有勇气挽留她。

林意琳没有起身。他一个人慢慢地品那杯咖啡，现磨的咖啡，味道纯正而幼滑，口感非常好。他本没有酒量，但是他要了一瓶十五年西凤酒，一仰脖子喝干了。

林意琳自己都不知道自己是怎样蹿回家的。他只知道头晕得厉害，仿佛坐在飞机上一样，不由自主地飘着。他醒来的时候阳光灿烂，这是冬天里一个温暖的日子。太阳的光线透过窗棂洒在桌上和窗前的地上。他脱口说道，冬天的太阳真好。

他想起来，他已经有好多年没有见过冬天的太阳了。北京的冬天阴霾而又漫长。在职场打拼的人，过的都是两头不见天的日子。虽然阳光雨露是宇宙间众生唯一可以平等享受的，他却很少享受过。想到这里，他长长地伸了一个懒腰，尽情享受阳光带来的暖洋洋的感觉。

这时候，母亲走了进来。她一手端着银耳莲子羹，一手拿着刚取回来的快递。

母亲问他，你知道你睡了多长时间吗？整整十二个小时。一直说胡话，你爸爸守了你一晚上。你跟谁喝酒了？发生了什么事，喝成那样？

我喝醉了？那我是怎么回来的？

母亲说，是服务生打的送你回来的。他们说你醉倒在桌子底下，他们下班时才看见。还好，家里的住址还说得清楚，他们就送你回来了。来，把这个银耳汤喝了。酒伤肝，喝点银耳汤养一养。

他却急于打开快递。记忆里好像并没有在网上买东西啊，怎么会有快递？

包了一层又一层的快递打开了，里边是蓝梅起诉他的所有资料，其中重要的一条就是提出分割房子。蓝梅竟然说房子是夫妻的共同财产。他在看见这条款的瞬间，脑袋嗡地一声像要炸了。

他掀开被子一蹦跳到地上，鞋都来不及穿，奔过去打开电脑，然后急速敲打。他的脑门上倏地冒出一层汗珠，把母亲吓了一跳。母亲赶紧放下那碗银耳汤，抽出张餐巾纸给他擦汗。一边问：那是什么东西？发生什么事了，你急成这样？

他停止敲打，久久地看着电脑显示屏发呆，似乎没有听见母亲的问话。

母亲摇摇他，叫道，琳儿，你怎么了？

他说，蓝梅坚持离婚。我想跟她视屏，劝解她，她那边不回应。

母亲说，你那天出去是跟她见面，你们谈崩了对不对？不然，你也不会喝得那样烂醉！

林意琳点头。

母亲说，如今的婚姻可真脆弱。说散就散。我们那个时代的人，经历多少曲折坎坷，还是死死地守在一起。依我看，她若存心不跟你过，你也不要太勉强。

林意琳说，可是，妈，我不能这么轻易答应她。

母亲说，强扭的瓜不甜啊。

林意琳说，她盯上咱们的新房了。

母亲说，房子跟她有什么关系？那是我们买的房子。

林意琳说，可是，房产证上写的是我的名字啊。

母亲跌坐在床上，喃喃道，我们被人暗算了。当初，我和你爸只想到反正就你们俩，我们的也是你们的，怕将来麻烦，房产证直接用了你的名字。还有一层，你都三十一岁了，名下没有一点财产，想着恓惶。我们做梦都没想到，你们会走到离婚的地步，没想到还有财产分割这一说。我们真是幼稚啊。蓝梅啊，看不出你这表面柔弱的女子，心肠却这样狠毒！你这不是要置我们一家人于死地吗！这房子，可是我们大半辈子的心血啊。母亲说着，一行清泪从眼里潸然落下。

林意琳心碎欲裂。他不知道怎样安慰母亲，他只紧紧地抱住她的双肩。

母亲说，你过去不是一直跟我说，你们在北京相依为命，甘苦与共么？谁料想实质不是这样。看来她早有异心。你岳父母大闹只是个诱因。

母亲分析得没错。

这天晚些时候，林意琳接到网店客服电话，说是他有一笔两万元的贷款到期了，催他赶紧还贷。他大喊大叫，说我从来没有在网店贷过款。对方说，你不用太激动，我们这里有通话录音的。等他平静下来，那边带着浓厚吴侬软语的普通话款款道来：你于 2013 年 6 月 20 日，以某某手机号贷款、某某手机号担保。担保人的手机号是父亲的。这无疑是蓝梅捣鬼！林意琳做梦都没有想到，蓝梅会使出这些毒招。他不忍心让父母知道这件事，私下里找朋友借钱还了贷。

母亲说得没错，她早有离异之心。

是的，现在冷静看来，蓝梅并不是个忠心的妻子。

那是林意琳最不愿意触碰的隐痛。他们结婚前，蓝梅进了日企。一个规模很小的手机软件公司，管理员加员工不过七八个人。上班不久，蓝梅就成了公司红人。她可以迟到早退，可以随意请假，可以经常去日本出差，甚至可以窝在家里几天不去上班。他追究过。蓝梅说，她的工作主要通过电脑完成，用不着准时准点去上班。他也就信了这牵强的解释。在那些疲于奔命的日子里，他没有精力去深究，也不愿深究。也许，现代生活本身就是千疮百孔的，如果细究，也许日子就无法进行下去了。

可是，再怎么样，他们也没仇啊！她怎能忍心做这么绝情的事呢？

林意琳顾不得多想。他赶紧到中国电信，换了手机号。为了安全起见，他将父亲的手机号也换了。父亲问他为何换手机号，他支支吾吾。

父亲严肃地说，我一辈子行得端、走得正，坐不更名，行不改姓，手机号一以贯之，怎能轻易更换，如果换号，那些需要找我的人怎么和我联系？

林意琳没办法，只得说了实话。同时，把蓝家算计房子的事也说了。林元听说，也懵了。当初只想到儿子名下没有财产，当初心里只有对儿子小两口不设防的爱，谁能想到事情会发展成这样。生活真如张爱玲说的那样吗，外表是华丽的袍子，里边生满了虱子。理想主义者林元，教育家林元，是多么不愿意看见那些虱子啊。

接下来的日子，林家惶惶不安。想请律师吧，又怕闹得满城风雨，面子上难堪。林元和梁音一辈子在教育界工作，桃李满天下。法院肯定也有他们的学生，他们如何舍得下这个面子！

林意琳说，这件事我来对付。爸妈用不着出面，不就离个婚么，我相信法律是公正的。我们最重要的是准备证据，而不是在这里纸上谈兵，思前想后。说完，在电脑上下载了有关离婚的所有法律条文，埋头钻研。

林元和梁音就去跑银行，先调出当年付房款的银行流水账。银行流水账分明记录着购房款来源于梁音工资卡，他们多少有些宽心。但亲戚朋友七嘴八舌，为他们出主意想办法，说最安全的办法是去公证处办理个赠与手续，由林意琳将房子赠予父母亲，方能保住房子。他们天真地以为这个办法很好。结果到公证处一咨询，立马就蔫了。公证处说如果房子是婚后购买的，必须由夫妻双方签字才可办理赠予手续。他们一天跑下来，完全泄了气。

梁音说，听天由命吧。看来，我们一家人，不但社会知识等于零，而且，于防人治人方面简直就是白痴。我们眼睁睁地被一个黄毛丫头算计了。

林元说，不要妄自菲薄。我们并没有错。我们在疼爱儿女方面倾心投入无怨无悔。至于事情发展事与愿违，那是没有办法的事。遇到困境，想办法对付就是了。

林元认为，最好的办法是请个律师。由律师出面去法庭答辩。这样既可省事，也免了在法庭上当面对质。事实上，他虽然态度冷静，但他也极不愿意再看见蓝梅和她的父母亲。他感到，自从与这家人结亲，他才明白，人与人的精神距离是要用光年来计算的。他觉得他没有足够的勇气面对那三张面孔。

林意琳知道父亲的心思。他说，就算请了律师，我也要亲自去法庭答辩。我倒要看看，相依为命八年的女人，如何在法庭上红口白牙说瞎话。

为了维护体面，也为了读书人那点可怜的自尊，他们请了省城最著名的律师郭凯。郭凯很骄傲。一般只接疑难大案，像离婚这类民事案件根本不接。林元只得动用他学生的层层关系去请。郭凯要价也很高。林元不惜血本，一口答应了对方的要求。他的想法是，既然有理，就要打赢。什么都能输，道理绝对不能输！因为，这关系着一个人对公理的信赖度。

临开庭前，林元一家专门赴省城宴请律师郭凯。律师是个气势夺人的人。说话手舞足蹈，唾沫乱飞。林家是书香门第，一家人从来轻言细语，从未见过这类人。此人的做派让他们大开眼界。但也正因为如此，他们百分之百地相信了他，而且做出无限佩服的神情，听他讲了一个又一个法院内外的惊险故事，尤其是他个人如何为陷入被动的被告力挽狂澜赢取胜利的故事。

末了，律师说。你们的官司，包在我身上了。

林元夫妇极尽恭维，连说拜托拜托。唯林意琳一句话没说。仿佛这件事与他无关。这使母亲很不满意。

开庭临近。律师频频打来电话，从每一个细节入手，指导他如何做好辩护准备。林意琳答应着，却心不在焉。开庭那天，呈上所有答辩文书。开始辩论，自然是原告先发言。原告蓝梅未曾说话，先大声咳嗽。林意琳觉得奇怪，一月不见，蓝梅似乎脸都走形了。她本是瓜子脸，现在长得像个冬瓜，而且，苍白得厉害。尤其服装，非常邋遢。法庭有暖气，这是谁都知道的常识，一般人们进门就会脱掉外衣。她却穿着件过时的棉大衣，围着厚厚的围巾，似乎还穿着棉裤，整个人看起来就像包裹在一团破棉絮里的木偶。这使他心里大大不忍。

这个女人，毕竟跟他在北漂的日子里度过了八年岁月。

这个女人，毕竟一次次站在北风呼啸或烈日炎炎的车站上、地铁口等待过他。

这个女人，毕竟在简陋的出租屋、冰冷的木板床上跟他偎在被窝里互相取过暖。

这个女人，毕竟用八年的青春陪伴过他。

他的眼眶一阵发潮。他奇怪自己一点也不恨她。

蓝梅终于将情绪调整好发言了。她首先列举了很多事实，诸如性格暴烈，好吃懒做，挥霍无度等等，说明她与林意琳感情破裂；第二条理由，是林意琳对他父母的暴力行为。蓝梅拿出两个证据，一个是一条椅子腿，这是施暴的证据，第二个证据是一盒录音光盘和一沓纸质录音资料。她当庭播放，竟是那天他们在上岛咖啡见面的全部录音。林意琳恍然大悟，难怪那天蓝梅的谈话怪怪的，而且，比平时说话的音量提高了一倍。

听完录音，郭律师激动得一下站起来，厉声说道，这是个离婚案，又不是凶杀案，你竟然在对方毫不知情的情况下全程录音，以获取对自己有利的证据。你这样恶毒的女人，离婚之后，将来谁敢要你？

法官敲了一下法槌，喝道，冷静！

轮到林意琳答辩了。郭律师将答辩文书推到他面前，示意他大胆发言。

他站起来，稳定了一下情绪，并且清了清嗓子。然后说，我跟原告在北漂期间相识，恋爱四年之后结婚，结婚后又共同生活了四年。八年北漂生活，非常艰难。我作为男人，没能让原告过上她理想中的幸福生活，是我失职，也是我无能。原告指控我的我都承认。我自愿放弃所有财产，以弥补原告的精神损失。我只有一个要求，请求法庭尽快判决我们离婚。

郭律师一把抓过文书，叫道，你疯啦。那可是一套 130 平的新房子，是你爸妈积攒了半辈子的血汗钱换来的。你有什么权力做这样的决定？

郭律师对法官叫道，我是被告的代理律师，应当以我的代理词为准。

林意琳说，我是当事人，应当尊重我的意见。

郭律师大声说道，林意琳，你醒醒，这可是法庭，一锤定音，就不能更改。你忘了你父母为什么请我代理此案吗？

林意琳说，我父母那里我会解释，不用你管。

他说完扬起头问法官，我可以签字走人了吗？

年轻的刘永法官也有些反应不过来。这些年，离婚案太多了。离婚的花样也是千奇百怪。有一对年轻夫妻，头天结婚，第二天来法院起诉离婚，原因竟是新郎在婚宴上说错了一句话。更离奇的是，分割财产时，新娘要求把墙皮刮下来，因为房子的装修费是女方出资的。法庭调解折合为现金，女方坚决不干。结果，好好的地板撬了，窗帘和挂钩拆下，墙面刮得面目全非。那是刘永在民事庭独立办的第一个案子。那个案子办完，他心里久久的难受。他不明白现在的青年都怎么了？他不明白好好的夫妻，为何一离婚就都成了仇人！

林意琳的表现太出乎人意料了。一时间，法庭鸦雀无声。

良久，刘永才说，当然可以签字。他把文书放在桌子正中。大声说道：请！

林意琳挥笔签字。然后重重地撂下笔，目光朝原告扫去。蓝梅在他的目光里低下头去。

他的目光其实没有任何含义。他只是想再看她一眼。

林意琳走出法庭，是下午四点。冬阳普照着大地，整个城市笼罩在淡淡的橘红色光芒里，显得温馨安宁。云城是个温暖的城市。一道大秦岭挡住了北方寒流，就像母亲的臂弯，护住了婴儿。这一刻，林意琳第一次感到了家乡的温暖。

林意琳知道父母在家里焦急地等待消息。但他没有立即回家。他想静一静，整理一下思绪，因为他不知道今天发生的事会引起怎样的家庭风暴。他也觉得奇怪，上法庭之前，满脑子都是击败对方的证据和对策，满心里都是恨。然而，关键时刻，他怎会突然地退却？而且，退得那样彻底和大度，以至于，仿佛做了一个不大真实的梦。

是的，他现在依然觉得在梦里。他晃晃悠悠来到大桥头。这里是车流最为密集的地方，南来北往，恍如甲壳虫爬满桥面。往日，他最恨蠕动在城市大街小巷的车子，眼下，他却饶有兴致地看着那些车子。他想，车子里面都是些什么人呢？他们是去上班还是去度假，是去结婚还是去离婚？总之，每一个车子里肯定都有一个故事，无论是悲剧的还是喜剧的，故事时时都在发生，永不停歇。

看了一会儿车流，他决定去逛逛街。

自从十九岁离开这座城市，林意琳再没有亲近过它。今天，他突然来了兴致。他沿滨江大道走到三桥，然后穿过桥走进西川街。这是城市改造的魔爪还未抵达的唯一一个死角，因此还葆有浓浓的市井味道。街面上有烧饼铺子、古老的茶馆、面店和钉鞋的小摊，还有弹棉花的四川客和河南人开的铁匠铺子。居民们或坐在笨重的木质靠背椅上悠闲地喝茶，或对着阳光精心地绣十字绣，或四人一桌打麻将，或者三人一堆挑红四，一派悠然自得景象。门前一律有树，四季常青的香橼树、桂花树，落叶的葡萄、木槿、银杏和石榴树。林意琳挨个儿看过去，甚至在烧饼铺子和弹棉花铺子那里停了一停。西川街的烧饼铺子仍然烧着炭火——一个圆圆的铁鏊，一炉红红的炭火，做烧饼的女子将沾满芝麻的烧饼放进铁鏊里，撬动手柄将铁鏊提起来放在炭火上，顷刻就会有香味儿扑鼻而来。做烧饼的女子莹润而丰腴，圆圆的脸，圆圆的胳膊，甚至连手指头也是圆圆的，而且，穿金戴银，肥厚的耳垂上挂着金耳环，摇曳生姿；手臂上戴着银手镯，明灿灿晃人眼目；金戒指有四个，分别戴在左右手的食指和中指上。奇怪的是，这打扮非但不俗气，反而生动有趣，充满活力。她的身后，有一个膀大腰圆的汉子在案板上揉面，偌大的面团在他手里就像玩具那样翻来覆去。他想，这女人活得如此滋润，都缘于这个顶天立地的汉子吧！又想，打烧饼这活计真好，每一道工序都需要夫妻双方亲密合作。这样的夫妻应该不会离婚吧？思绪走到这里，他立即打住。他快步走到拐角的棉花铺子那儿。他跟弹棉花的大哥搭讪，问了棉花的价格，问了弹一床棉絮需要多长时间。最后，他莫名其妙定做了一床五斤重，宽1.5米，长2.2米的棉絮。

他在给芝麻去皮的大妈那里停留得最久——小小的芝麻，就像无数可怜的小生命，卑微地聚拢在一起，大妈经过热水淋泡，再经过慢慢地揉搓，再轻轻地筛簸，去皮的芝麻们脱胎换骨，一下子雪白透亮如无数可爱的姑娘麇集在一起调皮地微笑，让人的心怦怦乱跳。他小时候就爱看这个蜕变的游戏。下午放学后，他常常站在这里忘了回家吃饭。母亲找来，总是问他，这有什么好看的？他会说，芝麻蜕皮，跟魔法一样一样的。母亲拍着他的头说，你真是个怪孩子。

进入西关，他有些失望。这里原本是人气最旺、最有民间气息的地方，这里与西大街、东大街、东关，一气贯通，犹如城市的脚筋。现在，脚筋被残忍地切断，蛮横地戳了六七栋28层高楼。他仰头望了望，心里涌上莫名的伤感。西大街当然就更没有看头了。东大街和东关被改造成了民族风情街。云城是回汉杂居的城市，回民主要集中居住在东区，所以这里被改造成清一色的仿古伊斯兰风格建筑，那些在街面上卖羊肉泡、羊杂汤、羊肉面、牛肉饼、甜粽子以及各种烧烤的铺子统统进到了房子里面。失却了市井气的街道显得古板，了无生机。

林意琳站在这里，想起他少年时看过的制作酱菜的手工作坊，卖水盆羊肉的大爷，卖牛杂的大妈和卖酸菜的大婶子；想起他在东关蒸面铺子认识的那个大辫子姑娘。那时，他为了看她一眼，不惜天天早晨从西关跑到东关，不惜天天吃蒸面。她的辫子多长啊，足足有一米五吧，辫梢梢拖到脚后跟，随着身子的摆动甩来甩去。后来他听说，姑娘的辫子长到 1 米 5 就会剪掉卖钱。她的妈妈有精神病，她卖下钱为母亲治病。他有过非分之想。但他清楚地知道，他和她不是一个世界的人，因此考上大学之后他就把她忘了。他不知道自己怎会鬼使神差来到这里。他想，假如当年他没有上大学，而是留在云城做了建筑工人、邮递员、或者清洁工，他会娶她么？假如他娶了她，他们会不会白头偕老？

白头偕老，曾经是所有婚姻的最高理想。在所有的婚礼上，证婚人和男女双方家长代表都会反反复复用这四个字祝福新人。在他和蓝梅的婚礼上，先后有六个人送了这句祝福语，可结果却是这样。

那么，假如，他的结婚对象是大辫子姑娘，结果会不会白头偕老？他固执地问自己。

仿佛要解开他的疑惑似的。街头两个清洁工亲昵的举动闯进了他的视线——街边卵形的橘红色公用电话设备被两个老人当成了爱巢。他们并排坐在里边，老头举着显然是刚刚从街角德克士快餐店买来的炸鸡腿，一口一口喂着老太太。老太太吃一口，眼睛里的火焰将老头舔一下。

谁说这个时代没有地老天荒的爱情？

谁说这个时代"白头偕老"已成了遥不可及的神话？

多么地羡煞人啊！

林意琳想掏出手机拍下这个画面，随后又放弃了。他想，还是不要打扰这对爱鸟吧，就让他们物我两忘地爱着吧！

林意琳在这个下午是无牵无挂的闲人——不受制于单位或公司，不受制于女人的束缚，自由自在看尽街头风景，自由自在支配大把的时间。他逛了东西二街，又逛了东西二关，还逛了文苑路和金凤凰广场，之后又来到长宁街。

　　这种无牵无挂的状态真好。

　　他这么想着，一抬头看见了街口的巨幅海报。那海报写着，晚上七点，在金凤凰大剧院演出经典秦腔剧《五女拜寿》。秦腔是这个城市的骄傲，也是国家戏剧剧种里的独苗。这个城市的许多人为此骄傲着、狂热着、奉献着、牺牲着。作为这个城市的一员，他却从来不了解它，或者说根本不屑一顾。这是他们这一代人的通病，沉迷网络，不耐烦所有慢节奏的东西，尤其是戏剧艺术。可是，今天他特别想看看秦腔剧演出，特别想领略家乡的艺术瑰宝。

　　对，看看自己城市的宝贝吧。他对自己说。他在买票时甚至对售票员笑了一笑。

　　他把演出前的一小时花在吃饭上。剧院门口的大排档，有烤鱼、麻辣烫、小糍粑、粽子、凉粉、热面皮，还有羊肉泡和手工臊子面。他为自己点了烤鱼、烫菜以及白米饭。鱼是地道的汉江野生鱼，菜是地道的四川麻辣烫，一路吃下去，满头大汗。他也不擦，也不管吃相。他离开得太久了，这个城市里几乎没人认识他。

　　这也是一种自由。孤独者的自由。

　　真是痛快啊！一个人吃饭真痛快啊！他在心里说。

　　他在剧场坐下时，剧场才只有零星的几个人。锣鼓不紧不慢地敲着，敲得他眼眶发潮。锣鼓是一种远古催泪剂，它能勾起人心底里最柔软的某种东西。是什么东西呢？林意琳也不知道。他只感觉到一种柔软，一种亲切，一种让人泪奔的冲动。

演出开始时，实际上已经差不多七点一刻了。要在以往，林意琳是没有耐心等待的。但是，今夜，他安静地坐在剧场里，等待开幕！

大幕一拉开，摇摇摆摆出来五位古典美女，还有一群漂亮的丫鬟。林意琳鼓掌，为家乡的美女喝彩！

杨三春唱得多么婉转动人啊！

> 花树同园不同根，我与那姐妹们并非一母生。想当年，生父惨遭严嵩害，救孤女多亏叔父杨继盛。爹爹收我螟蛉女，没齿难忘养育恩。归来拜寿无孝敬，娘亲见责也应该。女婿不是外来人，我看他陋室不忘读诗文。

这古典戏文，原来这么有意思啊。寥寥数语，就交代了主人公身世和所有重要的人物，且勾画出了每个人的性情。妙！

我们的秦腔，原来这么好听啊，一唱三叹，千回百转。好！再鼓掌。

林意琳自顾自地鼓掌，一次，两次，三次，周围人就侧目了。有人斜睨着看他；有人怀疑他是不是有神经病。但他一点没觉察到。他就那么鼓下去，只要他认为必须鼓掌的地方，他就忘乎所以地鼓掌。幸好，剧情发展到悲情的地方，他控制住没有鼓掌，不然，真要被当作神经病赶出去了。

《五女拜寿》开始热热闹闹，中间悲悲戚戚，结尾大团圆。

有人不断地叫"父亲大人！母亲大人！"林意琳像突然被唤醒了。他觉得他也得回去拜见父亲大人、母亲大人了。

他在心里说：父亲大人，母亲大人，你们有罪的儿子要回来拜见你们了。就是再难堪也得面对你们啊。

强装的轻松不翼而飞，沉重像巨石那样压上心头。

想起他的父亲母亲大人，他有种想哭的冲动。毕竟，放弃一套房子，这件事太重大了。他一无所有。他没有权力把父母的财产拱手送人。郭律师说得对，他没有这个权力！

可是，他却这样做了。而且，无法挽回！

林意琳站在家门口，许久没有勇气拿出钥匙开门。后来，是里边的人打开了门。开门的人竟然是郭律师。

郭律师讽刺道，英雄凯旋啊！你应该通知我们在大门口放挂鞭炮迎接你。

林意琳没有接他的话茬。他以不易觉察的速度扫视了一眼爸妈的面部。

父亲没有表情。

母亲泪眼汪汪。

郭律师说，我在律师行业混，也有二十多年了，不敢说每场官司都能打赢，起码不会输得这样惨。你这么做，让我无地自容。

父亲依然没有表情。

母亲的汪汪泪水变成了断线珍珠，扑簌簌滚落着。他不由自主走到母亲面前扑通跪下，低语道，妈，你别这么难过。这辈子我就是当牛做马也要给你挣回一套新房子。

母亲别过脸去，一句话不说。

静寂。久久地静寂。

忽然，玻璃缸里的金鱼扑腾跳了一下，跃出水面，又落进水里，才打破了尴尬的气氛。

父亲拉他起来。

父亲铿锵说道，你的决定没错。男子汉大丈夫，做人行事就该这样大度。一套房子算什么，做人的气度才是最重要的。蓝梅陪你在北京漂泊八年，你给她一套房子是应该的。

一直硬撑着的林意琳听完父亲的话，突然无声地哭了。

母亲反而过来抱住他，叫道，琳儿，琳儿！

母亲说，我恨蓝梅。恨这个装聋作哑的毒蛇。她平日里多一句话都不说，我还到处夸赞她，那么真心诚意地疼爱她。她对我们一家却这么狠。她竟然在你一心一意跟她谈和的时候，引诱你承认打了他父亲，然后录音作为证据。这么狠毒的女人，我但愿此生没有认识过她。

林意琳说，妈，你别这么说她。那些事肯定是别人指使她做的。我了解她，她不是那样的人。

母亲悲愤地说，我可怜的儿子，她都把你害成这样了，你还替她说话。说着，抱着儿子，哭成一团。

郭律师看见这种情况，抓起自己的公文包，拉开门，倒退着离开了林家。

林意琳睡了自己生命史上史无前例的沉沉一觉——他梦见自己误入了一个黑暗的隧道，那隧道曲里拐弯，布满蜘蛛网和灰尘，老鼠吱吱叫着乱窜，癞蛤蟆遍地都是，他拼命挣扎着寻找出口，他幻想着洞口的一丝丝光亮，但是，他怎么也找不到出口。在无边无际的黑暗里，他大喊着，妈！妈！

爸妈应声同时出现在他的卧室门口。他们脸上都挂着笑容，但却掩饰不住神情里的忧伤。这忧伤让他倏地回到刚刚过去的往事里。但他故作轻松地说，几点了？我好像睡过一个世纪了。

妈说，意琳，你做噩梦了？

爸爸走到床前，盯着他的眼睛看了一会儿，说道，快起来吧，下雪了。很大的雪。你不是喜欢看雪吗！

林意琳一蹦跳下床，趿着拖鞋扑到窗前。他打开窗户，伸手接了一片雪花说，好雪！好雪！云城已经好几年没下过雪了吧？

父亲说，是的，三年没见过雪花了。所以，我和你妈都特别激动。我们已经迎着雪花上了一趟牛王洞了。你妈还捏了两个雪球给你带了回来。

他说，上牛王洞？这样恶劣的天气你们还坚持锻炼，而且，起得这么早！

父亲说，守住健康就是一切。我们必须为你守住健康。

林意琳满心愧意。他垂下头去，不敢跟父亲那坚毅的眼神对视。

生命不能承受之重！

林意琳感到窒息的正是这种强装欢悦的气氛。自从他的小家出现危机，父母在他面前就是这样强颜欢笑。他们看他的脸色行事，生怕哪个动作不慎、或哪句话不小心，勾起他的伤心事。他们不放过任何一个机会，向他灌输高大上的人生理念。他们倾尽全力，为他做饭、洗衣、收拾屋子，生活上无微不至的关怀他。母亲甚至每晚入睡前都要站在他的门外，听见他鼾声传出才能安心地上床。无论他怎样抗议，父亲半夜都要起来看看他有没有蹬掉被子。无论他怎样劝说他们放心，他们就是不能放心，只要他离开家，他们就会惶惶不安地守望他，直到他的钥匙插进锁孔转动的一刹那，他们才能欢颜释怀。

林意琳觉得，这是他最大的不孝。他都三十一岁了，他却不能让父母安心。

林意琳觉得，这也是他人生的羁绊。爱得过分，也是一件极其可怕的事情。这大概是中国父母永远都不能自觉的一件事。这是独生子女时代造成的亲情恐慌症。

这一刻，林意琳特别希望摆脱这种氛围。

母亲无法洞察他的内心。她用惯性思维向他表达着父母浓得化不开的爱心。她说，你爸爸为了让你吃上新鲜的糯米糕，晚上泡下莲子和薏米，半夜起来开了蜂窝煤炉子小火慢蒸，这阵子，蒸得又烂又香。煮米酒的水都烧开好几次了，就等你起来呢，赶紧穿整齐出去吃吧。

林意琳用餐的时候，爸妈都坐在餐桌对面看着他。那是怎样慈悲的目光啊。他看见，他吃饭时，他们的眼神和嘴唇都在微微地动，仿佛那美食也吃进了他们嘴里。

母亲叹息说，哎，真所谓祸兮福所倚呀，这场变故反而使你又回到父母身边来了。我和你爸又可以像小时候那样疼你爱你了。意琳呀，你离开父母真是太久太久了。2001 年至今，我们失去你，整整十二年呀。

父亲说，怎么这样说话！男子汉大丈夫，理当行走天下。十二年北京上学加北漂的经历，绝对是意琳一生的财富。

林意琳说，我赞成爸的说法。我想提个请求，希望爸妈同意。

父亲点头示意他说。

他一口喝干碗里的米酒，用手背抹了一下嘴，做出一副心满意足的样子，然后才说道，我想利用年前这两天空闲时间到各处走走，看能不能找到机会。这些年在外漂泊打工，受制于人的滋味我受够了。我以后的人生，可能要走自主创业的路子。

母亲说，云城穷山恶水，会有什么机会啊！

林意琳说，正因为偏僻落后，才有创业的空间啊。总之，我想出去走走，希望你们支持我。

父亲说，我支持你。

母亲说，那也该过了年再出去呀。你才结束了一场噩梦般的婚姻，需要休生养息。

林意琳拍拍胸脯说道，我好着哩。你们就放心让我去吧。

父亲说，你几时走，我去给你买件羽绒服。

林意琳说，我有羽绒服。我想马上就走。说着就去卧室，一会儿出来，全副武装——孔雀蓝的羽绒服，黑色的运动绒裤，雪地帽子雪地靴，外加一双皮手套，双肩包里是换洗的衬衣、袜子，当然，还有必不可少的书：罗伯特·西奥迪尼的《影响力》和海明威的《老人与海》。这身北方的行头，原以为回来再也用不上了，不想现在却派上了用场。

父亲拍拍他的肩膀，示意他出门，并且紧紧拽住了要送他的母亲。

林意琳打开门，回身挥挥手，噔噔跑下楼，冲进了雪雾里。

第四章　雪玲的茶庄

　　林意琳被雪花牵引到街上。他迎着风向南走，任雪花拍打着脸颊，那种生疼的感觉痛快淋漓。其实，他并不知道要去哪里。是啊，去哪里呢？眼看就要过年了，路上行人匆匆，都是奔着家而去，他却在年关走进了茫茫雪野，而且不知道要去何方，也没有明确的目的地。云城有九县一区，据说到处都是矿山、现代化工业园区和现代化农业园区、现代化养殖场、规模庞大的茶园和创业基地，但他一无所知。这么大的山，这么辽阔的原野，那些个创业的神秘之地究竟藏在哪里呢？迷茫之间，一辆大巴在他身边停下。他干脆上车，也没看大巴车的去向，捡个靠窗的位子坐下，茫然看着窗外飞速后退的雪野、村庄与河流。车到深山里的一个小镇子停下，他就下车了。车子开走，将他孤零零甩在车站上。这其实不算车站，就是一个车辆停靠点。身后五米开外，有一个修车的铺子，还有一个火锅店，门开着，门口摆着卖香烟和矿泉水的玻璃柜，但是不见人，只有挂在树上的招牌随风摇晃。他看见路标上有"青龙峡镇"四个血红的大字，才知道来到了著名的茶乡。由于海拔高，这里的雪花比城里密度大多了——铺天盖地的狂舞，白茫茫一片真干净。他想象着，如果自己躺在地上，也许顷刻就会被大雪掩埋了。在这深山老林，在这人迹罕至的冬天的雪野，掩埋一个生命应该就如枯死一棵小草般容易吧。但他不是小草。他有着人的责任。他想，他必须活着。不但得活着，还得寻找活下去的生路。

青龙峡是一个散乱的镇子，沿公路两边撒开，绵延两公里，宛若盘踞山间的两条巨龙。他沿着公路走，不时可见屋内电视里火爆的画面。他在镇西头的歌风茶庄停下，探头窥望——女主人正在包装茶叶，面前一个电子秤，一箔子绿茶，她用袋子分装，似乎是几克一装，茶和袋子都很精致。她的脚前生着一盆炭火。火正旺着，蓝莹莹的火焰一舔一舔的，小狗舌头一般，映衬得她的脸红喷喷的。她穿着枣红的羽绒服，高领上围着一圈雪白的獭兔毛，袖口上也围着一圈雪白的獭兔毛。那样子看着都温暖。他想，这女子倘若站在镇外的雪野里，就是聊斋中人物了。

女子注意到了他。她对他莞尔一笑，说，客人从哪里来呀？进来喝杯热茶，暖和暖和。

巴山女子柔美如歌的嗓音立即黏住他了。大雪天，看见温暖的炉火和姣好的女子，没有不进去的道理。何况这里是茶庄，他可以以顾客的身份堂而皇之走进去，慢条斯理坐下来喝杯茶。

他进去，女子起身让座。等他坐定，女子给他泡茶。

好雅致的茶社！青砖铺地，白粉刷墙，侧墙上挂着名人诗句：

自惜关南春来早

清明已煮紫阳茶

正面墙上挂着幅古画，上画四只红红的柿子，象征事事如意。仿古家具、仿古门窗和陈列柜透着浓浓的文化气息，林意琳置身其中，有种醉醉的感觉。他多年在北京漂泊，晨昏之间，见得最多的就是涌动的人群和仓促的脚步，哪里知道大山深处还有这样温馨优雅的去处。他想，在北京讨生活的人，真该到这里来看一看。

女子取出茶杯之后，轻声问他，你喝红茶还是绿茶？

他说，随你吧。我对茶没有研究。

女子说，那就喝红茶。冬天喝红茶暖胃，茶汤看起来也暖洋洋的。

他点头同意。女子就将小木勺伸进茶罐取出茶来放进轻巧透明的茶壶，然后烧水，水烧开后稍凉，才进入泡茶程序——先要温杯，温杯的水在杯子里轻轻摇荡，然后倒掉；润茶的功夫更细致，茶叶放进茶杯，注入开水轻轻转动，之后倒掉，之后再续半杯水，待茶叶舒展开来，才正式冲泡。他看过茶艺表演，可那时浮躁，根本没有耐心看完，更没耐心听小姑娘们学舌的所谓茶道。眼下看这女子泡茶，心情却大大不同——雪野、炭火、热茶，他在静寂的环境和慢条斯理的泡茶程序里体味到了茶的神韵。所以，当女子将琥珀色的茶水放在他面前时，他还没喝，即脱口赞道：好茶！

女子说，我给你泡的是有名的歌风金骏眉。我们的绿茶系列更好哩，阳春三月采摘的嫩芽芽，冲泡后根根直立，仿佛长在杯子里边的一丛青青草芽，汤色是翠绿的，看着都清凉，味道稍苦而后甘，那滋味美得没法说。

林意琳说，听你说茶，不喝都醉了。

女子说，歌风茶还有一样妙处哩。

林意琳说，怎个妙法？愿闻其详。

女子说，我们这里是富硒区域，所以茶也是富硒茶。硒元素是人体必需的微量元素，也可以说是生命的热能和动力。因而我们的茶又叫作富硒神草。

林意琳说，那可歪打正着啊。我正好缺了生命的原动力，这样说来，我要多喝这富硒神草才是。

女子说，对呀。对对的，长期饮用，必能生效。说完又笑，看我万变不离其宗，向你推销起茶叶来了。

林意琳笑道，艺术化推销。说者春风化雨，听者意醉神迷，情愿上当。多么美妙！

女子说，多会说话啊。你是诗人吧？

林意琳连忙说，不是不是。我是考察茶园的。我对咱家乡的绿茶很感兴趣。

说到茶园，女子的兴致更浓了，眼睛望着门外，说道，那你可来对了地方。这七沟八梁，白雪底下，到处都生长着茶树。春天来临时，绿汪汪一片，那绿芽芽会对人笑哩。我最喜欢干的活儿就是侍弄茶树。

林意琳问，你是茶专家，你家有茶园？

女子说我不是茶专家，但我们全家都种茶。我们那里的茶厂有万亩茶园哩。

林意琳再问，种茶容易吗？

女子说，不容易。先要整地，然后深挖一米二，再施肥，必须是有机肥，然后整成茶垅，这才种茶。侍弄这些活儿累死人，可是茶芽芽冒出来之后，那苦呀累呀就全忘了。林意琳这才注意到，女子的手有点儿粗糙。那显然是体力劳动的结果。但他同时注意到，女子的眼睛很亮，清波里仿佛跃动着绿莹莹的茶芽。这样的眼波在城市里已经绝种了。这是大山的赐予，或者说是茶树的赐予，只有长时间紧盯着绿色的女子，才会有这样灵豆豆的眼波。

他们不知怎么的由茶树说到茶山，由茶山说到村庄，由村庄说到家庭。

原来这女子是个典型的乡村留守妇女——八年前，她嫁给同村小伙王海涛，两人过着隔山隔河唱山歌的幸福日子。三个月后，小伙子出去打工，几年后再回来，拍在她面前的是一纸离婚申请。

那你同意离吗？他背叛爱情，你应该起诉他。最起码拖着不离，让他受受煎熬。

女子摇头，我不忍心。看他那难受的样子我不忍心。

林意琳叹息说，你心软。心软的女人都是好女人。可惜你男人没福分。你们离婚几年了？

女子说三年。

林意琳说三年多么漫长啊。离婚后日子很难熬吧？

女子说，刚开始是的，后来就不了。

林意琳感兴趣地说，请说说你是咋样疗治心灵创伤的。

女子说，土地。你只要亲近土地，不断地劳作，不断地收获，慢慢地，心里就只有欢乐了。

林意琳说，你这话像诗一样，你才是诗人呢。

女子说，我上中学时写过诗，老师还在课堂上朗诵过呢。不过现在再也没那心情了。现在我只对茶和孩子感兴趣。

林意琳说，你因此开了茶庄？

女子说，爱茶的人，都盼望有自己的茶庄。不过这茶庄不是我的，这是茶厂的茶庄。我只是年关临时值班。差不多七年了，每年年关我都在这里值班。这里是他回家的必经之地，他的父母还住在这里。我想，也许，有一天，他在外边奔波得累了，或者人家不要他了，他还会回来。

林意琳觉得这痴情女子简直就是天外来客。这年头，这样的痴情故事，听起来像《聊斋》一般。他不禁将目光粘在她脸上，心想，莫非，她真的是《聊斋》中人物！是那治病救孔生的痴情狐狸精娇娜，还是自然之精灵婴宁？反正不是现实中人！

有那么一阵子，他们停止交谈，静静地看着门外飞舞的雪花。

时间仿佛凝固了。

许久，女子问道，小哥也是有故事的吧？

林意琳反问，你怎么认定我有故事？

女子笑了，说道，没有故事的话，你大雪天应该待在家里。外边多冷啊。

林意琳说，这么美的雪景，没有故事也应该出来走走呀，你说对吧？古时候有个高人，雪夜里撑船去拜访朋友，结果到了朋友的家门口却没有进去，他觉得一路享受雪景已经够了，没必要打扰朋友了。我有点像那个"雪夜访戴"的诗人，什么也不为，就为了看看雪景。

告别时，林意琳了解到，女子的正经职业是村里留守儿童乐园的园长，这使得她又多了种谜一样的色彩——一个受伤的羔羊，却担负着抚慰伤者的职责。林意琳很想知道，她怎样扮演这双重角色。

他因而说道，说不定我还会来拜访你。你给了我一个思路。也许，我会到你们这里来种茶。

女子只笑不语。

林意琳说，笑什么，你不信？

女子说，我笑你跟那些个城里人一样，到乡下看啥都新鲜。我们这里有很多城里人认养的茶树呢。他们来到这里，看哪棵茶树好看，付一些钱，挂个牌牌，茶树就归他们采摘。只不过，大都是闹着玩儿，他们不懂茶，把茶叶都糟蹋了。你如果有意领养茶树的话，我劝你先学学泡茶的功夫。懂得了茶，才会爱惜茶。

林意琳说，我不领养茶树，我要来认真地种茶，做一个地地道道的茶农。

女子有些惊讶地看着他。

林意琳说，到时候，我拜你为师。

女子说，你还没问我的名和姓呢。

林意琳说，不用问。到青龙峡地面，找到茶香就能找到你。

第五章　歌风河的拯救

从茶庄出来，林意琳穿过镇子，向远处的高山走去。原野里风雪肆虐，大雪掩盖了路面，他只能以某棵大树为方向，或以某个房子为坐标，摸索着前行。天色渐渐暗下来，黑夜即将来临，他知道这样漫无目的在荒野里走很危险。但他就想这样走，就想这样虐待自己，似乎只有让肉体受到极度虐待，才能缓解精神上的痛苦。

蓝梅！他在渺无人迹的旷野里呼喊这个名字。

八年啊，就是一块石头也该暖热了，她为什么会这样冰冷？她怎么忍心让他突然之间一无所有。那天从法庭出来，他以为她从他心里彻底退却了，现在他才知道，她一直盘踞在他的心底里，一刻也不曾离开。就是刚才同女子谈话的时候，她也不停地冒出来。

这真是一种比死还难受的感觉。

最要命的是这种感觉无法说出，不能跟他人分享，即使最最亲爱的父母，也无法分担他内心的痛苦。这就是他必须离家的原因。他需要在完全孤独完全陌生的环境里舔舐自己的伤口——就像老虎受伤后需要走到荒原深处独自舔舐伤口，就像草原雄鹰折翼之后需要到荒山野岭独自承受痛楚那样。

　　雪越下越大，原野里除了高大的树木，几乎是一片银白的世界，而夜幕让这个银白的世界充满恐怖。林意琳高一脚低一脚地往前走。有两次，因为找不到路径而摔进河沟里。但是爬起来之后，他继续前行。他想，我得走到高山之巅，那灯火阑珊的农家去，在完全没有人知道我的地方，过个特殊的年，过几天与世隔绝的日子。

　　跟林意琳说茶论道的雪玲是个极聪慧的女子。在林意琳裹着一身风雪走进茶庄的瞬间，她就看出来他满腹心事。而且，她断言他绝对是婚姻出了问题。喝茶聊天之际，林意琳装出来的谈笑风生，更证实了她的猜想。所以，他离开茶庄之后，她隐隐地有些担心。茫茫大巴山，平日里是如母亲般温和的，风雪天则是严酷的父亲，绝对要把你投入生死炼狱。她想到他一个人误入雪野的种种危险。她本想尾随他而去，在必要时给他一些提醒或帮助，或干脆邀请他到自己家里去。然而临近年关，打工返乡的乡亲络绎不绝，她的义务和责任，是在他们回乡的途中递给他们一杯家乡的茶水。所以，尽管她心急如焚，也只能焦急地盼望夜晚降临。茶庄通常是晚七点关门，守到这一刻，她离开就心安理得了。

　　下午五点半左右，她盼来了父亲蒋志勇。父亲是进城采购年货的。每年腊月二十八，无论多忙，他都要放下手头的事到县城走一趟。采购年货是个托辞，他真正的目的是去火车站等待妻子。尽管他的妻子二十五年前就已跟他离婚，嫁作他人妇。他在心里仍然把她看作自己的妻子，仍然觉得她在外边奔波得累了，倦了，过年就会回到家乡，回到他们那生长着老杏树的小院子。他是茶农，茶道里有个观念，叫作"一得永得"。他信奉这个观念。他认为，他和妻子秀珠的爱情与全世界所有人的爱情都不一样——他们是在同一个母亲的奶头上吊大的。她比他只小一天。上世纪六十年代初，正是共和国遭受三年自然灾害的困难时期，秀珠的妈妈因为饥饿，生下她就闭上眼睛再也没有睁开。而她的父亲因为绝望，当晚就离家出走了。是他的父亲将秀珠抱了回来，放在妈妈的腋下。他们一起吮吸着母亲没有奶水的干瘪乳房，一起蹬着小腿没命地啼哭。那时候，全家人的任务就是钻进深山老林为母亲找吃的，一只野兔，几颗鸟蛋，母亲吃下去，奶水喷出，他们存活下来。童年时代的青梅竹马，当然就更不用说了。第一颗青杏长出来时的欢笑，山坡上放羊的紧张与浪漫，树林里采蘑菇的希望与沮丧，他们的牛被人家的牛打断牴角时他们的害怕与痛哭等等，那是日子叠加起来的情谊，是苦难培育起来的爱的种子，那是金钱、宝石和所有东西都磨灭不了的如同钻石一样坚固的情感宝贝，无论时光怎样流失，它都在生命深处熠熠发光。所以，蒋志勇坚信，他的秀珠会回来。所以，他愿意等她，一直等她。

他和她，也是"一得永得"！

秀珠当然没有在火车站出现。自从上世纪八十年代初打工潮席卷了中国农村的角角落落，春节前的火车站就成了最热闹最拥挤，也是情感浓如油的地方。如果有什么语言可以概括的话，火车站就是情感收容所——各种各样的情感，久别重逢、生离死别，都在那里集中涌动。心肠柔软的人，在那里会止不住热泪盈眶。刚开始在火车站接人的那几年，蒋志勇就是这样的。往往，最后一个旅客出站了，他还红肿着双眼在那里翘首盼望。

后来就平静了。他到火车站来，更像一种仪式——守望的仪式。秀珠回不回来，他的守望就在这里。

今天也是这样，蒋志勇完成了他心里的仪式就回来了。他买了足够的年货，都是山里冬季难以见到的稀罕之物：黄瓜、青椒、西红柿、青笋、香菇、胡萝卜，还有双汇火腿肠、咸鸭蛋、烤鸭、烧鸡和卤牛肉。欢欢喜喜过个年，这是所有中国人的愿望和梦想，也是山民蒋志勇的愿望和梦想，尽管他的梦想有点儿破碎，但他还是强烈地想把它补缀起来。

他背着年货刚走到茶庄门外，女儿就迎出来了。

雪玲说，可把您盼回来了。

他警觉地问，有什么事吗？

雪玲就如此这般，说了林意琳的事。她不知道林意琳的名字。她把他叫作城里来的帅小伙儿。

蒋志勇说，那赶紧关门吧。雪这么大，一会儿天黑下来，找人可就难了，我们不能眼看着让他出事。

雪玲就去找来小黑板，在上边写着：因家有要事，提前关门一小时，请各位乡亲谅解。

父亲说，你干脆写上：从今天开始关门，正月初十开店营业。大雪封山，我估计，今天回去，再出山很困难。

雪玲照父亲的意思改写了黑板上的内容，迅速收拾停当，父女俩就上路了。

大雪已经覆盖了山野，到处白茫茫一片，雪野之上，一个脚印也没有，只有柿树尖尖上的红柿子像小灯笼一样照亮着雪野。

那城里来的帅小伙子在哪里呢？这一带，人家稀少，很多地方都是有屋舍而没人烟。打工潮把许多人家变成了空屋，她断言，人生地不熟的小伙子，一定迷失在了山野里。

于是，她用手卷了喇叭筒，对着飞舞的雪花大喊：喂，城里来的小伙子你在哪里？喂，小伙子你在哪里？

雪玲的声音如她的名字一样嘀零零的，在山间穿林越水的回荡，听起来像唱歌一样。

雪玲就那么一声高一声低地歌唱着。

蒋志勇皱眉道，别喊了，这么大的风雪，谁听得见！

雪玲的家在歌风河村。那是掩映在星子梁皱褶里的一个小小村落，平日里，远看如豆，这样的大雪天里，就只能凭着方位和袅袅炊烟判断方位了。当然，他们是熟悉道路的，即使完全看不见路的痕迹，他们凭感觉也能准确地行走在路上。就在他们摸索着行走的时候，她家的大黑狗来迎接他们了。大黑狗远远地跑过来撒欢，在对主人表达了欢迎之情之后，对着下边的深谷汪汪叫着不肯离开。蒋志勇凭着丰富的生活经验，立即判断这里有情况。他将背上的东西放下，连滚带爬地摸到沟底，果然发现了被大雪掩埋的一个人。他立即将他抱在怀里，掐人中，吹热气。凭相貌看，这就是女儿所说的城里来的帅小伙了。他默默地将他背起来向上攀爬。

雪玲叫道，幸亏我们来得及时，不然可就糟了。

爬到路上，蒋志勇将他平放在雪地上，让雪玲用保温杯的水慢慢地喂他。雪玲就将他的头揽在怀里，一小口一小口地喂他。一边问父亲，不要紧吧？

父亲说，不要紧。他是冻晕了，暖和暖和就好了。

雪玲对父亲说道，我在这里守着他，你到附近找几个人，再绑副担架抬他回去。

父亲说，还是我背他回去吧。年关上，家家都忙年呢。再说，那些从外边赶回家的人，刚刚跟家人团聚，怎么好让他们分开。蒋志勇说着，背起林意琳就走。

雪玲背起那一背篓年货，默默地跟在父亲身后一步一趔趄，艰难跋涉。

林意琳从迷梦中醒来的时候，感觉好像已经睡了几十年。他像沉入海底的溺水者，意识恢复的一刹那，就拼命地想浮出水面。他努力地睁开眼睛，并且"啊"了一声。

立即就有一声暖暖的欢呼传到耳边：啊，你醒了？

他首先看见一双清波粼粼的眼睛。多么明亮的眼睛啊。他好像在哪里见过这样的眼睛，见过这样水波荡漾的目光。对了，歌风茶庄。他想起了那慢条斯理为他沏茶的女子。

奇怪啊，他不是走进山野，准备投宿南山人家么，怎么又回到了茶庄？可这分明不是茶庄啊，低矮的屋顶，白板纸糊就的雪洞似的墙壁，小小的窗户，简单的桌椅。这是哪里呢？

雪玲欢悦道，真是有福的人儿啊，昏迷了两天，偏偏在除夕夜里醒来了，正好赶上我们歌风河村的集体年夜饭。我给你打盆水来，你洗洗脸，清醒清醒。如果有力气，就出去和大伙儿一起过年。

林意琳翻身坐了起来，问，这是你家吗？我怎么到的这里？

雪玲笑道，你晕倒在雪地里，是我家大黑狗发现了你，我和父亲正好路过，就把你背回来了。

雪玲的手里拿着她刚刚完工的十字绣：茶山春晓。苍翠无垠的茶园，点缀其中的高大杉树，采茶姑娘，还有无韵的茶歌。

艳而不俗，细腻而生动。林意琳第一次近距离地观看十字绣，说道：你的作品吗？真美！

雪玲说，守护你的这两天，随意绣的，算不得什么作品。我喜欢十字绣。这活儿会让人的心静下来。

这时候，雪玲的父亲走了进来。见林意琳醒来，便说道，我预感你今天一定会醒来。年轻人嘛，受了点冻而已，暖和暖和就好了。

蒋志勇的话使他想起山野里那铺天盖地的大雪。他说，那么大的雪，你们背我回来，一定受了不少累？

蒋志勇说，受什么累呀，相遇就是缘分嘛。快出去看看，村子里的人都来了，年夜饭也做好了，怕吵着你，一直没有放炮，娃娃们都急疯了。

林意琳跳下床来，摇摇头，觉得清醒了，而且，睡了这么长的一觉，所有疲劳都驱散了。他好奇地问，山里人是在一起团年吗？

雪玲说，以前不是这样的。我们南山人最讲究家人在一起团年。这些年，在外打工的人多，很多家庭的亲人除夕这天都赶不回来。这样，那些留守的老人和孩子这一天就特别难过。从大前年开始，我父亲干脆把村里人都接到我家来团年。一起过年很有意思，你去感受感受就知道了。

蒋志勇说，你可能还不知道我们的名和姓哩。我叫蒋志勇，是歌风河村的村支书兼村长，也是歌风茶厂的厂长。她是我的女儿，叫雪玲。雪玲告诉我，你们在茶庄见过面了。

林意琳说，雪玲，多么响亮的名字啊。我们是在茶庄见过面了。再次相遇，真是缘分啊。我叫林意琳。你们叫我小林好了。

这时候，雪玲的女儿萍萍领着大黑跑进来，说道，大黑，快给贵客行礼。大黑就使劲儿摇尾巴，并且仰起头，用那种会说话般的眼神看着林意琳，看得林意琳满心感动。

雪玲便说，介绍一下，这两位，都是我家重要的家庭成员。我的女儿萍萍，今年六岁了；我的左膀右臂大黑；还有一位重量级人物，我爷爷蒋成，你一会儿在宴会上就会见到。

林意琳先抱了一下萍萍，夸萍萍长得像蓝精灵。接着，郑重地在大黑面前蹲下，摸着它的头，说道，好兄弟，我会记住你的救命之恩。

蒋志勇说，我先出去招呼，你们收拾好赶紧出来，大伙儿等着哩。

趁雪玲出去打洗脸水的当儿，林意琳赶紧做了几个深呼吸，踢了踢腿，弯了弯腰，还抓紧看了看周围的环境。当然，也不忘收拾打扮，把黑红相间的围巾翻出来，还换了件干净衬衣。

收拾打扮好，要正式出场了，林意琳心里不免有些紧张。走出校门就进公司的书生，还没有在大庭广众面前露过脸呢。雪玲看出他的心事，安慰他说，别紧张。歌风河人最好客了。有客自远方来，而且是来这里过年，他们都高兴得不得了。

果然，当林意琳跨出蒋家堂屋门槛的时候，人们一下子都沸腾了。蒋志勇大声喊道：介绍一下，他就是我们的贵客林意琳，大家叫他小林好了！

这一喊，仿佛鸣炮令，几十挂鞭炮一起炸响，五千响、一万响、铳子、礼花、冲天炮、一起呼啸。那感觉真是惊天动地！而年的味道似乎就在那一刻弥漫了整个天地间。这浓浓的年的味道，让人激动，让人陶醉，让人觉得活着真好！虽然是全村一起团年，但家家户户的鞭炮是必须各自炸响的。所以，那鞭炮声足足在山间回响了半个多小时。孩子们举着冲天炮在人群里乱窜，稍不留意，就会被你身后突然炸响的鞭炮吓一跳。

林意琳受了感染，对着雪玲大声问道，请问哪里能买到鞭炮？我也想放炮！

雪玲喊道，早为你准备好了。说着跑进屋去。一会儿，提了几个礼花和两挂一万响的鞭炮出来。

林意琳说了声谢谢，眼眶有些潮润。

他们把礼花和鞭炮提到院边去放。正当第一轮的炮声刚刚下去，他们的鞭炮声和绚烂的礼花掀起了又一个高潮。人们静静地站着，每当一个礼花在天边绽放，就欢呼雀跃不已。

林意琳不由脱口叹道，山乡过年可真热闹啊！一闪念间，他想起了父母，想起了自己刚刚离散的家。但他立即驱散了这个念头，跟着蒋志勇，去结识歌风河村的乡亲们。

蒋家的长席摆在屋子对面的棚子里。这显然是临时建筑，竹棚为墙，机制石棉瓦做顶，东边支着六口大锅和长长的案板，西边的两排长桌边坐满了兴奋的人群，中间蹲着个裹了红布的麦克风。蒋志勇带着他先跟做年饭的厨师们道了谢，问了好，然后在麦克风前把他介绍给大家，最后带着他走到长席前，不分男女老幼，给林意琳挨个介绍。某人叫什么，在村里是什么辈分。介绍一个，林意琳点一下头，说声认识你很高兴，然后亲热地握手。村里人很热情，大家衷心地欢迎他这个外乡人到歌风河村过年。有人还问到他的家在哪里，爸爸妈妈好吗，有没有结婚等等。他微笑着一一回答。他很奇怪，大家没有问他为什么过年不回家而来到这里。他猜想，可能雪玲的父亲叮嘱过了，所以大家回避了这个话题。

这时候，突然跑过来一个人，笑嘻嘻看着林意琳却不说话。这人眼睛出奇的大，目光闪烁如星，只是神情奇怪。雪玲赶紧过来介绍，说道，他叫吴俊，是歌风河最最勤劳最最慈悲的人。村里哪家建新房他都去砌过墙盖过瓦，哪家的娃娃他都背过抱过；哪家的老人有需要他都照顾过帮助过。村里人都叫他小哥。只可惜他不会说话。

林意琳说，哦。不由得多看了他两眼。吴俊生得高大威猛，面目清俊。如果不说话，谁也看不出他是哑巴。真正天妒英才啊。

蒋志勇安排林意琳、雪玲和吴俊坐在第一排长席中间，他自己坐在第二排中间。他坐下来，立即就上菜了。首先端上来的是 12 个凉盘：凉拌牛肉、凉拌猪蹄、凉拌猪肝、凉拌白切鸡；凉拌黄瓜、凉拌菠菜粉丝 、凉拌金针菇、凉拌红白萝卜丝、凉拌豆芽芹菜；炸小鱼、炸土豆片、炸花生米、炸菱角。主厨杨瑞花宣布今天共有 36 道菜。剩下的 24 道菜分别是 12 道蒸菜和 12 道炒菜。大家一起欢呼，让她预报菜名。那杨瑞花偏偏卖关子不说。林意琳注意到杨瑞花面阔耳大、肤白如雪、目光如电、声音响亮，毫无疑问，她属于山里能人一类。

林意琳悄声问雪玲，她真能做出 24 道热菜吗？

雪玲说，当然能啊。别说 24 道，就是 240 道，只要她想做，就都能做出来。杨姨可能干了。

这么多菜，都有什么花样啊？

雪玲说，花样可多了。单说这蒸菜吧，就有蒸盆子、蒸碗子。这蒸盆子又有讲究，须得一只上好的仔鸡，一条新鲜的鲫鱼，一只剁开的腊猪蹄，还要放莲菜、山药、红白萝卜，上边一层最讲究，要放鸡蛋皮饺子和肉糕。肉糕需选上好的肥肉，去皮后用刀背剁绒，加五味调料，还要抹一层蛋清。所有的菜蔬放好，火工又讲究，大火开锅后，须得小火慢蒸五到六个小时，让气流水滴进盆里成汤，才是上品。

林意琳啧啧称奇，说没想到山乡的饮食文化会有这么丰富。那蒸碗子呢，也有这么多讲究吗？

雪玲说，蒸碗子相对简单一些，但工序也是复杂的，比如一个黄焖鸡，就需取上等的鸡块用开水焯了，然后用各种调料腌制一整天入味，再加上红白萝卜和粉丝，才能上笼蒸。当然也得大火开锅小火慢蒸。

林意琳说，这么复杂，那这顿团年饭，要早晨就开始准备吧？

雪玲说，两天前就开始准备了。杨姨他们昨夜一整夜都没睡。

林意琳说，一顿饭这么辛苦啊。

雪玲说，做年夜晚是一年当中最重要的事，也是喜事，圣事，被选定做年夜饭的人都是村子里的能人，他们再苦再累都是高兴的，用眼下流行话说，就是累并快乐着。

凉菜上齐，厨师们也来入席。雪玲特地拉了杨姨坐在她和林意琳中间。等所有人安定下来，蒋志勇走到麦克风前做新年致辞。他的致辞很简单。他说：除夕夜，是歌风河人的平安夜。全村人平平安安地坐在这里团年，远方的亲人也都发回了平安的消息，这就是歌风河村最大的福分。现在，我提议，大家一齐举杯，为歌风河村人的福分干杯。

干杯！人们一起喊道。

第二杯是雪玲的爷爷——村里德高望重的蒋成老人提议的。老人身板结实，浓眉阔脸，下巴上一撮山羊胡子，笑起来一抖一抖的，非常可爱。他站起来，高举酒杯，未曾说话先笑个不住，惹得所有人都跟着他笑。笑够了，他才发话道，没啥子好说的，我看见一村子的娃娃大小都平平安安地坐在这里，心里就像喝了蜜糖。尤其，村里来了高贵的客人，我更高兴。咱们就喝酒，大杯地喝！说着将杯中酒一饮而尽！喝罢了才想起说"干杯"！

大家一起站起来闹嚷嚷喊道：干杯！干杯！

第三杯酒，由杨瑞花提议。她说，我也没啥子好说的，就祝福新的一年里，歌风河的年轻人都好好创业，歌风河的老年人都好好地活着，歌风河的娃娃们都快快地长。咱就为这个干杯！

干杯！这一次人们响应得更为热烈。

是啊，青年们都好好创业，老人都健康长寿，娃娃都快快长大！这也许就是歌风河人最朴素的理想。

忽然，有人喊道，第四杯酒，大家共同敬雪玲老师。雪玲管护着咱村里几十个留守娃娃。没有她，咱们这些人在外怎能安心啦！雪玲是村里最大的功臣，是村里所有娃娃的好姑姑，大家敬好姑姑一杯。

好！好！敬雪玲！大家纷纷举着酒杯涌过来。

吴俊立即跳起来护住雪玲，接过人们的敬酒，一仰脖子一杯。

几个娃娃跑到雪玲身边，喊道，我们也要敬姑姑喝酒！

雪玲将吴俊按在座位上，举着酒杯站起来，给大家深深地鞠了一躬，说道，按说，我没有这个资格，村里那么多功臣，怎么着也轮不到先敬我。但大家的美意我不能违拗。我就祝福大家新年快乐吧！这些年，歌风河村的人日子好过了，楼房也建多了，现代化的电器家具也有了，就是快乐少了。一年到头就热闹这么几天，大家就放开吃放开喝放开乐吧。

年夜饭宴席上喝的酒是当地自产的甜杆酒，度数不高，酒劲却很大。所有的人都连干三杯，林意琳却一杯也喝不了。杨瑞花激他说，哪有男人不喝酒的。来，你喝三杯，杨姨给你唱个陕南花鼓子。

一听说杨瑞花要唱花鼓子，很多人离席跑过来起哄。有人说，喝吧，小伙子，杨姨的花鼓子可比电视上那些明星们唱得好听多了。你若没听到，可就白来歌风河一趟了。

雪玲说，你身体刚刚恢复，按说我不该劝你喝酒。但今夜是除夕夜，图的就是个喜庆欢乐，这酒又是当地自产的杆杆酒，绵软得很，你就喝上三杯，大不了再睡个两天两夜，也不能错过杨姨的花鼓子啊。你看，大伙儿都等着跟你沾光呢。杨姨的花鼓子可不是轻易唱的。

林意琳牙一咬，眼一闭，说道，好，我喝。为了杨姨的花鼓子，我豁出小命也要喝三杯。说完，仰脖就是一杯。杨瑞花亲自斟酒，连连称赞他有男子汉的豪气。

杨瑞花当然更豪气，为了尽兴，她陪喝三杯。放下杯子，她拿根筷子敲着面前的碟子唱起来。歌名叫做《你要来你黑了来》，可谓土得掉渣。

你要来你黑了来

千万莫穿袜和鞋（读 hai）

你光了脚（读 jue）片来吧

要是有人来问你

你就说是钓鱼来

神仙也解不开吔

你在屋外学猫叫

我在房中唤猫来

风吹门儿自开吔

火边煨地是杆杆酒

桌上放的是下酒的菜

要喝（读 huo）酒来你自喝（读 huo）自己筛吔

热乎乎地洗脚（读 jue）水

盆边放地是鞔脚（读 jue）地鞋（读 hai）

你洗罢脚（读 jue）了，你上呀

你上呀，你上床来吔。

　　杨瑞花在演唱时完全变了一个人，表情生动而风骚，一双水漉漉的大眼睛忽闪闪转动；声音柔美如蜜，一声既出，所有人都被黏住了。人们仿佛被她带进了那个柔情蜜意的夜晚，亲眼看见了那个光着脚片偷会情人的小伙子，亲耳听见了那撩拨人心的猫咪的轻唤；又仿佛走进了那吱呀作响的门扉里，坐在了那暖融融的炉火边，细细品味情人亲手备下的美酒佳肴；热乎乎的洗脚水是多么诱人哪！而床，是所有情人的天堂啊。多么生动的情歌！多么鲜活的青年男女欢会的场景！林意琳从来不知道民间音乐是这般生动，也从来没有感受过这么动人魂魄的演唱。这才是真正的音乐啊。他想，那些个占领着主流媒体的所谓歌唱家们，真应该到民间来好好学习！

杨瑞花演唱完了，被深深迷住的人们在静场之后突然醒来，大叫着让她再唱一个。她却坚决不唱了。她站起来，说道，我要去指挥上热菜了。大家好好吃，好好喝。一年到头的辛苦不容易，大家就好好享受吧。

林意琳说，好一个知进知退的聪慧女子。歌风河地面，可真是人杰地灵啊。

热菜上来之后，还有一些人表演节目。先是青年们举着酒杯走着唱，在哪里唱毕，就在哪里停住，要求周围的人喝酒。人们一般是不拒绝的，但总要推辞半天，闹个不可开交才把酒喝下去，也有被强行灌酒的。有个年轻后生最有趣。他歪戴着帽子，鼻梁两边抹着煤黑，很显然是在炭火里烧什么东西吃无意中抹上去的，他自己浑然不觉，挥舞着棍子在那里怪声怪气地唱："这么好的嫂子你咋不搂在怀咿呀哎……"最后出场的是村子里的老者。他们抽着长长的旱烟袋，稳稳地坐在那里，被年轻人左请右请才开口。他们唱当地民歌和传说故事，如《山伯访友》《七仙女下凡》《董永卧寒冰》等等。那沙哑的嗓音里含着种悠远的深沉和苍凉，将人们带得很远很远。

真好听！林意琳评价说，他们声音里的沧桑感太动人了，我有想哭的感觉。

雪玲说，我也是。

把人们带出苍凉的是在外创业成功的王伟。王伟四十来岁，是身价千万的煤老板。他为人们演唱了《爱拼才会赢》。人们为他热烈地鼓掌，要求他讲创业故事，他却讲了在外拼搏的心酸。

　　他是 13 岁上走出歌风河的。那年，他的父亲外出打工，年底捧回来的是一个骨灰匣子。母亲在大年三十离家出走。奶奶差点儿哭瞎了眼睛。过完年，他就跟着村里人到山西煤矿做苦力去了。他离开村子时，戴着顶破毡帽，烂棉袄上系根草绳，脚上的葡挞鞋露着脚趾头，人人看了都心酸。到了煤矿，所有地儿都不要他，人家害怕使用童工惹麻烦。后来，他瞅准一个年龄较大的煤老板，就天天跟着他。人家上车他赶紧跑过去拉开车门，人家下车他赶紧给人家车前放块纸板。人家赶他他不走，就那么跟。跟着，跟着，就跟出了感情，老板不再赶他了，看见他就摇头叹气。有天，小煤窑老板因为跟同行争地盘结了怨，在家门口刚下车，就蹿出一个手里拿着砖头的蒙面人。说时迟那时快，他一个箭步冲过去挡在煤老板前面，那砖头就拍在了他的脑门儿上。而后，自然，他成了煤老板的亲信。再后来，他翅膀硬了，承包煤窑也成了煤老板。

　　杨瑞花说，嗨，王伟，往年让你讲讲外边的事，你死都不讲，村里人还以为你那钱是从天上掉下来的哩。今天怎么竹筒倒豆子——骨碌碌全出来了。

　　王伟说道，今天不是有个外来客吗。我人来疯，在外人面前显摆显摆。

　　本不打算多说话的林意琳忍不住说道，这个故事很好。它告诉我们：忠诚无价。这是成功的根本。

　　人们拍着手儿，说，对呀，对呀！这就是我们歌风河人的品性呀！

　　王伟这么一说，惹起了许多人的故事。大家争相诉说在外边打拼的种种奇遇。一时间，好像开故事会似的。林意琳趁空儿赶紧给爸妈发了个短信。他写道：

爸妈，你们好吗？

我住在歌风河村的村支书家里，今晚全村人在一起团年，放鞭炮、坐长席、唱民歌，热闹极了。我非常快乐。但未能陪爸妈过年，我心里很难受。请爸妈原谅儿子不孝。我在歌风河畔给爸妈拜年啦！

爸妈立即回音：

知你平安，爸妈很高兴。雪大路险，不要急着回来。我们很好，放心。现在正看春晚呢。

之后又补充一句：我们也很快乐！
之后再补充一句：我们也在吃团年饭。儿子，新年同乐。

想到爸妈此刻头对着头看他短信的情景，林意琳眼眶热了。

所幸接下来的狂热很快就把林意琳的忧伤淹没了。酒喝到半酣，所有人都疯了。人们形成几个圈子，划拳猜令声仿佛要冲出屋顶。杨瑞花的声音最为响亮，她右手插在腰里，一只脚踩在凳子上，高叫着"哥俩好呀，五魁首呀"，活脱脱一个女汉子，与唱歌时风情万种的女子判若两人。把个林意琳惊得目瞪口呆。他想，这就是农耕文明的精髓了：单纯、温暖、忘我！该哭时哭该笑时笑，没有那么多曲里拐弯的麻烦。也没有那么多阴暗的算计。

第六章　心　魔

　　林元、梁音和儿子一样，此刻也是百感交集。他们其实没有看春晚。春节晚会，是共和国千千万万个家庭在除夕之夜翘首共看的热闹，林元和梁音却没有共享。他们恰恰受不了春晚的热闹劲儿。他们在这个晚上甚至没有打开电视。他们围桌而坐，静静看着满桌的年夜饭——六个凉菜，六个热菜，取六六大顺之意。一瓶红酒摆在桌上，开瓶器也准备好了，电灯拉灭，红烛也点上了。但是谁也没有提出开席。他们俩谁也没有提起外出的儿子，但他们都在不约而同地等待儿子的消息。对于这个刚刚遭受了重创的家庭来说，儿子没消息，怎么过年呢？年夜饭，是一家人团年的饭，年夜饭上的酒也是团圆酒啊！

　　他们并不焦虑。他们只是平静地等待着。

　　忽然，林元的手机"嘀"响了一声。那柔软的声音在静夜里是那么响亮，那么悦耳，致使两个人的头同时扑向手机——他们在摆布团年饭的时候，心照不宣地将手机摆放在最显眼的位置上；两人坐下来之后，又心照不宣地多次用眼角扫视手机页面。现在，心里盼望的声音终于来了，却都不敢立即去看，只瞅着那一闪一闪的绿色信号发愣。后来，梁音清醒过来，一把拿过手机，打开了短信。打开短信的同时，她像老鼠那样"吱"

地尖叫了一声，然后涕泪横流，喊道，咱们儿子在一个叫作歌风河的地方过年呢。放鞭炮、坐长席、唱民歌……哎呀，长席什么样呀？是云南彝族人那种长席吗？十几张桌子连接在一起！天呀，那该多热闹呀！儿子说他很快乐。你快来看，儿子说他很快乐。

林元默默地拿过手机。为了看得清楚，他把手机举到蜡烛的光焰底下去看。看着看着，两行清泪潸然而下。但他极力掩饰着自己的情绪，一遍遍看那条消息，一边悄悄地用手指拭去眼角的泪水。

梁音叫道，别只顾看。你快回短信，就写上：知道你平安，爸妈很高兴。哎，不对。不行不行。要写上：雪大路滑，不要急着回来。哎，不对不对。还要写上：咱们也很快乐，咱们也在吃团年饭，让他安心。

林元以出奇的耐心，忍受着妻子的啰唆，并按照她的意思，一遍遍补充着发给儿子的短信。

接下来，他们反复研究儿子发来的短信。那几行字，让他们费劲猜想。歌风河在哪里？在大秦岭里边，还是在大巴山里边？在汉水之畔，还是在月河岸边？

梁音说，打个电话问问吧，问问他离家有多远？

林元摇头。说道，不必问。他是男子汉。他不说，我们就不问。说着，他果断地打开了那瓶昂贵的法国红酒。这瓶酒是他专门为这个特殊的年买的。现在，儿子有了消息，他们有理由开怀畅饮了。他将自己和梁音面前的酒杯斟满，然后举起酒杯，说道：来，为新年干杯！

为新年干杯！梁音说。

平时不大喝酒的老两口儿，郑重地碰了杯，然后一饮而尽。

放下酒杯，他们都举起了筷子，但是，他们又同时放下了筷子。

儿子不在场，谁也没有心思吃年夜饭。林元虽然表现出一副铁石心肠的样子，但那内心的柔弱还是掩饰不住。

梁音说，干脆，咱们离开饭桌，这样心里会好受些。

林元说，这个时候，离开饭桌咱们干什么呢？

梁音说，我们干脆在电脑上看芭蕾舞吧。就看《天鹅湖》。也许那凄美的故事，精湛的演出，会把我们跟现实生活拉开距离。这办法是梁音发明的。她发现沉浸在高雅艺术里可以忘掉现实生活的琐碎和烦恼。不幸的是，人是不可能永远沉浸在艺术里的。再好的芭蕾也有结束的时候。结束了，你就得回到现实。而回到现实，一切就灰暗了。

这是除夕夜啊。除夕之夜，他们的宝贝儿子远走他乡。他乡的热闹，可能安慰他破碎的心？

梁音说，还是打个电话吧！

林元坚决不让。林元说，我们只要知道他平安就好了。给他一些空间和自由吧。不要追问他在哪里。也不要问他什么时候回来。

梁音说，除夕夜，万家团圆，唯他人去家破，意琳心里肯定难受极了。

林元说，怎么是家破？他还有我们。我们的家就是他的家。

梁音摇头，说道，这不一样。说着，眼泪就溢出眼眶了。

林元抽张餐巾纸递给她，并不劝解。他知道劝解没用。

梁音继续说，意琳伤心的还不是财产。他伤心的是亲人对

他的算计和背叛。他多单纯个人，整个一大婴儿，那么一心一
意爱着自己的妻子，做梦都不会梦见被枕边人算计。

林元说好了，咱们不说这个行吗？

梁音知道自己犯规了。儿子离家那天，他们曾经约定，再
不谈他的失败婚姻，再不谈蓝梅和她的家人。可怎么就管不住
自己的嘴呢。最要命的是，即使管住了嘴，也管不住心啊。梁
音心里太难受了。往日，她很少注意街头的人群。然而，自从
儿子离了婚，街头那成双成对的欢情男女就不断撞进她的视线。
而且，那些女孩一律是美丽的，而且看起来也是善良阳光的。怎
么她的意琳就偏偏碰上了冷漠阴郁的蓝梅呢。而且，蓝梅是多
么恶毒狠心啊！想起那张永远没有笑容的脸，想起那形同鲶鱼
的紧闭的嘴，还有那隐藏在镜片后边的细细的眼睛……往往，她
会站在人流里发愣，甚至会不由自主跟着那欢情男女走，仿佛
要在生活里寻求答案。

梁音是个单纯的女人。如果说儿子是个长不大的婴儿，那
么她就是走不出青春的女孩。她是那么容易感知美好的事物——
春天里一棵青青的草芽，夏天里路边的一朵小花，秋天里树上
的一片落叶，冬天里漫天飞舞的小小雪花，都能让她热泪盈眶，
感叹不已；都能让她用诗去歌吟，用歌去咏唱；都能让她久久
地迷醉！生活却让她柔美的心经历了这样的龌龊！她怎么能够
忘记蓝莓母亲披头散发、捶胸顿足的吵闹！怎么能够忘记蓝莓
父亲狼嚎般的咆哮！往往，她会看着儿子卧室的门想，蓝梅是
在这里住过吗？她会看着客厅里铺着碎花桌布的餐桌想，蓝梅
的父母亲是在这里坐过吗？有一天，她对林元说，把那块桌布
扔了吧！又有一天，她对林元说，把餐桌抬出去送人吧，买张

新桌子回来。

林元一一照办了。在过往日子里只会思考云城教育大计的著名校长林元，在苦难的情感遭遇里学会了细腻和体贴。他知道他那娇弱的妻子内心的感受。

蓝梅就像魔影一样在梁音心里窜动，赶不走，拂不开。她只能默默地呼唤时间的圣手。她知道，只有时间的圣手才能抚平心里的伤痛。

梁音将揉皱了的餐巾纸放进纸篓里，仰起头使劲甩了甩头发，仿佛要把心里的魔影甩掉。

林元也犯规了。他也忍不住跟妻子一起回忆那不堪回首的一幕幕闹剧。

今晚，儿子是他们无法避免的话题。

他们说到那一天，回忆发生在他们生命史上的最不堪忍受的一幕。他们说到那一天的每一个细节，蓝梅、蓝莓父亲母亲的形象历历在目。那些恶毒的、在林元和梁音看来比毒箭还要厉害的话语盈盈于耳，让人痛心疾首。

他们还触碰了那个最令他们心痛的话题——房子。

房子，他们一生心血凝成的房子啊。

林元说，我一生轻名利而重事业，轻钱财而重情义。可这个房子着实让我心疼。咱们一辈子起早贪黑，做最辛苦之事，效犬马之力，积攒下这点钱，只说是给儿子留下点资产，现在却化为乌有。我也是人，我表面上豁达，疼在心里啊。

梁音说，我知道你心里疼。你一辈子节俭，穿最简单的衣裳，吃最简单的饭菜，从来不挑剔。眼下几十万元买下的房子顷刻没了，不心疼死吗！我更是啊。这年头，哪个女人不进美容院，不用名牌化妆品？可我就没进过美容院，没用过名牌化妆品。有一次路过一个装修华丽的美容院，我不由自主走进去，看见女人们舒服地躺在粉红色的软床上，漂亮小姐在她们脸上拍啊揉啊按摩啊，我心里咚咚地跳，几乎要下决心买张年卡了，但是想了一想还是逃走了。三千块啊，我怎么舍得！现在看来，我不该那么尅抠自己。尅抠自己，是给别人攒钱了，真真的亏啊！

他们的除夕夜被毒化了。

忽然，林元觉悟到这一点。他站起来，牵着妻子的手走进书房，打开电脑，在百度上搜出芭蕾舞剧《天鹅湖》。

舒缓美妙的音乐响起——白天鹅出来了，王子出来了……

梁音说，俄罗斯的芭蕾真好啊。你看四小天鹅那舞步，真真只能天上有啊。还有白天鹅转那圈，你数了没有，38圈，一个都不少。

林元说，我数了黑天鹅转的圈，一共是39圈。

梁音说，怎么会呢？它怎么能比白天鹅转得多呢！

林元说，它肯定比白天鹅转得多，比白天鹅舞姿优美，不然怎么会诱惑王子呢？

梁音说，到底是你情商高。我就没想到这一层。我只是一味地喜欢和同情白天鹅。

林元说，这就是女人和男人的差别。女人是情感的，而男人是理性的。

梁音道，这么说来，咱们儿子能够理性地对待自己遭遇的不幸？他在山里不会出事吧？

林元没有接她的话，只用眼角的余光轻轻扫了她一下。她吐了一下舌头，费劲地回到芭蕾舞的话题上来。

　　她说，什么时候能去趟俄罗斯就好了。听说圣彼得堡亚历山大皇家剧院的演出才是顶级的。

　　林元说，等咱琳儿生活安定下来，一定带你去圣彼得堡皇家剧院看芭蕾。咱们坐火车去，走它七天七夜，好好领略沿途风光。

　　梁音说，你说，儿子会跟我们一路去吗？或者，他再找下的妻子，会是一个懂事的女人，能够跟上我们的思维，宁肯省吃俭用，也要去俄罗斯圣彼得堡皇家大剧院看场地道的芭蕾舞！

　　林元想，完了，今晚无论如何，他们都驱赶不走心里的魔鬼了。

第七章 "年"的洗礼

林元和梁音挂在心头的宝贝儿子此时正在歌风河接受"年"的庄严洗礼。歌风河的"年"不仅有欢乐的年夜饭，也有沉重的祭祖仪式。夜里11点钟，从宴席上退下来的人们，都点燃了松明火把，孩子们则提着各式各样的灯笼，火纸和鞭炮一律由家里的年轻人提着，然后向各家的坟地走去。一时间，山间到处灯火闪耀，仿佛灿烂星空。

雪花仍在漫天飞舞，呜呜的林涛在山间滚过来滚过去。

扑进寒冷里的人们一言不发。

夜是漆黑漆黑的。除夕夜是一年当中最黑的夜。上苍也许是用这伸手不见五指的黑暗诏示"年"的庄严。

蒋志勇原本不让林意琳跟着他们上坟山祭祖。一来天冷路滑，他担心林意琳的身体吃不消；二来，祭祖是家事，外人不便参与。林意琳却坚持要去。他说，我既然蒙你们搭救，在年关来到你家，就是你家的一份子，祭拜祖先是必须的。也正因为林意琳的坚持，蒋志勇由衷地喜欢上了这个年轻人。不畏深夜严寒愿意随他祭祖的人，是懂得感恩和有敬畏之心的人。他喜欢这样的年轻人。

林意琳也举着一个松明火把。他小心翼翼地紧跟着前边人的脚步，暗暗叮嘱自己千万不能滑倒。他是大男人。大男人在外边决不能露出小女人态来。

山间的夜晚确实太冷了。风雪像刀子样将人的脸刮得生疼。这种透骨入髓的冷，使林意琳心里的庄严感又增加了几分，或者说，使他心里产生了从来没有过的庄严感。城市生活将一切淡化了。城里夜如白昼的光明消解了夜的庄严，也消解了黑暗的神秘。没有黑暗的地方是可怕的。它使神秘退隐，使一切赤裸裸的，使一切肆无忌惮！

林意琳觉得，他在这一刻理解了光明与黑暗的意义，理解了仪式的重要。

感谢歌风河的人，在这个大山遮蔽的地方保留了祭祖的庄严仪式，使他这个在城里生城里长的人有机会受到一次庄严的洗礼。

蒋家的坟地在半山腰上。这是一个颇具规模的坟园，上边一排是远祖先，共有八个坟头；中间一排六个坟头，分别是蒋家的祖父辈，也就是蒋志勇的爷爷、奶奶，大爷、大奶奶，二爷、二奶奶；下边是雪玲的奶奶。这些坟头被几十棵茂盛的柏树护卫着，古意幽幽，肃穆宁静。站在这个制高点上，可以看到四面山上灯火闪耀，明灭不定。这样一道奇异的山乡风景，在中国大地上可能不太多了。

雪玲、林意琳、萍萍，还有蒋家的几个后人，在蒋志勇指挥下散开在各个坟头前。他们先为每个坟头点燃两根蜡烛，蜡烛周围要插四根棍子，糊上白纸挡风，然后上香，这个工作延续了半个小时左右。因为风大，挡风纸不容易糊好。烧纸时，开始磕头。蒋志勇率领晚辈们在每个坟头前一字排开，认真地磕三个响头，从第一排磕到第三排。在雪玲奶奶的坟前磕头时，他说道，妈，大年三十晚上，儿子给您磕头了，孙女儿雪玲和其他晚辈也给你磕头了，还有一个城里来的晚辈也来给你磕头了。妈，你看见了吗？

蒋志勇说这些话的时候，坟头上骤然响起一阵窸窣之声，仿佛真有逝者的魂灵在回应似的。但是，鞭炮声立即驱散了这种阴森之感。活着的人们在进行完一系列庄严的仪式之后，放起了鞭炮和礼花。歌风河人邀请祖先们和生者一起欢度新年。

蒋志勇也点燃了鞭炮。一万响的大地红，一千响的冲天炮，震耳欲聋地炸响之后，一家人慢慢离去。

歌风河有大年三十守岁的习俗。所以，村里人散了之后，蒋志勇把客厅的炭火烧得很旺。那是上等的青冈木烧的板炭，燃烧之后，窜出蓝莹莹的火焰，暖意顷刻溢满房间。雪玲提来几个火盆——搪瓷脸盆用铁丝网起来，有圆孔和提手，轻巧精致，便于移动。雪玲将烧旺的炭火夹在每个火盆里。原来，除夕夜晚，每个房间都要烧上炭火，寓意来年日子红红火火。林意琳跟着雪玲到每个屋子去放火盆。他就看见，山里人的日子是很讲究的——三间卧室和客房都糊了白板纸，干净明亮，床上都是粉底花色床单，大红牡丹花被子，一张黑漆桌，两把椅子，对面一个大立柜，靠窗的小沙发蒙着橘红色套子。放上一盆火，屋子立即暖意融融。让林意琳想不到的是，雪玲和父亲还各有一个书房。书房里书不是很多，但书桌和椅子很讲究，电脑是原装联想，且能上网。柴房是迷人的。说它迷人是因为它古老的氛围与隔壁的书房形成了鲜明的对比，恍若远古时代与现代社会两个世界的拼接。这里三面墙边都码放着整齐的柴火，那是一节节木头堆砌起来的，木头的年轮清晰可见，码放在一起，就像是一幅印象派的画。厨房很大，有柴火灶、煤气灶，还有蜂窝煤炉子，案板、橱柜、蓄水池和冰箱。这里所有的东西都很大。大得让人起疑：这样一个小家庭，为何有如此夸张的厨房和灶具呢？磨坊有点儿魔幻主义色彩。古老的大石磨和手推磨，挂满腊肉的墙壁和屋顶，都让人有种返古之感。雪玲说，因为爷爷爱吃石磨豆腐，家里就保留着这些古董。这间房子里还有棕编的蓑衣、草帽、镰刀、风车、马鞍子、马蹄铁、旧式马灯。都是林意琳没有见过的。雪玲一一讲给他听，并告诉他，这都是爷爷珍爱的宝贝。牲口棚里有两头黄犍牛和十几只白山羊，大黑的窝也在这里。那牛看见人就哞哞地叫唤，引得羊也咩咩叫。林意琳害怕，不敢到跟前去。雪玲却像亲人那样摸摸它们的头，拍拍它们的脸，跟它们说，过年呢，一起高高兴兴过个年吧。

林意琳问，也要给它们放火盆吗？

雪玲说要放的。这牲口啊，也是家里的一分子。它们健旺，家里就兴旺。

牲口棚旁边有个小棚子，里边放着草料箱和犁头，墙上挂着牛笼头。雪玲说，这是大黄的屋子。大黄是条勤劳的犍牛。父亲开辟茶园那些年，全凭它拉着犁头耕地，一个山头一个山头的犁，一年又一年的辛劳。父亲像爱自己的娃娃那样爱惜它。给它单另盖了这个牛圈，每天给它喂炒熟的黄豆和精饲料，有时候，还陪它睡觉呢。到底是活儿太重了，有一天，它正犁地呢，突然口吐白沫倒下，再也没有站起来。它的离世使父亲痛不欲生。父亲保留了它的屋子，有人问起他就说，这是大黄的屋子，还指着那笼头啊犁头啊告诉人家，这是大黄用过的东西。

林意琳说，你爸爸对大黄的感情就像希梅内斯对待他的毛驴一样。他们事实上把它们当作了自己的亲人。

雪玲问，谁是希梅内斯？

林意琳说，他是西班牙的一个作家。他的毛驴叫小银。小银误食毒草去世以后，他保留了它所有用过的东西，还为它刻了一个木头雕像。

雪玲说，呀，这么巧。我也为爸爸的大黄刻了个木雕，在爸爸卧室的桌子上哩，刚才忘让你看了。

林意琳说，这个作家还为他的小银写了本书，还得了世界文学的最高奖项诺贝尔奖。

雪玲说，越说越巧了，我还真想为大黄写点东西做纪念哩。我当然得不了任何奖。大黄是活在我们心里的。我们一家人常常说起它。它就像我们逝去的一个亲人。我们至今记着它的模样它的声音，记着它的葬礼。

牛还有葬礼？

当然。很隆重的葬礼。爸爸还为它写了悼词。每年清明节，爸爸还去看它呢！

林意琳说，真想不到啊，你们生活得这么有意思。看来，是上苍冥冥之中指引我来到这里接受洗礼的。

这时候，突然听到有人喧哗。

雪玲说，是杨姨来了，我们到堂屋去吧。

杨瑞花拍打着身上的雪花，喧哗道，妈呀，这雪可真大呀，把个年味儿越下越浓了。可惜你们都蜷在屋里不出去感受。

林意琳悄声说，杨姨出场就像《红楼梦》里的王熙凤，一下子把全场搅活了。

雪玲说，可不是吗。她就是个王熙凤，走到哪里，哪里热闹。只不过她很善良，是善良版的王熙凤。

蒋志勇说，路这么滑，你何必又过来！

杨瑞花说，路滑算啥？就是路上有刀子我也得过来陪蒋叔守岁呀。

雪玲看见了放在地上的黄色塑料袋，还没打开就说，杨姨，你又给我们做鞋了。做鞋多辛苦啊。光纳这些鞋底，要熬多少夜？

杨姨说，心里喜欢就不觉得辛苦。我也知道，现在商店里卖的鞋子又漂亮又结实。可我就是想让你们一家人大年初一穿上我亲手做的新鞋。哪怕只穿一天也好。

坐在火边吧嗒吧嗒抽旱烟的蒋爷爷说，我可不止穿一天。我一年到头都穿着你做的鞋。我一辈子就爱穿自家做的布鞋，商店里的鞋再好我都不穿，臭脚，还难看。

雪玲说，看我爷爷多会说话，这是变着法子夸杨姨呢。

蒋志勇说，我也爱穿布鞋，虽然不像大那样天天穿着，一年里头也穿大半年吧。

雪玲说，就我表现最差。偏爱时髦的皮鞋。杨姨你打我吧。一边说一边为杨姨泡茶。山里人喝茶是要把茶叶放在搪瓷缸里炒一炒再冲泡的。开水冲进去就有一股浓浓的焦茶味儿弥漫开来，非常好闻。但喝起来有点苦。林意琳刚醒来时就领教过了。

雪玲给每个人泡了杯茶，在杨姨身边坐下来，说，真的，杨姨，我该打。你做的鞋我都没怎么穿，一年一双也差不多攒了有十双了。我爷我爸喜欢您就给他们做，明年您就别给我做了。

杨姨喝下一口浓茶，说道，这么好的姑娘我可舍不得打。你不穿我也做。那是我的心意。又说，小林第一次来我们这里，我也必须给你做双新鞋。我那里有纳好的鞋底，做好的鞋帮子，我是按 42 号做的，如果你的脚恰好是 42，那可就成全了你杨姨的心愿了。

林意琳说，我恰好穿 42 的鞋，只是这怎么好意思呢！

杨姨拍着双手说，这就好这就好。没啥不好意思的。娃子你不知道，这大年初一早晨是必须穿新鞋的。穿新鞋走新路，一年红火顺溜。你明天早晨醒来别下床，一定要等着穿新鞋啊。我一会儿回去连夜赶着做好。

雪玲说，那又辛苦您了。

杨瑞花说，就上个鞋帮，最后一道工序，费不了啥事。再说，三十守岁，有活儿做心里踏实。说着瞟了蒋志勇一眼。蒋志勇在那里拨火，没有看见。林意琳却看见，杨姨的眼里蹿腾着幽幽火焰，仿佛眼睛里燃烧着炭火一样。

蒋爷爷说，一年忙到头，我最喜欢的就是大年三十晚上亲人们坐在一起烤年火、谝古经。现如今，出门打工的人大都不回来，回来的又被电视电脑手机缠着，年味儿淡了，人味儿也淡了，活着也不如过去有滋味了。想当年，一村子人大年三十都在家，老的少的，男的女的，年前年后，打着火把满山蹿。这家烤年酒，那家杀年猪，你送一条猪腿过来，我送一只大公鸡过去，那小伙子姑娘啊，趁机在路上说说笑笑，就黏糊上了。你大他们那一辈，就有好几对是过年走亲戚的路上黏糊上的。那日子有味道哩。

雪玲说，爷呀，我知道你老人家又想我大伯二伯和三姑、四姑了。他们虽然不在您跟前，但他们都随儿女去了大城市，日子过得滋润着呢。您老人家就别老是向后看。你向前看心里就舒坦了。

蒋爷爷说，不是你爷死脑筋向后看。现在日子确实好了。你看咱们村这几年呼啦啦盖起了多少新楼房。但是人们心里闷啊，那么多的夫妻走着走着就散了，那么好的小伙子，打工出去就回不来了。

蒋志勇说，哎，大呀，过年呢，说些喜庆的事好不好。

杨姨说，对对，别扯那些没用的。说些高兴的事。要不，你唱个老曲子，让咱们城里的娃娃听听。

雪玲说，算了，老曲就别唱了。小林听过了你唱的歌，听爷爷的肯定觉得不行。爷爷你就诌诌你的古经。小林第一次来山乡，他肯定喜欢听你那些冒险的故事。他说不定还愿意陪你去走古盐道呢。您不是一直盼望有人陪您走一回古盐道么！

蒋爷爷说，古盐道，那可不是一般人能走的，城里娃娃听一听都害怕，别说去冒那个险了。

雪玲说，我爷爷当年，可是闻名歌风河的大英雄哩。爷爷二十三岁上就当了马帮头领，带领一大帮人，骑着高头大马，浩浩荡荡到四川去贩盐。有一年冬天，回来时遇上了暴风雪，在路上整整走了半个月。雪野里人困马乏，正艰难挣扎，遇上了一群饿狼。人和狼都在垂死边缘，对峙了一天一夜，眼见得狼群占了上风。爷爷挣扎着，凭一条扁担，打死了三只狼，驱散了狼群。那年，歌风河人就像迎接大英雄一样迎接爷爷归来。家家户户接他吃饭。小伙子们不让他走着去，而是绑了个滑竿抬着他到各家各户去坐席。也就是那一年，村里的云姑娘爱上了他。云姑娘是地主吴树奇家的小姐，平日里大门不出，二门不迈，那天，跑出门外看热闹，就看见了被人们抬着的打狼英雄。回眸之间定情，就是一生。

蒋爷爷深深地吧嗒了一口老旱烟，吐出烟雾，慢慢说道，你们的奶奶云姑娘，那人好啊。

以下是 云姑娘的故事：

云姑娘是一个两腮生着酒窝的漂亮姑娘。十八岁之前，在家纺线织布，绣花、做鞋袜，性情绵软，举止文雅，走路慢步轻摇，说话轻言细语，算得上深山里的大家闺秀。十八岁生日那天，她在自家大门口一眼看见打狼英雄蒋成，就把自己的心托付给那个剽悍的马帮头领了。她家里肯定不愿意。她父亲认为，盐道上走的都是土匪与强人。她母亲认为，走盐道的人往往今天出去，明天不知能不能再回来。她决不能让宝贝女儿嫁出去之后，过那种倚门守望、提心吊胆的日子。吴家扔了马帮头领蒋成的礼物，撂下狠话：要想娶他家的姑娘，除非日头从西边出来！

偏偏，第二天日头露脸的时候，正是西天燃烧着晚霞的时候。

正值盛夏，赤日炎炎。黄昏的山林充满神秘不安的气息。麂子恐怖的"嗷嗷"声在密林深处回荡。烂草黄的粪便随处可见。山里人把华南虎称作烂草黄，是因为它的毛色跟冬天的烂草是一个颜色。那是一个随时能够看见烂草黄的年代。深山里的恐怖由此可见。

马帮头领蒋成带着他驮盐的马帮在晚霞里摇摇晃晃走向西边的太阳。他高唱着：

高粱地里高粱高

哥想小妹好心焦

你若有心爱哥哥

跟着太阳往西跑——

　　就在他沉浸在那慷慨激越、又苍凉绵长的拖腔里的时候，云姑娘挡在了他的马前。

　　云姑娘背着个蓝花布包袱，仰着双灵鹿一般的眼睛看着他。

　　那就是灵鹿的眼睛——他见过那种眼睛，明净清澈，充满无辜。

　　他弯腰将她抱上马，一路策马扬鞭，跑向他早已为他俩选好的神秘之地——巴山雪密洞。

　　那是一个掩藏在崇山峻岭里的天然洞窟。深谷幽幽，潭水清澈，高山之巅，飞瀑如雪，清凉如天堂仙界。相传远古时候，有一位勤劳善良的农家姑娘与父亲住在深山。有一天，父亲突然生了重病，无法治愈。一山间高人指点说，此病需采集到六月雪为药引方能治愈。此时正是盛夏，赤日炎炎，去哪里寻找六月雪呢？姑娘为老父治病心切。翻山越岭去寻找。一路荒无人烟，越走山越大，越走山谷越深。一天，姑娘走到一个千回百转的幽谷深涧前，忽觉清幽扑面，凉意渗骨。她大着胆子往前走，见一深潭，水清如镜，耸入云霄的山巅飞瀑直下，如天倾白雪，注入深潭。她顿悟：这可能就是高人所说的六月雪了。于是，她用随身携带的罐子装满一罐，回家后让老父服用，果然，老父之顽疾顷刻治愈。"巴山雪"的神妙在民间不胫而走，成为人们保健的天然饮品。

在一个焦渴的日子里，带着马帮在深山里走了一个月的蒋成，无意中发现了这个神秘之地。当时，饱饮甘泉的马帮们跪在地上磕头，轻呼：恩典啊，感谢上苍给我们的恩典！

云姑娘的到来，当然也是上苍赐给蒋成的恩典。他必须把心爱的人儿带到那上苍赐予的福地完成他们生命中最重要的仪式。

六月的巴山，是花儿的世界。漫山遍野的鲜花——蓝色妖姬、大碗碗花、米兰、夏葵、梦花、串串红、野石榴、萱草花……马帮头领蒋成用强健的双臂掠来一大抱鲜花，在凉意幽幽的洞窟里铺成花床，然后抱起云姑娘在巴山雪深潭里洗了鸳鸯浴，最后在洞窟花床上完成了他们庄严的爱情仪式。

半年之后回来，云姑娘已是大腹便便的孕妇，生米做成熟饭，吴家大财主只好默认了这个女婿。吴家在大门前摆起百米长席欢迎姑爷进门，而这个刁野的马帮却不领这个情。他在头一天带着云姑娘再次走盐道，一去就是三年。

林意琳说，真有意思。简直就是英雄史诗嘛！

蒋爷爷在鞋帮子上磕磕烟灰，说道，这才是一点点古经。盐道上的古经多着呢，三天三夜也说不完。

林意琳问，那以后呢，云奶奶怎么就去世了？

蒋爷爷说，你云奶奶是天上的仙女儿，耐不得人间这些破烦事，早早地升天去了。

事实上，云奶奶是在上世纪六十年代初那场大饥荒里饿死的。那年，雪玲的爸爸妈妈都是三岁，蒋爷爷带着两个大些的孩子去山外修铁路，一走就是半年。云奶奶将仅有的一点口粮喂养四个娃娃，自己七天没有进一口粮，结果，饿晕过去再也没有醒来。

这结局是雪玲后来告诉林意琳的。

零点之后，蒋志勇坚决要求老父亲去睡觉。蒋爷爷虽然谈兴正浓，也不得不听儿子的劝告。他离开之后，杨瑞花也要告辞。

林意琳说，我和雪玲去送您。雪玲却暗里扯他的衣襟。他马上就明白了。改口说，不过，我可能走不了雪路。

雪玲的父亲到柴房取了个一尺多长的松明火把。尽管山里人家家都备有手电筒，但过年时人们夜里走动还是习惯用火把照明。这有一种气氛——古老的、"年"的气氛。

他们刚打开门，大黑嗖地窜到前边为他们开路。林意琳奇怪大黑一直没有露面，这会儿是从哪里感受到主人要在雪夜赶路，跑出来充当开路先锋。雪玲说，山里人养的狗都当一个人使唤哩。他们家人手少，有时候来人参观茶园，父亲抽不开身，就让大黑领着客人参观。林意琳想起大黑的救命之恩，心里腾起一股温情，不由跑过去摸了摸它的头，并说，雪夜路滑，小心点儿，大黑。大黑仿佛听懂了他的话，仰头汪汪两声，还对他摇摇尾巴。

看着他们一步一滑走进雪野。林意琳好奇地问，杨姨和你父亲好像有故事啊？

雪玲说，暂时没有。不过杨姨对我爸爸的好感是显而易见的。可是我的父亲大人却陷在我妈的阴影里走不出来。有时候，我觉得杨姨单相思怪可怜的，想劝父亲接受她的感情，但总是张不开口。因为我自己也在情中迷着，怎能劝得了父亲！总之，感情是个很神秘的东西，只有当事人才清楚自己的内心。所以，只能顺其自然了。

林意琳说，杨姨可真好。明知道感情无望，还这么善意地对待你们一家人。

雪玲说，是啊，杨姨人可好了，但也是个苦命人。她男人是八十年代初第一批走出大山去南方打工的，但当年腊月二十八，乡亲们抱回来的是一个骨灰盒——他从建筑工地的脚手架上摔下来了。那年，杨姨才二十三岁，而且，还怀着即将生产的娃娃。

林意琳说，太惨了。看起来那么阳光的杨姨，竟也有这等悲惨的往事。

雪玲说，每个人活着都不容易。我看过一本外国小说《简爱》，简爱说，人活着就是含辛茹苦。

林意琳说，难怪哲学研究的终极目的，是寻找让人快乐的途径。可是，人要获得快乐是多么难啊。

雪玲说，说难也不难。你看杨姨，她现在不是很快乐么！

林意琳却不改刨根问底的毛病。他问，杨姨的遗腹子长大后如何，现在什么地方？

雪玲说，说起来，这就是命运给人的友情了。杨姨千辛万苦养大了他们爱情的结晶小蒋伟。这孩子很争气，小学大学一路读上去，眼下在西北农学院读研呢。他考上研究生那年，全村人为他集资，可他不要。他获得了奖学金，而且事先联系好了勤工俭学的地方，可以不要任何人资助。

林意琳说，难怪啊，杨姨眉里眼里都是笑。她有笑的理由啊。她的儿子多么争气！

说到这里，林意琳倏地想起自己给父母带来的痛苦，不由深深地叹了一口气。

雪玲意识到了什么，说道，怎么，想起自己的伤心事了？

林意琳不想撒谎。

他说，是的。几天前，我刚刚离了婚。

林意琳不是个轻易跟人吐露心事的人。但是这天晚上，在蒋家的火炉边，他却对刚刚认识不久的雪玲讲了他的全部故事，还有他的父亲和母亲。就是说，他把自己全部呈现在一个萍水相逢的女子面前了。

雪玲听完，沉吟片刻，说道，谢谢你。谢谢你信任我，让我分享你的故事。

林意琳说，是你的坦荡感染了我。那天在茶庄一见面，你就让我分享了你的故事。当时我就知道，你是天底下最善良的女子。善良的人才会不设防。

说到这里，冰雪聪明的雪玲立即转移了话题，问道，你会包饺子么？如果你不困，我们就来包饺子。每年大年三十晚上，我们都是通宵不睡包饺子。因为初一早晨有很多人来拜年。拜年的人都要吃上一碗水饺。初一早晨吃饺子是歌风河重要的年俗。

林意琳说，我不会。但我可以跟你学。我睡了那么久才醒来，正好精力没处用呢。我来给你打下手，干力气活儿。

雪玲说，那你就负责剁馅吧。

接下来，林意琳跟雪玲去厨房搬来专用的小案板、擀面杖、竹篾箔子，拿来猪肉和面粉。两个人就在堂屋里摆开战场。雪玲把新鲜的猪肉切成肉丁，放上姜末和葱花，然后把菜刀交给林意琳，说，你就使劲儿剁吧，剁得越细越好。很少干家务活的林意琳小看了剁肉馅这个活儿，以为很简单呢，结果没剁几下就觉得手腕酸痛。幸亏雪玲的父亲回来了。蒋志勇进门就夺下林意琳手中的菜刀，说，怎么能让客人干活呢。说着自己挥刀就剁。"梆梆梆"，菜刀飞舞，急如冰雹，看得林意琳眼花缭乱。这才知道，百无一用是书生。

蒋志勇还是做饺子馅的大师傅呢。他将洗好的大葱、韭黄、韭菜、香菇、茴香，分门别类切好，放在五个搪瓷盆里，然后把肉馅和各类调料放进去，细细搅拌。并指导林意琳说，做饺子馅的诀窍就在于搅拌的功夫，搅拌到位，饺子馅才粘，粘了才香，才有嚼头。

林意琳说，一个饺子，也有这么多讲究啊。这么复杂的种类，我都看晕了。

雪玲说，一会儿还有你晕的呢。这是猪肉馅的，包完之后还要包羊肉馅的。人多口味杂，有人爱吃猪肉的，有人爱吃羊肉的，有人爱吃韭菜馅的，有人爱吃茴香馅的，有人喜欢饺馅里边放橘子皮，有人喜欢放丁香，人人的口味都要照顾到。

林意琳说，啧啧，这么大的学问啊。难怪专家们成天讨论饮食文化呢。

雪玲揉的面团光洁如玉。揉好了，搓成一条一条的，再切成小剂子，然后擀成圆圆的饺子皮。那简直是一门艺术，面剂子斜拿在左手里飞速旋转，右手里的擀面杖不停擀，瞬间就擀成一个中间厚周围薄的饺子皮。林意琳要求雪玲教他。但他笨手笨脚的怎么也学不会，勉强擀了几个，就像歪嘴巴，东拉西扯地很难看。他又要求学习包饺子。结果饺子馅裹进去，怎么也掌握不了那最后一捏的功夫。雪玲和父亲包的饺子摆在箔子里，横看竖看都有形，他包的饺子不是露了馅就是歪了嘴。他自嘲说，明天早晨我吃我自己包的饺子。

蒋志勇说，熟能生巧，多学多练就会了。咱中国人必须学会包饺子。饺子是我们的"国吃"，也是我们的骄傲。

林意琳连连称是。

包饺子是慢工细活儿。林意琳在这个除夕夜，突然明白了大年夜包饺子的意义。这是一个必须共同协作的活儿，忙了一年到头的家人，在神圣的除夕之夜，热热闹闹围在火炉边，剁馅的剁馅，擀皮的擀皮，包饺子的包饺子，不会包的，坐在火炉边看热闹。这是典型的中国味儿。蒋支书说得没错，这是我们的"国吃"。全世界，只有中国人才有这个特殊的年味儿。也难怪蒋爷爷怀念大家庭时代。

第八章　人是打不败的

凌晨三点的时候，雪玲执意要林意琳去休息。雪玲说，虽说除夕夜讲究守岁，到底熬夜不好，再说你也不习惯。林意琳拗不过她，只好去睡了。但也只是躺着，哪里睡得着！他这一天经历的人和事，感悟到的社会人生，比他这么多年经历的都要丰富。这么些年，虽然他待在繁华的京城，于社会人生的认识却是空白。软件工程师的全部生活是永远也写不完的代码，每天面对的都是冰冷的电脑。他从来不知道，生活是如此丰富，如此有趣、如此迷人。他枕着双臂躺在那里，感受着红灯笼盈在房间里的柔和灯光，感受着炭火营造的暖暖氛围，脑子里过电影般地把今天所经历的事过了一遍。他觉得好奇怪，这个地方，这些人和事，还有这种农耕文化形成的氛围，他好像在梦里见过，或者在书里读到过，或者在电影里看过，总之是如此遥远又如此贴近，感觉自己从来就是这里的一分子。难道，冥冥之中，是上苍指引他来到歌风河地面？记得那天在暴风雪里，什么也看不见，他本来想向东走的，后来却选择了向南。向南，就来到了歌风河。越想越兴奋，他干脆起来看书。小时候看过的《老人与海》，不知道跟着他走了多少地方，书边儿都起毛了。他看过的书很多，但每次出门，他都让这本书陪伴他。这次独特的旅行，他当然也是毫不犹豫地带着它了。失败的英雄圣地亚哥，也许最贴近他现在的境遇——出海84天，经过无数艰难，特别是自身的艰难，最后只得到一条巨大的马林鱼骨架的圣地亚哥，也许最符合他内心的悲壮；梦里也想着狮子的圣地亚哥，也许最符合他内心的英雄梦想。打开书，他一眼看见的就是圣地亚哥的经典语录：人是打不败的。你可以消灭他，但你就是打不败他！这句话，他过去也很喜欢，但从来没有今晚这种触目惊心的感觉。这是因为，他觉得歌风河遍地都是这样悲壮的英雄——蒋爷爷、蒋支书、杨瑞花、在外创业成功的王伟、守护着留守儿童乐园的雪玲、物我两忘的吴俊，等等。还有他自己。在这个特殊的大年夜，他对自己郑重地说：人是打不败的。你可以消灭他，但你就是打不败他！

　　林意琳是在早晨五点迷迷糊糊睡去的，衣裳也没脱，《老人与海》就放在胸口上。将他惊醒的是杨瑞花嘹亮的喧哗声。萍萍跑来羞他：大年初一睡懒觉，一年都是懒虫虫。

　　紧跟着杨姨也进来了。杨姨将一双崭新的布鞋举在他面前，说快穿上出去，第一锅饺子马上就要煮好了。

　　林意琳一个鲤鱼打挺坐起来，看看眼前的杨姨和萍萍，才回忆起自己在什么地方。

　　杨姨说，我猜你糊涂了，一定奇怪自己怎么会在这里呀。

　　林意琳不好意思地说，杨姨你还真猜对了，真跟做梦一样。说着，高兴地试穿那新鞋，却怎么也穿不上。杨瑞花只好帮他，萍萍在哪里又跺脚又呐喊：使劲儿登！使劲儿登呀！

　　终于穿上了。他站在地上，走了几步，笑着说，我还没有穿过布鞋呢。布鞋原来是这种感觉呀！

杨瑞花问：啥感觉？

林意琳说，舒服，踏实，接地气。

杨瑞花说，你若不嫌弃，杨姨以后年年给你做。若是你爸妈喜欢，我也给他们做。我问过雪玲，她说你爸爸是市里大名鼎鼎的林元校长呢。我还知道，你妈妈是唱歌的大专家。

林意琳说，好啊好啊，我先替爸妈谢谢您。

他们来到堂屋，屋子里已经挤满了拜年的人。人们捧着大碗吃饺子。有人在火炉边坐着，有人在地上蹲着，更多的人站着，人人喜气洋洋。见了林意琳，大家几乎异口同声说道，给贵客拜年啦！

林意琳赶紧抱拳回礼，说道，给蒋爷爷拜年！给蒋支书拜年！给大家拜年！

他的话音刚落，蒋爷爷走过来塞给他一个红包，说是给他的压岁钱。

林意琳窘红了脸，推辞不受。说，爷爷，我都三十一岁了。大年初一，应该我给您老发红包才对。

蒋爷爷说，你就是一百岁，在爷爷我眼里也是个娃呀。娃第一次来家里过年,爷爷必须要给压岁钱的。这不是钱,是祝福！

大家都说，快快收下，不然就见外了。

林意琳只好收下。

林意琳收下这个红包，觉得自己一下子变小了，变成歌风河的一个娃了。

大年初一的早晨，那种压在他心头的沉重，似乎有了一点点减轻。他乐呵呵地笑了，从雪玲手里接过饺子,香甜地吃起来。

雪玲说，看你有没有吃到幸运饺子的福气。

他问，什么是幸运饺子？

杨瑞花说，就是在饺子里包了一个硬币。几大锅饺子里就包了一个，谁有福气吃到，谁就是今年的幸运星。说时迟那时快，林意琳一口就咬到了那个硬币。

大家一齐为他叫好。

见多识广的王伟说，看你跟歌风河多有缘啊。现在，上边不是提倡大学生到基层自主创业么？你干脆到歌风河来。种茶，搞养殖，或者建设现代化农业园区，或者开矿，或者办工厂，都前途无量。我也打算回来呢。在外边干得再好，也是漂泊。我想落叶归根。要是你能来，说不定将来咱们还是合作伙伴呢。

大家七嘴八舌说，是啊，到我们这里来吧。

林意琳说，虽然来这里时间很短，我还真的喜欢上了这个地方，喜欢上了你们这些好乡亲。如果有一天我决定自主创业，我首选歌风河。

有人放下饭碗给他鼓掌，有人用筷子敲着碗为他喝彩。

歌风河的大雪下了三天，山野基本成了白雪世界了。但大雪没有阻挡住人们拜年的脚步。大年初一，蒋志勇家接受了村民们拜年。初二，他家就要出动去给全村人拜年了。初二一早，雪玲就忙着准备回拜的礼物。山村拜年的风俗是隆重的，但也是简单的。村民们给村支书拜年，拿着自家炸的麻花、菱角，自家蒸大白馍、花卷等等，蒋家回礼，就是把这些东西交换一下，再添上一样自己蒸的油馅子馍馍。蒋家的馍馍上点着六个红点，寓意"六六大顺"。雪玲说，她家的油馅子馍馍是歌风河的一绝，村里人都盼着过年吃她家的油馅子馍馍。

林意琳问道，那是怎么个"绝"法呢？

雪玲说，其实也简单，就是把平时炸猪油的油渣存起来，再加上些新鲜的小茴香，和了葱花姜末花椒粉苜蓿粉芝麻粉，细细卷在发好的面团里边，做成花卷就是了。

　　林意琳说，你说得简单，做起来肯定不容易，要不然为什么别人家做不来呢。

　　雪玲说，那是自然。我们每年腊月二十八开始蒸油馅子馍馍，要做整整两天哩。可惜那两天你在昏睡，要不，你就可以见到那个壮观的场面了。

　　林意琳说，我现在才明白你家为什么有那么多的锅灶了，原来有这样的大用场。

　　雪玲说，山里人，一个村子基本就是一个大家庭。经常会互相串串门子，留下吃饭住宿是常有的事。尤其村支书的家里，就是一个村民聚会的场所，所以得时刻预备着。

　　林意琳说，多么温暖啊，这也许就是所谓的农耕文化了。

　　雪玲说，我可不懂什么农耕文化。我只知道歌风河人世世代代就这么生活着，快乐着，没什么好，也没什么不好。

　　雪玲边说边将礼品装在一个大大的花篮背篓里。

　　林意琳拿起一包礼品，说道，歌风河拜年真的就这么简单吗？就拿这些普通到不能再普通的东西？

　　雪玲说，就是这样简单呀，难道你还怀疑吗？这些东西看起来普通，恰恰是最最贵重的。你想呀，亲手做的食品，包含着多重的情谊呀。歌风河自古就是这样互相拜年的。有几年，这个规矩破坏了，人们拜年讲究好烟好酒好茶，有人还送钱。我父亲当了村支书之后立下规矩：恢复歌风河过去的淳朴传统，相互拜年只拿自己亲手做的东西。违者重罚！他说拜年是送一份情谊，送贵重的东西既歪曲了拜年的本来意义，又加重了人们的负担。他带头坚决不收买来的东西，歌风河的好传统就慢慢恢复了。

林意琳说，我第一眼看见你爸爸的时候，就觉得你爸爸是个不简单的人物——怎么说呢，就是那种山乡高人，或者可以说是民间哲学家。

哎药，大学生说话好复杂，动辄哲学呀文化的。雪玲咯咯笑着，说道，山里人简单，从来不想这么复杂的问题。

说话间，蒋志勇全副武装出来——铁青色羽绒服，拉链拉到脖子根，风雪帽紧紧系着，登山鞋上套着草鞋。这是化雪的日子走山路必需的装备。俗话说下雪不冷化雪冷。太阳出来，积雪开始融化，冷风像刀子一般厉害。

林意琳说，迟两天去回年不行么？索性等雪融化了再去。

雪玲说，不行。山里人看重日子。大年初一第一等重要，天上下刀子也挡不住他们给心里敬重的人物拜年。大年初二也是个重要的日子，这被人敬重的人也要回敬别人。同样是天上下刀子也得去。这就是山乡仪式，丝毫不能马虎。更何况，人们是期盼着的。家家户户杀鸡宰羊地侍候着。

林意琳连说长见识长见识。又问，那村里几十户人家一一拜到，得多长时间呀？

蒋志勇说少则三天，多则五六天。

那你这些天不回来么？

蒋志勇说，有时候回来，有时候不回来。回年哩，主要是听他们说说掏心窝的话。农民嘛，一年到头地忙，没空坐下来说话。这回年就是一个听大家说话的好机会。也算了解民情吧。

林意琳说，哦哦，原来这样啊。

蒋志勇背着大花篮背篓出门的时候，大黑嗖地窜到前面去，并且回头对跟出来送行的人"汪"了几声，仿佛在叮嘱大家好好看家。

吃过早饭，几个老人来家里打麻将。雪玲给堂屋生起炭火，又把麻将桌的电暖气打开，在火炉边炒好四缸子浓茶泡上，恭敬地送到老人们手中，再摆上瓜子、花生、奶糖、薄荷糖、油炸土豆片、菱角、糕点。四把椅子都铺了厚厚的棉垫子。老人们围桌坐了，先品茶磕瓜子儿。

蒋爷爷说，成天价说共产主义哩，现在这生活不就是共产主义么！

另一个老人说，共产主义不过说的电灯电话楼上楼下，现在的日子早好过共产主义了，比那个主义多了电视电脑小汽车，还多了手机电冰箱，哎呀，多得多了，数不清。说话的老人是王伟的奶奶。王奶奶是大贤大德的人。她是民间剪纸能手，也是出色的裁缝。村子里所有的人都穿过她剪裁的衣裳；村子里所有出嫁的姑娘和娶进来的媳妇，窗子上都贴过她剪的大红喜字。她也是一个刚强的老人。上世纪八十年代初，她头年没了丈夫，第二年，独生儿子出去打工也没了。眼见得家破人亡，她却挺住了。她一辈子没说过高声话，但她轻言细语说出的话人们都爱听。如今孙子外出创业出息了，老人家住上了洋楼，吃上了龙肉海菜，说出的话更讨人喜欢了。王奶奶成天挂在嘴边的话儿就是：要知足哩！要惜福哩。

另一个老人说，依我看，现在就是天堂的日子。这位老人家大名胡义堂，也是村里德高望重的人物，早年跟随蒋爷爷走盐道，蒋家是把他当作自家老人看待的，一年 365 天，他倒有 300 天待在蒋家。

蒋爷爷说可不是吗。所以咱们这些老东西要好好活哩。

一直抽闷烟的吴大爷狠狠吐出一口浓烟，又重重地咳嗽几声，说道，我和你们几个看法不同。我觉得这年头有吃有穿了，心里倒没有着落了。

大家知道他在外打工的儿女又没回来过年，他心里落寞，所以都不接他的话茬儿。

他继续说道，你们说，人活在世上为个啥呀？还不是图个一家子团团圆圆。现在这样子，爹妈成年地看不见儿女，娃娃成年地看不见爹妈，女人成年地见不着自家的男人，男人成年地见不着自己的媳妇，就算黄金满屋，又有啥意思！

蒋爷爷说，你这人就是爱钻牛角尖。这年头谁不难！可再难也得活下去是不是？要活下去就得往好处想是不是？

吴大爷说，谁像你，就知道没心没肺装糊涂。

蒋爷爷正要反驳，杨瑞花来了。她人还在山湾那边，声音倒先来了，不知跟谁说着："年过得好啊！""年在你家呢！"

雪玲跑出去迎着她，说，哎呀，杨姨，我正要过去接你呢。天放晴了，我想带小林到外边转转。就拜托你照顾各位老人家了。等杨瑞花走近，她又悄声说，老人家又斗嘴呢，你可看着点儿。大过年的，别让他们吵得红脖子涨脸的。

杨瑞花道，你就放心去吧。大年初二就是你们年轻人满山跑的时候。一年忙到头，你最应该出去转转。那帮老骨头就交给我好了。

走进雪野，林意琳才领教了化雪的厉害——太阳光反射到雪地上，发出刺眼的光芒，冷风一吹，眼睛都睁不开。但这种刺骨的冷，也让人特别振奋。雪玲说，我们今天的目标是登上星子梁，站在山顶上，你就能俯瞰我们的万亩茶园了。

太阳打破雪的封锁，山野的勃勃生机就显露出来了。茶树露出碧绿的叶片，油菜摇摆着翠绿的身姿，那柿树梢梢上的红柿子就像小太阳一般耀眼。

林意琳说，红白绿交相辉映，这简直就是童话世界。

雪玲说，我们歌风河还真有点儿童话的味道呢。你知道那些柿子为什么留在树上么？

林意琳说不知道。

雪玲说，那些柿子是给鸟儿们留下的。冬天到来，大山里有许多鸟儿没有飞走，它们必须有过冬的食物。不但留有柿子，还有拐枣、苹果和橘子，就是野生的猕猴桃，人们采摘时也要给鸟儿留下一些。因为它们和我们一样，都是歌风河畔的居民。

林意琳说，啊呀，歌风河人就是童话世界里的人。虽然，你们也有苦难，也有很多人受伤，但这里保留了最为可贵的情感。我感觉，我要爱上这个地方了。

上山的路非常难走。路面的雪将化未化，山路又滑又泥泞，走出不远，林意琳就摔了几个大跟斗。

雪玲说，要不我们等到雪彻底融化了再去星子梁。

林意琳说，不，今天一定得爬上星子梁山顶。

雪玲有经验。她带他离开小路，专走草丛。这样摔跤的几率就少多了。

正午十二点，他们站在了山巅之上。雪玲解下脖子上的红围巾使劲儿摇动，对着群山喊道：我们登上星子梁山顶啦！

林意琳也放开嗓子高喊：我们登上星子梁山顶啦！然后又喊——嗷呵呵，嗷呵呵——

喊起来竟然停不住，倒把雪玲吓住了。她直着眼睛看着他，一直到他停下来，才说道，你过去没有这么放开嗓子喊过是吗？

林意琳说，从来没有。城里到处是人，这样喊的话人家以为我疯了。再说，也没有这样的心情。人只有到了这样无遮无拦的旷野里才会发出这样的呐喊。喊给天喊给地，喊给自己。

站在星子梁山顶，歌风河两岸的农舍和茶园尽收眼底。那是炊烟袅袅的诗，那是湖光山色的画。

多么壮美啊！林意琳感叹道，难怪我们的伟人会发出"江山如画"的感叹！到了歌风河我才知道，乡村是神造的，而城市是人造的。我们每个人都有责任将神造的乡村保护好。不然，我们的灵魂就没有地方去了。

雪玲说，哎呀，你说得真好听。你把刚才的话写出来好不好？就叫"神造的歌风河"，然后让杨姨唱出来，唱给全村人听，唱给全中国人听，唱给全世界听。

林意琳说，我答应你，一定为歌风河写个歌子。

雪玲说，你看啊，歌风河东岸全是茶园，茶园中间的白房子是茶厂。我们今年的目标是引进德国现代化制茶设备，明年的目标是开辟歌风河西岸茶园。

林意琳注意到西岸高山之下是一片辽阔的山坡地，坡地两边是开阔的山谷。真正风水宝地啊。他虽不懂风水学，也知道大山之间的开阔地是好地方。他说，我今年就来开发西岸。不过，我想干点别的。陕南山区遍地绿茶，也许干点别的，更加丰富多彩。

雪玲说，歌风河西岸土地瘠薄，除了种茶，好像没有更好的路子了。

林意琳说，也许可以种花呢。我曾经参观过一个种植花卉的农场。那些花不仅可以送去城里美化城市，还有食用和药用价值。也许我可以来试试。不，我一定要来试试。

雪玲说，来吧。歌风河欢迎你！

林意琳提议去踏勘那块地方。然而，上山容易下山难，在冰雪融化的时候，下山几乎是一步一滑。他们干脆坐在地上，顺着雪道往下滑，虽然弄脏了衣裳，倒也省事。

来到歌风河西岸坡地上，他们看见了动人的景象——几只红嘴鸦雀和长尾巴花喜鹊正在啄食猕猴桃和拐枣，它们吃一口，东张西望地看一看，然后从这棵树飞到那棵树，俨然大自然的精灵。有只喜鹊绕着柿树飞了几圈，似乎舍不得吃那红宝石般的柿子，或者，它在等待同伴来分享。柿树的枝丫上白雪晶莹，因而映衬得柿子闪闪发光。

林意琳感叹说，无论多么高明的画家，都无法画出此时此刻的景象。

雪玲说，我也这么想。面对神奇的自然景象，我们只能顶礼膜拜。

雪玲不知道，她和林意琳此刻也是大自然的精灵。她今天穿着大红波司登长大衣，戴着红色的高顶子绒线帽，站在阳光里的雪地上，简直就是童话人物。一身黑色装扮的林意琳，配上大红围巾和无沿红色圆顶帽。在这无人的雪野里，也是一道奇特的风景。

第九章　你鼓舞了我

　　晚上，林意琳等不及蒋志勇回来，一定要雪玲带他去寻找。他想把自己的想法立即告诉蒋支书，希望得到他的支持。他知道，任何事情，都是想想容易做起来难。比如，歌风河西岸的土地所有权是谁的？该通过怎样的方式流转过来？支书蒋志勇对这片坡地有没有别的安排？等等。

　　雪玲劝他别着急。她说，我爸这阵子应该在王伟家。按惯例，大年初二，王伟要接村里九个困难户在他家过年，而且晚上也不回去。我爸陪这些人，肯定喝得醉醺醺的，就是找到他，你什么也说不成。山里人最看重过年，一般过年时是不谈工作的，他们认为一年忙到头，就是叫花子也要过上三天年。在我们这边,过年就意味着无忧无虑忘天忘地,万万不可和他说事儿。

　　林意琳说，也许你爸肯给我面子呢。我是客人嘛。年前出来，急着讨个主意回去，他一定能够理解的吧。

　　雪玲拗不过他，只好带他去。

　　坐落在半山腰的王伟家是歌风河最靓丽的风景——三层小洋楼，外观盖成别墅式样，门前平坦豁亮，背靠星子梁山湾而面对歌风河，所谓依山傍河，占尽风水。院子很大，高高的围墙，院内四周种着桂花、香橼等常青树，院墙上爬满四季常青的迎春花藤蔓，大门两边巨型花盆里的金橘密匝匝挂满枝头，处处显示着富贵人家的气派。

走到大门口，林意琳有些犹豫，踌躇着不想进去。在北京打工族群里滚了多年的他，面对富丽堂皇的东西总是有种说不出的压抑感。他说，要不你进去叫你爸回家一趟吧，就说我急着向他请教些事情。

雪玲说，既然来了，就进去看看吧，也见识见识歌风河的富豪人家是什么样的。你要到这里创业，就必须了解各个层面的人物。

林意琳觉得她说得有道理，就硬着头皮跟着她进去了。

就算林意琳穷尽想象，他也想不到，王伟家的内装修竟然奢华到这种程度——一楼白色大理石铺地，闪闪有光；头顶的大吊灯珠环玉翠，璀璨明亮；楼上铺着德国进口橡木地板，酒红颜色，光可鉴人。窗帘一律是紫色的，上面一层薄纱金光闪闪。三层楼，两个厨房，五个卫生间，全是豪华装修。且每间屋子都装有目前流行的旋转式立体空调，都开着，温暖如春。他们一进门就不由自主脱帽解衣，把雪地里那一套行头全剥脱下来。

蒋志勇他们在三楼餐厅里喝酒。果然不出雪玲所料，餐桌上的每个人都是半醉状态。蒋志勇尤其醉得厉害，但神志还是清醒的。见了林意琳，立即站起来打招呼，朗声说道，正说要请你去呢，你来了正好。

林意琳看着满桌子丰盛的菜肴，看着酒杯里的琼浆玉液，尤其，看着醉里梦里的人那满脸迷醉的状态，想好的话只好全部咽到肚子里。

他立即被让到上席坐着。立即被一轮一轮地劝菜劝酒弄得晕头转向。直到雪玲反复向主人说明他不胜酒力，他才得以解脱，才有机会辨认王家来来往往的客人和主人。他首先仔细观察了王伟的媳妇水芹。水芹就像她的名字一样，有种水灵灵的风韵，虽说是四十开外的人了，仍像青春女子一样美艳——雪白的皮肤，时尚的打扮，长发披肩，即使家居，也穿着皮大衣和长裙子。把一种成功者的豪气写在衣着打扮上，更写在神气里，洋溢在眉目间。

水芹是歌风河少数坚守住爱情阵地的胜利者。她在席卷山乡的打工浪潮中坚决不做留守妇女，也坚决不让自己的娃娃留在山里受可怜。她是背着一双儿女跟王伟一起出去打工的。那时，王伟才刚刚开始自己创业，一切都很艰难。王奶奶坚决不让她出去。王伟更是激烈反对，因此不肯帮她。她上火车时，背上背着两岁的女儿，左手抱着两个月的儿子，右手提着装满衣物的蛇皮袋子。那情景真是悲催！据说，她娘儿三个在火车站的悲催情景还被电视台和报社的记者抓拍到，上了电视和报纸。水芹又泼辣又勇敢，她开始给工友们做饭洗衣，后来跟工友们一起下矿井。离乡背井的打工者，难免受当地人欺负。无论谁受了委屈，她一马当先冲上去讲道理，讲道理不行就打，而且，打出了歌风河人的威风和名气，尔后在那个地面，一听说歌风河的人，都要给三分面子。当然，她现在已是公司副董事长，只需坐在办公室里运筹帷幄啦。

林意琳赞叹说，真是活脱脱的乱世佳人啊。改革开放这些年，一些人在淘金路上沉沦了，一些人在淘金路上走丢了，一些人在淘金路上挺过来，成了当代英雄。王伟和他的媳妇就是这后一种人。

雪玲说是的。偏僻山沟里的歌风河和大时代是紧密联系着的。

水芹还有着一流的口才，而且，也是一个多情重义之人。几杯酒喝下，她说，最遗憾今年除夕夜没有吃到歌风河的长席。那天，她娘家的哥哥过五十大寿，她必须为哥哥祝寿，因而没能在一年一度的全村团年宴会上大显身手。她是出色的民歌手。她的歌声是原汁原味的歌风河味道，早年，曾代表县里参加过市上的原生态民歌大赛，还抱回过奖杯呢。

她说，无论在外边过得恓惶还是辉煌，一到年关，就非常想念歌风河。有一年，因为要宴请客户没能回家过年，她还躲在卫生间里偷偷地哭过。

林意琳问道，那你们以后还回歌风河么？

她说，肯定回来。不但我们自己要回来，还要把我们带出去的那些乡亲们再带回来。当然，这要等我们赚了足够的钱才行。等到资金充足了，我们要在歌风河建设现代化农业园区，还要办养殖场和服装厂，让在外漂泊的人回到自己的家园当产业工人和工厂职工，再也不受那漂泊之苦。

王伟接话道，我们的理想，就是若干年之后，让歌风河两岸再也没有留守儿童和留守老人，再也没有常年守空房的男人和女人。水芹常说，山里人流浪在打工路上的这几十年，最可怜的就是留守妇女和留守男人。他们的青春比大山还要荒凉。她觉得这是最不可饶恕的。

水芹说，我的姐姐妹妹，我的大姨二姨，大姑二姑，都是留守妇女。我每年回家，看见她们天天倚门守望，盼望自家的亲人回家过年，我就受不了。我至今不能听陕北那首《上河里的鸭子下河里的鹅》。我一听歌子里边的女子声声唱着"叫一声哥哥你快回来"，就觉得肝肠寸断。

林意琳说，呀，没想到你们的生活这么有追求。没想到你们不仅智商高，情商也这样高，简直就是当代社会学家嘛！我看，那些研究当代社会科学的专家，应该向你们请教才对。

水芹说，他们算个啥？我这几年常常抽空去大学里听课，那些哲学家讲来讲去也讲不清人生道理。有一次在课堂讨论时，我说哲学的最高境界应该是人本身的快乐和尊严。开始老教授不同意我的观点，几个回合辩论下来，他就心服口服了。

林意琳觉得迷糊了。在这深山老林里，竟有人如此透彻地阐释着哲学命题，真是时代不同了啊。在泥沙俱进的打工浪潮里，人们虽然付出了各种各样惨痛的代价，甚至是生命的代价，但也空前地融入了大时代。而且，这里边勇敢的弄潮儿们，第一次有机会分享改革开放的成果，站在了时代的前沿。

他举起酒杯，诚心诚意地说，我敬你们两个。你们是我们的时代英雄。真正听君一席话，胜读十年书。

雪玲说，你还不知道呢，水芹姐姐两口子，可是歌风河有名的仗义之士。当年他们创业，刚刚挣下一万块钱，家里还住着风雨飘摇的破房子呢，他们就首先给村小学的娃娃们买了桌椅板凳。有了第一笔像样的资金就给村里新盖了学校，之后又投资修路，歌风河通村通户的公路都是他们出资修建的。

林意琳说，哎呀，那我更要敬你们了。

三个人举起酒杯，一饮而尽。林意琳给每个人再倒上一杯，说这杯酒我独自喝了。我有个请求。我想到歌风河来创业。我选定的项目是建设玫瑰山谷，就以歌风河西岸那片坡地为基地。不知能不能得到各位的支持？

听到这话，蒋志勇一下子清醒了。他赶紧举起酒杯加入进来，说道，我们一直在找人投资开发那片坡地呢。好，我表态，欢迎你来歌风河创业。只要你肯来，所有属于我们应该解决的问题我们都给你协调解决。只是要把丑话说在前边，创业可不是闹着玩的，创业的艰难困苦也不是一般人能够承受的。而且，创业是成功和失败并存的险棋，成功了光宗耀祖，为社会和国家做贡献，失败了就可能倾家荡产、身败名裂。这些你都想好了么？还有，创业是辛苦的，这其中的艰辛只有你身临其境才能体会得到。

林意琳轻声说，我想过千千万万遍了。成功也好失败也好，我都要拼上一拼。拼搏了，人生才有价值，才不会后悔。说句不怕你们笑话的话，我是栽了跟头走投无路出来瞎转悠，无意中来到歌风河的。可这地方我分明没有来过，却似曾相识，你们这些人我也分明没有见过，却也似曾相识。我想，这就是缘分了。也许我人生的出口就在这里。那我就遵从命运，在这里寻找我的人生出口。

蒋志勇说，好，有志气，我喜欢这样的年轻人。你定能在这里找到人生的出口！

说完将杯中酒一饮而尽，并且自嘲道，瞧，我破了过年不谈工作的规矩了，我自罚一杯。从现在开始，咱们不准再谈工作了，一心一意喝酒吃菜。

他的话音刚落，立即就有人响应着划拳行令了。

林意琳在大家乐成一团的时候，给雪玲使眼色悄悄溜了出来。

走在路上，林意琳说，我以为你说的困难户，是指那些生活困难的家庭。但我发现那些人的情况比我想象地严重得多，他们好像智力都有问题啊。按说，政府养老院应该管护他们啊。

雪玲说，政府养老院主要收留那些鳏寡孤独者。这些人有儿有女，少一辈的有父母养活，所以留在村里。他们的困难是先天的。

林意琳问道：这样的人很多吗？是什么原因造成的呢？

雪玲道，据说，秦巴大山里的比例是百分之六点五。造成这种情况的原因很多，其中最主要的原因是近亲结婚。过去，山大人稀，交通不便，山里人大多祖祖辈辈守在一条山谷里。

林意琳说，等将来经济条件好了，这些人的问题就彻底解决了。

雪玲说，我爸爸和王伟他们正在逐步努力解决他们的问题。

说话间回到家里。杨姨说，哎呀，你们可回来了。王奶奶正闹着要我送她回去哩。

雪玲说，她不是嫌家里吵才来这里躲清闲的吗？眼下她家正闹得欢呢，人来人往跟过事一样，你还是劝她留在这里吧。

杨姨说劝过了，不听。老人跟孩子是一样一样的。

雪玲赶紧去跟王奶奶告别，说了些赞美她孙子、孙媳妇的话。王奶奶高兴得合不拢嘴，更是急着要回家了。

雪玲、林意琳送杨姨和王奶奶走出大门，眼看着她们转过山湾，雪玲又赶上去嘱咐，杨姨，劝我爸少喝点酒吧。我爸这人啊，什么都好，就这点不好。年年过年我都提心吊胆。

杨姨说，你就放心吧。他的酒量我知道，我会替他把关的。

林意琳说，事实上杨姨比你着急吧。我看得出来，她急着见你爸，可能就是怕他喝多了。

雪玲说就是。杨姨对我爸是巴心巴肉地心疼，就看我爸那一根筋什么时候转过来。

　　他们走进屋子，发现家里静悄悄的。雪玲说，萍萍肯定在做作业，爷爷怕吵到她，肯定带着老伙伴躲到自己屋里说话去了。咱们也可以干点自己喜欢的事了。说说看，这点空闲时间，你想干点什么？进屋去看书，还是跟我一起看电视？

　　林意琳说，蒋支书答应我来这里创业，我心里踏实了。我想明天就回家去。所以，今天我不看书，剩下的时间专门陪你。我们打开电脑听点外国歌曲好不好？我喜欢外国歌曲，尤其是宗教歌曲，那里边有种通神的东西，能让人的心灵安宁。

　　雪玲说，我也爱听外国歌曲。我听过莎拉·布莱曼的《斯卡布罗集市》和惠特尼·休斯顿的《我将永远爱你》，还听过《我心永恒》，那简直百听不厌。可惜，我英语水平不行，不然的话，我应该能唱这些歌曲。我的乐感还是可以的。

　　林意琳说，以后我来教你。

　　林意琳边说边打开电脑。他先在百度上搜出了本年度在网上疯传的《你鼓舞了我》。

　　"YOU RAISE ME UP"，林意琳说，你一定没听过吧？

　　跟着他的话点，画面和音乐一齐跳出来——一个秃顶的外国老头，在街头演唱，从行人的服装和表情上可以感受到冬风的凛冽和霜雪的寒光。然而歌声是温暖的，穿透灵魂暖到心底最柔软的地方。

　　　每当我心情低落
　　　我的灵魂如此疲惫

每当麻烦接踵而来

我的内心苦不堪言

然后，我会在这里静静等待

直到你出现，陪我坐一会儿

有你的鼓励，所以我能攀上高山

有你的鼓励，所以我能

横渡狂风暴雨的大海

当我倚靠着你时

我是如此坚强

因为你的鼓舞

让我超越了自己

两个人听得如醉如痴。歌曲结束的时候，林意琳点了重播。他们反复听了三遍。

雪玲说，真是神的音乐！天国的音乐！

林意琳说，宗教歌曲，是唱给上帝的赞美诗。演唱者是唱给上帝听的，所以有这种直达心灵的震撼感。

雪玲说，很奇怪，我们的歌曲里为什么没有这种东西。

林意琳说，我们的歌曲是表演，是唱给俗世的，不是无病呻吟，就是狂呼乱叫。这些年，我们缺失了信仰，但我觉得歌风河是有信仰的。至少，你们敬畏祖宗！敬畏大自然！

雪玲说，是的，歌风河是有信仰的。我们除了信仰你说的那些，我们还信仰爱情。

接下来，雪玲坦然地讲了爸爸的爱情故事和自己的爱情故事。

雪玲说，妈走的那年，我才一岁半。当我睁开眼睛会辨认东西的时候，我看见的第一道风景，就是爸爸系着围裙做饭、洗衣、喂猪、喂牛，当然，还要开荒种地、修水库。爸爸外出干活时就把我背在背上。爸爸的脊背就是我的摇篮。

那，你妈妈中途回来过吗？她知道你爸爸在痴情等待她吗？林意琳问道。

雪玲像是回答他，又像是自言自语：二十五年了，心硬如铁的妈妈只回来过两次。一次是办离婚手续，一次是接她的叔叔婶婶到东莞去住。

那她知不知道，你爸爸每年腊月二十八到火车站接她？

雪玲说，也许知道，也许不知道，因为没有人告诉过她。

林意琳说，这是我听到过的最感人的爱情故事了。在这个爱情消解的时代，爱情脆弱得如同瓦上白霜一般，稍有风吹草动，就消失得无影无踪了。你们父女，却还这样坚定地守望着地老天荒的爱情。

雪玲说，嘿，你知道我家大门口那两棵杏树为什么那么高大粗壮吗？那是因为，我爸每年冬天都要给它们上油饼，就是榨油后的油渣。油渣是杏树最好的肥料。只因为我妈爱吃杏，他一直像侍候孩子似地侍候那两棵杏树。大杏树每年都要结上千的果子，黄透时好看极了。爸爸一直盼望我妈初夏能回来看一看黄透的杏，但她一直不肯回来。

林意琳说，你妈不回来，那每年结下的杏怎么办呢？

等到鸟儿们飞来啄食熟透的果子，爸爸就绝望了。他就把杏送到学校去，每个娃娃发给一个又软又甜的大杏子，如果还有多余，就送到镇上的敬老院，孝敬那些孤寡老人。

林意琳说，你爸爸的故事简直可以拍部电影了。现在的电影市场这么烂，色情暴力充斥银幕，如果把这浪漫又纯情的故事拍出来，说不定还会成为国人的情感圣经哩。

雪玲说，我也是这么想的。等将来我们的茶园扩大了，茶厂赚钱了，我们就自己投资拍电影，就拍我们歌风河人的故事。

两人正说着话，忽听外边一阵喧闹。他俩赶紧迎出去，原来是村里人给林意琳送礼品来了。歌风河的规矩，过年这样的大节日，凡是外边来人，家家户户都要给客人送礼品。礼品都是家家自产的东西：鸡鸭活鱼、腊肉、羊腿，豆腐干、土豆干、豇豆干、茄子干、绿豆、小豆、土鸡蛋，五花八门，反正都是歌风河地面自产的东西。送礼的人，从这天晚上起，络绎不绝。雪玲赶紧生起大火，又去对面的棚里搬来很多椅子板凳，请来人坐下烤火。

林意琳的任务是泡茶。他不会在火上炒茶，只好直接将茶叶放在缸子里冲泡。他趁空悄悄问雪玲，村里人怎知道我明天要走呀？

雪玲说，他们是按惯例猜想的，一般走亲戚的人，过完年就会离开了。

林意琳说，我怎么能带走这么多东西呀，你赶紧想办法制止吧。

雪玲说，这是他们的心意，制止不得。你领了心意就行了，东西象征性地带一点，剩下的我们会送到敬老院去。

林意琳说，我怎么感觉这里跟桃花源似的，好像没有和共和国一起经历过疯狂的商品时代，人人还这么淳朴好礼。

雪玲说，怎么没有经过？我们也是个个受伤，人人心酸，同时也分享了商品时代的果实。咱们刚才不是还在讲伤痛的爱情故事么。

　　林意琳笑了起来。

　　喝茶的乡邻们，询问林意琳的家是在县里还是在市里？娶了媳妇没有？有了娃娃没有？爸妈是干什么工作的？林意琳一一回答。不过，他回避了离婚的一段故事，只说自己还没有成家。乡亲们就开玩笑说，那你在歌风河找个媳妇。我们歌风河的女子可好咧，又勤劳又善良又会持家，生下的娃娃又结实又好看。

　　林意琳说好啊好啊，就拜托你们各位给我找一个。

　　这天晚上的热闹持续到后半夜,简直就像又过了一回年似的。

第十章　父母恩典

　　尽管林元夫妇做了足够的思想准备，儿子林意琳归来的时候，梁音还是忍不住埋怨儿子。

　　她说，再怎么样，也应该在离家的当天晚上给家里打个电话，让我们听见你的声音也好放心呀。你可知道我们心里有多着急么？那么大的雪，你心事重重出门，又没说去哪里。

　　林意琳笑道，我那天冻僵在雪地里，打不成电话啊。

　　梁音说，天啊，你还冻僵在雪地里，那以后怎样了？是谁救了你？

　　林意琳说，别紧张，吉人自有天相。我遇见了很有趣的父女两个，就是我在短信里说的那个人家。

　　梁音说，真正娘的心在儿身上，儿的心在石头上。既然有人救了你，就应该马上告诉家里。

　　林意琳说，没法告诉呀，先是昏睡了两天两夜，醒来立即被带去拜见蒋家的所有人，接着，去见村里所有的人，上百个人啊，一一见面，一一握手，然后就是放鞭炮、吃年夜饭，喝酒、唱歌、划拳，那个短信就是在这些活动的缝隙里发的。

　　林元一直没说话。他看出来，梁音尽管嘴里说着埋怨的话，儿子平安回来她还是由衷高兴的。而且，他还看出来，儿子也是高兴的。那神情，倒不像是年关上出去流浪了几天，倒像是朝圣归来，有种脱胎换骨的神气。说实话，以前他对这个儿子是不满意的。不满意他恍恍惚惚的人生态度，不满意他疲疲塌塌的作风，不满意他的娇，不满意他的躁，总之，理想主义者林元不满意儿子的地方太多啦。眼下，儿子似乎有了一些变化。有位智者说，人的顿悟往往发生在一刹那间。但愿，这次山乡之行，能够使他顿悟人生。

为了调节气氛，林元走去看林意琳带回来的两大蛇皮袋东西。这是歌风河人的礼物，林意琳一进门就咋咋呼呼地告诉他们了。他先打开了装着土特产的口袋。呵，简直五花八门——点着彩色梅花的大白蒸馍，塞着枣子的糖饼，腊肉香肠、五香豆腐干、萝卜条、土豆干、糖渍木瓜、金丝菌，还有蚕豆豌豆绿豆和辣酱等等。

林元说，这不是鬼子进村么，掠夺这么多东西。

林意琳说，还有更好的东西哩。说着打开另一只蛇皮袋子，竟是两只扑棱棱乱蹦的土鸡。那土鸡长得精神。母鸡墨也似的黑，毛色油光水亮。公鸡一身金色羽毛，大红鸡冠高高扬着，墨绿色尾巴呈弧形高挑着，跟凤凰一样漂亮。

梁音说，这哪里是鸡，简直就是凤凰嘛。

林意琳说，这些鸡是在山林里自由自在奔跑，无忧无虑吃着青草虫子长大的，所以这么漂亮，跟养鸡场那种饲料激素喂养的鸡不一样，那种鸡虚胖浮肿，看着都不健康。

林意琳由这两只鸡小心翼翼地说到了歌风河。他注意语气尽量不夸张，不给父母造成他一时心起的感觉。但也许是主观色彩太重，他还是把巴山深处的歌风河说成了世外桃源，把那里的人们说成了桃花源中人物——他们不知秦汉，无论魏晋，在桃花源中过着邻里友爱、家人和睦、村里鸡犬之声相闻的慢节奏生活。

听完他的讲述，梁音将信将疑，问道，山里边真有这么个地方么？

林意琳说，怎么，你不信？

父亲说，我信。我知道山里边有些地方，顽强地保留着传统文化。我听山里的学生们讲过，也在他们的作文里读到过。

林意琳说，我就知道我爸见多识广。我想说的是，我被那个地方迷住了，而且，我打算到那里去创一番事业。那里的自然条件真好，万亩茶园像海洋一样，辽阔的山地，到处可以开垦。

梁音说，说说罢了。你一个城里生城里长的娃娃，怎能适应山里的生活。再说，你一个大学生，跑到山里去做什么？这想法太幼稚了。

我倒觉得意琳的想法不幼稚。他那一贯务实的中学校长爸爸说，人为什么要在一棵树上吊死？农村人可以到城里打工，城里人为什么不可以到农村去创业？意琳，我支持你。说吧，你有什么具体想法。

林意琳说，我想在那里建设花卉基地，种植食用玫瑰、食用金银花，还有供城市美化的树形观赏玫瑰、藤本蔷薇等等。我才刚有一个基本想法，来不及细化。咱们这边是富硒区，这些年，富硒茶已经在全国打开了市场，我的玫瑰花茶和金银花茶完全可以搭上这只富硒船驰骋全国市场。

梁音说，我怎么像在听天书呢。

林元沉吟了一会儿，说道，开辟新的人生道路，这个想法很好。你选择的项目也不错。但是，作为父亲，有两点我必须提醒你。第一，你的创业资金从哪里来？你的定位是创业而不是去做陶渊明那样的隐居者，所以创业资金是必需的；第二，你已不是刚刚毕业的大学生，岁月不饶人，三十岁是立志立业的年龄，这一次的放弃就是永远的放弃，这一次的选择就是人生的最后选择。就是说，你一旦定位去那里创业就没有回头的余地。你要知道，即便是金河旅游开发区那个招聘性质的岗位，也是求了市长才安排的。你如果放弃，就再找不到工作单位了。云城很小，就业机会少之又少。而且，随着退休，我和你妈都会渐渐淡出人们的视线，机会就更少了。这两点，你必须想清楚。

林意琳最担心的就是父母亲反对。他原以为，父亲会有一番严厉的说教，母亲会用眼泪跟他抗议。他之所以用那么夸张的语气演说歌风河，就是为了先声夺人，迫使父母亲同意他的决定。没想到结果不是这样。这倒有点儿出乎他的意料。既然没有激烈反对，剩下的事情就比较好办。他说，我想过千万次了。这几天在外，除了腊月二十八那天冻僵在雪地里被雪玲父女救回去睡了两天两夜而外，我几乎没有睡过囫囵觉。我想我这十几年在外漂泊，受的压迫和委屈实在太多了，说难听点，活得跟只狗一样，仿佛脊梁都没有直起来过。一个婚姻也是这样，我总在战战兢兢迁就对方，感恩对方没有问我要车要房就跟了我，总在虚幻中跟对方说，我将来一定会让你幸福。其实将来是什么样，有没有将来，我一点都不知道。现在，我的家散了，人生重又回到无牵无挂的原点。我不想再回到过去的秩序里去。我想到山野里自由自在地呐喊几声，活出自我，活出色彩，哪怕一事无成，也做个灵魂自由的人，将灵魂和肉体安放在山水之间，这就是我的梦想。

你可知道乡间生活的清苦和严峻吗？母亲一反平时爱动感情的常态，平静地说道，你过年到歌风河，看见的是阖家团圆、阖村友爱的梦寐一般的生活，体验的是其乐融融的农耕文明。但现实不是这样的。就说你害怕的毛毛虫吧，夏天一到，山村遍地都是。你最恐惧的蛇，山村里也处处皆有。我们有一年支教住在农家，晚上觉得刚铺的床怎么高低不平，掀开床垫一看，竹笆的缝隙里居然竖着几条红蛇。我的同事陆霞，当场就吓晕了。再说卫生条件吧，你不是最反感露天茅厕吗？农村里的茅厕你能用得惯？

母亲说完，就用那种多情女人的深邃目光紧盯着他。他不由自主地垂下头去。他永远无法跟母亲的目光对视。因为那目光里燃烧的火焰是要把人逼到墙角里去的。但是，他依然鼓足勇气说，这些我也想过了。歌风河那么多人祖祖辈辈生活在那里，雪玲那样美好的女子也生活在那里，我为什么不可以？再说，这几十年农村发生了很大变化，卫生条件和各方面的生活条件都改善了。你常年生活在城市里，已经不了解现在的农村了。

见儿子这样说，梁音非常难过。梁音的难过是因为她压根儿不能接受这个事实。他们的儿子，怎么就落到这步田地？假如意琳当真去了农村，他们怎么面对舆论？云城是个熟人社会，一点儿事，刹那间就会在圈子里传开。她觉得这是无法想象的。因此她说，意琳，生活中受了点儿挫折，你也不要灰心如此，更不要有逃避的心理。离婚的人多着呢，许多比你地位高，比你富的人都离过婚呢。尤其你们八零后，离婚更是普遍现象。你不要有太大压力。你不愿再去金河开发区上班也行，等过完年我亲自去找市长，我就不信，我的儿子在云城寻不下一个饭碗。

林意琳说，妈，我是诚心诚意想为自己的人生找一个新的出口，没有赌气的成分，也没有逃避的意思。恰恰相反，我有种空前解脱感。我是你的儿子，你最知道我的秉性。我的秉性是宁愿站着死也不愿跪着生。我跟您说啊，去开发区办公室上班那天，当我钻在桌子底下修电脑的时候，看着科长翘着二郎腿，一边喝茶一边看报一边哼小曲，我几次都想将茶杯砸到他头上。说到这里林意琳咽了口唾沫，停了一下继续说道，真的，我用了很大的力气才忍住没有砸他。说句不怕您生气的话，我是死也不会再去那种所谓的单位啊公司啊上班了。假如我有一天沦落到没饭吃的地步，我就去捡垃圾。最起码，落个自由自在。妈您知道吗，风吹雨淋的感觉不难受，缺吃少穿的感觉也不难受，人最不能忍的就是被人侮辱和鄙视。我为什同意和蓝梅离婚？为什么不愿意在法庭上跟她进行财产争夺战？就是因为她那可恶的小市民父母，他们本是社会最底层的人，他们却看不起我们这样的知识分子家庭，看不起我那伟大的父亲，看不起学识渊博、善良贤淑的妈妈你。妈，你就让我去歌风河吧。我想在阳光里生活，在旷野里呐喊。人生多么暂短，我再也不想过那种两头不见天、看人脸色、仰人鼻息的生活了。妈您就成全我吧！

林意琳这番话将梁音惊呆了。她不知道该说什么了，就拿目光扫视林元。在这个家里，重要的事情历来是丈夫说了算。事关儿子的前程，当然也要林元拿主意了。

林元没接梁音的目光，也没看儿子。他独自点着头，仿佛在细细思量儿子的高论。

其实，他是真心诚意支持儿子创业的。他提出那两个问题只是出于现实的考虑。他内心有个自私的想法——当初恳求市长解决儿子的就业问题，使他颜面扫地。如果意琳继续留在那里工作，势必牵扯转正问题，以及进入体制内的招考等等问题。那还得没完没了地求人。虽然上面高喊扭转作风，下面的风气如何扭转得了！如果儿子能够在歌风河闯出一番事业，他就再不用低声下气地求人了。在林元看来，摧眉折腰求权贵，是最损害人格尊严的事。对他这个特殊的个体尤甚！那次求了市长回来，他久久不能忘怀那屈辱的情景。只要闲下来，莫名其妙就会回想起那点点滴滴的细节，过电影一样，想摆脱都摆脱不开。一次次回忆，一次次回想，像梦魇一样。他曾自我解嘲地把那种情绪归结为年纪大了心理脆弱了，今天看来不是的。那件事，摧毁了他的信念，使他怀疑自己一辈子坚守的东西是否正确。那件事，使他觉得自己对不起儿子，他在完全有能力解决他的工作问题的时候放弃了对他的帮助。他觉得落得摧眉折腰求权贵的下场是生活对他的惩罚。

康德说，比海洋更为浩瀚的现象是天空，比天空更为浩瀚的现象是人的内心。表面豁达的林元，内心其实很脆弱，而且，远比他自己想象的脆弱。

这么思量了一会儿，林元抬起头来，说道，开学后我就可以办退休手续了。如果你需要，我还可以跟你一起去。

林意琳欣喜地看着父亲。血脉相通的父子，总是最容易沟通的。即便是这样重大的问题，也能够在瞬间沟通。

林元接着说，我们用房子抵押贷款，为你筹措启动资金，然后再找亲戚朋友借点钱，就找那些当年在我手下求学，如今发达了的学生们借。

林意琳说，我同意用房子抵押贷款，或者找私人信贷公司高利息贷款，但坚决不同意向别人借钱。爸爸，如果再让您为我舍面子，我真的就是天底下最不孝的人了。

林元说，我尊重你的意愿，就这么定吧。说完回头看着梁音，说道，我提议，现在暂时放下这个话题，三个人齐动手预备晚饭。今年这个年，我们一家过得太不容易了。今天意琳回来，我们应该弄顿像样的饭菜庆祝一下新年。

梁音说，饭菜还是我做吧。你跟意琳下盘棋。我这辈子美好的记忆不多，最深刻、最幸福的记忆，就是他八岁那年的一个星期天，我坐在桌前包饺子，你在旁边跟他下棋。阳光播撒在你们脸上，播撒在我那整齐地摆放着饺子的箔子上，那一刻，我觉得自己是天底下最幸福的妻子和母亲了。那一刻，我觉得我们一家人会永远这样幸福。谁能料到生活会发展成这样。哎，要是时光能够停留在那个阳光灿烂的早晨该多好啊。要是意琳不长大该多好啊。

林元走到她身边拍拍她的肩膀，说，你们女人就是多愁善感，依你说，咱俩都停留在青春十八最好。但那现实吗？连毛泽东那样的伟人，都有"栏杆拍遍无人会，断鸿声里看吴钩"的晚景凄凉呢，何况你我这样的凡人！好在我们还不老，意琳正值盛年，咱们还有多少好日子呢。打起精神来，啊？

梁音沉浸在自己的情绪里，继续悲悲戚戚说，算起来，还是他八岁那年你跟他下过一盘棋，之后几十年，不知道在忙些什么，你们父子竟然连一盘棋都没有下过。

林元说，那我们今天就满足你心愿，下他一整夜棋。说完，要喊林意琳找棋盘棋子，才发现儿子早就不在客厅里了。他走去敲敲卧室门，林意琳在里边说，我忙着呢。

林元推门进去，见林意琳在电脑上忙，双手敲打不停。

林元说，把手边事放一放，咱们下盘棋吧。

林意琳却面有难色。他仰脸看着林元，一脸诚恳地说道，爸，对不起，我今天不能陪你下棋。我心里不静。而下棋是绝对需要心静的。如果我心不在焉，你肯定不高兴。

林元说，事情已经定下来了，还有什么不能心静的？今天才初三嘛，初八上班才能办事。我知道你心里急，但急也不在乎这一两天呀。

林意琳说，虽然办不成贷款之类的事情，但我可以上网查资料呀。而且，我打算这两天到浙江、云南看看种苗情况。这几天是空挡，火车票飞机票都好买，收假后出去就不容易了。

林元说，再怎么样也要在家待两天吧，你可知道，你妈她有多担心你吗？你就算安慰安慰她，也不要在这几天出远门啊。

林意琳说，我也想做个孝顺儿子，但我的情况不允许我懈怠。我必须不断奔忙，才能治疗心里的创痛。毕竟，八年的感情，不是说忘就能忘的。这些天，我内心所承受的痛苦和撕裂，是任何人都没法理解的。爸，请您原谅我。

林元长叹一声，什么也没说就走出门去了。他来到客厅，听见厨房里叮叮当当响动，知道梁音已经开始做饭了，就顺手拿起遥控器打开了电视。

电视里都是些无聊的综艺节目，央视一台在重播春节晚会，三台在播"星光大道"年度月赛，"旭日阳光"组合正在那里声嘶力竭地演唱"如果有一天，我悄然离去，请把我埋在、埋在那春风里"，好像埋葬在春风里是一种理想和幸福似的，可怜人们还在为他们拍手叫好。再调其他台，都是换汤不换药，每个台都在以各种不同的形式幸福着、欢乐着，或者说狂热着，仿佛全国人民都沉浸在蜜糖般的幸福里。他忍不住怀疑地想，那些欢笑都是真实的吗？每个人的每一天，真的都是好日子吗？如果是这样，那他林元为什么就高兴不起来呢。而且 就算做出高兴的样子，他的内心也充满了失落。

他到底失落了什么？

他知道，他失落的是自己的信念。

林意琳在跟雪玲网聊。思维跟打字的速度跳跃得一样快。

琳：雪玲，告诉你好消息，我爸妈同意我到歌风河创业，而且，答应为我筹备启动资金。

玲：哦，你还动真格的呀？

琳：当然呀。你以为？

玲：我以为你回到城里也许就改变了主意。城市是温暖的地方，也是最能让人改变想法的地方。

琳：正因为如此，我要尽快逃离城市。我要到云南或新疆去考察玫瑰花种植，并学习栽培技术。

玲：哦！

琳：要紧的是歌风河那边的土地情况。你联系那几户在外打工的人家了吗？他们愿不愿意转让土地？

玲：我在等待你的正式决定。你定下来了，我才能联系。

琳：那么我现在正式地告诉你：林意琳立下誓愿，要来歌风河创建玫瑰山谷。请求蒋雪玲的支持。

玲：蒋雪玲坚决支持！

以下是闲聊：

玲：你爸妈还真开通呀！他们肯让你到穷乡僻壤受苦，太了不起了！

琳：嗯。是的。

玲：你爸妈什么样子啊？大知识分子一定很神秘吧？

琳：不神秘，很普通，但很慈祥，跟天下所有父母一样。

玲：你说过你妈妈退休了，你爸爸也即将退休，他们会随你一起来吗？

琳：不会。我必须独立闯出一条生路来。

玲：赞成。

对方发来一杯咖啡。

林意琳发去一朵玫瑰。又缀上一个请求：请尽快与你父亲谈妥那块 500 亩坡地的转让事宜。

他知道，歌风河西岸的坡地，有很复杂的背景，而且，属于不同的主人。如果按照现行的土地政策流转承包，也必须要土地的主人同意才行。而这些人，有的常年在外打工，有的出去多年没有音讯，即使在家的人，他们的土地平时荒芜着，你要流转承包，他又觉得是宝贝，不肯放手。他虽然不了解农村，对农民的心理也知之甚少，但基本情况还是想得到的。他得拜托雪玲——摸清情况。

结束聊天之后，他在百度上搜索玫瑰花的相关资料。让他想不到的是，玫瑰花的学问浩瀚如海洋。光品种就有上百。名称渊源都很深奥。他把那些资料下载下来，一一归类分析。

玫瑰的生长习性令他高兴。从资料上看，玫瑰系温带藤本植物，耐寒，耐旱，对土壤要求不严，在微碱性土地能生长，在富含腐殖质、排水良好的中性或微酸性轻壤土上生长和开花最好，喜光，萌蘖性强，生长迅速。他想，这不是和富硒绿茶生长的环境要求基本相同么。就是说，歌风河一代适合栽培玫瑰花。

玫瑰的色系让他兴奋：红玫瑰、白玫瑰、黑玫瑰、黄玫瑰，粉色玫瑰、淡绿色玫瑰、橙色玫瑰、紫色玫瑰、蓝色玫瑰、橘红色玫瑰……还有各种各样的重瓣玫瑰。呵，太丰富多彩了。他在研究它们的时候，脸上溢满梦幻般的色彩，仿佛那五彩缤纷的玫瑰已经开满歌风河西岸的坡地了。而他，正在花丛中笑呢。尤其，看到玫瑰们所代表的感情形态，他竟笑出了声：红玫瑰代表热情真爱；黄玫瑰代表珍重祝福和嫉妒失恋；紫玫瑰代表浪漫真情和珍贵独特；白玫瑰代表纯洁爱情……这些关于玫瑰的知识，他过去一无所知。他谈过恋爱，有过婚史，却没有给对方送过玫瑰，更不知道，一个玫瑰竟有如此深奥的学问。他想，那么，当他的玫瑰山谷建成，他应该给雪玲送一朵什么样的玫瑰呢？他想起，刚才聊天结束时，他给雪玲送了红玫瑰，深感自己学识浅陋，造次了，但愿雪玲不要和他一样研究这些资料。假如她知道了这些不同颜色的玫瑰所代表的含义，应该要怪他了。如果她多心了，他肯定立即道歉，并承认自己知识浅陋。他继续想到，如果我的玫瑰山谷建成，我恐怕应该给雪玲送朵橘红色玫瑰吧！这么想着，仿佛雪玲就站在面前，而他，正将一朵硕大艳丽的橘红色玫瑰擎在她的面前！

然而，玫瑰的种类让他头疼。太复杂了。原始品种，变种，新品种，洋品种，五花八门。他在笔记本上摘录下主要的：国产玫瑰：新疆和田芬芳玫瑰，兰州金边玫瑰、山东蓝色玫瑰……再记下世界上目前的超珍稀品种。他知道暂时肯定涉及不到这些玫瑰贵族，但他还是细心地记下来，为的是将来学习研究方便。他翻开笔记本另页，记到：1、路易十四：产地法国，1859年培育诞生。深紫色，花瓣在15至20片左右。以"太阳王"路易十四的名字命名，象征尊贵。2. 咖啡：产地德国，1956年培育诞生。因呈深茶色似咖啡而得名，具有强烈香气。3. Unison：产地日本，2003年培育诞生。金黄色花瓣，大约有20片左右。4. 朱丽叶：产地英国，1976年培育诞生。淡茶色的花瓣混合金红，颜色过渡犹如古典油画……这些枯燥的资料让林意琳倒抽一口凉气；玫瑰的高贵品质和复杂的研究、在世界上的广泛栽培以及它和民众的深厚关系，又使他深深震撼。他心里升起一种对玫瑰的敬畏之感。他知道他选择的是一条美丽的路，更是一条荆棘路和寂寞路。这选择意味着他从此要在荒凉寂寞的山野里与泥巴和植物打交道，意味着他必须在市场经济的大风大浪里杀出一条生路。他心里是激动的，也是沉重的。

正因为这样，玫瑰在林意琳心里成了圣洁之花。他认为，他的命运已经和玫瑰纠缠在一起了。

林意琳越想越觉得又神秘又有趣。有时候，人的命运发生转折，往往就由于某一个突然事件。他想起还在很小的时候，他就喜欢一句关于玫瑰的俗话："赠人玫瑰，手留余香"；还想起关于玫瑰的歌——王洛宾的《可爱的一朵玫瑰花》；三十年代上海滩十里洋场流行的《玫瑰玫瑰我爱你》；还想起张爱玲的小说

《白玫瑰、黄玫瑰》，等等。他想，目前，歌咏玫瑰的诗与歌还没有一首像《茉莉花》那样欢快明朗，深入人心，传唱不衰。假如有一天，他的玫瑰山谷建成了，他也在培植玫瑰的过程中酝酿了足够的情感元素，那他一定要为玫瑰创作这样一首歌——经典、浪漫、温婉，还要便于流传，像《茉莉花》那样风行于坊间，流走在乡野，还要登上全国甚至世界的大舞台。

总之，这会儿，林意琳满脑子都是玫瑰。他淹没在玫瑰海洋里，完全忘记了过年，也忘记了一个儿子应尽的责任，也难怪父亲感伤和失落了。

好在梁音不知道父子之间发生的事。她在厨房里忙碌着并快乐着。厨房是女人的圣地，尤其年节期间，厨房简直就是女人的天堂。尤其在为丈夫和儿子做饭的时候，她们的幸福感胜过天堂。眼下梁音就是这种感觉。她舞动菜刀，乒乒乓乓，像演奏流行曲，又像演奏交响乐，心里的感觉如糖似蜜。

过年的饭菜其实是容易做的。年前，梁音就和云城所有人一样，精心准备了足够的食物，其中，卤菜是必需的。梁音卤了风干鸡、腊猪蹄、猪肝、牛肉、香肠、豆腐卷、莲菜、海带等等。现在，她只需把这些卤菜分门别类切好装盘，再加两个绿色的蔬菜，下酒菜就准备停当了。热菜也是现成的，粉蒸肉、甜酒糖肉、梅菜扣肉、黄焖鸡，三十晚上都蒸好放在冰箱里，拿出来溜一下就行。炒菜以青菜为主，荷兰豆一个，西兰花一个，蒜薹一个，木耳肉丝一个，青菜苔一个，清蒸鱼一个，都装盘放在案板上，酒过三巡，下锅炒就可以了。她把一切安排好，走出来准备招呼父子俩开饭，却见林元一个人在看电视。

她问，咦，你们没下棋？

林元说，人家忙呀，舍不得把时间浪费在下棋上。

梁音说，这怎么是浪费时间呢！过年哩，难道不应该陪父亲娱乐一下吗？再说了，这几天在外，他身体受了亏，也该歇歇呀。我叫他去。

林元摆手，不让她打扰儿子。

他说，你要是不累的话，咱们来浪漫一下好不好？我都有很久没听过你弹琴了。今天，我突然特别想听你弹琴。

梁音伸出两手，说，你看我满手的油，一身的烟火味儿，能跟音乐联系起来吗？

林元说，能。解下围裙，洗掉手上的油，坐在钢琴前，你就是音乐家了。我知道你转换角色的本事。

梁音就去卫生间收拾一番。她就着香皂用热水认真地洗了脸，擦上大宝牌乳液和面霜，还擦了点口红——一支朋友送的法国口红，她记不得牌子，却很喜欢，几乎舍不得用。她将口红仔细地涂在唇上，勾勒出唇线，并且在两腮和眼皮上也用了一点。镜子里的她一下子精神了。她又去卧室换了件玫瑰红皮衣和黑色的小喇叭裤，穿了双黑色高跟鞋，出来就是艺术家的范儿了。很少当面赞美老婆的林元，也不由得啧啧赞叹化妆的神奇功效。

梁音说，其实我这不算化妆。正经化妆，得先用洗面奶洗脸，再拍水，然后擦乳液、眼霜、粉底，再拍胭脂，讲究的还得画眼线粘假睫毛，得七八道功夫呢。

林元说，呵，这么复杂啊，那化妆的女人们还有时间工作吗？

梁音说，谁知道呢。也许人家不用工作吧，至少不像我这么辛苦地工作。

林元说，对不起，你跟了我这没用的人，只好一辈子做黄脸婆了。

梁音不跟他贫。走过去打开琴盖，先弹了几个练习曲，扭头问林元，你想听什么？海顿的？还是李斯特的，或者，干脆就是贝多芬的命运交响曲，要么，就弹约翰·施特劳斯的蓝色多瑙河？

林元说，不要这些。我想听空灵的、舒缓一些的、超凡脱俗的，就是能让人通神的那种。《奇异恩典》怎么样，你弹奏，我来试着唱一下。

这是梁音最拿手的曲子，也是他们一家人都钟爱的宗教音乐。她轻轻运了口气，开始弹奏。

Amazing grace how sweet the sound.

That saved a wretch like me…

林元用的是英文演唱，他唱完第一小节，梁音的眼角就湿润了。林元不是歌唱家，但林元的嗓音圆润厚重，富有磁力，歌喉非常动人。尤其在演唱宗教歌曲的时候，他的投入和忘我，使人觉得他不是唱给人听的，而是唱给上帝的。

When we've been here ten thousand years.

Bright shining as the sun.

We've no less days to sing god's praise.

不知何时，儿子加入了进来。

儿子嘹亮的嗓音与林元浑厚的嗓音叠加在一起，形成了气势磅礴的合唱。那歌吟直抵心灵，诗化了平庸且平凡的生活。

他们唱完英文版的，又用中文版的唱了一遍：

神奇的恩赐，如天籁般美妙

如我般罪人也得获救

我曾一度迷失，但终寻得正途

我曾无视真理，但终可得见光明

这天赐恩宠，使我无比敬畏

使我心得安慰

恩赐示现，何等珍贵

初信之时，何等荣耀

历经无数艰险，劳苦奔走

旅途已进入尾声

这天赐恩宠

护佑眷顾着你我

这天赐恩宠，引领我们回归故土

故土永恒无限，千万年永在

宛如太阳般耀眼

永远赞颂造物主的恩典

就如初信时的感动

唱完，静了一好阵子，他们才从音乐里走出来。

林意琳说，我是罪人。我走了那么多的弯路，差点儿迷失人生方向。但上苍没有抛弃我，在我最迷茫的时候，指引我到了歌风河，使我得见光明，这首歌正是我的心声。

林元说，也是我和你妈的心声，我们也需要上苍的指引。事实上，我们也在迷茫之中。

在这样一种精神洗礼之后，林家的晚餐成了一种仪式。美酒，红烛，洁白的餐具，精美的食物，都成了一种仪式。

晚餐之后，相互道了晚安，就各自回房休息了。

林意琳走进卧室之后，却没有立即上床，而是又坐在了电脑面前。这一次，他是在网上了解通往全国各地的车次。鼠标指向新疆，却跳出了历代朝觐麦加的圣徒们的艰辛旅程。在以往，朝圣者沿着丝绸之路去沙特阿拉伯的麦加朝圣，从新疆红旗拉普山口出发，是要骑着骏马或骡子、甚至毛驴，沿着古丝绸之路走上几年的。路途要经历沙漠的干旱、戈比的荒无人烟，还要经受强盗的袭击和野兽的侵扰，很多人倒在朝圣的路上，有去无回。但朝圣者的脚步从来都没有停止过。林意琳过去完全不了解宗教，但是歌风河历险得救的经历，使他迷上了宗教的虔诚和对神灵的敬畏，尤其，信徒们那不屈不挠、披荆斩棘在朝觐路上艰难前行的虔诚使他感佩之至。他觉得，他目前的选择，其实也是一次生命的朝圣。只不过，他的目标是建设玫瑰山谷。

他准备绕道北京，转车去乌鲁木齐，再经由乌鲁木齐寻找散布在新疆境内的花卉农场。这样，他就会增加一些经历，说不定在路上还会有意外的收获。然而，所有卧铺和座位都售完。几乎没有考虑，他就定了张无座票。他给自己此次出行的定位是"苦行"。既然是走自己选择的朝圣路，那就必须主动地承受苦难的考验。

林意琳突然老练到这等程度，在接下来的几天里，他谈笑风生，主动地拖地、擦桌椅、洗蔬菜，帮助母亲做饭，一点也没有显露将要出远门的样子。那份平静，连老道的林元也被蒙过去了。

正月初六下午一点，他背起旅行包要走，梁音有点儿接受不了。

她红着眼睛说，新疆啊，那么遥远，一个人过去多不安全。你也提前说一声，让你爸爸陪你去啊，反正他也快退休了，给学校打个招呼走多久都行。或者，我们一家人都去，权当春节旅游呢。

林意琳说，妈，创业不是旅游。我决不能把你们搭进去。从今天开始，我就是一个独行侠了。你想想那些农村孩子吧，他们往往十几岁就出去打工了。歌风河的王伟，去煤矿打工时才只有 13 岁。他不仅想办法让自己活了下来，想办法站住脚，还想办法取得老板的信任，最后成了矿主，赚了大钱。想想他们吧，想想他们你就觉得心宽了。

梁音嘟囔道，你说得好轻巧，听说春运期间火车挤死人呢，而且那么远，路上连个说话的人也没有，你让我怎么宽心？

林意琳说，你不是最佩服西天取经的唐僧么？你想想，他当年西出阳关时才 27 岁，而且是背着朝廷偷偷地去。古代西部人烟稀少，沙漠戈壁无边无际，而且，关隘重重，生死未卜。现在多好的条件，电气化火车，吃穿用度不愁，没有任何风险，网络这么发达，指头一点就可以跟千里万里之外的人讲话。我带着笔记本电脑呢，我们可以天天视频。你真的没有什么好担心的。

梁音说，唐僧取经还带着三个徒弟呢。那孙悟空能够降妖除魔，为他保驾护航。

林意琳说，妈，那是神话故事。现实中的唐僧是走到玉门关一代随行人员就死的死，散的散，他翻越天山就是一个人。

林元听着母子两个在那里一来一去的对白，并不阻拦。儿行千里母担忧，那是必然的。这么争一争，吵一吵，也许心里就好受了。

梁音当然知道儿子去意已决，只好让步，提出送他去车站。林意琳坚决不同意。

他说，妈，您要真爱我，就和我爸安安宁宁待在家里。

林意琳不让他们去车站，是怕他们看见车站的拥挤状况伤感。那些年来往北京，都是母亲托人提前买好卧铺，他还从来没有坐过火车硬座呢，更不要说，他今天手里捏着的是无座票。

第十一章　奇异旅程

　　过去的那些年，林意琳当然多次体验过春运期间火车站的拥挤状况。但那是火车站而不是火车车厢。那时候，他只要挤进站走进卧铺车厢，就意味着逃离拥挤的人群了。他当然也在报纸上看见过农民工在春运火车上使用纸尿布解决内急的报道，当然也在电视上看见过春运列车上的拥挤状况，但无论他的想象怎样丰富，他都没有想到火车车厢内会拥挤到这等程度。他的行李简单到不能再简单了，除了两身换洗的内衣内裤、洗漱用品和有关玫瑰花栽培的资料，两本书和笔记本电脑，一件多余的东西都没带。这些东西统统装在一只皮箱里。他的想法是，假如车上一直没有座位，他就把箱子当作凳子，坐在过道上或者车厢接头的地方。可是等到上车后他才发现，车厢里挤得水泄不通，除了两只脚，什么东西都放不下去，行李架上大包小包大箱子小箱子摇摇欲坠，不时有东西滚落下来，砸得人大呼小叫。就是说，那只箱子他得扛在肩膀上。而且，混浊的热浪令人窒息。有那么一瞬间，他想逃离。他怀疑自己会被闷死。但这念头瞬间就过去了。他记起了自己的誓愿和"苦行"这个词汇。他的目光向前方扫视，他发现有个民工肩上扛着个更大的箱子挺立在人群中，豆大的汗珠布满他的脸颊和脖子，脸憋得通红，眼球鼓突着像要挣出眼眶似的。那样子有点儿像董存瑞扛着炸药包。不，也许更难受。董存瑞为着伟大的理想，而这群人只为着生存，只为着去那陌生的城市里多赚点钱。伟大和卑微，会产生两种截然不同的情感，那就是悲壮和无奈，或者说悲壮和凄苦。

林意琳的心里现在有一些凄苦。当然，也有一些悲壮——与命运搏斗的悲壮！

车厢里看不见列车员（他们挤不进来），也看不见警察，更看不见挂着菱形标志的列车长。这是人的荒岛，除了人还是人，令人惶恐万分。开车前五分钟，拥挤达到高潮。有个年轻女人将头扑出窗外，跟站台上抱着娃娃的男人哭叫：照顾好孩子，娃娃有闪失我可不依你。男人喊道，你不许这样哭。你这样伤心就不要走了。说着将那不满周岁的婴儿举过头顶，让女人的双手能够触摸到。女人就哭得更加撕心裂肺了。这无疑是丢下男人娃娃出去打工的女人。她的哭喊传染了另一个女人，那女人嘤嘤而泣：不知道俩娃醒来，看见咱们走了会哭成啥样子哩。另一个女人则被挤得仿佛要断气似的，使劲地仰着脖子，像干涸鱼塘的鱼那样费力地鼓着腮帮。她的男人用结实的双肩拼命挡着那些贴在她头颅附近的人头，一边低声说，忍一忍，车开了就好了。

他说得没错，车开了，人群突然安静了，仿佛在向人生不可知的远方致敬！似乎也有一些凉风透进来，缓解了那种闷死人的气息。紧接着，列车长嚎一声，加速行驶，令所有人脸上充满庄严。林意琳第一次感觉到火车启动的啸叫是如此壮烈和激昂。他想，发明火车嘶鸣的人，是真正的天才，他或许经历过生离死别，或许了悟人生。总之，火车启动时的长啸，是人

世间最为悲壮的交响。

　　走过一站又一站，只见人上，不见人下。每停一站，就有一场情感厮杀。开头几站，林意琳心动情动，与情感剧中人一起伤心流泪，后来就皮了，再看不见那不同版本的悲情剧，只感觉肩上的箱子越来越重，越来越不堪忍受。他的双眼扫视着每一个缝隙，看有没有可能挤过去把箱子放下。但一有这个企图就绝望了。他的双腿被夹着，动都没法动。他甚至觉得双腿都不是自己的了，他只是被两根木棍支撑着。离他不远的那位扛着大箱子的农民工兄弟似乎成了雕塑，一动不动站在那里，只等着到站后被人卸载下去。

　　林意琳想，也许，我应该等一等。难道我非得要在民工潮最厉害的时候来挤这趟车吗？然而，又怎么等得！民工潮年年都会持续到正月底二月初。而春潮涌动的季节，正是栽培玫瑰的最佳时机，错过季节就得再等一年。他林意琳已经错过了太多的时机，眼下再也不能错过任何机会了。

　　车到平顶山的时候，有人碰了碰他，说道，兄弟，把箱子放下来吧。

　　他还不能判断发生了什么事。那个说话的人帮他把箱子拿下来与另一个箱子并排放在过道里。那人拉他在箱子上坐下，并给他喂了一口矿泉水，说道，我看你好像不行了。兄弟，你是第一次挤车吧？

　　林意琳咽下那口水，点点头。意识回来，他先认出了"农夫山泉"的牌子，接着想起了那个扛着大箱子的农民工兄弟。他想说句感谢的话，嘴张了张，没说出来，就歪在那人身上呼呼睡去了。

　　上午十点，到站了。周围的人摇醒他，高声告诉他：北京到了。

"北京!"这个如此熟悉又陌生的词汇,惊醒了他。他摇摇头,说道,我还活着!并问周围的人:我还活着吗?

那位农民工兄弟从他屁股下抽出箱子,说道,你当然活着,活得好好的,赶紧下车吧。

他连忙下车。等彻底清醒过来,他扬起手,想对那位农民工兄弟说声谢谢,但他早已淹没在人流里了。他根本分不清哪颗头是与他在一个车厢共度过整个晚上的有缘人。他只好对自己说了声,谢谢!谢谢你还活着。突然间,他情不自禁地想起泰戈尔的诗句:

　　　　打开门,让蓝天没有阻挡地泄进来
　　　　让花朵的芬芳香进我的房间
　　　　让太阳第一道光线沐浴我的全身
　　　　让我活着这一喜讯
　　　　在森林绿叶间窣窣的响……

林意琳心里充满喜悦。他本来可以不出站,休息一会儿,就可转乘直达乌鲁木齐的火车。但他不想待在车站里。他将行李寄存好,走出车站,跑步来到广场中央,对着东方的太阳大声喊道:我活着!

他知道,这一喜讯,会传播到整个宇宙间。

他,林意琳,一个平凡但坚强的生命,经历了最严酷的21世纪之初的中国式春运,还健康地活在这个世界上,并且要开创美丽的花的事业。

第十二章　光明花卉农场

　　林意琳站在光明花卉农场一望无际的花圃前的时候，先将行李放在一边，然后，双手合十，进行了久久的膜拜。他在心里说：玫瑰啊玫瑰，我终于找到你了。玫瑰啊玫瑰，我和你有心的誓约啊。

　　玫瑰园有种特殊的芬芳。虽然是严冬，枝头没有花朵，但那绿色的植株依然散发着芬芳——玫瑰特有的、高贵的芬芳。

　　这是一片千亩以上的园地。周围浅浅的土楞仿佛天然屏障护卫着这里，远处的白色大棚犹如雪域。这里，整个儿宛若一个超凡脱俗的玫瑰王国。周边有零星的房子，但都距离农场很远。

　　有一位老板模样的人从花丛中站起来。他戴着圆顶棉帽，一脸沟壑，黢黑的脸庞就像熔炉里煅烧过的青铜器，鹰隼般的双目熠熠闪光。

　　他问他，喂，打工的，还是学艺的？

　　他说，打工的。请问您认识这里的老板吗？

　　他本想老老实实告诉对方自己的目的，但却脱口说出了这句话。他的本意，是要以打工仔的身份，扑下身子，从最普通的农活做起，掌握培植玫瑰的所有技艺。他要先苦自己的心志。过去他认为，在北京的私企里为老板干活最苦，在金湖开发区看那小科长的脸色钻在桌子底下修电脑更是苦不堪言，这一路的经历使他明白，他还根本不知道人间的苦为何物。所以，他说话行事就多长了个心眼。

那人说，你找老板干什么？

他说，我想在这里找个事干。不知这里需不需要工人？

那人说，你想在这里揽活？

他点头说是。

那人从上到下扫视他一遍，问道，你侍弄过花草么？

他说没有。不过我可以学着干。想了想，又补充说，我下定决心学着干。

那人说，那你就跟着我干吧。我姓郝，是这里的当家人。本来我不管用工的事。但今天日子特殊，才初八嘛，还在年里边哩，你一定有不得已的难处，才这么急着出来找活干。另外，我今天拿下了一个大订单，陕西的一个城市一次买走一百万株郁金香，我心里高兴，就收下你啦。你叫我老郝就行。不过，咱丑话说在前头，开头一周，管吃管住，不付工钱，以后看表现给工资。表现不好，你可能白干一年也拿不到钱。

林意琳说，没问题没问题，只要你让我干活就行。

老郝说，走，先带你看看去。在这里干活，总得先对这里有点儿了解嘛。

眼前的这片玫瑰是食用玫瑰，主要用来做花茶。每年三到五月，繁花似锦，芬芳馥郁。这种玫瑰跟他在歌风河看见过的茶树一样，植株较矮，便于采摘。与它们连在一起的是金银花。他知道野生的金银花是藤蔓植物，谁知这些金银花也跟茶树一样，简直不可思议。

大棚里才是宝贝。在老郝的大棚里，他看到了三种法国玫瑰——淡黄色的小小的重瓣花朵，镶着金边，高贵而芬芳；浅粉色的重瓣玫瑰有一层粉，柔美到极致；紫色镶着金边的重瓣小玫瑰就像贵夫人一般娇贵可爱。他努力地将前几天在网上查过的那几种玫瑰极品和眼前的对照，不敢肯定这些花儿属于哪种超级贵族。当然，他也不敢问。初来乍到，他还不了解老板的脾性，不敢造次。另一个大棚里的红玫瑰他熟悉，就跟平时在花店里看到的一模一样。原来内地冬季销售的玫瑰花都是从这里运去的。千里迢迢，多么遥远，恐怕要空运的吧？他想，以后我的花卉农场建起来，整个陕南，或者说整个西南，就不用跑这么远来空运花卉了。

大棚有上百个，一律电脑遥控，晚上温度低时降下上边的草帘，白天气温高时将草帘卷上去。现代科技已经渗透在植物培植领域了。这使林意琳大开眼界。他想着，这一趟出来，可没白受辛苦啊。如果不出来学习，他怎么知道，培育花卉还有这样大的学问呢。大棚里不仅有各种各样的玫瑰，还有各种各样别的花卉。成片的郁金香开得特别鲜艳——赤橙黄绿青蓝紫，就像喷了油彩一样金光闪闪。用漂亮这个词汇来形容这些郁金香就显得太苍白了。林意琳觉得，这样美丽的花儿只应天上有啊，人间怎么能开出这么美丽的花朵来呢！尤其还在这样的极地！尤其还在严冬！

他啧啧连声，赞不绝口。

郝老板非常得意。他说，没见过吧？啊？

林意琳说没有，做梦都没梦见过。他心里说，看来我选择这个事业真是选对了。

郁金香培植起来很不容易，每一朵花都长在一个专门制作的营养钵里，再用一个黑色软塑料小盆装着。它们就像出生的婴儿那样排排站立，令人顿生爱意。

在另一些大棚里，他见到了十几个工人。他们都在忙碌着。有的低头侍弄花草，有的在往车上装花卉。他和郝老板走过，他们仿佛没有看见一样，各人忙各人的。只有一个领队模样的人走过来同郝老板打招呼，他说，赶紧再招几个民工吧，实在是忙不过来啊。这些工人每天干十来个小时，都撑不住了。

郝老板说，年还没过完哩，到哪里去招工？先干着吧，啊！

那人说，那，每天增加多少钱啊？

郝老板说，拿下这几个订单再说吧。说着就走了。

他一走，林意琳也跟着屁颠屁颠地走。走出几步，林意琳试探着说，要不，我跟他们干。

郝老板说，你不用干这个。你跟着我干，我正想找个人说话呢。

郝老板带他干的活是给玫瑰的根部施肥。这个活儿没什么技术含量，只要细心就可以了。花肥是早已炮制好的，只需用小铲子刨开边上的泥土，将肥料均匀撒上，再用细土盖好就行。

郝老板示范了一遍，让他操作。他看着觉得很容易，操作时却笨手笨脚。

郝老板说，城里娃不行，好看不中用。

林意琳不理会他的话，默默地看他怎么做，自己就怎么做。这活儿看着轻松，干一会儿就腰酸背痛。而且，这花圃无边无际，根本不是一时半会儿能干完的。

他试着跟老板拉话。

你这么大的老板，为什么还要亲自干活儿？

郝老板说，穷命呗。我是苦出身，一天不干活儿就浑身疼。我过年都没歇着。你懂吧，大年三十、正月初一，全国人民都歇着就我没歇着。

林意琳想，当个老板也不容易啊。

郝老板说他想找个人说话，其实他不爱说话。林意琳意识到这一点，也就埋头干活，尽量不多言。少年时看《西游记》，唐僧教导孙悟空有句经典的话：舌动是非生。林意琳告诫自己要在生人面前少说话。因为自己的目的很明确，是取经而不是取悦老板。

和老板一起干活是别扭的，甚至可以说是难熬的。好不容易熬到有人打电话请老板去城里说事儿，林意琳像获大赦那样舒了一口气。

郝老板临走时说，天黑你就可以歇着了，场部那边有空房子，你随便住哪间都行，吃饭自己做，厨房里啥都有。

林意琳没有继续伺弄玫瑰。他见郝老板钻进车子走后，立即跑到大棚那边去帮忙装车。只需稍稍打听，他就知道了领队的叫徐大壮，是光明花卉农场的总经理。

黄昏时大车终于装满，忽地一声开走了。精疲力竭的工人们走出大棚坐在路边，有的抽烟，有的拍打身上的尘土。

徐经理对大家说，我会尽量争取给大家增加工钱的。明天八点，大家还是准时来啊。你们也知道，这几天是发货的黄金时间，耽误不得。

有人牢骚道，场里赚那么多钱，和我们一毛钱关系也没有。那郝扒皮太抠了！

有人说，明天再拿不到加班费，我们就不来了。

徐经理说，一定会拿到的，一定会的。我明天就是跟老大翻了脸，也要把大伙儿的加班费要到手，放心吧。好了，大家散吧，都累了一天了。

人群散去，徐经理才跟林意琳说话，你是哪个？郝总的亲戚吗？

林意琳说，不是。我是揽活的。碰上郝总，他就留下了我。

徐经理说，看来你是头一回出门。你应该先签务工合同，然后再干活儿。不然你很难拿到工钱。郝总可是出名的老抠。

林意琳说，郝总说第一周不给钱，以后看表现发工资。

徐经理笑起来，你上当了。这狡猾的郝扒皮，总是这样坑那些揽活心切的人。不过，到时我帮你，也不至于吃大亏。

不知为什么，林意琳跟这年轻的经理有种似曾相识的感觉，说不清在哪儿见过，面熟得很。事实上，他们一个陕西，一个山西，不可能见过面，但就是看着亲。他再次相信缘分这种东西。

场部晚上就剩下他和徐经理。偌大的场部，空旷寂寥，就像恐怖电影里的那种废弃工厂。可能由于太累的缘故，徐经理呵欠连天。林意琳自告奋勇做饭。他其实根本不会做饭。面对着厨房里那些发着霉味儿的蔬菜，不知道做什么好。徐经理看出来了。他一言不发，从冰箱里取出一个大饭盒，挖出一大勺炒好的肉馅子放进锅里，然后剥葱刮姜，又洗了一把韭菜，然后把这些东西剁巴剁巴扔进锅里炒熟，用钢精锅下出一锅挂面，就是晚餐了。

吃饭的时候，林意琳感激地说，真香啊。我还没吃过这么香的面条哩。

徐经理说，你是饿了。饿极了吃什么都香。

这倒是实话。两个饿极了的人十分钟不到，就把一锅面条吃了个精光。吃完饭，林意琳赶紧收拾碗筷，把用过的锅碗瓢盆洗得干干净净。徐经理很满意。

他说，我在这里孤魂野鬼一般过了十几天，有你做伴儿真好。起码吃饭香甜，睡觉也不孤单了。

林意琳吃惊道，这么说，你没有回家过年？

徐经理苦笑了一下，我没有家。我都在这里过了好多个年了。

林意琳看了他一眼，不敢多问。

徐经理说，你不用吃惊。其实告诉你也没什么。谁让咱们有缘一起吃饭，还有缘同住一个屋檐下呢。我是个很失败的人。原先在家乡的小镇做副镇长。干得很苦，却也苦中有乐，该结婚的时候结了婚，该有娃的时候有了娃。然而好景不长。我发现我的女人有了外遇。和她勾搭的，不是别人，正是我的顶头上司。血气方刚的男人谁受得了这个！我一气之下把那混蛋打了个半死。我以为给老婆出了气。悲哀的是，老婆的心是向着人家的。我打了人家，她就来跟我拼命，而且，还恶毒地告诉我，我们的孩子其实是人家的种。我气晕了，当然把她也打个半死，之后我就跑了。老婆娃不要了，公职也不要了。我本来就是个孤儿，赤条条来去无牵挂。当时就想往最远的地方跑，因此坐上火车直奔新疆。开始我跟着摘棉花的队伍，哪里有棉田就去哪里。一个偶然的机会认识了郝总，我就跟他到这里来了。那是十年前的事了。十年前，这里是一片荒草滩，郝总的玫瑰园才只有五亩地。

林意琳说，十年，一个五亩地的玫瑰园发展成这样规模的花卉农场。你们可真不简单啊。

是郝总不简单。徐经理说，无知者无畏。郝总斗大的字识不了一升，胆子却大得出奇。弄这个花卉农场时，他把房子家具全卖了，在地边上搭个棚子，一住三年。老婆熬不过辛苦，带着娃娃离开了他。他一点不灰心，泼死亡命地干，就把事情干成了。

林意琳说，你很佩服郝总？

徐经理说，佩服？这么说吧，我对这个人的感情是爱恨交加。

怎么解释？

徐经理说，我佩服他干事情的魄力和胆识，恨他的小农意识和抠门。这么说也不准确。你说他有胆识吧，他有时候胆小得老鼠一样；你说他慷慨吧，他对待员工就像过去的周扒皮，恨不得把人家的油榨干。不过。他对自己也抠，舍不得吃舍不得穿。可他资助学校和敬老院，资助县里修路架桥又非常慷慨。而且是真慷慨，还不愿意扬名。有一回，记者要采访他，他就躲在大棚里干活，两天两夜不出来。就是这么个怪人，我跟了他这么多年也摸不透他。不过，他对我很好。在我走投无路的时候，他收留了我，给我了发挥才干的舞台。

说到这里，徐经理弯腰从柜子底下扒出个大西瓜，说，砸开吃吧。新疆这地方除了遥远，什么都好。西瓜是最好的，库尔勒酥梨是最好的，吐鲁番的葡萄、布尔津的冷水鱼都是最好的，还有沙漠戈壁胡杨林，草原牧场都是最好的。你来时间长了，休假时可以到处走走。

林意琳说，看来你对新疆有感情了。

徐经理说，人是这样一个奇怪的东西，无论天南海北，让你舒心的地方就是你的天堂。你说得没错，我对这地方有感情了，而且是很深的感情，是那种准备交付一生的感情。

林意琳很感动。他说，我真幸运，出门就遇见了你这样的高人。看来，我能学到很多东西了。

徐经理哈哈大笑，说我可不是什么高人，充其量比你多吃了几年饭而已。该说说你的事了，你又为什么跑到这里来？你看起来不像个落魄的人啊。

林意琳迟疑了一下，他本不想说自己的事。但见徐经理如此坦诚，觉得自己也应该坦荡对人，就把自己的遭遇和出来的目的简单说了。

徐经理说，你选定这个项目前，做过市场调查么？你们那边的市场情况怎么样？有没有成规模的花卉农场？

林意琳说，我没有做过市场调查，只是心里想这么做，就出来学习了。

徐经理说，好在一切还没有开始，现在做市场调查都来得及。

这个晚上他们谈得非常投机。谈到了花卉农场的发展前景，谈到了如何筹集社会资金，还谈到了女人。

徐经理说，我这辈子，是不会再找女人的了。这年头，女人是最靠不住的东西。你看咱们两个人，再加上郝总，都不算坏人吧，可都被坏女人害了。我恨女人时，就会想起莎士比亚那些偏激的言论：

　　　眼泪啊，你的名字叫作女人！
　　　软弱啊，你的名字叫作女人！
　　　杨花水性啊，你的名字叫作女人！

林意琳说，你真有意思。你还引经据典地给女人下结论。其实，不必这么悲观。这年头，好女人还是有的，只是咱们运气差些，没有碰上好的。林意琳这么说的时候，雪玲浮现在眼前。他倏地想起歌风河的茫茫雪野，想起那万山丛中的红衣女子。他在徐经理睡着后，悄悄打开电脑，跟雪玲网聊。他这样描绘他刚刚认识的崭新领域：

　　　　光明花卉农场是一个无边无际的鲜花的海洋！
　　　　你无法想象，在这个冰天雪地的地方，温棚里的花朵和春天的鲜花一样美艳！就是说，农场的主人用人工造就了一个百花盛开的春天。
　　　　花的事业太壮美了。
　　　　我仿佛看见歌风河西岸已经开遍了玫瑰！
　　　　这里的人都是有故事的人。

　　聊完，他郑重地发过去了在歌风河村创办花卉农场的申请。他给自己的农场命名为"玫瑰山谷"。

第十三章　心灵之战

儿子离家之后，林元夫妇经历了一场心理革命。

刚开始，多愁善感的梁音怎么也跳不出心里的阴影。她说，为什么我总像在做一场没完没了的噩梦？我们在云城奉献了一辈子，也算有点儿贡献吧！云城的第一个北大生、清华生都是从你手里出去的，云城的第一个留学生也是从你手里出去的，你的贡献，云城的虫子蚂蚁都知道。为什么我们的孩子在云城找不到一个像样的饭碗？为什么大过年地要离乡背井出去学习，还打算把自己的青春交给大山沟？

林元说，你就这样提问吧。没完没了地问自己，问天问地。我告诉你，这样问下去是没有结果的，只能徒增烦恼。正确的办法是，忘掉过去，面对现实，和儿子一起改变。

梁音问，怎么改变？我们也去歌风河跟他一起开荒种地？

林元说，有什么不可以！陈佩斯那样的名人，在人生低谷时不就去了山里开荒种地嘛！他现在是成功的果农，奇花异果漫山遍野，连北京上海的市场都打开了。我们该学一学陈佩斯的勇气和魄力，还有那种眼睛向下的人生态度。

梁音说，你是家里掌舵的。你说跟他去开荒种地，我当然也没意见。你说吧，是咱们先去歌风河，还是等意琳回来一起去。

暂时没必要。但是，我们得给他资金支持。林元说，创业没有启动资金是万万不行的。

梁音说还怎么支持？都打算把房子抵押出去了。有句话我一直不想说，意琳创业，成功了倒好，如果他失败了，我们辛苦了一辈子，就连个遮风挡雨的住处都没有了。到了那一步，可怎么办？我听说，这两年市场低迷，很多人创业血本无归，跳楼的，逃跑的，天天都在发生。

林元说，没有那么严重！若真到了那一步，咱们就到歌风河去搭个棚子住下，然后齐心协力开荒种地。天无绝人之路，你放心，这一天不会到来的。现在的关键是，我们俩要用行动改变观念。

梁音看了他一眼。梁音正在细细品尝玫瑰花茶。自从儿子决定到歌风河培植玫瑰花，她也和他一样研究起了玫瑰，一天到晚在网上查资料，又在网上买来玫瑰花茶。这就是母亲的情感逻辑，一切是那么不情愿，又是那么不由自主。

林元也看了梁音一眼，继续说道，我已经联系好了两个地方，你呢，正月初十就去上班。我一个学生办的钢琴培训班很红火，我联系了一下，人家同意你去做钢琴教师，而且待遇不低，每节课 100 元。我呢，开学后先办退休手续，然后到宏达经贸培训学院做教务主任，年薪十万。

梁音瞪圆了眼睛看着他，说道，真是头蔫驴，不声不响把这么多事决定了，也不问问我的意见。你不是说，咱俩退休后绝不再工作，要一心一意搞研究么？你知道，我的《陕南民间音乐探微》正在紧要关头，需要大量时间到基层做调研。这一放下，可就拾不起来了。而且，你的《中学教育新论》不也正

在要紧的时候么？

林元说，都放下，生存第一！眼下，意琳创业，前途未卜，我们要抱最好的愿望，做最坏的打算。毕竟，他从小娇生惯养，连土地是什么样都不知道。手都没有摸过泥巴的人，要在土地上成就事业，风险实在是太大了。

梁音说，那你还支持他？而且态度那么坚决！我还以为你信心满满呢。

林元说，我们没有第二条路可走。你有没有想过，意琳是个有生活经历的人了，就算能在本城找到工作，无论去哪个单位，他都得接受比他年轻许多的人的领导。现行体制下，官本位思想一会半会儿改变不了，官僚作风更是严重，那么，他为一个饭碗，就得永远低眉下眼，放下自尊和所学技术知识，甘做无知奴仆。知识分子最大的痛，莫过于摧眉折腰事权贵。我就是基于这一点考虑，才鼓励他自主创业。自己谋一片天地，吃再大的苦，受再大的累，哪怕碰得头破血流，哪怕失败得一塌糊涂，思想和精神是自由的。上世纪三十年代的知识分子都高唱"生命诚可贵，爱情价更高。为了自由故，两者皆可抛"呢，何况我们！何况意琳！

梁音说，明白了。我初十就去上班。等情况熟悉了，没准儿，我自己也可以办起一个艺术培训班呢。听说这几年老年大学很热，我就办个老中青三结合的业余大学，有一份事业，就能立于不败之地。

林元说，先不要想那么多，先把手头的事赶紧处理好，准备开始新的生活。我们是在体制内养尊处优惯了的人，进入市场，可要经受巨大的心理压力哦。你要做好思想准备。

梁音这才发现，林元手里拿着一沓打印纸。她拿过来一看，见是详细的教学大纲，便问，难道他们还要你上课吗？你可好几年没上过讲台了。

　　林元说，这几年，由于就业困难，民营大学受到空前挑战，招生十分困难，他们高薪聘我的目的，就是要利用我的名气和人脉扩大影响。我带点课是应该的。想了想，又补充道，上点课好，一方面使我的演讲口才不至荒废，另一方面，锻炼记忆力，免得将来患老年痴呆症。

　　梁音便不再说什么了。她非常佩服丈夫豁达的心胸和达观的人生态度。任何时候，他总能从好的方面看待问题。而且，不管遇到什么事，都能保持从容镇定的态度。他的口头禅是：永不抱怨，做好自己。

　　现在看来，自己还真得向他学习。

　　任何事情在接触实际的时候，都比想象的困难得多。林元去银行办理抵押贷款的时候才发现，手续非常麻烦，评估要房产证身份证，还要可靠的担保人。他在脑海里急速地把亲戚朋友过了一遍，觉得找谁担保都不合适。这些年，整个社会失信，谁愿意出面为你一笔几十万元的贷款担保呢？就算人家看你老脸答应了，心理上要承受多大的压力！更何况，无论找谁担保，都得给人家讲清楚你资金的用途。是啊，名校校长，又不开公司又不置办房产，为什么要贷这么大一笔钱呢？林元的想法，要不事张扬地走自己的路，不诉苦，不给任何人添麻烦。想来想去，只有卖房子是最简便的。既然急需钱，把房子卖掉就是了。卖了房子租房住，神不知鬼不觉就把难题解决了。眼下，房产市场过剩，租房子非常容易，很多装修好的房子，家电家具都齐全，上午打个电话定下，晚上就可进去入住。林元早就想搬离那个居住了 20 多年的窝了，太熟悉了，住烦了，住腻了。尤其随着儿子归来，自己即将退休，且将要进民办学校打工，他希望搬到一个完全陌生的环境去居住，最好谁也不认识，免得人家见面就问："儿子回云城住下呀，在哪个单位上班呢？""抱孙子了吧，咋不见儿媳妇回来呀？"等等。那些问话里，有的出于好奇，有的是礼貌性询问，有的则是幸灾乐祸。二十多年主政一个全市瞩目的名校，他建立了功勋，也得罪了不少人。而且，一般人的心理，都是愿意看名人的人生悲喜剧，越曲折复杂越符合民众心理。林元不想让别人看他的热闹。他愿意默默地承受他所遭遇的任何事情。过去他是公众人物，现在他属于自己，属于自己的妻子儿子，就这么简单。

　　林元把自己的想法告诉梁音，立即得到了她的支持。梁音的内心深处跟林元一样。所谓不是一家人不进一家门，虽然作为米面夫妻，几十年来他们之间也有许多磕磕碰碰，但在精神追求上向来一致。

　　可是，在进入操作程序的时候，梁音还是非常伤感。他们的房子在云城中学教学区内，地理位置非常好，不仅处在城市的中轴线上，交通便利，购物便利，绿化良好，关键是就学就医都十分方便。平时嫌学校吵闹，真要卖时，竟万般不舍，看那所有的地方都可爱，即使平时嫌恶的地方，现在也觉得亲切异常。这在林元的意料之中。无论多么智慧的女人，关键的时候都是感性至上。所以，他耐心地等待妻子情绪平静，耐心地忍耐她的唠叨和眼泪。他不指责，不催逼，就那么等着，甚至，不再提卖房子的事。终于，梁音沉不住气了。她自己拿起电话跟中介公司联系，并且催促人家尽快寻找客户。

客户很快就找上门来了。这年头，什么地方的房源都可能滞销，但重点中学教学区周围的房子却永远火爆。这是 20 世纪末至 21 世纪初中国的最大特点。这一群"独生"的小皇上，他们的学校，他们的安危，是每个家长不遗余力关注的焦点。为了他们的安乐，许多家长豁了命都愿意；为了方便他们就读名校，许多家长舍弃自己前程都愿意。

房子卖了好价钱，七十万元，一把付清，一手交房产证，一手交钱，干脆利落。

当天，林元就通过租赁公司在靠近火车站的万鑫小区租了两室一厅的房子。之前，林元偶尔去过一次那小区。那是云城最先以清净休闲理念建成的小区，高低层间隔，别墅小院分布各处，错落有致。小区高居山坡之上，俯瞰江南城区和那条穿城而过的汉江，地盘很大，树木葱茏，道路蜿蜒曲折，且两旁种满蔷薇，五月开花，花期可达两个月之久。那时候，林元曾感叹房地产开发商的独到眼光，感叹云城竟也有这样的高档社区。谁知小区建成后，闲置很多。因为离城区较远，上班不方便，很多人买了房就不去居住。

林元搬进万鑫小区的时候，有种亦真亦幻的感觉。他想，真是一念成谶啊。那时候不过想了一想，谁知就搬到这里来住了。

搬家时，他和梁音发生了激烈争执。梁音主张把那些旧书旧报旧杂志统统卖了，而他坚决要带上那些个宝贝。搬家时才发现，他们这个家没什么贵重的东西，旧书旧报旧杂志倒多得不计其数。上班时并不觉得，那时候各自有办公室，一些书报都堆在办公室里，退休后两人的书报杂志全搬回来，家里塞得到处都是。没搬家时，这些东西融入在生活里，不觉得碍眼，也不觉得多。要搬家了，就觉得这些东西太碍眼了——他们一生的辛苦，换来的就是这些东西，看着都让人辛酸！梁音方面，还有个决绝的想法，既然今后以求生存为主，不再搞学术研究了，干脆把那些劳什子清除了，家里清净，心也清净。林元的想法却不一样。他认为困难是暂时的。他在任何地方任何情况下，都不会放弃学术研究。那是他生命的一部分。他并且认为梁音也是一样。她不过是在气头上一时打不开心结而已。所以，他坚决要保住那些东西，无论梁音怎么吵闹他都不让步。最终，那些东西连个纸片都没丢，跟他们一起到了租来的房子。

　　开学后，林元没等退休手续批下来就去宏达经贸学院上班了。当然，他是经过校方同意的。事实上，退居二线之后，他就可以不去上班了。一般人的心理，在岗的新任领导都希望尽快消除前任领导的影响，尤其林元这样影响巨大的领导，他的影响更是越快消除越好。所以，他在告知学校不再上班的时候，学校方面是非常高兴的。虽然新任的年轻校长嘴里说着挽留的话，说着再怎么样老校长您也要把我扶上马送一程这样的官话，他还是觉得自己走得太及时了。长江后浪推前浪，前浪死在沙滩上。这就是目前的时代。这个时代与所有时代不同，它急功近利，人人信奉成功学，权威的概念、学者专家的概念都被成功的渴望，或者说欲望淹没了。

　　学校当然有个欢送宴会。林元没有拒绝这个欢送会，是他觉得还有些话要说，还有些人要见，还有些事情要嘱咐。比如，那些跟着他鞍前马后辛苦的人，应该有所安排却没有安排好，他应该对人家说一声抱歉；比如，那些德高望重、忘我工作的老教师，他应该对他们说一声谢谢；比如那些身体不好，却一直坚守在教学一线的人，他应该对他们说一声珍重；比如，那些新招来的年轻教师，他应该告诉他们，只要努力工作，房子和职称都不是问题；比如，对年轻的新校长，他要借着酒精的力量，鼓起勇气嘱咐他：中学教育的目标和任务，任何时候都应以教导学生明晓真理为主！

可是，这天晚上，参加欢送会的人却很少。他明明提供了一个详细的名单，甚至把参加人员的手机号都写上了，为的是办公室的人通知起来方便。可是，来的人却很少，满打满算14个人，还稀稀拉拉的，这个来那个走，有人说要去招呼晚自习，有人说要给毕业班补课，有人说家里老人住院，等等，理由堂而皇之。

这样，林元准备了一肚子的话，就没人可说了；准备了满满的情，就没有氛围可抒发了。他有些伤感。尽管他是个非常理性的人，他还是在某些时候眼角潮润。他就喝酒，来者不拒，谁敬酒他就满上，仰起脖子，一饮而尽。他还主动打通关，见人满杯，一点不通融。大家都夸他海量，说，林校长不够意思，过去酒桌上滴酒不沾，原来藏着这样深的功夫，以后倒要找机会好好领教呢。

倒是办公室主任袁霞看出他心情不好。袁霞并不喜欢这个刻板的前任校长，但她很佩服他的正直和献身精神。她是老人手，亲眼目睹了林元将一个末流学校带进教育快车道的发展过程，起码的良知使她敬重他，希望他退而不休，继续关注学校，

甚至希望他留任学校，给毕业班代课。

　　袁霞郑重地走到他面前敬酒，真诚地说出了自己心里的话。林元感到了那番话的真诚，这反而使他悲从心起。为了控制情绪，他一连喝了满满两杯。

　　他说，好酒啊！多好的酒啊！国酒啊！袁老师你也喝两杯。整个学校，我最对不起的就是你。你任劳任怨20多年，我却没有把你的事情解决好。人就是这样可恶，灯下黑，在自己眼皮下吃苦的人，往往看不见。今晚，我就借学校的酒给你赔罪，赔罪！

　　袁霞说，是我对不起老校长。我水平有限，很多时候理解不了领导的意图，多次顶撞您，这杯酒就请您大人不记小人过，还请您记住我们的好处，忘记我们缺点和不足，不要抛弃我们，常回来看看。

　　对，常回来看看。

　　酒宴在袁霞煽起的情绪里达到了高潮。

第十四章　极地温情

　　远在新疆的林意琳并不知道家里发生了什么变化。林元奉行古训：千里路上报喜不报忧。每天通话，只对儿子说家里一切都好，让他在外边放心做事。半个月之后，他郑重地告诉儿子：创业启动资金已经筹备到位，他可以跟歌风河那边具体商谈土地转让事宜了。林意琳给父母报告的也是好消息，说自己打进了一流的花卉农场，遇到了一流的高人，每时每刻都在长进等等。

　　事实上，并非如他报告的那样。他在农场度过第一个有趣的夜晚之后，满以为以后会一帆风顺。但第二天上工之后，徐经理却像完全不认识他似的，公事公办，冰冷冰冷，比对其他工人还要冰冷，时不时还扎着势子训人，这里没干好，那里没干好，或者搬花盆的动作大了，装车的速度慢了，等等，不断挑刺，经理范儿十足。林意琳想，难怪人们说不要跟当官的交朋友，也不要跟老板交朋友。徐经理也是个打工的，只因为老板信任，势子就这样大。以后的几天里，林意琳再没有看见过郝总。工人们说，郝总可不是轻易能见到的。有的人在这里干了一年，也没有见过郝总。老板管大事儿，轻易不露面。林意琳便感到自己很幸运，一来就见着了老板。若不是见着老板，说不定徐经理根本就不要他呢。场里一般都招收熟练工人，像他这种没有工作经验的人，一般农场都不要。

徐经理忙极了。场里大事小事都归他管。一会儿要去谈合同，一会儿要去跑市场，一会缺了哪种货需要到别处调配，一会儿又有退货的来场里吵闹，这些事全得他出面。有时候他被人匆匆叫走就不再回来。他不在的夜晚，林意琳就是一个人。

一个人的夜晚太恐怖了。因为整个农场旷达无边，一到晚上就觉得危机四伏，就觉得有狼虫虎豹在丛林里横行，还有什么诡异的声音在这儿哪儿低鸣。为了壮胆，他拿着根棍子跑出来东看西看，然后大吼几声，表示自己什么都不怕。其实他知道自己心里是害怕的。后来他干脆躲在屋里不出来。并且把能够搬动的东西都抵挡在门上。但他很快发现这是徒劳的，因为场部的房子全是临时建筑，如果真有豺狼虎豹，那根本挡不住。于是他把被子蒙在头上，以遮盖外边的声音。当然，这也是掩耳盗铃。

林意琳就这样在光明花卉农场度过了最不安最恐怖的一夜。第二天,阳光灿烂的农场一片光明,他竟有些不相信眼前的事实。

对于怀着磨练意志的决心来到这里的林意琳来说，一个人驻守农场的恐怖之夜不算什么，最令他不安的是，他打不进群体中去。过年期间在这里干活的都是当地人，他们早出晚归，自带干粮，基本不和场里发生任何关系。而且特别寡言，有的人干一天活儿一句话也不说，哑牲口一般。就是偶尔说话，也是他们之间交流。仿佛林意琳这个人根本不存在，这使得时光特别难熬。加上林意琳过去根本没干过与土地打交道的活儿，干起来分外吃力。尤其在温棚里边干活，刚开始他怎么也无法适应。温棚里边和外边温差太大，又潮又闷，待过半小时之后就有窒息感。而他们在里边干活，一干就是一天，中途连休息的时间也没有。后来他才发现，农场干活中途是从来不休息的。这种时候，他特别盼望徐经理出现。他一来，哪怕阴沉着脸，他也顿时觉得心里踏实了。他想见他的另一个原因是，他想从他的表情里看出，他是不是把他的意图告诉了郝总？如果郝总知道他打工是假取经是真，会不会把他赶走呢？他暗暗后悔太轻信了。只不过和徐经理一起吃了顿晚饭，就把心里的秘密都告诉了人家。显然，自己太嫩了，缺乏生活经验，也没有防范意识。徐经理也许压根儿看不起他，所以才不搭理他的。又想到，也许是徐经理自己后悔跟他这个陌生人说了心里的隐痛，有意冷淡他。

在一个人独处的漫漫长夜里，最让他难受的是他无法克制对过去生活的回忆。那回忆会像潮水一般涌来，忽而将他抛上滩头，忽而将他卷入大海。他想他生活的链条到底是哪里断裂了呢？为什么一起打拼过七八年的女人转身离去时那么决绝？还有蓝梅的父母，他们是一种什么人，为什么发出的声音会那么刻薄难听？想啊，想啊，所有的事情过电影一样在脑海里闪过，那是有画面有气息的，让人止不住的感伤。

他当然不会让这种情绪主宰自己太久。他会在想得脑子发闷的时候，突然坐起来，翻开笔记本，记下一天的感受，记下他默默学到的新知识，诸如培育郁金香的营养钵是怎么制作的，营养成分都有哪些，比例怎么搭配等等。然后他会打开电脑上网查资料，把所有有关花卉培育的资料都搜索出来研究分析，如果还驱赶不走心里的恶魔，他就跟雪玲网聊。歌风河那边传来

180

的都是令他振奋的好消息：

500 亩土地转让基本谈妥。

村民吴佑安已经联系上，他同意转让土地。

我父亲已把你的报告递交给了镇政府。

歌风河的杨柳已经发芽了，远远看去就像绿色的雾。

昨天早晨，我看见了荒草里的第一朵小黄花。

……

他拜托雪玲：

请你父亲组织人翻耕土地——深度 1.2 米，全部施有机肥。工人每天的工资八十元。

一个月之后，我将带回第一批玫瑰枝条。

春天里，我们的玫瑰山谷就会有花香弥漫。

雪玲的最后一句话很温暖：

歌风河等你回来！

这个晚上，林意琳就枕着这句话进入了梦乡。

徐经理一连十几天都没有露面，林意琳真不知道这个农场是怎样运转的。每天照样车辆轰鸣，花卉整车地拉出去，种苗整车地运进来，这里的种苗再整车地运出去。而且，工人一天比一天增多，农场一天比一天热闹，只是不见长年揽工的外地民工来到。

林意琳再看见徐经理的时候，徐经理双眼无神、满面憔悴，仿佛去地狱里走过了一遭。他回到农场的时候是晚上九点，民工们早已散去，林意琳正在网上研究他的玫瑰。

徐经理坐在床边抽烟。狠狠地抽，一口一口猛吸。

林意琳小心翼翼地为他泡了一杯茶，斜着身子走过去放在他面前的桌上。

徐经理将第三支抽过的烟屁股扔在地上踩灭，说道：这些天你还能对付吗？

林意琳说，开头那两个晚上差点儿吓死我，后来就不害怕了。我发现，只要不怕死，就什么问题都解决了。后来这几个晚上，我甚至睡得很香甜。这地方，多像神话小说里的仙界啊，空气这么好，鲜花这么多，土地这么广。

徐经理看他一眼，说，我得感谢你。

林意琳说，谢我什么？我什么也没做呀？

徐经理说，你帮我镇住了摊子。那些人以为你是新来的副经理，所以按部就班地做事，一点乱子也没发生。

林意琳不大明白他的话，说道，看起来好像发生了什么事。那你给我说一声呀，说一声免得我心里糊涂呀。

徐经理坦率地说，不瞒你说，那时我还信不过你。我害怕告诉你真相，你带人抢劫了农场。

林意琳笑道，你那么高估我啊。我要有那个能量就好了。那，你现在可以告诉我，到底发生了什么事呀？

徐经理说，连我也糊涂。我在郝总手下干了近10年，竟然不知道他非法集资上亿，而且行贿官员，包养情妇。他在十天前上吊自杀了。那天你碰见他，他实际上是来与他的农场告别的。

林意琳吃惊地张大了嘴巴，半天说不出话来。生活怎么真的跟恐怖电影一样！他那天看见的郝总，谈笑风生，一脸和气。谁知，他心里藏着自杀的念头。他可真是老狐狸啊，我一点都没看出来。

徐经理说，连我都没看出来。最恼火的是，他一个字的遗言都没留下。却留下无穷的麻烦。

都有些什么麻烦呢？林意琳问。

徐经理说，他的爷爷奶奶父亲母亲都健在，听说了这事，全体哭倒。他还收养了十五个孤儿，这些孩子的吃穿用度一样不能少。还有那些在他这里放贷的债主，个个疯了一般的讨账。我把公司的钱全部调出来，把外债追回来，才勉强打发了债主。

林意琳说，多么奇怪的人啊，一方面行贿骗贷，奢侈糜烂，一方面又行善济人，真正不可思议啊。

徐经理说，谁说不是呢。这年头，人就是这么复杂，除非你是他肚里的蛔虫，否则，你根本不知道他是什么人。你看我，不像个傻子吧？可我鞍前马后跟了他十年，竟对他一无所知。他的父母、他的亲人都对他一无所知。他的父母爱他如命，以为他是天下第一孝子，世上第一好人；他收养的那些孩子都亲热地叫他爸爸。他送他们上最好的学校，给他们穿最漂亮的衣裳，书包、回家写作业的桌子，都是市面上最高档的。所以，他死后，那些孩子哭得最伤心。这些麻烦，现在一齐压在我身上。

林意琳说，那农场还能经营下去吗？这么大的农场，没了领头羊，可怎么办呀！

徐经理说，必须经营下去。就是拼了我的小命也要经营下去。那么多的人要靠农场活命呀！

徐经理说到这里，长长地打了个哈欠，鼻涕眼泪一齐流出，说道，困死了，我先睡一觉。这几天你应该学会做饭了吧？如果你能煮一锅粥给我喝，那我就感激不尽了。我已经两天两夜没吃没睡了。说着倒下去，雷鸣般的鼾声随即而起。林意琳费了九牛二虎之力，把他沉重的身子搬到床上放平，然后给他脱鞋。满是脏污的皮鞋脱下来，一股臭气扑面而来，差点儿把林意琳熏倒。他赶紧去打开门，让新鲜的空气流进来。

林意琳看着他睡死过去一样，心想，他这一觉，没有两天两夜恐怕不会醒来。那么，熬不熬粥呢？如果熬了粥，他醒不来，岂不浪费！不熬呢，万一他醒来了，急着喝粥又怎么办！想了想，还是准备熬粥。

林意琳这些天都是用面条打发自己。他发明了面条里边煮青菜，出锅后再调上酱油食盐鸡精味精和醋的简易办法，饿极了竟也吃得有滋有味。他还真没熬过粥。于是，他翻箱倒柜，找出了绿豆、红豆和大米，极力回想母亲怎么熬粥——先放绿豆、红豆猛煮上一阵子，再放大米慢慢熬。为了防止溢锅，他一步也不离开。他用的是电磁炉。炉子就摆在床前的桌子上。他在照顾粥锅的空档里，有机会审视徐经理那张脸。徐经理脸上的突出特征是瘦，瘦得皮包骨头，但眉毛又浓又黑，鼻梁高挺，嘴巴很大，因为长期抽烟，所以牙齿泛黄，总之，这张脸算得上眉清目秀。不知道这张眉清目秀的脸上含有多少真诚？也不知道那张棱角分明的大嘴巴刚刚讲过的故事有几分是真的？

正在林意琳心里疑窦横生的时候，徐经理大叫着惊醒了。睁开眼睛，竟是一包的泪水。就在这一瞬间，林意琳信任了这个初识的朋友。

林意琳递给他两张餐巾纸，然后转过脸去，任由他放纵自己的感情。林意琳则一心一意搅动那锅粥。

粥熬好了。林意琳拿出两只碗，分别舀出两个半碗来，为的是凉得快一些。然后跑到厨房，乒乒乓乓拍出一盘黄瓜，用酱油醋和香油拌了，再撕开一包涪陵榨菜，就算把徐经理想吃的饭做好了。

看来他真是饿极了。林意琳把小菜拿过来时，他都顾不得跟他说话，也不顾那粥烫，端碗就吃起来，呼噜呼噜的响声满屋乱窜。一碗吃完，林意琳赶紧盛一碗晾着。他一连吃了五个半碗，直到那锅粥见了锅底。

真舒服啊。他说。

其实幸福多么简单啊。徐经理接着说道，假如现在有人问我，幸福是什么？我就回答：幸福是绿豆粥凉拌黄瓜加咸菜。可惜，有人不懂得这一点，偏偏要贪，偏偏要那么多钱，到头来却是人财两空。

林意琳知道他为什么发这番感叹。但他不接这个话茬。他换个话题说道，那你现在打算怎么办？

徐经理说，我也不知道怎么办。我突然觉得好累好累，很想睡一觉，最好是睡着了再不要醒来。

林意琳说，你不会不醒来的。刚才你那么累，我只说你起码要睡个两天两夜，你却打个盹儿就醒了。我看出来，你是那种有担当的男人。郝总他之所以那么放心地把一切扔下，就因为有你。

徐经理叹息一声，说，我也想替他把天撑起来。可眼下一点周转资金都没了。唯一能变现钱的就是他家那栋楼房。但是，老人们不愿意离开那里。发生了这种事，场里信誉一落千丈，银行也不肯贷款，朋友也不肯借钱。要扭转这种局面，不知要多少年的努力。

林意琳说，我可以从你这里买些种苗。不多，但总可以帮一点小忙。

　　徐经理说，你一个刚刚起步的小农场，又能买多少？当然，这是你的厚意，我领了。如果你不嫌我唐突的话，我想提个建议，你不如留下来，把你的启动资金放在这里入股，等赚了钱再回去发展。

　　林意琳说，你的厚意我也领了。但我必须回去。我一定要建成我的玫瑰山谷。我答应过一个人，不能食言。

　　徐经理说，哦，真好。有承诺要兑现就是动力。我猜你不会在这里待太久吧？

　　林意琳说，正是。我打算明天就走。我这次出来的目的就是取经。现在我已经知道了一点皮毛，怎么发展，还得在实践中摸索。你那天晚上点醒了我，我以后得注意市场调研。

　　徐经理说，你选定的项目没错。花是永恒的事业，不管发生什么变化，人们总需要美化生活，总需要保健。所以，花的事业是不会衰落的。更重要的是，这个事情本身太美好了。它会让你在工作的过程中超凡脱俗，飘飘欲仙。夏天的夜晚，我一个人在这里的时候，我就睡在玫瑰花丛里。说句不怕你见笑的话，我有时候觉得自己的呼吸都是香的，觉得自己过的日子就是神仙日子。

　　林意琳说，好个多情的你哩。我没看错，你是个性情中人。遇到你，我太幸运了。

　　徐经理说，遇到你也是我的幸运。我第一眼看见你时就喜欢你了。

　　两个男人站起来，在彼此的胸膛上擂了一拳，又拥抱了一下。

第十五章 山野的呼唤

林意琳出现在歌风河的时候，就像个背包客。他背了个特号的蓝色牛仔包。那包高过他的头顶，远远看起来，就像一个小山包在移动。

雪玲一家在村口接住他。雪玲说道，哎呀，现在车这么方便，你只要打个电话，我爸就开车去接你了。偏要挤公交，翻山路，何必受这个罪呢。

林意琳说，我不是跟你说了吗，我要主动吃苦，主动受罪，直到洗掉一身惰性，直到炼硬一身骨头。

蒋爷爷走过来，拍一下他的行头，说，好小子，出去跑一圈回来，神气都变了。人还是要见世面啊，就像爷爷我当年，跑遍大半个中国，就是半个神仙了。

雪玲说，爷爷，您又吹上了。

蒋志勇说道，你就住我家吧。这样省得你自己洗衣做饭麻烦。腾出时间，也好一心一意干事情。

林意琳说，我很想住你家。但我不能。我直接住到河西岸去。那里不是有几户人家的房子都空着吗，我就住在最顶头那个破屋里。

蒋志勇说，那又何必！要住就挑个好房子住，我负责给主人打个电话就是了。

林意琳说，我看中那家院子里的大皂角树。好像还有竹林和清泉。有树有泉的地方就有灵气。再破旧的房子，人住进去就好了。你放心吧。我什么苦都能吃。

蒋志勇是个痛快人，见他执意要苦自己，就随他。于是和雪玲回家拿了水桶、抹布、扫把之类，一齐往河西岸走去。

这是一个晴朗的日子。河西岸开阔平坦的坡地沐浴在一片金光之中，空气里跳荡着勃勃生机，你仿佛在风中能够嗅到万物挣扎着发芽的讯息。背着大背包走了五六里山路，林意琳的双肩被背包带勒得钻心疼。但他心里就像初春的种子，发芽的冲动蹭蹭上窜。他在前面走得飞快，率先冲上西坡高地的时候，他俯瞰着脚下的土地想到：

这里就是梦想照进现实的地方！这里就是我创业的基地！这里也是我命运的转折地。我，林意琳，一个饱受挫折的人，就要在这里找到人生的出口呀！

西坡沟口的房子已经有七八年没人居住了。毫无疑问，这是举家外出打工的人家。他们兴许在外发达了，兴许被事情缠得脱不开身，反正已有七八年没有回乡。可这里依然树木葱茏。凤尾竹长得窜天高，樱桃花开得白雪一般灿烂，玉兰含苞待放，香橼树上的香橼过季无人采摘就像泄气的皮球似的邹巴巴挂满枝头，木芙蓉的花朵虽然枯萎了，但满枝头的干花，昭示着刚刚过去的繁荣。那棵老皂角树就更加奇特了，东风扫光了树叶，弯弯的黑色果实依然丰硕，满枝头摇摇晃晃就像黑色的铃铛。人都说，狗是人类最忠实的朋友，林意琳觉得树也是人类最忠实的朋友。它们不管主人离开了多久，依然春华秋实，蓬勃生长，那不离不弃的守护给人地老天荒的永恒感。难怪主人虽多年在外，却不舍老屋，还时不时地给村支书蒋志勇发信问候，说些将来还是要落叶归根之类的话。

这无疑是个勤劳人家。房子里虽然到处是蜘蛛网，灰尘遍地，但生活用品样样俱全——堂屋里，红彤彤的中堂上毛主席挥手致意的大照片光彩夺目，桌椅板凳上面盖着报纸，揭起来就能入座；卧室里的木板床用塑料布盖着，铺上被褥就能睡觉。厨房里凌乱一些，所有的农具都堆放在这里：锄头、镰刀、十字镐、风车、小柴油机，还有古老的铁犁等等。他们集中力量把那些农具搬到牲口棚里去，扫净地面，清理了锅台，然后把石缸洗净。雪玲去屋后松树林里揽来一筐松针点燃，袅袅炊烟升起，这座废弃多年的老屋顿时有了烟火气。

这时候，杨瑞花带着几个村民喧哗着过来了。她一眼看见，林意琳脚上穿着她做的那双布鞋，就说道，看看，是我的鞋把你留住的吧。人的脚上穿着哪里的鞋，就会心心念念地想着哪里。

杨瑞花带来了油盐酱醋茶，带来了米面和腊肉，还带了锅碗瓢盆和一大把筷子。真是个能干的女人，不止外表热辣辣令人喜欢，还有这样一颗温柔细腻的心。

午饭是必须要在这里吃的了，这叫温锅，也就是制造烟火气的意思。炊烟升起来，向天地报告，这里有人居住了。祈求上苍的护佑。杨瑞花说，这是山里人祖祖辈辈的规矩，也是一种必不可少的生活仪式。

多么古老而温馨的仪式啊。林意琳喜欢这仪式。他自告奋勇去提水。泉水就在屋后的小路边。因为泉水冬暖夏凉，那里的杂草非常旺盛，一大丛芦苇就像卫兵一样守护着那清泉。

林意琳跑过去，先用镰刀割掉了芦苇。他发现有一种野草在泉边生长得很旺。那小草有圆圆的叶片和细细的小径，苍翠无染，嫩绿可爱，让人心动不已。要知道，这是寒风料峭的冬天呀，虽然立春已过，山里还是非常寒冷。雪玲告诉他，这叫鹅儿肠，是猪最爱吃的青草。林意琳震惊于清泉不腐，主人走了这么多年，泉水依然清澈，且咕咕地涌动着生机。难道，它也是有生命的吗？

　　雪玲说，泉水当然是有生命的。山里的清泉都是携着山野百草的灵性，经过树木山石的过滤，才不竭不枯地生长在这里。最初人们来山林里居住，都是寻找有泉水的地方，就像草原上的人逐水草而居一样。你看，山里人家为什么散居各个山头，就是这个道理。

　　问题是，这么高的山啊，怎么会有清泉呢？

　　雪玲说，这就是大山的秘密了。山里人为什么敬畏大山，就是因为他们时时感受着这种神秘。人们一出山就改变了，见得世面多了，看得光明多了，就什么也不惧怕了。

　　林意琳觉得雪玲的话很深奥，就像哲学家的格言一样。他想起福建客家人的名言：山林是主，人是客。

　　雪玲教林意琳辨认荠菜。她说，荠菜是一年四季生长的野菜，你认下它，有时候来不及买菜了，可就地找些荠菜。荠菜可是目前最受城里人追捧的山珍，很多人想吃也吃不到的。

　　林意琳说，等我的事业发达了，让我爸我妈都来这里养老，说不定他们的"三高"，会不治而愈呢。

　　说到父母，林意琳突然有点儿伤感。他说，我这次创业，是只能成功不能失败的。我父母为给我筹集启动资金，把房子都卖了。要知道，那是他们养老的窝啊。

雪玲说，世界上，唯有父母的爱是最无私的，要不然，古诗里为什么说"谁言寸草心，报得三春晖"呢。

所以啊，当我从新疆回来打不开家门的时候，简直懵了。当时，主人告诉我缘故，我怎么也不信，我那文质彬彬的父母，做起事来，会这样大刀阔斧，不管不顾。说起来，他们都是快六十岁的老人了。为了我，竟然自断后路。

他们事先没有告诉你吗？

没有。如果我知道了，死也不会同意。不过，现在已经这样了，我唯有好好干，将来再为他们买更好的房子。

杨瑞花的呼唤打断了他们的谈话。林意琳赶快提了满桶泉水回去。雪玲沿途采了鲜花——风中的野菊花和腊梅，有种饱经风霜的生动。她把它们插在玻璃杯里，恭恭敬敬放在中堂下面的八仙桌上，屋里顿时有了别样的气息。

一会儿，又来了些人。他们都是翻地的工人。这些人明显的有些木讷。只有领队的吴俊看起来很精神。当然，也有几个精明健壮的，他们是家里有事暂时耽搁在村里的打工者。

林意琳很惊讶。他不解地看着蒋志勇。蒋志勇赶紧拉他到一边说，这一过年，村里的精壮劳力陆陆续续都走了，就剩下这些智力不全的和没有能力出去的，不过干体力活他们都没问题。说完后又强调，这些人很老实，干活肯卖力气，绝对不会误你的事。

林意琳相信他的话。他来到那群人中间，送他们每人一包云烟，表示对他们的尊敬。

吃饭是热闹的，满满两桌，因为凳子不够，有的人就站着，但是，情绪都非常高涨。有人说，在家门口就能当工人挣钱，这还是歌风河的第一遭。有人说，只要能挣到钱，谁愿意去外边流浪呢。人离乡贱，货离乡贵。这几十年，可受尽了漂泊之苦了。

这让林意琳大受鼓舞。他还是第一次感觉到造福他人是这么有意思。虽然，事实上，这是父母的功绩。

吃罢午饭，他和工人们一起下地干活。他丈量那些翻好的土地，检查了运来的有机肥。有了光明花卉农场打工的经验，他俨然一个行家里手。他已知道，这类多年没有耕种的坡地，必须深翻细耕，再施上足够的有机肥，才能变成熟土，也才能成为玫瑰的温床。所以，他不断对工人们说，翻地的深度一定要达到标准，肥料一定要上足。

林意琳像上足了发条的钟表那样，咔咔地转着。他在田垄上走来走去，一会儿指挥这个，一会儿纠正那个。便有好事的在一边悄悄嘀咕：怎么大老板小老板一个德行，全把人当牲口使唤。

雪玲对那人说道，别这样说他，他和大家一样干活呢。

有一阵子，他嫌穿着鞋不得劲儿，干脆脱掉鞋光了脚片在泥巴地里走。

雪玲说，穿上鞋吧。你要悠着点儿，这可是个长期的活儿哩。

他说，别担心，我只是心里激动。这是我挣脱旧观念的第一天，也是我为自己的事业劳作的第一天。啊，体力劳动是多么痛快啊。我现在才知道三毛为什么说坐在办公室里是最悲惨的工作了——作家三毛曾深情地礼赞过田野里的体力劳动。她曾在看见公园里的工人修剪树枝的时候，赞叹过野地里劳作的幸福，说那是和阳光在一起的工作。现在，我们的林意琳就和阳光在一起。他大口地呼吸着山野里的气息，尽情地沐浴着山野里无遮无拦的阳光，也承受着山风刀割似的疼痛。

雪玲笑道，你这样小资，是你还没有领略到体力劳动的严酷性。那个拍电影的贾樟柯说，他最恨人们把体力劳动浪漫化。

林意琳说，那是他感觉迟钝。但是，他马上就体会到了贾樟柯的话没错。由于干活太猛，他的细皮嫩肉，一会儿就皴了，细细的血纹都能看见。虽然他咬紧牙关忍着不说，雪玲还是看在眼里。她趁休息的时候跑回家，为他拿来一瓶擦手油，悄悄地塞给他。

收工时，蒋志勇对他说，我还是建议你晚上去我家里住。河西这边太荒凉了，人家离得又远，你一个人住在这里我不放心，也于心不忍啊。

林意琳说，蒋支书您不用担心。我在新疆的那些天，经常一个人看守农场。那地方多荒凉啊，大得无边无际，周围人家又少，晚上仿佛到处都是豺狼虎豹，可我都挺过来了。

蒋志勇说，那边是仿佛有豺狼虎豹，歌风河可是真有。至少有野猪和狗熊。我可不是吓唬你，我是为你的安全考虑。你在我这里办农场，我就对你的安全负有责任。

雪玲也劝他，你就听我爸的吧。锻炼意志也得讲科学的态度，不能蛮干哦。

萍萍也拉着他的手说道，叔叔去我家吧！让爷爷给您讲故事。爷爷说，他最喜欢给您讲故事，因为只有你听得懂他的故事。

那些干活的民工也来劝他，有两个自告奋勇留下来陪他。身强体壮的吴俊咿咿呀呀的叫唤，表示自己可以留下来保护他。

林意琳连忙说，不不，忙了一天，你们赶紧回家休息吧。明天的活儿更重呢。再说，我喜欢一个人待着，晚上我还要研究一些资料，需要绝对的清净。

蒋志勇拿他没辙，只好带着大家回村了。雪玲一步三回头，走出老远又跑回来，说道，给手机充好电，时刻保持手机畅通。晚上无论外边有什么响动也不要出来，切记切记。

林意琳一一答应。

林意琳心里本来是一点也不害怕的，倒是让他们说怕了。当他一个人回到屋子里的时候，恐惧就笼罩了身心。他想，山里当真有野猪和狗熊么？这当然是肯定的。年年都有秦巴山地野猪狗熊伤人的报道。但他要长期在这里干，必须闯过这一关啊。一个立志创业的人，岂能借住在别人家里，给人家添麻烦。他想，他必须对自己狠而又狠，才能练出一身胆量。

他知道，在这条创业的荆棘路上，他首先要战胜的是自己，无论是心理上、还是体力上，他都必须要完成他预期的超越。

超越！超越！

他跑出屋子，对着茫茫山野大声喊道。他的声音碰在四面山上又反弹回来，在寂静的山间久久回荡。仿佛与他的呐喊相呼应似的，山谷里突然传来麂子啊呜啊呜的恐怖叫声，而且绵延得很久，吓得他毛骨悚然，头发根根直立。

麂子是一种似牛又像鹿的动物，他在动物园里见过这东西。但不知道它的叫声是如此瘆人。

为了度过这山林恐怖之夜，他想了个好办法——不脱衣裳，也不脱鞋，盖好被子斜靠在枕头上。这样，如有什么紧急情况他便可在第一时间冲出去。

第十六章　打工者"林校长"

　　在林意琳经受新生活考验的时候，他的父母也在经受新生活的洗礼。父亲林元几十年做学校一把手，已经习惯了别人一见他就站起来打招呼或者礼貌地让座，没想到他在打工第一天也有了给别人起立让座的经历。

　　那是一个郑重的日子。在这个日子里，退休的云城中学校长林元骑着自行车将妻子梁音送到阳光艺术培训中心去上班，然后自己来到宏达经贸学院就任。刚刚开学，他显然来得有点早。校园里静悄悄的，教学大楼里还没有人。他站在院子里遥望东方。

　　东方的太阳在八点钟照常升起，和所有的日子没什么两样，但林元的感觉却不一样。在这个早晨，他结束了公职人员的生涯，开始了新的生活——给人打工。阳光很温暖，树上的鸟儿喳喳鸣叫，婉转而动听。他想，这些鸟儿难道没有飞去南方过冬么？或者，它们飞去了南方，又恋着旧巢，早早地飞了回来。或者，它们压根儿就没有走。云城地处秦岭之南，是一个不冷不热的温柔地，鸟儿们不走，应该也不至于受伤。汉江里的野鸭们就不走，它们在冬天似乎更依恋汉江水域。冬日黄昏，林元在江边漫步时，最喜欢看的风景就是野鸭们在江水里嬉戏，那有种诗意的凄美。

有人说笑着进校园来了。林元一转身就被来人认出来了。来人还是习惯地叫他林校长。他跟人家握手时，提醒对方说，叫林老师吧。这样方便一些。

对方立即说，好好，叫老师，老师的称呼国际通用。

对方自我介绍：我叫陆进，陆地的"陆"，前进的"进"，学校办公室主任。也就是说，我是为你们服务的。走，我带您去看看您的办公室。

民营学校相对比较简陋。办公和教学都在一座楼上。林元的办公室与校长杨宏在一起。就是说，他将和校长同处一室。这算是最高礼遇了。校长还没有来。校长当然不必按时来。民营学校的校长要处理的事务太多了，远不像公办学校的校长那样纯粹。

林元在等待杨宏的时候，心里有点紧张不安。为了给儿子凑够百万元创业基金，他来上班前，跟杨宏提了个无理要求——预付两年工资。当时，杨宏听了一愣，说学校刚刚创办，资金困难，说民营学校肉少狼多，运营不畅等等。尽管他叫苦不迭，林元却丝毫没有收回自己要求的意思。最后，杨宏竟然同意了。但他同时也提了个无理要求，要林元跟学校一次性签三年合同。林元几乎没有考虑就答应了。他们签合同时握了手，还彼此意味深长地笑了一下，还拍了个合影照。

杨宏说，我知道你是为了儿子，你儿子的事我都听说了，没办法，儿女都是前世的冤家。

这句话怜悯的成分太重了！居高临下的成分太重了！林元不能不想起杨宏的儿子。

杨宏的儿子很争气，前年从云城中学考上清华，省理科状元。那英俊少年的照片曾被林元亲手贴在学校荣誉室最显眼的位置上，这使杨宏气正胆壮。据说，自他儿子考上清华，他在开学典礼上必谈儿子。

是该骄傲啊！林元深深地叹了口气。

这时候，杨宏进来了——高声地打着手机，林元就不由自主站起来了。对，就是不由自主。他站起来，局促不安地看着杨宏。一如过去，那些在他面前毕恭毕敬的家长。林元奇怪自己为什么老是想起那些学生家长。

杨宏继续讲着电话，一边将扬着的右手往下压压，意思是让林元坐。这一瞬间，林元百感交集。他在心里问自己，生活在什么地方出了错，致使他人生的轨道发生了这样天翻地覆的变化呢？但他很快排遣了这种情绪。他在心里说，既然陷入了人生黑暗的隧道，大丈夫所应该做的，就是紧盯着前方寻找出口。任何鸡肠小肚的彷徨或者忧伤不仅于事无补，还会让自己迷失方向。

终于，杨宏打完了电话。调整好情绪的林元，立即用一丝不苟的语调向校长汇报学生报到的情况和教师上岗的情况，并将课程的安排和调整情况作了详细汇报。他说完，把书面材料打开放在杨宏面前，并且站在其身边听他指示。

您一周上几节课？杨宏问。并且扬起脸来看着他。杨宏生得眉清目秀。他脸堂白净，头发油光铮亮，马鬃般直立在头上，平添一股英气。杨宏个头不高，但非常精干，雪白的衬衫、蓝色毛料西装，不说话也有种咄咄逼人的气势。

恰同学少年，风华正茂；书生意气，挥斥方遒；指点江山，激扬文字，粪土当年万户侯！他想起伟人毛泽东青年时代的诗词，不正是杨宏眼下的写照么！林元回忆不起来，自己的人生是不是有过这样昂扬的时候。也许有，也许没有，反正眼下很落寞。

十节。林元回答，每天两节，全部安排在下午三四节课。这样安排是为了腾出上午的时间集中搞教学管理，而下午最后两节我上课，有一个示范的作用。

您给自己排的课太多了，而且时间太散。杨宏说，这样安排，您等于被捆绑在学校了。

林元说，这是我自己安排的。既然在这里任职，就要把自己全部交给这里，这是我一贯的宗旨。

杨宏说，林校长不愧是教育界的泰斗，堪称楷模。我最希望的就是你给宏达带出一批优秀教师。杨宏嘴上虽然那样说，心里实际上很高兴。林元明白这一点，他说我力争吧，力争不辜负你的期望。

开学第一天，作为教务主任的林元肯定是忙绿的。他在接下来的时间里，到各个班级去巡视，间或听听老师们授课的情况，并做了详尽的笔记。像林元这样的人，用得上"不用扬鞭自奋蹄"这句老话。应该说，杨宏请了个绝好的劳力。

相较林元，梁音的工作轻松得多。代课老师很单纯，认认真真上课，老老实实教导学生，工资按月结算，就这么简单。不同的是，她过去是在中学里教授专业课，现在是教小学生。这个落差有一点儿大。但她感觉自己能够适应。更何况她还有挣钱的明确目的。一周十节课，差不多也就是一份工资。如果手里捏紧一点，一年攒下五六万元是不成问题的。辛苦十年，不就是一套房子吗。

因此，梁音回到家里是高高兴兴的。她对林元说，没想到我们又成上班族了。而且，你那个班上得还那么正规，一天到晚拴在学校里。哎，你感觉怎样，不累吧？

林元说，不累不累。我喜欢累，累了好，累了就可以不思想。我现在就愿意做个忙忙碌碌的事务人。

梁音知道，这不是他的心里话。他曾经是多么盼望有自己的时间和空间啊。他不止一次憧憬过自己的退休生活——周游列国。他一直盼望到世界各地走一走。他说，哪怕住最廉价的客店，吃最简单的饭菜，他也要到各处走一走，看看这个五彩缤纷的世界到底有多少秘密。读书，也是他一直盼望的。他常常对着满书架的书发感叹，说此生最大的愿望就是把这些自己亲手买来却放在书架上没时间看的书读完。还有音乐和电影，林元是多么迷恋音乐和电影啊。但是，在过往的日子里，具体说，就是在担任云中校长的二十多年里，他就没时间听音乐，也没时间看电影，他的所有时间都泡在学校里。中学校长是没有自己的时间和空间的，他们脑子里的弦时刻紧绷着，跟前线指挥官一样，而且，没有休战的时候。举国上下，谁都知道这些年的中学教育是怎么一回事，中学校长又是怎么一回事。

梁音曾同情地说，他是共和国最悲催的校长，在落后地方搞先进教育，而且面对的是独生子女时代。

那么，现在林元是不是更悲催了呢？当然是的。但梁音回避了这个话题。梁音的善解人意就在于此，她不去深究丈夫内心的想法，更不去戳丈夫内心的痛处。她愿意尽自己所能，用乐观放达的态度面对自己的现实。而且，她还找了一个最好的理由安慰自己：在这就业艰难的年代，他们居然能在退休后双双再就业，真是太幸运了。她知道，对于一个家庭来说，女人就是纤夫，只要女人肩上的纤绳不松劲儿，家庭的航船就不会搁浅。她非常欣赏杨丽萍在印象云南里的歌词：太阳歇得嘛，歇得；月亮歇得嘛，歇得；男人歇得嘛，歇得；女人歇得嘛，歇不得！

是啊，女人歇了，家里的火炉就灭了！日子就停摆了！

想到这里，她立即走进厨房做饭，而且，用柔婉歌声把她要做的菜谱告诉林元。

林元知道她在变着法儿安慰他。米面夫妻，能做到这样甘苦与共，心心相印，委实不容易啊。

林元感激他的女人，感激那些给他新生活平台的人。

第十七章　憨人吴俊

　　这一天，林元的儿子林意琳也在感激着另一些人。

　　林意琳度过山乡第一个恐怖之夜，早晨醒来时，左顾右盼，突然激动地大喊:嗨！我一个人挺过来了,一切原来没什么可怕！

　　他跑去拉开门，想对着旷野大喊几声，却被眼前的情景惊呆了——屋檐下一个人，正裹着被子睡得香甜。听到动静，那人迷迷瞪瞪睁开眼，呀呀地叫了两声。

　　吴俊！你这憨人，你居然在屋外守我一夜！林意琳叫道，被眼前的情景感动得不知说什么好了。他赶紧跑进屋去，为他倒来一杯热水，并且一定要亲自喂进他的嘴里。

　　吴俊不习惯，一定要拿过杯子自己喝。两个人争执不下，幸好雪玲赶来了。吴俊呀呀叫着，欢喜地笑着。

　　雪玲翻译道，他说只要你平平安安他就很高兴。他说，你是歌风河的客人，保护你是他的职责。

　　林意琳说，哎呀，我不是做梦吧?

　　雪玲说，你没有做梦。你实实在在生活在歌风河村，生活就应该是这个样子啊。你初来乍到，这地方夜里危险，他守护着你，这是很正常的。

　　林意琳说，可我就是觉得在做梦。这些年，我在职场，在现实生活里遭遇到的不是这样。

雪玲说，那么你就在歌风河恢复正常的感觉吧。

林意琳拍拍吴俊的肩膀说，好兄弟，你至少应该让我知道，至少应该进屋里睡啊。

雪玲道，还说呢，看你昨天那激烈的态度。他若让你知道，你不赶他走才怪呢。吴俊可聪明了，他虽口不能言，听不到这世界的声音，但是他的心什么都能感知得到。嗨，别说这个了，告诉我，昨晚你没被吓着吧？

他哈哈大笑，故作轻松地说，开头有一点害怕，后来就不怕了。听了一晚上麂子的狂嚎，当然，可能还有狗熊的嚎叫狼的嚎叫。我分不清那是什么在叫，总之，又新鲜又瘆人。大自然的箫音，很壮美啊！

雪玲说，挨过这一晚，你就算是一个及格的山民了。我昨天晚上几次想过来看你，但我忍住了。

林意琳说，你真好！感谢成全！

雪玲打开自己带来的早饭，招呼吴俊一起来吃。

雪玲准备的早餐很丰盛：芹菜肉末馅饼，煎鸡蛋，炝莲菜，还有一锅绿豆稀饭，。

林意琳说，嗨，做这么复杂的饭菜，那你要起多早啊？

雪玲说，习惯了。做教师的人，一年三百六十天都早起，即使放假也不例外。

林意琳准备洗一下脸再吃饭，在脸盆前弯下腰，才感觉浑身骨头像散了架一般酸疼。他知道，那是他昨天负重攀爬山路所致。另外，他还不习惯使用铁锹翻地。那小小铁锹，在别人手里灵巧如孙悟空的金箍棒，在他手里却重如千钧，每挥动一下都非常艰难。从心底里说，今天，他不想让雪玲到工地上来，不想让她看见他步步挣扎的狼狈。但他又怎么能拒绝她的好意呢！

为了驱除疲劳，饭后，林意琳跑到泉边，用冰凉的泉水擦了身子，但还是没有办法驱除满脸的憔悴。他摇摇头，心里有些着急。

聪明的雪玲并不说破这一点。她指着老皂角树上的长尾巴喜鹊说，多么奇怪啊！你昨晚才住在这里，喜鹊今天早晨就来了。喜鹊儿有灵性哩，没人住的地方它绝对不去。又指着院子说，你快看，杂草也是有灵性的。没人居住的时候，它们顷刻间就会生满各个角落，以它们的蓬勃昭示老屋的荒凉。如果有人住进来，它们就立即退却了，蔫巴了。

林意琳想起昨天初来时那满院的凄凄荒草，也很惊诧。

雪玲继续道，爷爷说过，人气是世间最厉害的东西，一个八十岁老人产生的气息，就足以驱散满院子的荒凉。瞧你的人气多旺，一夜之间，把杂草都气死了。

林意琳被她说得高兴，情绪好了许多，似乎身上也不怎么疼了。他拿起锄头，跟雪玲一起消灭角落里的杂草。院子里的杂草昨天被人们清理了一遍，今天再消灭一次，就基本上绝迹了。雪玲摘来一些皂荚，告诉他，皂荚砸开后可以洗衣裳，也可以洗头，非常清爽。她还摘来一些半干的木芙蓉花，准备午饭时用来炒腊肉。

雪玲说，有一件事要告诉你，山里的民工干活，是要管午饭的，因为他们都住得比较远，来往不方便。所以，请一个人做饭是必需的。而且，因为打工潮卷走了村子里的青壮年，请工很困难，尤其是刚开春请工最难，因此，工资要比平时开得高一点，每天增加十块钱。昨天那些人，大部分是茶厂的工人。茶厂的工人不必增加，厂里会补贴他们。

林意琳说这不成问题，茶厂的工人一视同仁。他算算一天的费用，也是个不小的数字。这才知道，创业远没有他想得那样简单。

他又说，那，你看请谁做饭好呢？你肯定是不能长期做这件事的，马上就要开学了。杨姨怎么样？采买做饭，也只有她这样的泼辣角色才能胜任。

雪玲说，杨姨肯定是最好的人选，但她是茶厂股东，又负责着留守儿童乐园的后勤工作，未必抽得出时间啊。这阵子，茶厂人人闲着，到了三月采茶季节，人人都会忙得昼夜颠倒。

林意琳说，这几天只能由你们两个轮换着帮我了。等今天收了工，我去求杨姨。你们两个没空时，就让民工里边会做饭的人抽空做。必要时，我也可以顶上去。我做米饭、下挂面、拍个黄瓜，炒个鸡蛋还是不成问题的。

雪玲很高兴林意琳这个乐呵呵的样子。她明白，这是一种人生态度。有了这个态度，就没有克服不了的困难。因此，她爽快地说，行啊，在留守儿童乐园开学之前，我顶在这里干。

第十八章　阳光下的玫瑰山谷

　　天气晴朗，山野一片光明。太阳仿佛有意关照林意琳似的，把大地照耀得暖洋洋的。树芽风轻轻地吹拂着。走在山路上，仿佛能听见树的芽眼蹭蹭上长的声音。林意琳就不时停下脚步聆听。他说，在城里，你是永远无法听到春天的声音的。只有在空旷的山野里，你才能感觉到春天的律动。这种美妙的感觉，任什么样的艺术形式都无法表达得出。

　　雪玲说就是。

　　林意琳将玫瑰山谷的标志牌插在地畔上，这里就仿佛一下子有了精气神了。绿底白字的大招牌仿佛一下子将阳光聚集到了这里，这里突然的金光跳跃，光耀非常。

　　他和雪玲退后几步，再左走几步右走几步观看，啧啧赞叹。

　　雪玲说，难怪人们如此重视招牌，有了招牌就名正言顺了。河西这片坡地过去多荒凉，这招牌一插，就俨然是块宝地了。事实上，这片坡地多么向阳啊，东边的太阳一出来，最先照耀的就是这里了。

　　林意琳多情地说，上苍留下这块宝地 就是专等我来开发呢。而且，我不是建房子，不是办工厂，我干的是上帝最喜欢的事情——培育宇宙间最美丽的花朵——芳香玫瑰！

雪玲说，好一个多情种子！让我们以太阳的名义祝福玫瑰山谷吧。

徐经理那边发来的种苗也在这时来到。由于包装得好，那些种苗都像刚刚从苗圃里起出来的一样，枝青叶鲜。有一些种苗根部带着大块的泥坯，这些种苗栽植下去，很快就能绽放出花朵。林意琳能够感知到徐经理的良苦用心，他一定是亲自带领工人操作，才能包装保护得这么好。千里之外的友谊，使林意琳倍感温暖。

雪玲一家都在地里帮他栽种玫瑰。林意琳这边的种苗一回来，蒋志勇就率领全家先来这边帮忙。就连雪玲的女儿萍萍，也来到坡地，为干活的人提水倒茶。他们最懂得，时不待人，植物尤其如此。

土地分成三大块，中间最好的一片，全部栽植食用玫瑰，左边的一片栽植观赏玫瑰和食用金银花，右边的地空着准备做温棚。今年，他还没有能力做大棚培植，当然更谈不上培育那些高贵品种了。他将这个梦藏在心里，先全力以赴做眼下的事情。

打开中间一捆种苗的时候，林意琳高兴得差点跳了起来。徐经理果然仗义，他将光明花卉农场正在培育的树型玫瑰嫁接种苗枝条给他了一些。徐经理在里边夹了封信。信上说，树型玫瑰是他们花三年工夫培育的新品种，还没有投入市场，考虑到共荣共赢的发展法则，他代表光明花卉农场送上新品种以表示倾情支持林意琳的事业。

林意琳参观过那些开在树上的灿烂花朵。它们是深山里野生的七里香花藤与玫瑰嫁接的产物，树干挺拔，树上花朵摇曳，是城市普遍需要的奇异花树。

　　林意琳请求蒋志勇指派三个工人跟他进山，立即去寻找野生的七里香树藤。

　　蒋志勇为难地说，你说的那种藤子，需到深山老林才能找到。今天有些晚，走不到地方天就黑了，还是明天去吧。明天我带人进山，早晨四点出发，争取天黑前赶回来。

　　这时候，林意琳发现远处走来个人，直接进到地中间用锄头挖着什么。他问蒋志勇，那是咱们的工人吗？

　　蒋志勇说，我正要跟你说呢。这块地有一个难题，中间那五亩半是我堂哥蒋志伟的。我们流转土地的时候，他说什么都不同意。就只好由他留在那里。现在讲民主，我们也不能强迫他。

　　林意琳说，我倒有一个办法。既然他不同意流转土地，那就请他栽种玫瑰，我们给他提供种苗，将来收益归他，我们甚至可以帮他管理，这样优惠的条件他应该会接受吧。

　　蒋志勇摇摇头，说道，那人固执得跟七里香藤子一样。你叫他干什么，他偏偏不干什么。好像与人作对是他的乐趣。他所以日子过得恓惶，一家子吃了上顿没下顿，房子破得漏风漏雨，他还不肯接受帮助，真正茅厕的石头又臭又硬，谁也拿他没办法。

　　林意琳说，我们过去看看，我跟他说说。你们是堂兄弟，他故意为难你。我是外来人，或许他肯给个面子。不是说外来的和尚会念经么。

　　他们过去，蒋志伟低头挖地，假装没看见他们。

　　林意琳说，蒋叔叔，你在种什么呀？

　　蒋志伟说，土豆！

　　林意琳说，蒋叔叔，我们在除夕的长席宴上见过面。我知道你很豪爽，我很佩服你。依我看呀，这块地种土豆不划算。

蒋志伟说怎么不划算？我种的是山东土豆，一亩可收万斤，如果按照两元钱一斤算，一年就是十几万。

林意琳说，这有些夸张吧，哪有一亩地收万斤土豆的。你听我说，蒋叔叔，我流转了这里的五百亩土地栽种玫瑰花，将来还要向山谷两边发展，形成万亩花卉基地，我请你支持我的事业。我不勉强流转你的土地，但我请你栽种玫瑰。我免费给你提供种苗，帮你管理，但将来收获归你，而且我负责收购。你看行不行？

蒋志伟说，你啰唆这么多没用。我是个庄稼人，一辈子只种庄稼。我最讨厌在土地上搞歪门邪道，那会得罪老天爷，知道不？

林意琳说，如果你不同意，执意种土豆，那我这五百亩漂亮的玫瑰花园，就打了一块补丁，那多难看呀。

难看？蒋志伟生气了。自从盘古开天地，土地就是用来种粮食的。现在你们违背天意，将好端端的土地种花种草。我要是不把你栽下的玫瑰统统拔了，就算给你面子了。

蒋志勇说，大哥，你可不敢胡来哦。你上次拔了何树彬的茶树，致使他扔下流转的土地跑了，给村上造成了巨大损失。这地空了好多年，我们好不容易才又引进了一个花卉农场，你可不敢再干糊涂事哦。林意琳属于大学生下基层创业，是上边大力支持的，您若胡来就犯法了。

蒋志伟一下子冲到蒋志勇面前，嚷嚷道，犯法，您吓唬谁？我难道是你吓大的吗？你当个烂支书，不好好带领村里人种庄稼，就知道瞎折腾，一会儿种树，一会儿种茶，现在又要种这劳什子的玫瑰花。你羞祖宗八代先人哩，只有败家子才种花养草哩。我还就拔了，看你敢把我送去坐牢呀。

蒋志伟说着，几步蹿到他们刚刚栽下玫瑰的地方，双手一掠就拔下了好几根玫瑰枝条。

蒋志勇冲过去一把抱住他。他直起腰，顺手给了蒋志勇一个耳光。这一切发生得如此之快，林意琳都没有反应过来。

他说，哎，你这人怎么这样不讲理呀？你是歌风河的村民吗？你怎么敢打村支书呢？

我还要打你哩。蒋志伟咆哮道，我最恨外地人到歌风河指手画脚。

雪玲急忙跑去挡在林意琳面前，说，大伯，你心里有气，打了我爸也就是了，别人你可是打不得的。

原来蒋家两弟兄的仇结在后代身上。蒋志勇刚当上村支书那年，为了帮助堂哥家挺起腰杆生活，极力主张侄子去参军。侄子去的是消防部队，离家不远，一家人很高兴。可是一个好梦还没有做完，侄子当年就在一次扑救大火时牺牲了。堂哥认定是蒋志勇故意害他家绝后，从此就跟他杠上了。据说，为了治疗他的心病，蒋志勇想尽了办法，说完了世界上的大道理小道理，长道理短道理，他就是听不进去。蒋志勇也曾用尽了人间温暖去化解他心里的冰霜——春夏秋冬去看望，四时八节去送礼，遭遇的全是冷脸。不乐意的时候，还会把他送去的东西扔出来。

世上多少无奈事！

这是林意琳结识歌风河以来，看到的第一个不和谐音符。而且是如此激烈，如此地不可调和。连蒋志勇的父亲也无法出面调解，眼睁睁看着儿子受委屈。

蒋志勇倒是大人大量。他揉了揉自己火辣辣的脸颊，然后弯腰捡起堂哥扔在地上的玫瑰枝条，用手刨开泥土，又将它们栽了进去。他的动作缓慢而坚定，把蒋志伟镇住了。他突然跺了一下脚，捡起地上的锄头走掉了。走出老远扔过来一句话：那块地我不要了，随你们折腾吧。

大家重又回到原来的地方，按部就班干活，仿佛什么也没有发生过。林意琳向蒋志勇投去无限敬佩的目光。他明白，在任何地方，想要成就一番事业都不可能一帆风顺。

正午的时候，突然间杨瑞花不请自到，而且送来了午饭。她的后边还跟着一个大家熟悉的和一个大家不熟悉的人。原来，熟悉乡民的杨瑞花知道，人们习惯了在哪里干活就在哪里吃午饭，且知道刚刚安家的林意琳缺东少西，一应生活用品都没有，自己须得帮他操这份心才行。于是，她也不让林意琳知道，吃过早饭，自己驾了小货车去县里采购。她到县城的南方超市买了几百斤大米和挂面，还买了些便于存放的蔬菜，又买了五十个不锈钢饭盒，开车来到西门，见四川过来的橘子满街都是，价钱很便宜，就又买了几箱橘子。回去就赶做午饭，做好了饭，正愁怎么送去地里，却见来了两个人，一个是气呼呼的蒋志伟，一个是陌生人。杨瑞花知道蒋志伟为什么生气，她故意不跟他说话，只问陌生人找谁。

蒋志伟说，他要找那个城里娃的住处，正好问着我，我就带他来了。我看见这里房上冒烟，知道你八成在这里做饭。我把他交给你，你带他去那边地里吧。

杨瑞花故意说，你好奇怪啊，明知小林在农场干活，把他的朋友直接带那边去不就得了。

蒋志伟把头扭在一边，不言语。

杨瑞花就抓他们两个的差，让他们帮着送饭。蒋志伟本来不愿意，被她死拉硬拽地强迫着挑上了装饭菜的两只桶。

这陌生人不是别人，正是徐经理派来指导玫瑰嫁接的技术员。林意琳高兴极了，跟他来了个时兴的拥抱。

他说，徐经理可真够哥们啊。我走时想开口，没好意思。新疆太远了，想着就是开了口，也未必有人愿意来。想不到他派你来了。快告诉我你叫什么？怎么来的？火车还是很挤吧？

来人说，我叫徐永峰，是徐经理的表弟。你去农场时我正好回家了，过年后刚回到农场就被表哥抓了差。哎呀，太可怕了，我差点被挤死在火车上。这年头，春运期间的火车就不能坐。

林意琳说，真是辛苦你了。这么说，你今年春运期间坐了四趟火车。

徐永峰说，可不是吗。不过那种死去活来的感觉也很刺激。

林意琳说，这个我也有体会。他们相互报了年龄，说起来徐永峰还小一点，林意琳就叫他小徐。

这边民工们围拢来吃饭，杨瑞花拉住要走的蒋志伟，首先舀一碗米饭，打一勺菜盖上边塞在他手里，教训说，你看大家一起干活多热闹！你晒着太阳，吃着现成饭，受人尊敬着，每天还有一百元可赚。一百块啊，买粮买油买菜，仔细点儿，一家人七八天生活费也够了。你说你较什么劲呢！跟谁较劲儿呢？你在跟你自己较劲哩你知道吧！

大家也劝他，人啊，不要钻牛角尖才好。从今天起，你就好好地跟大家在一起干活吧。让你老婆和女儿也出来。

蒋志伟低头吃饭，算是默许了。蒋志勇便过来，一口一声哥的叫他。雪玲还特意把自己碗里的两片肉夹给他，亲热地叫他大伯，说道，让雪雁妹妹也出来干活吧。没考上大学的人多着呢。你看小林，念了大学还到咱这里办农场哩。你知道吧，小林还是在北京念的大学哩。

蒋志伟说，你妹妹这辈子完了，心坏了，她都有好几年不肯出门了。怕丢人。28岁的老姑娘了，完了。

雪玲说，只要你肯让我去你家，雪玲妹妹就交给我好了。

给徐永峰打饭时，杨瑞花说，你是远道来的客人，吃这样简单的饭菜太委屈你了。等这几天忙完，杨姨专门做大席请你。

徐永峰呵呵笑着说，阳光底下吃饭，这是最奢侈的了。吃阳光，吃新鲜的空气，这是城里人永远也享受不到的。这是老天给咱们下苦人的特权。

杨瑞花说，你这孩子，真会说话。杨姨喜欢你了。

把所有人安排停当，林意琳才有机会来跟杨瑞花说谢谢。

他说，杨姨，您就是天上的太阳，您一出现，啥地方都照亮了。我正说要请您帮我打点伙食呢，你就从天而降，把饭菜都送来了。

杨瑞花说，你年轻，刚开始创业，很多事情考虑不周这很正常。我昨天都想到帮你打点了，今天一早我就去了县里。告诉你我去得多早吧，我开车到那边，很多人还没起床呢，等了好一阵子，超市才开门。

林意琳说，杨姨辛苦了。你看我是给你鞠个躬呢，还是正儿八经地当众说声谢谢？

杨瑞花打好一份饭菜递给他，说道，你好好地吃了这碗饭，吃得香甜就是对我最好的谢谢。说真的,今天有些仓促,菜太简单了点儿,也来不及做个汤。

林意琳猛吃两口,说,大锅菜最好吃了,尤其这种肉片与粉条、白菜熬在一起的菜,最香。当然,主要是杨姨手艺好,再简单的菜也做得喷喷香。

杨瑞花说,好了,你就不要给你杨姨戴高帽子了。说实话吧,这一天连吃带工钱,花费可不少呢,你手头的钱,扑腾得开么?

林意琳说,暂时没问题。

杨瑞花说,蒋支书已经把的你的情况给镇上说了,只要农场办出个样子,有一定的规模,上边就会给扶持资金。现在大力提倡兴办绿色产业,这个你可能知道吧?

林意琳说嗯,知道。我先不指望扶持,先自力更生把事情搞个眉目出来。

杨瑞花说好。她说完走到高坎上,对大伙儿喊道:饭菜还多哦,大家吃完随便来添。另外,林老板还给大家准备了又甜又水的四川橘子,大家饭后来吃橘子啊。

大家便七嘴八舌地夸林意琳厚道。林意琳则充满感激地看着杨瑞花,并且饶有兴致地玩味着"老板"这两个字。从此,他林意琳的头衔变成这个了,多有趣啊。

第十九章　割漆工夫妇的窝棚

第二天黎明四点，当蒋志勇打开门看见林意琳全副武装站在他家门口的时候，他被小伙子的行动感动了。这个行动，使他感觉自己没有看错人。这个行动，使他看到了青年林意琳干事的决心。

男人们是不轻易表露感情的。蒋志勇将感动藏在心里，问道，带了锯子没有？锯子不伤树干。

林意琳说，带了，我还带了镰刀和斧头。还用矿泉水瓶子装了些泉水。

雪玲一身便装走出来。她穿了登山鞋，打了绑腿，背了敞口的大花篮背篓。林意琳知道，那里边肯定是大家中午的干粮。雪玲跟林意琳打了招呼，检查了他的行头，复又进屋去，出来时后边跟了个短发女子。这女子俊眉靓眼，只是神情忧郁，仿佛是远古时代走来的秀女。不用说，这是蒋志伟的女儿雪雁无疑了。

雪玲说，我妹妹雪雁，被你的创业故事感动得流了泪，决心要跟你一起干了。你瞧，这些饼子都是她烙的。她做饭手艺可好哩。雪玲斜了一下背篓，让林意琳看白毛巾盖着的饼子。林意琳懂得她的意思，赶紧揭开看，还顺手撕了一块放在嘴里大嚼大咽，一边啧啧称赞，好吃好吃。

雪玲说，我推荐她做杨姨的助手怎样？请林老板考虑。

林意琳说，我同意。你今天就算正式上工了。杨姨是大忙人，以后场里后勤上的事就全靠你了。

雪雁说，谢谢你！我尽力。

紧接着，昨天干活的人陆续都来了。每个人都穿得精干利落，都挎着一卷绳子，带着锋利的大弯刀。林意琳点名留下十个年龄稍大的人和技术员徐永峰去西坡栽种玫瑰。其他人在蒋志勇率领下立即出发往星子梁一带走。

星子梁是这一带最高的山，顾名思义，即登上顶峰就可摘取星星。翻过面前的星子梁，就可进入原始森林的次生林带。那里边葛藤遍地，七里香枝干要多少有多少。可是，这面山却是十分陡峭的。正月初二那天，林意琳跟雪玲抱着玩的目的，两手空空都爬了大半天呢。

做苦力的人一般都是沉默寡言，一路上基本不说话。林意琳知道，那是为了保存体力。

走到稍稍平缓的地段，林意琳轻声问雪玲，你真行，你是用的什么魔法，让一个钻到牛角尖里的人顷刻就开悟了？

雪玲说，我用一个"情"字，就把她暖开了。往日他们一家人着魔似的，仇恨所有人，尤其我们家的人，绝不准我们靠近他们半步。昨天下工后我就跟着大伯，他也不好意思把我拒之门外。我一进去就拉了雪雁谈心。晚上我不走，赖着跟她睡一张床。我在被窝里跟她讲你的故事，说你遇到的挫折，说着说着她就软了，说要向你学习。

林意琳说，不会吧，我有这么大的影响力？

雪玲说，你不知道啊，这些年歌风河的人，不，是整个农村的人，都认定外边的世界是天堂。那些东莞啊、深圳啊、浙江啊，上海啊，就算是地狱，人们也认为是天堂，认为守着大山就是没出息就是丢人就是生活在人间地狱里。你是歌风河第一个从城里进来的人。这个影响你自己是没法知道的。所以，雪雁很震惊，决心改变。毕竟她还年轻，又去县里读过三年高中。她难道一辈子待在家里不出门？她需要的是一把打开心窍的钥匙，有了这把钥匙，她就能开始新的人生了。

林意琳说，但愿她能自己救自己。我的体会，人只能自己救自己。

他们惊讶，山桃花已经开始报春了——悬崖边，峭壁上，点点粉色的花朵迎风摇曳，在广袤的、尚荒凉着的山野里显得格外美艳。所谓"俏也不争春，只把春来报"。林意琳攀到路边的石岩上，折了一支桃花插在雪玲的背篓边上，那花儿便随着她上山下山的步履跃动，煞是好看。

来到目的地，林意琳看见，原始次生林可不是童话里描写的小树林，没有任何浪漫可言。这里到处悬崖峭壁，遍地荆棘，林意琳左看右看都不知道怎样进去。他只好紧紧地跟着雪玲父女。

蒋志勇一连砍下十几根七里香枝干的时候，走过来教给林意琳辨认的办法。他说，看清楚喽，七里香的主干是锈红色的，裹着层糙皮，最主要的特征是它的主干顶部刺藤丰茂，有的能伸出去十几米。

雪玲给他讲过这种生命力极其顽强的野花——它们专门生长在悬崖峭壁间，四月绽放白色与粉色的六瓣小花，叶茂花繁，芬芳馥郁，其清雅的花香绝世无双。它们一面坡一面坡的开放，歌风河著名的四月雪，指的就是这种漫山遍野开放的野花。

徐经理告诉他，野生的七里香与玫瑰花嫁接，会把世界上最美丽的花朵和最清雅的芬芳有机结合，树型玫瑰，绝世而独立！徐经理说的时候，他还不信，怀疑会不会培育出这种奇异的花朵。现在他相信了。他憧憬着四月份雪似的七里香开满山坡的美景，憧憬着他的树型玫瑰花团锦簇的美丽。

花的事业，让人陶醉。

林意琳在砍下几根七里香的时候，突然有些犹豫。他问道，我们砍了它们的主干，这些七里香就会死掉了，这会不会破坏自然生态呢？

蒋志勇说，不会的。你看，咱们砍的都是十几年以上的老藤，小树是不砍的，老的去，新的长，自然生态，生生不息，只要不是毁灭性的斩草除根，它就永远地繁茂着、蓬勃着。这就是自然法则。

林意琳觉得蒋支书简直就是哲学家。每当他开口说话，他都觉得颇受教益。

林意琳没想到，看起来柔弱的雪玲竟也是山林劳作的好手。她不声不响在离他们不远的地方劳作着，一会儿，竟砍了几十根，比林意琳的成绩辉煌多了。林意琳费了九牛二虎之力才砍下了十来根，还弄得满手是伤。雪玲提醒他赶紧戴上手套。他说戴手套不得劲儿，那么多人都没戴手套，我也不戴。

树林里的鸟儿被他们惊飞起来。山里的鸟儿是多么丰富啊。歌喉嘹亮的画眉外形不大好看，但那两个雪白的眼圈却把它们的生命提亮了；夜莺有一身翠绿的羽毛，它胖胖的、圆圆的，胆子奇小，看见人就扑棱棱飞去老远。没有人听见过它在夜里的歌唱，但所有的书里边和歌里边都把它的歌声描绘得很美，也许没有听见过的歌声才是最美的，所谓神秘之音；百灵鸟一飞冲天，就像精灵一样，它们模样俊俏，歌喉婉转清丽。林意琳认为，山间的清泉、草里的虫子、树上的芽眼，都是被它们的歌声叫醒的。林意琳在伸腰歇息的时候，学了几声百灵鸟的歌唱，立即有一个声音应和他——那样婉转，那样动听，像潺潺溪水，又像滚来滚去的白云，在大山里穿林越水的回荡。

那是雪玲在模仿百灵鸟的歌唱。林意琳惊讶地看着她，脱口说道，你就是百灵鸟。我一直想找个自然界的什么来比喻你，今天算找到了。

他们隔着林子相视而笑。那笑就像蝴蝶一样无声地飞来飞去，传递着生命的美妙。

山里人差不多都会一两种鸟叫。歇息的时候，大家一边吃着雪玲带来的饼子，喝着林意琳带来的自制矿泉水，一边各自展示着才艺。这些平时沉默寡言的人，歇息时却非常活跃。有个人模仿狗喔雀的叫声，着实把大家下了一跳。另一个模仿麂子的叫声，一下子把林意琳拉回到那个恐怖的夜晚。蒋志勇会学画眉叫，而且惟妙惟肖，甚至引来几只画眉鸟在周围跳跃。他年轻的时候曾是捕捉画眉的高手。但有一次，捉到一只画眉，另外一只就不远不近跟着他们。他们回家后把画眉关进笼子挂在院子里的老杏树上，结果第二天发现那另外的一只死在了杏树下面。笼子边上有明显的血迹。很显然，它昨天晚上试图救出自己的同伴。那件事对他触动很深，从此，他就再不捕鸟了。

另外，捕捉画眉的手段太卑鄙了。蒋志勇说，我们把驯化了的画眉作为诱饵，挂在树林里，敞开笼门，那些单纯的鸟儿

218

就自投罗网了。虽然这是捕鸟，但这么做太不光明正大。这也是我再不捕捉画眉的原因。

这捕鸟的故事让林意琳大发感慨：人的内心世界是多么丰富啊。在各自的生活里，其实人人都是艺术家。

在大家学鸟叫的时候，吴俊悄悄在一边做树皮口哨。他砍来一段发青的麻柳树枝，在手里反复揉搓，那树皮就褪了下来，他再把一个端口轻轻刮薄，就做成了树皮口哨。他用那口哨吹了个四川民歌"太阳出来喜洋洋"，又吹了云南民歌"小河淌水"。他演奏的时候，两个眼睛紧盯着雪玲，把无限的情谊明明白白表现在眉里眼里。

林意琳用胳膊肘碰了下雪玲，悄声说，哎，吴俊好像对你有意思啊。

雪玲答非所问，说道：他待我像兄长一样亲。多年来，凡是我遭受苦难的时候，他都守护在我左右。

吴俊还在演奏。现在他换了唢呐曲"百鸟朝凤"。这是婚礼上必用的大曲子，曲调婉转，高亢、绵长、庄严。

林意琳惊讶得站了起来，忍不住赞叹高手在民间。

他说，吴俊，你长得这么帅，这么聪明，又身怀绝技，等条件成熟了你去报名参加"星光大道"吧，或者去参加"黄金一百秒"，就表演口技，说不定还能一举成名天下知呢。

雪玲把林意琳的话用手势翻译给他，他高兴得嗷嗷叫。

歇息之后又干了一阵，每个人面前都堆了上百根小树干。大家用葛藤把树干捆起来，准备往山上扛。

蒋志勇说，这东西重啊，要走那么远的山路，吃那点干粮恐怕不抵事。依我看，得给大伙儿吃顿正儿八经的饭。雪玲你去附近看看有没有人家，有的话赶紧给大家做顿米饭，下面条也行，总之必须吃饭。

雪玲答应一声好，就往山上走。她知道星子梁北坡是没有人家的，翻过大梁，南坡前些年有几户人家，不知如今还在不在那里住。

林意琳对蒋志勇说，我跟雪玲一起去，两个人相互有个照应。

蒋志勇说，山路难走，我怕你吃不消。

林意琳拍着胸膛说没问题。

蒋志勇削了两根棍子给他们做手杖，也有防野狗的意思。

星子梁南坡几乎没有路，满坡荆棘，的确难走。

雪玲说，前些年这里是有路的。这些年走的人少，荒草就把路吃了。山里边奇怪得很，好好的路，几天没人走就荒了。

林意琳天真地说，没路不怕，我们今天就开辟出一条路。他说得慷慨，其实开路还要靠雪玲。雪玲带了一把大弯刀，荆棘实在太多了，就挥刀把它们砍掉。

上到梁顶，下坡就容易多了。山里人流行的说法是，上坡容易下坡难。林意琳感觉下坡还是容易一些，至少心不跳气不喘。

他们一路小跑，走到半坡，突然看见了密林中冒出的炊烟，就赶紧停下来观望。开头还以为是哪里着了火，听到有人说话，才断定那里边住有人家。他们小心地找到路口，顺着曲曲弯弯的小路往前走。靠近人家的时候，雪玲将手卷成喇叭筒，喊道：请问有人吗？给看一下狗。说话间就有狗汪汪大叫。林意琳紧张地握紧手里的木棍。

雪玲说，别怕。主人在的话，会看住狗。主人若不在，狗也不敢扑出来。山里的狗精着呢。

一会儿主人应声了，说，有人啊？你们找谁？

雪玲说，我们是进山砍杂木的，下来问个事可以吗？

主人说，来吧。

通往人家的小路一路直下，他们刹不住脚，只好一路小跑下去。却见这家人住的并不是正规的房子，而是临时的木棚。周围也没有院子，木棚就搭建在树丛里。一只体型硕大的白狗拴在铁链子上，为他们看守门户。

主人是个五十开外的中年人，身材矮小，通身漆黑。而且，不是通常意义上的那种黑，好像被什么东西浸染过。林意琳见过从煤矿出来的工人，他们满面煤黑，只有眼睛和牙齿白光闪闪。但那黑似乎能够清洗掉，而眼前这个人的黑似乎是洗不掉的，那黑闪着油光，像油漆上去的一样。

主人非常热情，一个劲儿招呼他们进里边坐。

他说，这一带很少看见个人，看见人就特别亲。

他们只好进屋。刚坐下，女主人就回来了。女主人比男主人高出半个头，身板结实，眼睛明亮，但脸上身上跟男人一样黑。她看起来是去地里拔菜了。她的怀里抱着一大抱春不老和韭菜。

女主人响亮地说，我说嘛，今天肯定要来贵客，清早起来，门前树上的喜鹊就喳喳叫个不停。你们是哪里的神仙呀，啥子风把你们吹到这儿来了？

林意琳看见雪玲张了张嘴，似乎不好开口。他只好说，我们是进山砍杂木的，进来了二十多个人呢，想在你们这儿做顿饭吃，不知行不行？

林意琳说完有点后悔，他满屋子张望了一下，觉得好像这里没法做那么多人的饭菜。

女主人说，行是行。大锅倒有，粮食蔬菜也有，就是碗筷不够，人多了只能轮换着吃。说着就去揭开盖着的锅灶。果然是大锅，做二十个人的米饭没问题。

林意琳刚要开口，雪玲示意他出去说话。林意琳会意，跟着她出来。

雪玲说，还是不在这里吃了吧。他们是割漆人。他们那手脸是洗不净的。那漆黑的手做饭，我倒是吃得下，你能吃得下么？还有咱们那些人，不知道行不行？我担心麻烦了人家，咱们的人如果吃不下，那就太不好了。你要知道，这割漆人辛苦得很，他们终年生活在深山老林里，把外来人都当作亲人一般看待，我们可不能伤害他们。

这……林意琳犹豫了。刚才只图新鲜，没想到这一层。现在一细想，的确是个问题。他不能确定，自己能不能吃得下那双漆黑的手做出的饭菜。

他说，我打电话问一下蒋支书。

雪玲说，这里没信号，必须走到山顶上才能打通电话。你待在这里，我去问。说着快步冲上山顶，给她爸打了电话。

雪玲回来，说她爸同意在这里吃饭。因为不吃饭的话，那些树干就扛不出山。

他们重新走进去。雪玲说，给我们做二十个人的米饭吧，每人按半斤米做，六个菜，蔬菜的量做大一些。我们按每人25元钱付给你们。

女主人说，不收钱，不收钱。现在不缺吃的，只要你们不嫌弃，我们很乐意招待你们吃个便饭。

雪玲说，话虽这么说，这么大的山，粮油米面背回来也不容易。你若不收钱，我们就不能在这里吃饭了。你若肯收钱呢，我们就麻烦你一回。

女主人说，妹子你也是个痛快人，那就听你的。

雪玲返回去给蒋志勇他们引路。林意琳留下帮厨。女主人很能干，一边飞快地淘米做饭，一边点火。劈柴燃烧起来之后，她又飞快地洗菜。男主人就在那里剥葱掐蒜刮土豆皮。林意琳基本插不上手。他就坐在灶门口添柴，一边跟他们拉话。

原来这两口子不是本地人。他们从甘肃来到这里割漆，已经二十个年头了。割漆的黄金时间是每年的七月到九月。按说，这个时间段，他们应该待在家里。但是，因为那洗不净的满身黑漆，他们就没法在家乡生活。他们在镇上行走，人家就像看怪物一样。娃娃们跟着他们喊：黑人！黑人！还有一层，因为长年在山林里出没，回到家乡的小镇上，他们就睡不着觉。

女主人说，睡不着觉，那可急死人喽。

女主人有个好听的名字，叫做毕彩云。

她说，我妈生我那天，雨过天晴，漫天彩霞。爸爸就给我取名彩云。幸亏他们死得早，若活到今天，看见女儿这么黑，还不给我改名黑女么。

林意琳很喜欢女主人的爽朗。

他问，这山林里平时就你们两个吗？还有没有别的割漆人？

彩云大姐说，割漆人都是一个人一个山头。割漆的季节偶尔也会在路上碰到，那也只是点个头打个招呼而已，并不来往。

那你们若生了病怎么办？谁来帮你们？

彩云大姐呵呵大笑，说道，我们从来就不生病。山里空气这么好，水这么好，怎么会生病呢？

林意琳说，那你们收入还好吧？这么辛苦，这么孤独，收入不好的话，那就不划算了。

名字叫金福的男人插话说，收入还不错。现在生漆很贵，收购价也要百元一斤。割漆季节，我们一天会有三四百元的收入呢。

金福说话的口气，是很自豪的。但林意琳一算，三个月也不过两万多元的收入。可这是怎样的辛苦啊！

彩云大姐的热心肠让林意琳意外收获了很多东西。她麻利地备好了菜，就滔滔不绝跟林意琳讲山里的趣事，说到八九月割漆的季节，常有记者来采访，她翻出压在枕头底下的画报和报纸，指着他们的照片自豪地说，你来看，你大姐我和你大哥他，也出过大名哩，我们都上过画报和报纸。

林意琳就看见，满身漆黑的彩云大姐和金福大哥，像蜘蛛人一样悬挂在漆树上，他们嘻嘻地咧嘴笑着，露出灿烂的白牙，有一张照片，彩云大姐还做了个剪刀手势。悬挂他们的漆树上有很多三角口，上面插着接漆的器皿，可以清晰地看见，那滴滴漆液如透亮的眼泪一般。这些发在画报上的彩色照片逼真而清晰，下面还配有说明文字，标题很大：快乐的割漆人。也许是林意琳天生多愁善感，他看着这些照片，非但不快乐，反而很酸楚。他想，多么没有心肝的记者啊。他怎么就从割漆人身上看到了快乐呢。

然而，彩云大姐的确是快乐的。她说，因为割漆收入好，他们已经在家乡的小镇上盖起了三层小楼，比上不足比下有余，也算说得过去。只可惜这些年把老人娃娃丢在家里可怜。

林意琳问，你们的娃娃多大了？上学没有？

　　彩云大姐说，我们一心供他们上学哩，可他们不上。大儿子初中没上完就出去打工了，女儿勉强读了高中，如今也到浙江那边打工去了。农村娃，没几个愿意上学的，都是打工的命。

　　这个话题沉重了。林意琳赶紧岔开，说，我们的人快来了，咱们赶紧炒菜去。

　　彩云起身，用塑料袋将那些宝贝裹了又裹重新放在枕头底下。林意琳就想：无论如何，他们都不是快乐的割漆人。但他们的确是了不起的割漆人。

　　好在雪玲带着工人们来了，不容他再多思多想了。

　　饭菜做好，第一拨儿肯定是让年纪大的人先吃。林意琳和雪玲父女都安排在第二拨。下苦力的人吃饭都是饿狼一般。那风卷残云般的进食状态引得林意琳他们口水直流。他们赶紧走到外边去，以度过等待吃饭的煎熬。

　　轮到林意琳他们吃饭的时候，他端起碗，不由自主地看了一眼彩云的黑手，肠胃里还是剧烈地翻腾了一阵，但他还是咬牙吃下了第一口。吃下第一口，第二口就容易下咽了。也是饿极了，他们也吃得狼吞虎咽，话都顾不得说。

　　劳动生活的确是没有浪漫可言的。他们撂下饭碗就出发了，为的是赶天黑前下山。彩云夫妇一直把他们送到星子梁上，一副难舍难分样。雪玲说，回吧。回吧。我若再有机会来，一定给你们带些橡皮手套。

　　彩云大姐说，别操那个心了。以前也有人送过，可戴上那个怎么干活呢，接漆的小斗子那么娇贵，稍不留心就撒了，戴手套根本不行。好在这大山里就我们两个你看我我看你，也没有外人，黑一点也不要紧。

听她这么说，雪玲也就不好再坚持了。

林意琳对彩云大姐说，我会永远记着这顿饭，记着你们。

彩云大姐说，你不嫌弃我的黑手做的饭菜，我很感激你。我也会记着你。那年有几个城里人来爬山，他们就吃不下我做的饭菜。大夏天的，一锅饭菜只好倒掉，我伤心了好几天呢。雪玲姑娘说，你在他们那边种玫瑰花呢。等到天再暖和些，我去看看你的玫瑰花。

林意琳说，欢迎你和大哥都来参观。下一步，我们马上要盖厂房，还要盖几间住宿的房子，你们来了可以住下。品尝我们的玫瑰花茶和金银花茶。

彩云大姐突然用手揉眼睛。

林意琳说，你怎么了？

彩云大姐拿开手，眼睛红红的，望着远远的天边说，谢谢你们两个把我们当人看。

林意琳诚恳地说，快别这么说，你们是高贵的劳动者，我今天受了好大的教育呢。以后，我还要常来向你们学习呢。

彩云夫妇把他们跟了老远，一直到山的那一边，回头望去，还能看见山巅伫立的两个黑点。

第二十章　山村的苍凉

　　林意琳他们紧赶慢赶，半路上还是天黑了。走在队伍后边的蒋志勇大声地吆喝道：注意脚下，慢慢走，宁肯迟些回去，安全第一。他不喊还好，他这么一喊，林意琳突然就觉得一步也挪不动了，肩上的树干重得像座山，似乎要把他压趴下去。他想要求歇一会儿，但见前后的人都在无声地赶路，只好把这想法咽回肚里去。体力劳动的严峻全部呈现出来，他感到了奔命般的难受。他不熟悉道路，不知道还要多久才能下山。就在他举步维艰的时候，脚下一打趔，他来不及喊叫一声，就连人带肩上的重物一齐滚下山去了。

　　人们一片惊呼，都将肩上的重物放下。蒋志勇和吴俊同时冲下去救他，幸在没滚多远就被一棵大树挡住，大家都松了一口气。

　　蒋志勇说，都怪我想得不周到。这路你空手走都难，还扛东西。

　　林意琳说，不怪你，是我自愿受难。让你们受惊了，不好意思。说着倾尽全力去扛那捆树干，蒋志勇坚决不让。吴俊也呀呀叫唤着要帮他扛。

　　林意琳干脆不再争辩，只是紧紧抓住那捆树干不松手。

蒋志勇说，没想到你还真有股倔劲儿。好，我成全你。说着对吴俊挥挥手，让他退后。

林意琳在众目睽睽之下爬上坡，大家一片赞扬声。雪玲什么也没说，只是拧开矿泉水瓶盖送到他的唇边。吴俊双手为他竖起了大拇指。

说也奇怪，摔了一跤好像把身体里的能量激发出来了，以后的路就不那么艰难了。下山的时候，人们用各种各样的呐喊庆祝胜利，他也跟着大喊了几声。

山谷里的平路好走多了，大家借助手电和手机电筒，很快到了村里，刚想在村口歇一下，再去西坡玫瑰园，却听见一阵撕心裂肺的哭叫。他们赶紧放下东西去看。只见两个孩子紧紧抓住个男人的衣袖又哭又闹，男人企图撕开他们的手，抓挠成一团。几个老人远远地站着抹眼泪。清冷的路灯下，这个场景分外凄然。林意琳就要去干涉，雪玲拉住他说，别去。这是歌风河每年正月的独特风景——外出打工的父母企图悄悄地走，娃娃们却像机警的猫一样捕捉到他们的信息，几乎每天都会发生这样的场景。村口这棵大皂角树，应该叫作断肠树了。

啊呀！林意琳叹道。突然想起他在火车站看到的情景，心想，人们为了生存或者说为了梦想，付出的感情代价太大了。生离死别，其实是不流血的战场。据说，外出打工的山民们都是正月走，腊月回，有的甚至几年才回家，有的可能就回不来了。

林意琳看见，村支书蒋志勇点燃一支烟，默默地吸着，也没有前去劝解的意思。知道这是无可奈何的事，林意琳也就不去多事。等蒋志勇抽完一支烟，大家一起扛起树干，向西坡走去。这当儿，突然一阵车轱辘哗啦啦响，接着蹿出两个人来横在队伍前面，却不是正常人，而是一男一女两个疯人。那男人蓬头垢面耷拉着脑袋坐在手工制作的平板车上，车子周围挂满各色布条和气球，拉车的女子身穿翠绿羽绒服，下穿大红棉毛裤，脚蹬开了帮的黑皮鞋，茅草般的头发上扎着五颜六色的彩带，肮脏的脸上却有着大大的眼睛和翘翘的鼻子。

雪玲一见，立即跑过去抱住那女子的肩膀摇晃，说道，小翠，你怎么又不乖了？天黑了往出跑，有大狗咬你知道不知道？回去，快回去。

那被她叫作小翠的疯子说道，我才不回去。德贵哥哥要看采莲船哩，我拉他到镇上去看采莲船。

雪玲说，小翠乖，小翠听话，现在先回去，明天我带你们去看采莲船好不好？

就有一个提着篮子的村民走过来，说道，雪玲，你们去忙吧，把他们交给我。瞧，我正好蒸了这些馍馍要给他们送去哩。

蒋志勇说，吴先进，你还是固定个人把他们看好。看不住跑了，这么冷的天，弄出人命可不得了。

吴先进说，一直看着哩。这不，我就回来给他们拿点吃的，他们就跑出来了。

原来这俩疯人是夫妻。十多年前，新婚的他们欢欢喜喜出去打工。因为既没文化又没技能，他们只能在私人煤窑做苦力。结果男人在一次事故里受伤致残，女人一急之下当时就疯了。还是村里派人把他们接回来，又出钱让他们的远方叔叔照顾着。天气暖和的时候，女人会拉着男人漫山遍野跑。歌风河一代的人都认识他们，走到哪里人们都会给他们一碗饭吃。过年的时候，他们被关在家里，所以林意琳没有见到。

队伍默默地前行。走到路宽的地方，雪玲上前一步跟林意琳并排走着。说道，过年那阵，尽让你看见歌风河好的一面了，这一下，你看到生活严峻的另一面了吧。

林意琳说，天下没有净土。这是真理。

杨瑞花和雪雁早已做好晚饭等待着。见大家回来就赶紧热菜——大锅肥肉片熬白菜豆腐干萝卜条，外加一锅青菜鸡蛋汤。人们默默地涌进厨房，又默默地端着碗出来蹲在院边大口吞咽，活像一群哑人。

吃罢饭，林意琳站起来宣布道，今天大家辛苦了，明天上工推迟到九点半。

徐永峰补充道，明天我要教给大家树形玫瑰嫁接新技术，识字的最好带个本子，当然，记在手机上也行，总之，希望大家上点儿心。这年头，学点新技术总没错。

徐永峰说完就要往玫瑰山谷去。

林意琳说，这么晚了还去干什么？

徐永峰说，我在地里搭了个窝棚，以后就住在那里。

林意琳说，你这又是何必。这么多房子，我正想有个人做伴呢。

徐永峰说，食人之禄，忠人之事。技术员必须住在现场。这是规矩。

虽然刚刚见面，林意琳却已经很喜欢这个年轻人了。他想，过段时间，他要恳求徐经理放人，把他的表弟留在这里。

因为蒋爷爷呼唤，林意琳必须去一趟村里。林意琳邀请杨姨一起去，她不肯，说道，明天嫁接树形玫瑰，要增加十来个人吃饭，我必须提前准备伙食。她就和雪雁留下来收拾。

原来今天是蒋爷爷八十五岁生日。蒋爷爷自己动手做了一大桌子菜，把村里的老人全接了来。大家围着炭火拉着闲话，只等儿孙回来。林意琳连连致歉。老人的生日是大事，一家人却为了他的事情进了深山，害得蒋爷爷自己动手做菜庆生。老人却非常达观，说山里人就没有坐着享福的命，自己动手操办生日席面，说明我手脚灵便，是好事呀。再说了，歌风河人讲究六十大寿之后不再张扬生日，免得阎王爷记挂你的年龄，直到百岁再大操大办，向天地昭示生命的胜利。

林意琳说，真有意思啊，那我们就等爷爷您百岁的时候再大办。那时，我要把玫瑰山谷最好的玫瑰花献上九万九千九百九十九朵，用玫瑰花把您包裹起来过百岁大寿。

好啊好啊。蒋爷爷答应着，山羊胡子笑得一抖一抖的。

蒋志勇招呼老人们上座。雪玲跑过去挪凳子，搀扶老人们入席，林意琳去温酒，然后给大伙儿一一斟上。他发现，尽管蒋爷爷和儿子孙女兴致勃勃，重孙女萍萍也跑来跑去的忙活，气氛却比除夕之夜的团年宴会差远了。这一是缺乏年轻人，二是打工的人都刚刚离家，老人们正在经历暖巢后的空巢之苦，没人高兴得起来。林意琳就挖空心思地逗大家高兴。他首先尽自己所知道的，夸赞他们的儿女有出息，然后一个个称赞他们身旁的小孙子或小孙女，倒也勉强造出些轻松的气氛，但终归不够热烈，也很少有人动筷子，大盘的菜肴端上来什么样还什么样放在那里。他跟雪玲咬耳朵：早知道有这么丰盛的宴席，咱们刚才就不该吃饭。

雪玲说，刚才饿了，等不及呀。

林意琳又说，刚才应该硬把杨姨拉来。她多热闹个人，有她在，气氛就不一样了。

雪玲夹个鸡腿放在他面前的盘子里，又看了一眼上席陪伴爷爷的父亲，用更低的声音说道，前天夜里，杨姨再次要求爸爸明确态度，爸爸仍然模棱两可，杨姨彻底伤心了。她是故意不来。

林意琳不由自主抬头看了一眼蒋志勇，悄声道，难怪啊。你爸也是，明明你妈跟人家走了这么多年了，还有了孩子，为什么要认死理呢。杨姨是多好的女人啊，又对他这么痴情。你该着实劝劝他。生命只有一次，过了一天就少一天哦。

雪玲说，什么道理没讲过！世界上的大道理小道理都讲完了，就是凉水泼在石头上，点滴不进，有啥办法！

林意琳说，都说这是个爱情快餐时代，歌风河却固守着地老天荒的爱情慢时光。就是刚才那个小翠，也是感天动地的爱情故事啊。你想想，男人残废了，她疯癫中跟他不离不弃，拉着他漫山遍野跑，还唱着：老公老公我爱你。依我看，他们未必不幸。我在想，等咱们的玫瑰山谷火起来，我们再弄它个爱情山谷，让那些不相信爱情的人，到这里来接受爱情洗礼。

雪玲笑道，那好啊。到那时候，你就聘我爸做爱情山谷的寨主，就请小翠他们两个做爱情天使。

话未说完，他们俩就低头偷偷地笑了起来。

为了活跃气氛，蒋志勇使眼色让萍萍取来三弦，要蒋爷爷唱曲子。

蒋爷爷推辞不唱，说那些老掉牙的东西，现在谁听啊。

席上的老人们却说就爱听那老掉牙的东西。

雪玲离席走到爷爷身边，帮他调了弦子，说，爷爷唱一个吧，为小林唱一个，他还没听过你老人家唱曲子哩。

蒋爷爷推辞不过，拿过三弦自己调了一下，看着大家，问道，念个啥曲子好呢？

雪玲说，梁祝、白蛇传，或者七仙女下凡，随便哪个都行。

蒋爷爷轻咳一声，清了清嗓子，说道，那就唱梁祝吧。爷爷我，一辈子就喜欢那个梁祝化蝶的故事。

　　四月花儿开，山伯访友来。两足走如云，直奔祝家村。

　　一问祝家庄，前面一瓦房。四水归池一壁墙，一栋两厢房。

　　来到祝家庄，解带换衣裳。龙行虎步上高堂，参拜祝九郎。

　　仁兴来答话，九郎未在家。书生问她什么话，明日来会她。

　　……

这曲子缓缓道来，从容地诉说梁祝再次见面的情景——仆人怎样与山伯对话；英台听见山伯来访怎样梳妆打扮；怎样备菜治酒相会；相互怎样倾诉衷肠；失望的山伯失魂落魄归家怎样病入膏肓，英台怎样指点埋葬的地方，而后就是那个荡气回肠的结尾：祝英台扑进梁山伯闪开的坟墓，双双化蝶而去。那古老的曲子经蒋爷爷苍老的嗓音唱出来，又单调又苍凉，有种让人忘却尘世一切的悠远，就像温暖的手轻抚你的每一根神经，使人整个身心都舒缓下来。

林意琳呆呆地盯着蒋爷爷那掉光了牙齿的嘴巴，仿佛那一张一合之间，流淌出的是一条传说的河流，而且，将他卷进了那遥远的时光隧道。

炭火很旺，蓝莹莹的火焰一闪一闪放着光芒。

夜很静，静得只有一种声音——蒋爷爷嘴里流淌出的声音。

不知什么时候，蒋爷爷停止了歌唱。大家却还沉浸在那悠远的氛围里，久久走不出来。蒋爷爷说，小林，你来给大家唱一个欢乐的吧。就唱那个"祝你生日快乐"，我在电视上看过，好听得很。

林意琳本不愿意打破时下的氛围，但为了让蒋爷爷高兴，他还是唱了。积极的响应者当然是萍萍，她拍着小手，又蹦又唱，终于把大家拉回到现实中来了。

气氛热烈起来，大家开始大块吃肉大杯喝酒，一会儿，三分酒意上脸，大伙话就多起来了。

吴秉权老人说，要是村子里的年轻人都不走，一村人热热乎乎在一起，那该多好哇。他们走了，丢得老人娃娃多可怜。说着，重重拍了一下蒋爷爷的肩膀，道，老哥啊，今天是您的好日子，原不该扫您的兴，但实在是心里苦啊。您也看见了，娘老子离家时，那是个啥境况。

雪玲告诉林意琳，村口拽着爸爸不放手的，就是他的孙子孙女。

林意琳的目光就和老人身边的两个孩子碰在一起，那黑亮如星的眼睛，似乎还有泪光。这两个叫作阳阳和明明的孩子，神气里却没有一点儿光明。那怯怯的、忧伤的、甚至是无助的眼神令人心碎。林意琳夹起盘子里的鸡腿，和刚才雪玲给他的鸡腿放在一起，送到他们面前，说，吃吧，好孩子，回头我教你们唱歌。

李秀莲奶奶说，他们才不唱呢，想爹想妈都想傻了。

大家便七嘴八舌地诉说上世纪八十年代——中国农民似乎只享有了八十年代最初几个温暖的春节，那永远留在人们记忆里的热闹的年，男女老幼热热火火在一起，家家户户团团圆圆在一起，尔后猝不及防的打工潮席卷而来，山村里温暖的农耕文明就荡然无存了。

吴秉权老人说，挣那么多钱有何用，修那么高的楼房有何用？一家人不能在一起，啥意思都没有。

蒋爷爷说，是啊，可惜大家不能明白这一点。人人都像着了魔，不出去不行。

吴秉权老人说，你们一家子算是想明白了，一家人守在一起，再不分开。

李秀莲奶奶说，他们一家子走散了两个亲人才明白过来，代价多惨重！

蒋志勇赶紧岔开话题，说，来来，喝酒。我来打个通关，一人敬两杯。蒋志勇就从吴秉权老人开始敬酒。他恭恭敬敬地说着祝福的话，说着将来的梦，说等歌风河现代化茶厂建成，效益好了，他就想办法把外边打工的人都召回来当工人，在家门口挣工资，让全村的老人娃娃，还有女人，再不受恓惶。

老人说，那是个啥时候？阳阳她妈就是等啊等啊，熬不住才跑了的。我腿脚不好，可怜阳阳这娃，三岁开始就在灶台后边搭个凳子做饭。老人说着竟哭起来了。

仿佛传染似的，在座的老人便都抹起了眼泪，争相倾诉自家的恓惶。

蒋志勇一时愣住，不知说什么好。雪玲赶紧上前解围。雪玲说，村里这不是在想办法吗？茶厂引进了德国全封闭制茶设备，马上就要开始安装，先进设备一来，茶叶打开销路，就可以解决一部人就业。另外，我父亲已做通王伟哥的工作，他答应今年若资产突破三千万，他就从北京撤资，回村投资建设服装厂，连名字都取好了，就叫作歌风河秀女服装厂。服装厂一建，歌风河的女人们就再也不必抛家别子出去打工了。眼下小林的玫瑰山谷不就留住了几家人么！大家再忍一忍吧，啊，忍一忍。

吴秉权老人说，忍字头上一把刀啊！我们都顶着这把刀活了三十多年了，歌风河的青壮男人、歌风河的光鲜女人，都在打工路上奔了三十多年了，都奔成老头老太婆了，啥时候是个头啊？

林意琳便套用那句老话说，面包会有的，牛奶会有的。但是说出来自己都觉得可笑。面对大家新年里骨肉分离的痛苦，那句套话简直就是笑话。

诉苦的河流是关不住闸了。蒋志勇索性把炭火盆子移到桌子底下，让大家暖和些，舒服些。并说道，你们就把我这儿当作家，有啥苦有啥怨，尽管诉。我这个村支书没当好，我羞愧啊。

雪玲使个眼色。林意琳就起身到外边去，雪玲随后出来。两个人站在大杏树下看星星。因为年后一直晴天，晚间天空格外湛蓝，星星如葡萄般悬挂在夜空，似乎伸手可摘。

多好的夜晚啊！林意琳似乎今夜才注意到院子里的老杏树

是两棵，它们枝丫环抱，紧紧交织在一起，就像在守望一个爱情故事。

他们靠在树上，各自想着心思。

林意琳说，山里的环境这么好，空气这么好，为什么就留不住人呢？谁能驱走这大山的忧伤？

雪玲指着南边环形的大山说，歌风河有三大姓，河西蒋姓人丁兴旺；河东王姓是客家，但也势力很大；山上吴姓家族势力最强，吴家几十条汉子，从山上下来游龙一般惹眼，他们开头是抱团不出山的，后来经不住诱惑，又抱团出去，一走就把一面山走空了。他们一出去，有的回来，有的再也没有回来。如今那生龙活虎的家族，已经气息奄奄了，满山都是废弃的房屋和田园，遗留在那里边的老人和孩子，分外可怜。

是啊，谁能阻挡这恶魔般的山村的荒凉呢？纵使创业者蒋志勇们死死坚守，纵使林意琳们从城里来到这里创业，纵使王伟们携带着资金回来建工厂，山乡的温柔梦能够复活么？

这天晚上，林意琳打算留下来。他是青壮男人，他觉得自己有责任陪伴这些孤独的老人度过亲人离去的最初夜晚。

堂屋里生着三个大火盆，他选择靠墙角的火盆坐下，并且掏出了随身带着的笔记本，将老人们的名字和故事记下，为了加深形象记忆，他还随手为他们每人画了个素描。

雪玲过来添炭。林意琳问她，这么多人怎么住呢？雪玲说，不用住，通常是围炉坐夜的。年年正月都这样。为了正月里这通宵达旦的炭火盆子，爷爷整个腊月都要到更深的山里去背炭。

林意琳道，这么说来，你家正月里就是歌风河的灵魂收容所喽。你爷爷和父亲就是圣父，负责安慰这些苦难的灵魂。

雪玲道，可以这么说吧。

　　林意琳被自己说出的话震动了。他不由自主掏出手机，将这一天的见闻编成数段长长的短信发给父母。他觉得，应该让父母分享他的生活。虽然临走前他说过尽量不打扰父母，但是，今天一天的经历太丰富了，不对人倾诉似乎不行。而且，必须对父母倾诉，只有父母才能理解他的所思所想。他在短信里生动地描述了终年隐身深山老林割漆的金福、彩云夫妇；描述了哑巴吴俊的麻柳笛音；描述了山乡正月的疼痛，描述了此刻坐在炭火旁的孤独伤感的老人和孩子；描述了他心中的圣父——雪玲的爷爷和父亲。最后结论说，也许最初的难受过去就好了，几十年来，人们不就是这样在妻离子散的伤痛中挨过来的么！山乡空巢老人和留守儿童的伟大，在于伤痛之后他们又能点燃生活的炊烟，把日子进行到底！

第二十一章　三尺讲台

　　林元和梁音在深夜里拥被收读儿子发来的短信，激动得泪水涟涟。开头两人还掩饰着，怕对方看见不好意思，相互背过身去擦眼睛，后来干脆不掩饰了，就让泪水在脸上恣肆汪洋地流淌。当然，这是激动的泪水。他们为儿子的成熟成长而激动！直到情绪平静，林元才开口说道：依我看，意琳到歌风河所受的精神洗礼比创业的成功与否更重要。温室里长大的他，要变成真正的男子汉，首先是思想和心理的成熟。

　　梁音赞同丈夫的说法。想象力丰富的她，眼前就晃动起儿子扛着树干在山里行进的情景。她说，要不要问问他滚下山坡伤到没有？他可没干过体力活呀！

　　林元说，小女人了吧！儿子跟你描述了那么多人和事，你就记着他摔下山坡。好了，睡吧。说着，将梁音按进被窝，为她掖好被子。并且，自己先假装睡着，让他们的夜晚恢复平静。

　　林元在宁静的夜里大睁着两眼。在心里，也将自己所经历的一切对儿子倾诉。

　　他是个善于在生活中找到正能量的人。他认为生活将他一家抛到低谷的最大好处是：迫使他们与儿子一起成长。

　　他要告诉儿子的是，感谢他所遭遇的挫折，这挫折迫使他

——一个社会公认的成功人士回到生活的原点与儿子一起成长！

过去，他虽然身为名校校长，似乎每时每刻都在生活的风口浪尖摔打，然而，事实上，优越的位置、无上的权利使他脱离生活太久太久了。他的眼里太久太久只有尖子生、高材生，只有排名榜和荣誉，只看见家长奉承的笑脸和人们的恭维，到宏达经贸学院一线任教，他才知道，什么是现实生活。

经贸学院招生的主要对象是那些高考落榜的农村青年，他们无力走进正规大学，又必须混个文凭或者说学一门求生的技能，就退而求其次到了这里。虽然学校承诺毕业之后负责联系就业，事实上也有许多成功就业的范例，但学生们大都抱着混的态度。林元一接触到他们，就感觉到一种无可奈何的情绪。这种情绪非常可怕，它使本应生机勃勃的校园变得死气沉沉。课堂纪律也十分混乱。有的学生报到之后就没了人影，据说是揽工去了；有的人坐在教室里，心在外边；有的干脆把课堂当作休闲的地方。林元在做了广泛的调查研究之后，就自觉地开始扭转这种风气。那是开学两个周之后。那天，他走进计算机应用专业班，二十九位学生神态各异，对老师走进课堂没有任何反应。他们有的旁若无人地说笑，有的大口吃着面包喝着豆浆牛奶，有的咔嚓咔嚓啃着苹果，有的趴在桌上睡觉。林元站在讲台上，静静地看着他的学生们，看他们笑闹，看他们大吃大喝。这样，持续了十分钟左右，有人觉察到了，开始正襟危坐看着前面的黑板。

这时候，林元发话道：我给大家上了四次课了，你们有谁见我迟到过，有谁见我在课堂上吃过东西？

没人回答。

他继续说，我想告诉你们的是，我把三尺讲台看得非常神圣。只要有课，头天晚上，我必须把皮鞋擦得亮亮的，把第二天要穿的衬衣和外套熨好，早晨起床必须洗头。就是说，我要求自己以干净整洁的形象出现在你们面前。这是对三尺讲台的尊重，也是对你们的尊重。如果你们回想一下就会发现，我每次走进教室都是精神饱满的。还有，上课时，我即使喝水也会背过身去。因为，在我看来，课堂是圣地，容不得一丝一毫亵渎。我希望你们也能树立这种观念，把学校、把课堂看得圣洁无比。只有这样，才能把无名的民营大学变成一流的殿堂，你们也才能成为一流的英才。

林元看见，课堂上有人泪光闪闪了。

这个班上有个弱智的男生，还有个面部烧伤的女生。那男生精神恍惚，整日呆坐。那女生为了遮挡面部的疤痕，将长长的头发披在脸上，基本不正面对人。下课后，林元就去坐在女生的对面，迫使她抬头看他。他对她说，这就对了嘛，你勇敢地抬头看人，人们就会发现，你有世界上最美丽的眼睛和秀发。你努力地学习，智慧就会照亮生命。这天放学，他一手牵着男生，一手牵着女生，将他们带回家去，亲手给他们做了晚饭。饭后，他让梁音为女生编了个辫子盘在头上。梁音说，呀，头发这样盘起来，就像个俄罗斯姑娘嘛。

他们事先并没有沟通，善良使春风化雨成为习惯。做了一辈子教师的梁音本能地知道该怎么做。

那个叫作何亚娟的女生露出了动人的笑容。她告诉他们，她的家在秦岭深处的上坝河。父母在她一岁的时候出去打工，几年都没有回来。爷爷奶奶上山干活常常把她关在家里。就在某一天，她坐在火炉边打盹儿，一头窜在火塘里，爬起来，一张漂亮的脸蛋就成了魔鬼的模样。

那个叫作姜安的男生第一次专注地听人说话。

林元觉得，他从来没有过这种成就感。从来没有！云城中学走出第一个清华生、北大生的时候，他都没有过这种喜悦；云城中学成为全市重点中学的时候，他也没有过这种自豪！

他感到了教书育人的意义。

想到这里，他侧头看了看熟睡在身旁的梁音。梁音睡姿优美，气息如兰。他的女人总是睡眠香甜。这是心地纯良的人特有的福分。他为此无数次地感谢过上苍的恩典。

他翻身起来，也用短信的方式和儿子对话。他首先对儿子描述了他母亲香甜的睡眠。他说，儿子，你的故事是最好的催眠剂，你妈妈听了你的故事后，立即就睡着了。而后，他这样写道：在这个欲望膨胀的时代，有多少人在为睡不着觉发愁啊！儿子，你的母亲，此刻，却像婴儿那样甜美地酣睡着。这是你的功劳。

接着，他详细地描写了面部烧伤的何亚娟撩开长发大胆看人之后所发生的奇异变化，描写了大智若愚的姜安开智之后的奇迹。他说，我和你妈现在的状态是：累，并快乐着。他要求儿子，要忘记那套卖掉的房子，彻底去掉内心的负疚感。他说，儿子，你非但不要感到内疚，反而要有自豪感，是你，给父母创造了继续成长的机会。

收到父亲接二连三的短信，林意琳让雪玲一起分享。雪玲看后说道，你的爸爸妈妈，一定是世界上最有意思的父母。林意琳说是的。

第二十二章　花意缠绵

　　接下来的两周，林意琳完全沉浸在新技术的学习和运用之中。树形玫瑰的嫁接是一门很难掌握的技术。在这方面，林意琳的领会能力竟然不如吴俊。不言不语又听不见的吴俊领悟力极强，半天工夫就掌握了要领，成为徐永峰的得力助手。歇息时他们躺在坡地上看天，感叹天生一人必有一路，感叹吴俊若会说话，定是歌风河第一流的大能人。

　　林意琳的树形玫瑰园有整整一百亩。它们虽然刚刚根植于大地，但林意琳放眼望去，眼前幻出一片灿烂——他的玫瑰，一朵朵开得犹如灯盏，红的嫣红透亮，粉的吹弹可破，橘红的艳丽如霞、紫红的娇美可爱、蓝色的妖冶迷人……他还想象，它们被移植到云城、西安、北京诸多城市，为人们带去美的欢愉。

　　一天，林意琳和工人们正在玫瑰园忙着，突然有人跑来告诉他，有一辆从云南开来的大卡车，说是给他拉的货，让他赶紧派人去验收。

　　林意琳很吃惊，说，我并没有在云南订货呀。

　　这时，满手是泥的徐永峰走过来，说道，这是徐场长给你的礼物，是他想办法为你在云南花卉农场定的货。他认为要发展，起点必须要高，也就是说，花卉品种必须丰富才能打开市场。徐场长几乎把适合于在陕南这边生长的花卉品种给你定全了。走，快去看看吧。

林意琳说，原来这样啊。你怎么不早说？

徐永峰道，是徐场长让我保密的，他要给你一个惊喜。

林意琳就向着西北方向，喃喃道：徐大壮啊徐大壮，你可真是《水浒》里的人物啊，对朋友这等义气深重。可惜上天没有赋予我写作才华，否则，我就为你写本书，专门歌颂你的豪侠仗义！

徐永峰笑他酸。说，别在这里酸了吧唧掉文了。这花卉一来，必须立即搭建大棚，立即把这些娇贵的花儿侍候进大棚里，你就准备着几天几夜不睡觉吧。那时候，你只剩下一种感觉，那就是"困"！你就不这么酸了。

林意琳说，只要事业能发展，困死又怎样！

他们一边说一边往大路上跑去。

林意琳做梦也想不到，徐场长不仅给他调配了各种花卉，还把制作大棚的材料一并带来了，而且，还带来了温棚必需的煤炉和高级钢碳。这些东西卸下来的时候，连徐永峰也不得不感叹表哥的仗义了。

徐永峰说，我这个表哥，就是这世上的珍稀动物，大熊猫一样的，几亿年不变的优良物种。

林意琳赶紧给蒋志勇打电话汇报，请求他到外村调拨些劳力来搭建温棚。一会儿，几十个民工过来，玫瑰山谷立即像战场一样忙绿起来了。

因为突然增加了几十个工人，锅碗瓢盆都成了问题，做饭的人手也不够，杨瑞花只好决定开流水饭——一拨一拨吃。就这样，她和雪雁也忙得团团转。杨瑞花看见，累极了的雪雁还抹了眼泪。但她假装没看见。她知道，久不干重活的人，挺过第一关就好了。

林意琳在紧要关头，表现了老板的气度，他一次一次让工人们先吃饭，自己挺到最后一拨才吃。果然如徐永峰所说，当他端上饭碗的时候，根本吃不下去，只想躺在地上睡一觉。但他知道不能这样。他尤其不能这样。于是，他狼吞虎咽吃了那碗盖浇饭，而且，忙中偷闲给徐经理打了一个长途电话。

他心里有千言万语，在电话里却只叫了一声"大壮哥"，就什么也说不出来了。大恩不言谢，此刻，他觉得说什么都多余。

徐大壮何等人物？他肯定知道小书生林意琳的心里话，因此，他把话题引到实际工作中来。他指导林意琳说，市场不能等待，花卉进大棚之后，必须立即开拓市场，先就近拓展，将第一批花卉卖到你们云城去。

林意琳说，好，好。不过，我还是想知道，你那边也很困难，你哪里弄的资金进这些货？

徐大壮说，我虽然困难，但我在花卉界混了这么多年，朋友遍及全国各地花卉市场，这车货是向云南的朋友赊欠的。

林意琳说，让您受这样的难，我心里太过意不去了。

徐大壮说，你用不着有心理负担。这车货算我借你的创业资金，你发展起来还我就是了。当然，如果你那边不顺利，就永远不必提了。你是大男人，记得不要纠缠这些小情感，放开胆子发展才是正经。

林意琳连连称是。忽又说，徐经理，不，从今以后我就叫你大壮哥吧。我想提个无理要求，但说出来怕您拒绝。

徐大壮在电话那头说，你说吧。

林意琳说，我想留下徐永峰。我知道他是你的左膀右臂，但我这里实在需要他。

电话那头沉默了许久，后来有了声音，徐大壮说，你说得没错，他真是我的左右手，但你哪里没有他的确不行。那就让他暂时留在你那里吧。回头我来跟他说。

林意琳脱口道，啊，你同意了，大壮哥万岁！

徐大壮说，真是小孩子。你听好了，是暂时。原只想帮你度过最初的难关，倒让你挖了墙角。

林意琳就又调皮地喊了几声万岁，不等对方回答就挂了。

他收了线，就对旁边的徐永峰说，嘿，徐哥，从现在开始，你是我的人了。徐经理同意你留在我这里干。

徐永峰说，他肯定说的是暂时，我了解他。

林意琳说，我们难道不能把暂时变成永远吗？说着，跟徐永峰击掌，两人的手紧紧握在一起。

雪玲知道了徐经理雪中送炭的事，打电话祝贺。说自己忙完了就过来帮忙。然而，由于阳阳和明明一直哭闹着要爸爸，还偷跑了几回，加上另一个孩子患急性肠炎到镇上住院治疗，弄得雪玲顾了头顾不了尾。等她周末来到玫瑰山谷，林意琳这边的歼灭战已经打完了，全体人员都处在暂时休整状态。

林意琳看见她，二话不说就拉她到大棚去看那些新入住的宝贝。大棚里烧着钢碳炉子，温暖如春，所有的花儿灿然怒放。雪玲撩起帘子，惊呆掉了。她站在门口，大张着嘴，一动不动。她在大山里长大，看惯了山野里星星点点的烂漫山花，从来不知道，人工栽培的鲜花聚拢在一起，有这么绚丽的光辉，有这样壮丽的景象。

她惊讶道：天啦，多么漂亮的花儿啊！她们是花仙子吧，这么美艳！

林意琳说，我也觉得她们是花仙子呢。我甚至觉得，这一切都不真实。你知道吧，好几个晚上，我就住在花棚里边，而且总是似睡非睡，生怕一觉醒来，她们都不见了。

雪玲笑他是花痴。

雪玲跟着林意琳一一认识那些花：富贵双喜、喜鹊闹梅、孔雀开屏、雪花漫天，这都是杜鹃类的花卉，却因造型独特，有了极高的价值。

雪玲说，都是什么神仙啊，能培育出这么高贵的花儿。

林意琳说，这些花儿，我们以后也要自己培育。

雪玲特别喜欢各种各样的兰花：铁板兰花的花朵像一把精致的扇子，粉色花朵两边又开着两朵蓝色小花儿，妙不可言；虎皮兰黄灿灿像金色瀑布一样，花瓣有种蜡质的光泽；米兰却是那样娇小素雅，芬芳悠远；瓜叶兰虽是草本，却艳丽夺人；蝴蝶兰紫得流光溢彩，弯弯的藤蔓之上，朵朵花儿如翩翩欲飞之蝶，惹人心醉；君子兰是高贵的花儿，在上世纪的某个时间段，她曾让许多国人疯狂。有一种小小的植物"情人泪"让雪玲驻步不前——那一颗一颗挂在藤蔓上的绿色小球真的就像情人的眼泪，摇摇欲滴，勾人情思。

她轻声说，花卉的世界，竟也这么有情啊。

有情的多着呢。林意琳说，你看这些百合、茉莉、马蹄莲、康乃馨、郁金香，她们都是有花语的。

雪玲说，哦，说来听听。

林意琳说，马蹄莲的花语是：永结同心，忠贞不渝。茉莉也是爱情之花，她的花语是：纯洁无瑕，生死永爱。百合的花语是：心想事成。郁金香的花语是：爱无尽头。康乃馨的花语是：吾爱永在。多呢，说也说不完。

雪玲道，所有的花语，万变不离其宗，都是一个"爱"字，纯洁的爱，高贵的爱，至死不渝的爱！

林意琳说，是啊，花的世界就是爱的世界啊。

温棚里，玫瑰花占据的位置最为显著——一丛丛的彩色玫瑰，栽植于各种各样精致的花盆里，有的花团锦簇，有的精致淡雅，那些小小的盆栽尤为柔美，让人心生欢喜。

雪玲说，不愧为玫瑰山谷的寨主。很显然，玫瑰是你的最爱。

林意琳说，知我者，雪玲也。

雪玲说，让我来说说玫瑰的花语。我在网上看过，记得不全。这玫瑰花总体是代表至死不渝的爱情。红玫瑰、白玫瑰、黄玫瑰、黑玫瑰、蓝玫瑰，代表的意思各不相同。红玫瑰代表热烈的爱；黑玫瑰寓意你是魔鬼，但我依然爱你；白玫瑰代表纯洁无瑕的爱情。不同的花朵数量寓意又各异，比如一朵代表你是我的唯一；两朵代表世界上只有你和我；51 朵代表我心中只有你；66 朵代表我的爱永不变；99 朵代表天长地久；100 朵代表白头偕老；111 朵代表爱你一生一世；999 朵代表嘛，就是长长久久，至死不渝！等等，多啦。光玫瑰的花语就可写本厚厚的书。

林意琳说，看来，有人比我还钟情玫瑰啊！竟然做了这么详尽的研究，记得这样清楚。说说看，关于玫瑰，你还知道多少？

　　雪玲抿嘴一笑，有句话不是说爱屋及乌吗！说完觉得失言，就赶紧转到大植株的花卉那边去，指点着佛手花说，这种奇异的花，花语应该是和禅意联系在一起的吧。他们接着又欣赏了红豆杉和澳洲杉，平安树、橡皮树、夏威夷，发财树等等。偏偏，在这些茂盛的植物旁边的架子上，摆放了娇小的风信子。风信子造型奇特，一个蒜头一样的胚胎，三四片直立的翠绿叶片，托举着一支挂满小花的花穗子，花香浓郁，花色鲜艳，红黄蓝白俱全，她们或成捆养在玻璃缸里，或独株养在玻璃瓶里，白色的根须在水中摇曳，洁净无染，煞是好看。雪玲端起一瓶风信子，左看右看，轻嗅花香，爱不释手。

　　林意琳说，这些风信子，我准备全部送给你的留守儿童乐园。等天气稍稍暖和一点，我亲自给你送去。

　　雪玲说，我接受。花与爱，是最好的教材。

　　林意琳说，另外，所有这些花卉，只要是你喜欢的，你可以任意挑选。

　　雪玲说，谢谢你的美意。除了风信子而外，如果需要，必须购买，你初创业，朋友要带头遵守市场规则。

　　看完花儿走出来，林意琳抱歉地笑道，看我多自私，不用人时就把人忘了。这么些天，都没有去村里看看。爷爷好么？萍萍好么？留守儿童乐园开园顺利吧？蒋支书呢？在市里开人代会有没有回来？

　　雪玲说，看你一连串问了这么多问题，让我怎么回答。那我就回答一个最简洁的字"好"。爸爸今天晚上回来。留守儿童乐园虽然出了点事情，但眼下都好了。所以我今天才得空闲。我今天来，一要看看你的宝贝园子，二要请你去看看我的宝贝园子。

林意琳笑说，好啊。真正赶得好不如赶得巧。玫瑰园的一期工程正好结束，暂时没有要紧的活儿。我还可以去上几天课呢。园长大人，你就聘我做兼职教师吧。

　　雪玲说，我巴不得呢。只怕大材小用委屈了你。

　　林意琳说，就这么说定，我抽空去上课。英语，音乐，绘画，什么都行。我们要让这些从小失去父爱母爱的孩子，接受最好的教育，让他们从小跟大社会接轨。

　　雪玲说，那我要替孩子们，替他们的父母，替歌风河感谢你了。歌风河这地方，和全国乡村一样，过年期间风光，过年之后深层危机就显露出来了。这危机就是我们的下一代——山村少年似乎走不出儿时留守、长大后出去打工的命运怪圈。这些年，我看着一个个留守儿童中学没上完就跟着父母出去打工，心里别提有多难受了。最难受的是我没法改变这一切。我多么盼望有人跟我一起来改变。不知道你是不是我盼望的那个人？

　　林意琳说，希望我是。他想起彩云大姐的话，忽然感到了一种责任。所以，他又补充道，我一定尽自己最大的努力，和你一起完成这个"改变工程"。

　　雪玲伸出手，和他紧紧握了一下。忽又问道：雪雁妹妹怎么样？这些天忙乱，竟顾不上管她。厨房里的事体她拿得下来么？

　　林意琳说，有其姐必有其妹，雪雁姑娘能干极了。她现在不仅能独立做饭，还抽空到园子里干活呢。杨姨建议我抽时间送她去学开车，以后就让她专管后勤。

　　那么你的意见呢？

　　我完全同意杨姨的建议。只是要等资金周转宽裕之后才能实现。

说话间，徐永峰过来。徐永峰完全没有技术员的架子，他跟民工们一起扑在地里干活，弄得满身泥土。雪玲要跟他握手，他将手藏在背后，说太脏了太脏了，不好意思。

雪玲说，意琳你真是命好，遇到这么好的人。

林意琳说是啊，这园子里的事情，以后就基本交给永峰和雪雁了，我腾出手来跑资金跑市场，不信打不开门路。说着，将手卷成喇叭筒，对着河畔的屋子高喊：雪雁吔，你姐来啦，过来吧！

雪玲说，你可变得真快，已经习惯山里人喊人的方式了。你手边有手机呢，打电话不更便捷。

林意琳说，自从到这里我就很少用手机传人了，这样喊叫真痛快。大声呐喊着，你觉得自己就是山里的精灵。不，是大地的精灵。

徐永峰说，念过大学的人就是不一样，理论一套一套的。我们从小在山村里长大的人就没这些想头，干什么都是图的一个方便。

雪雁来到，话题就一下子扯到她身上去了。

林意琳说，我们夸你的话都说了一箩筐了。这会儿该说说你的缺点了。你为什么话那么少呢？是不是你姐姐把话都说完了，或者是蒋爷爷蒋支书把话说完了，害得你这样少话。两周里边，你同我说过的话能数得出来。

雪雁笑而不答。

徐永峰接道，谁说雪雁姑娘话少？在地里问我嫁接技术，一竿子插到底，问了实地操作问理论，常常把我逼到墙角里。你们也知道，我这个人干闷活儿行，理论上却说不出来。狼狈啊！

林意琳说，咦，原来你说话还分人呢。只对喜欢的人说。

这个玩笑把徐永峰和雪雁都开得红了脸。大家就赶快散去了。

林意琳没有想到，雪玲的留守儿童乐园如此漂亮。

这是一家农户的房子——主人八十年代出去打工，一走二十年无音信。老屋倒塌时，人们都以为他们不回来了，正商量着推倒旧屋盖留守儿童乐园呢，他们却回来了，坚持用自己打工赚下的钱，盖了个山间别墅，慷慨地借给留守儿童乐园无限期使用，说哪天他们一家人决定回乡长期住了，再收回房子。

雪玲对环境做了创造性的改造。她在大厅正中挂了那幅茶园十字绣，取名"家园"。画的周围是孩子们神态各异的照片：跳绳的、踢毽子的、看图画书的、划手心手背论输赢的、吃饭的、大笑的、蹲下系鞋带的……真正一个无拘无束的乐园。三层楼，一层一个独特的世界。一层的楼道里，墙壁上是蓝色的海洋，空中是利用废旧塑料瓶和食品袋做的各种海洋生物，置身其中，犹如在大海遨游。雪玲解释说，山里的娃娃们最向往大海，没见过的东西最有吸引力。诺，这些海水都是孩子们自己画上去的，这些鱼呀，螃蟹呀，乌龟呀、海豚呀，企鹅呀，也是他们自己动手做的。

二层楼口是用废旧报纸折叠后塑造的一棵大树，树上有洞，枝头有鸟窝、蜜蜂、蚂蚁、小松鼠、猴子，还有一个大大的马蜂窝。一切活灵活现，如不细看，还以为是真的。林意琳用手去抚摸，叹到，真有创意啊，怎么想到的呢？

雪玲说，当孩子王，一个一个的日子都特别漫长，不想些办法，怎么度过这一个一个的日子呢。当然，主要是培养孩子们的兴趣。这些东西都是他们天天见的，做起来得心应手，做得好看了，他们自己也很自豪。

林意琳说，你是个天才的教师。

雪玲说过奖过奖。

三楼楼道展示的是孩子们的作品：一句话，几个歪歪扭扭的字，蜡笔涂鸦的小房子和小人儿、花卉、小草等等都被装饰在小框里挂在墙上。那作品是令人心碎的。有幅名为"听电视"的图画，画着一张大床，小人儿可怜地蜷缩在床上，隔着布帘支棱着耳朵听帘外大人看电视；另一幅画画的是村头大树下，大人离去，小娃娃抹眼泪，泪珠画得很夸张，有核桃那么大。还有篇日记写道：过年的鞭炮响了，爸爸妈妈没有回来，我的眼泪一滴一滴流下来，后边打了三个惊叹号。

雪玲在他耳边轻声说，奇怪得很，写这个日记的娃娃那时不到三岁，而且没有学过写字。刚来这里时胆怯得很，抱着门框死活不进来。后来哭累了，在我怀里睡了一夜，第二天就黏着不走了。我是在整理旧日历时发现这段话的。他写在旧日历的某一页上，署名的地方画了个哭脸，写了一个"大"字，我判断是那个叫做大勇的孩子。

林意琳问，那孩子呢，今天在吗？

雪玲说，他早就长大了，在镇上的中心小学读三年级呢。

林意琳说，看你的工作多有意义。这些东西，应该建一个大大的博物馆珍藏，让我们的子孙后代记着，在共和国历史发展进程中，有一个特殊的时间段，乡村的人们，特别是老人孩子们所受的精神苦难。

雪玲说，对对的，绝不能忘记。

林意琳说，你创造的这些形式对于开发儿童心智绝对有益，真应该让城里的幼儿教师们到你这里取经。

雪玲说，我这里可不仅是幼儿，还有老人呢。孩子们的爷爷奶奶平时没事也会跟来，一待一整天。孩子们玩耍，他们看着；孩子们上课，他们就坐在院子里晒太阳；孩子们做手工，他们也来参与，有时，还和孩子们争得脸红脖子粗呢。最难解决的是吃饭问题。老人们很希望留在这里吃饭。但杨姨一个人忙不过来，无法满足他们的愿望。

林意琳说，这就更有意思了。雪玲啊，你自己可能都意识不到，你为歌风河做了多大的贡献。我现在才知道，除夕团年席上，人们为什么一定要敬你喝酒。你就是歌风河人心里的圣母玛丽娅。

雪玲说，那可不敢当。我只是心软，只是想尽量地帮帮大家。山里人的日子，不容易啊。

林意琳说，我想请教一下，别的地方，好像都叫留守儿童之家，你这里为什么叫做留守儿童乐园？

雪玲沉吟了一下，说道，"留守儿童"是上世纪末、本世纪初最最伤痛的一个特殊名称，他们本来各自有家，却不得已以别处为家，听着伤感。所以我将这里取名为"乐园"。乐园者，创造快乐的地方。我读过一点哲学方面的文章，有位智者说，哲学的最高境界，就是让人快乐。

林意琳啧啧称赞，大叹深山高人多。对雪玲，除了欣赏，心里又多了几分尊敬。

因为是星期天。园里非常安静。这里实行单休日制。林意琳知道，星期天对雪玲来说非常宝贵。他就想让她轻松轻松，因此建议道：咱们今天去家访怎么样？我也顺便去看看你那些学生的家。我要在这里安身立命，就必须尽早熟悉这里的一切。

雪玲说好啊。他们当即就出发。

第二十三章　各路英豪

　　歌风河共有 63 户人家,分布在星子梁周围的数十条山谷里。他们先来到最近的小草沟。这条沟幽静狭长,有古树或一团团凤尾竹的地方,就有人家,都是设计简单的三层小楼,火柴盒一样,与山水很不协调。

　　林意琳评论道,这些火柴盒一样的楼房真难看,破坏了山水的和谐。还是你们家那种房子好看,白墙黛瓦斜屋顶,远看近看,都像一只大鸟栖息在山水之间,温暖、朴素,是人们理想中的家园。

　　雪玲说,我也这么认为,但潮流是谁也挡不住的。这些年,山里人幸福生活的标志就是楼房的高低。人们出去辛辛苦苦赚钱,然后回来盖个楼房,就标志着成功了,幸福了。而且互相攀比,楼房就越盖越高,越盖越大。有些房子盖起十几年,就那么空着。看着让人心疼,但毫无办法。

　　林意琳说,要是能统一规划就好了。最起码,可以保住山林的完整。人们不知道,山林是地球的肺,是要精心呵护的。

　　雪玲说,这些大道理没几个人能懂。各人顾个人的利益,是目前农村最可怕的现象。歌风河比起别的地方,已经好太多了。

　　林意琳说,这是你们父女坚守传统文化的结果,还有你爷爷，杨姨这些人。

雪玲说，不单单是我们的功劳，还有一些很优秀的人，今天你都会见到。

他们走了半天，才看见一个颤巍巍的老人在白菜地里拔菜。

雪玲招呼道，吴叔，今年白菜长得好啊。

老人直起腰来，用手遮阳看了半天，才应道，是你啊，雪玲。今天这么早来接娃娃？

雪玲说，我不是来接娃娃的。那个城里的大学生小林您记得吧？大年三十在酒席桌上见过面的。他如今在咱们西坡建了花卉基地，长住不走了。我带他来各家认认门，以后交往起来方便。

老人说，记得，记得。城里人到山里种地，稀罕事啊。走，到屋里喝茶。

林意琳就去帮吴大叔挑上那担白菜，跟着老人摇摇摆摆往家里去。

老人唠叨说，你看嘛，我那忤逆的儿子媳妇，说的回来过年又没回来，种下的菜没人吃。我正打算明天给你送些哩。给娃娃们吃，吃了总比烂了好。

雪玲说，你别送。我明天找人来取。哎，灵灵的爸妈有三年没回来了吧？走时孩子才半岁，难道他们就不想？

老人说，没心肝啊！挣钱，挣钱，钱把心肝都吃了。

老人家的房子很大，一溜七间，三层楼。就爷孙俩。典型的屋大人稀，看起来分外荒凉。

灵灵靠门框呆立着，一见他们就飞跑过来，扑到雪玲怀里，叫，老师，老师。

出口

雪玲抚摸着她的头说，吃了早饭没有？

灵灵说，做熟了，等爷爷呢。

他们就进厨房去看。一锅红苕粥，干巴巴窝在铁锅里，锅台上放着一大碗炒土豆丝。毫无疑问，这饭菜是灵灵做的。三岁大点的娃娃，真是不简单啊。这么大的孩子，要放在城里，那是噙在嘴里怕化了，捂在手心怕热了。林意琳都三十一岁了，还是父母心上心下牵挂的宝贝呢。林意琳看看那锅饭，又看看神情怯怯的灵灵，感慨万千。

老师是贵客。吴大叔激动得又是爬到楼上取柑子，又是要煮腊肉。雪玲费了好大劲才劝住了。但水果是必须吃的。茶也是必须喝的。雪玲自己动手烧水。电热壶烧水倒是方便。

吴大叔说，山里条件虽差，吃的水却是上好的，千山万壑里流淌出来的山泉，带着千样万样草木的气息，甜哩。

林意琳说，是的。山泉水好喝。我也喝的山泉水。

吴大叔问，听说你住在王树家的老屋里？

林意琳说是的。

吴大叔说那地方风水好啊，山环水绕有灵气。王家出人啊，县团级干部有好几个哩，还有在外边发大财的，身价几千万哩。

林意琳连连应诺。

喝了茶，吃了柑子，临走时，吴大叔非要林意琳带上一包晒干的黄丝菌。那东西金贵，秋天里钻一天树林子也采不下两斤，何况晒干的黄丝菌，要费多少工夫！但雪玲给他使眼色，他只好勉为其难地收下了。

小草沟另一个居民是吴淑珍奶奶。吴奶奶七十岁，带着两个孙子，两个外孙，吵吵嚷嚷的倒也热闹。三个大点的孩子已经分别上中学和小学了，最小的外孙放在雪玲那里。吴奶奶家也是大房子，除了楼房，还有东西厢房，可惜大部分房间空着，孩子们都挤在西厢房里住，一个房间支了四张小床，两张桌子，拥挤得脚都放不下。

吴奶奶说，这些个怪东西，都不肯住楼房，这么多房间偏要挤在一起睡，你们看乱成啥，让人笑话。

雪玲说，笑话啥哩，大人们不在，小孩子们怕寂寞啊。

吴奶奶腿脚灵便，硬要留他们吃饭。孩子们也拉着他们不放手。他们只好留下来。雪玲帮着淘菜，林意琳就跑上跑下参观。吴奶奶家是富裕的。二三层的装修都是城里的标准，客厅里摆放着沙发，卧室里摆放着席梦思床和白色组合柜，卫生间里装着抽水马桶和洗浴台。但由于常年空着，又门窗紧闭，屋子里散发着令人窒息的霉味儿。林意琳进去扫了一眼就赶紧退出来。

林意琳下来后，组织孩子们打扑克牌，约定打升级，两两组合，谁先打到“A”算赢，输家鼻子上贴个红纸条。林意琳当然心不在打牌上。他同孩子们聊天：你们爸妈几年没回来啦？

两个大孩子中的吴小虎自豪地说，我们爸妈年年过年都回来的。放暑假还接我们去东莞玩呢。说着瞟了一眼小姐弟俩，只有他们的爸妈没良心，几年不回来，把孩子扔给我奶奶也不管。

小的两个中的姐姐不服气，狠狠甩出一张大王，说道，谁没良心？我爸妈没回来，可他们寄回了大把的钱呢，过年两千块，还少吗？你爸妈给了外婆多少钱，白吃白喝，还拿走那么多腊肉香肠。

小虎说，难道这楼房不是我爸妈修的吗？我爸妈不修房子你们住在哪里？

林意琳赶紧劝和，说好了好了，争这个没用。告诉叔叔，东莞好玩么？

小虎说，当然好玩啊。爸妈还带我们坐海船，游了蛇口和深圳呢。深圳的世界之窗太好玩了。

小虎的弟弟小龙说，我不喜欢坐海船，吐得我肠子都要断了。我还是喜欢在家里，喜欢跟小云妹妹、小海弟弟玩。

哦。林意琳对小龙刮目相看。这个不到十岁的孩子，已经懂得照顾别人的情绪了。

吴奶奶的午饭很丰盛。山里人正月间都备有煮熟的腊肉，切几片配上干豆角、土豆片之类炒炒就是几个菜，粉条、魔芋家家有，随便又能凑几个菜。加上吴奶奶会持家，平时备有炸麻花、炸花生米，炸胡豆，满桌子满碗，好不丰盛。林意琳啧啧赞叹。

林意琳自从来到歌风河就胃口大开，饭量比在城里时增加了一倍。这是体力劳动带来的好处。他吃得香甜，吴奶奶特别高兴，说等孙子们都上学住校以后，她也要到玫瑰山谷去挣工资呢。

能干的吴奶奶更是不让林意琳空手。不仅准备了木耳香菇之类的干货，还要他带上两块煮熟的腊肉。说那猪都是他们婆孙打猪草喂大的，是生态猪肉，特香，而城里那种饲料激素喂大的猪肉万万吃不得，致癌。林意琳不要。吴奶奶就跟他急。说你既然来到歌风河，就是我吴奶奶的孙子。我不能眼看着自己的孙子吃有毒的东西。这一番说道，让林意琳再不敢推辞，只有恭恭敬敬收下。但提出把东西寄存在这里，过些日子来取。吴奶奶爽快地答应了。

出得门来，林意琳大叹，这个吴奶奶，真是个人物。

雪玲说，你以为呢。不然，这小草沟，十几户人家，就剩她和吴大叔守着，能熬到今天！

他们两个走到大路上，回望小草沟。多深的一条山谷啊，那么多空房子，仅仅住着两个老人和几个孩子，也实在太空旷了。

雪玲说，还有比这更空旷的山谷呢，磨沟那边，一个山谷就住着一个人。

林意琳说，打工潮给山乡带来福音也带了无以言表的灾难。人们付出的情感代价，该怎样评估？青山作证，长流的绿水作证，那些空房子作证，记住老人们的寂寞，记住失爱的孩子们的可怜，记住守空房的女人们的痛。

他们收住思绪，又走了几户人家。林意琳发现，歌风河家家都有矿灯，一问才知，村里出去打工的人，大部分都在山西或内蒙煤矿；少数有文化的人，去了广东东莞或者深圳。无论去了哪里，基本上都是正月十五前后离开，年底回来，然后又走，周而复始，一年之中，与亲人团聚的时间不超过半个月。这种聚少离多的日子，一过就是三十多年。想想真是惊心动魄！

他们坐在留守女人素云家里闲谈。素云的故事平淡而惊心。素云是个安静的女人，谈不上漂亮，却很耐看，弯眉毛，大眼睛，小而微翘的鼻梁，厚厚的嘴唇，牙齿就像石榴子儿，闪闪有光。

她说，她跟自己的男人是自由恋爱。十一年前，她去星子梁那边烧炭，与甘肃来的割漆工杨大成一见钟情，她家人提出的唯一条件是让杨大成放弃割漆。杨大成为了心上人告别漆树林，成亲八天之后走出大山去了内蒙煤矿。十一年来，他们每年见面的固定时间是旧历年的腊月二十六到新年的正月初六。

也就是说，这对夫妇，结婚十一年，在一起只有一百多天。

林意琳在心里说，过去我总觉得自己过得很苦，比起素云们经受的情感苦难，他所受的苦是多么微不足道啊。

林意琳说，这座山上就你们娘儿三个，孩子那么小，这里离村部又那么远，万一有个病痛怎么办呢？

素云说，现在不是有手机嘛，方便着呢。再说，山里娃娃泥里水里跑，轻易也不会生病。大人就更不用说了，一年到头的忙，那里顾得上生病啊。你看这些猪啊，羊啊，鸡啊，鸭啊，一天到晚围着你嗷嗷叫，你是一刻不得闲的。村里的王大夫说，人一忙就不生病。

因为路远，他们离开时就顺便带上了素云的小儿子强强。强强是个亮眼睛娃娃。那一对眼睛就像小牛犊子的眼睛那样清亮。他看着你，你就觉得心里一动，杂陈全无。

林意琳好不惊奇。他就不由得一眼一眼去看那个亮眼睛娃娃。

素云送他们一只黑丢丢的小羊羔。雪玲坚决不要。

素云说，我只是送给娃娃们一个小伙伴，让他们喂喂小羊，多些乐趣。再说，我这里三十多头羊，弄得我手忙脚乱，你牵去一只，给我减轻点儿负担。

雪玲说，咦，你年前没有把羊卖掉么？你们合作社也没来收购？

素云说，如今喂羊的农户太多了。虽然跟冬庆的合作社签过收购合同，但羊卖不上价钱，他得赔钱，哪里忍心再逼他。

原来村里有个养殖合作社，年头把小羊分给各个农户，长大后，按斤量五五分成。合作社初成立的时候，效益奇好。歌风河散养的高山白山羊，肉质细嫩，味道鲜美，很受城里人欢迎。谁知今年市场却滑坡了。雪玲忍不住为素云叹息，安慰她说，她会把这情况告诉父亲，为她想办法。

林意琳说，我们也可以为你解决一点困难，今后就在你这里买羊给大家改善伙食。

素云自然是千恩万谢。

路上，雪玲告诉他，为了带领留在山上的农户致富，村里也是想尽了办法。把一些在外创业成功的能人召回来，动员他们发展各种产业，采用养殖合作社这种模式带动贫困户致富。歌风河茶厂也是这种经营模式，流转了土地，种上茶树，再分给农户分片经营，收益归他们。

林意琳说，真是好办法。玫瑰山谷今后也要走这个发展路子。

雪玲说，那好呀。这样一来，歌风河又多了个致富带头人了。走，我现在就带你去认识几个能人，扫扫这一路上的凄凉之气。事实上，任何时候，任何地方，生活都有阳光的一面。

他们来到养鸡场。没想到，场长竟是个二十多岁的小青年。林意琳认出来，他就是在除夕团年席上作怪唱民歌的吴小波。那天他歪戴着帽子，腰里勒根草绳，怪腔怪调的演唱：城里的大嫂进呀么进城来……大概是在火盆子里烤板栗吃的缘故，黑灰抹在鼻翼两边，那滑稽的模样至今想起来还让人发笑。

林意琳说，真想不到啊，这么年轻的孩子，竟是场长了。

雪玲说，你以为呢，小波可能干了。九岁就跟着父母出去打工，摆过地摊、开过挂面作坊，当过蔬菜贩子，在孔雀养殖场当过饲养员，还干过保安，在建筑工地当过项目经理，把人间的酸甜苦辣尝遍，现在回来建设家乡。

吴小波用手挠着后脑勺，面对夸赞有点儿不好意思。忽然，跑进屋提来一大篮子玉米粒，又一溜烟跑下山坡，对着空中抛洒，那散在山坡上的鸡群，呼啦啦扑向空中，恍若大团大团金色的云彩，壮观极了。

林意琳大声地感叹，真聪明啊，他就这样形象地向我们介绍了他的养鸡场。

雪玲说，这就是他发明的林下养鸡。鸡在山坡上吃草和虫子，在树林里奔跑跳跃，在自然空气里歌唱，所以毛色鲜亮，你看像不像一群凤凰啊。

林意琳说，像。像极了。我从来没见过这么漂亮的公鸡，王冠一样的鸡冠，金灿灿的羽毛，尾巴像彩虹，弯弯的、绿莹莹的，晃人眼目。

这时候，吴小波的父母出来，招呼他们屋里坐。他们进去，迎面看见客厅中堂大幅鲜艳的财神画和洒金题联，柜式空调和彩色大冰箱，以及沙发电视高级音响，就知这是富贵人家。果然是见过世面的现代青年，在创业的同时不忘享受生活。

吴小波表演完凤凰大聚会，进得屋来就说，今天别走，我请你们吃百鸡宴。

林意琳说，看了你的群鸡狂欢图，已够我们消化的了。我能不能请教个问题，你当初怎么就想着回来养鸡，而且选择定居在这荒凉的高山之巅。

吴小波又开始挠他的后脑勺了。他笑嘻嘻地看着雪玲，示意她帮他说。

雪玲说，答案很简单，因为爱情。他媳妇得了肺病，医生

264

说只要生活在空气新鲜的地方就能根治。他就带着她回家乡来了。至于为何选择这里，那就跟他认准的事业分不开了。这个地方山高沟阔，通风向阳，有利于鸡群健康生长。

他们说着话走出来，就看见公路上边的窝棚。雪玲说，你看，他们刚回来创业那阵，一家人就挤在这个窝棚里，做饭时满屋浓烟，那个艰苦啊，没法形容。而且，这里是荒坡，荆棘遍地。他们硬是凭着一双手，披荆斩棘闯开了生路。他的爸爸妈妈，是歌风河的劳动模范呢。

这时候，吴小波终于开口说话了，道，刚开始走市场，鸡是一只一只卖出去的，顾客要求现场杀鸡，我又不会，结果没杀死，鸡扑棱着翅膀飞了，鲜血洒满一地，那个狼狈呀，就别提了。

"万事开头难"这句老话，适用于所有创业者。

再走几步，一块大青石突现眼前，上面红漆书写着"天道酬勤"几个歪歪扭扭的大字。不用问，这是吴小波的作品了。

吴小波说，这石头可是个有故事的石头哩。传说两只白狐精相爱，触怒首领，首领将雄狐精劫去，雌狐精日夜蹲在大青石上守望，夜间发出十分瘆人的哀嚎。后来，有人看见狐狸死了。可是夜里的叫声依然不绝。传说越传越神，久而久之这里就没了人烟。

那你为什么偏偏选择这里？

小波说，我正是非常喜欢那痴情的狐狸，所以选择这里。说也怪啊，每当夜深人静，还真像有狐狸的叫声呢，呜呜的不绝于耳。

雪玲说，别迷信脑瓜子啊，那是山口的风声。

吴小波开车送他们到山那边的白山羊养殖场。恰好场长夫妇都在。场长王冬庆跟林意琳同岁，一见面分外亲热。冬庆的媳妇李丽是他到浙江打工带回来的，又漂亮又有文化，是村子里传说的现代版童话。他们的场部和家也是三层楼房，而且绝对现代。办公室里安装着监控设备，山坡上的羊群走到哪里，监控看得一清二楚。林意琳称羡不已。冬庆自豪地说，这是我媳妇的杰作。刚办场那阵，我们没经验，整天跟着山羊满山跑，累得要死。后来，李丽提出在山羊活动的山坡到处装上监控，羊圈更要装得密集，这样它们的活动就在我们眼皮底下了。

林意琳说，真没想到，高科技都引进羊圈了。

雪玲说，你以为呀。高科技是无孔不入的，不管你山有多高，路有多远，它的讯息总能追踪到你。

林意琳说，无处可逃啊。其实这是好事，也不是好事。

冬庆说，此话怎讲？

林意琳说，说它好，是因为它确实给我们带来了无穷的方便。说它不好，是它让世界那么容易就勾连在一起了，生活里再也没有秘密可言，连动物们也不能守住自己的秘密了。消灭了神秘的世界是多么可怕的世界啊。说到这里，他有些不好意思了，啊，我扯远了。请不要介意。我这人有个男人最不该有的坏毛病，就是多愁善感。

冬庆哈哈大笑，说，读书人就这样啊。喜欢把事情左想右想的，想得自己走投无路。你以后跟了我们这些粗人，就粗放些。其实生活很简单，就是创造，然后享受。

林意琳说，冬庆兄不仅是养羊专家，还是哲学家嘛。

冬庆诙谐地说，我对自己也是这个评价。

　　说着话，冬庆媳妇李丽骑着电动摩托回来。她是上山巡查羊群去的。冬庆告诉她来了客人，她就急忙赶回来了。李丽一身短打扮：黑皮靴、黑皮裤、黑色羽绒服，脖子上围条鲜艳的桃红围巾，俨然女侠。见了大家，双手抱拳，连说幸会。他们两个跟林意琳是第一次见面，过春节他们回娘家去了。

　　李丽说，我们一回来就听到你的故事，正说这两天抽空去拜访你呢。

　　林意琳说，应该我先来拜访你们。

　　冬庆说，哎呀，你们就别客气了。今后，大家就是一个林子的鸟儿了。来来，进屋喝茶，我这里有上好的歌风毛尖。绝对的明前毛尖，刚上市时卖六千元一斤呢。我宝贝似的藏在冰柜里，总共也没喝过几次。

　　李丽去提来泉水，冬庆摆开考究的茶具。茶几是云南黄梨木，一截子原木，似乎未经雕琢，却又清漆油过，光可鉴人。烧水、泡茶，一套套的程序都是李丽亲手操作，夫唱妇随，令人羡慕。原来山林生活，也能过得这样悠闲自在，过得这样有品有味。难怪冬庆那样自信满满，一副幸福往外流淌的神气。

　　林意琳端起茶杯的时候，问李丽，你从浙江来到歌风河，可有过后悔么？

　　李丽说，没有。恰恰相反，我很感谢冬庆把我带到歌风河。不到歌风河，我的生命就不完整。

　　林意琳说，此话怎讲？

　　李丽说，我是在漂泊家族长大的，没有家族的观念，也没有根的概念。来到歌风河我才知道，大家族是怎么一回事，农耕文明又是怎么一回事。你不知道他的家族有多大，他的七大姑八大姨有一个加强排，堂兄堂弟表兄表弟差不多也有一个加强排，我第一次来，住了一个月，都没完全认清楚。一天在一家做客，一个正月也没走完。亲戚们长辈们是那么亲热。我太喜欢那种感觉了。

冬庆说，我的想法可不一样。我回来可是后悔了。刚回来那阵，我腰缠千万贯，走路也神气。谁知土地吸钱就像吸水一般，千万元投进去，瞬间就没了。现在，就算养殖场赚钱，一辈子也挣不回来我的投资。

李丽说，你才不后悔呢。你嘴里不说心里话。

雪玲趁机悄声问道，今年市场好像不景气啊，那些养殖户的羊好像都没收上来啊。

冬庆说，是啊。我一个冬天都在为这事发愁呢。回她娘家也没忘记宣传歌风河的白山羊。你知道吧，我们是开车去那边的，就是为的多带些羊肉回去。

那效果怎么样呢？雪玲急切地问。

冬庆说很有成效，最近陆续有人订货，最迟一个月，就可把咱村养殖户的出栏羊统统收购了。

雪玲说，那太好了。你抽空赶紧把这好消息告诉大家，让大家松口气。

李丽说，我一会儿就用电话通知。

这样喝着，说着，不觉得太阳西斜了。雪玲建议回家。吴小波却说，应该去看看王山大哥的养牛场和蒋大姐的现代化农业园区。

冬庆说，我也觉得应该去看看。林老板来歌风河创业，很有必要全面了解歌风河，认识歌风河的各色人等。

林意琳说，这正是我的想法。继而，征询地看着雪玲，我们迟回去一点儿可以吗？

雪玲说，没问题。我只是担心你这一路奔波太累。

林意琳说，我心里燃着一团火，再走这么远的路，也感觉不到累。

王山的养牛场在高山之巅。车开到公路边上停下，大家下来，一起向山头仰望。林意琳看见小路像带子一样垂直甩下来，两边悬崖峭壁，飞泉喧响，心里还真有点害怕。

吴小波建议把强强寄在路边老乡家里，那小家伙却飞身向山上爬去。雪玲说，不要紧的，山里孩子是悬崖上的精灵，让他跟着一路吧。

在石头小路上艰难攀爬，真有李白笔下的蜀道之险。雪玲不断叮嘱林意琳小心，自己却滑倒了两次。倒是那小精灵强强跑得飞快，走一段就居高临下地回头看着气喘吁吁的他们。

他们来到山巅时，王山正和五六个民工往栅栏里赶牛。栅栏实际上是一些象征性木桩，绵延广阔，圈住了一个山头，牛进圈还是等于在山上，只是稍加管束而已。就这样，牛们也不情愿。它们在乱石坡上奔跑，踩得乱石滚滚，哞哞的叫声在群山之间回响，犹如天雷轰鸣，场面之壮观，惊得林意琳目瞪口呆。他从没见过这等群牛奔腾的场面。

由于散养的黄牛野性难驯，吴小波示意大家在栅栏外停下，等王山他们将牛圈起来再过去。

王山养的是高山黄牛。据说这种牛必须在海拔千米以上的山坡自然放养，它们生长缓慢，但却是肉质鲜美、营养价值极高的上品。黄牛市场价很高。吴小波说，一头牛就是一个金疙瘩。这些牛每头都能卖上一万元的好价钱。

那么，王山的上千头牛就价值千万了？林意琳问。

那当然。吴小波肯定地说道，黄牛供不应求，每天都有人上山买牛呢。王山牛得很呢。

林意琳就急于跟王山见面。他焦急地看着那些不愿进圈的牛，不知何时才能将它们都赶进圈里去。其他人却兴趣盎然，看那桀骜不驯的牛被赶得满山乱蹿，忍不住也大声嗷嗷地叫着，好像看斗牛比赛似的兴奋。这情绪把林意琳感染了。他也感到特别有趣。当一个小牛犊子跑到面前的时候，他从栅栏伸进手一把抓住它不放，还跟它说话，你生下几天啦？你妈妈是哪个？你知不知道，你的眼睛，是世界上最最清亮、最最无辜的眼睛！他请雪玲给他和小牛拍照，并大喊大叫：拍眼睛，一定要拍到它眼睛的特写。小牛犊子却在他乱着的时候，一蹦跑掉了。它跑出十米开外停下来，回头凝望着林意琳。似乎也在审视他的眼睛。林意琳感叹不已，说牛是通神的动物。

终于将牛赶进牛栏，王山下来时一副精疲力尽模样。但看得出他很兴奋，是那种被人敬佩和羡慕的自豪与兴奋。他带着众人走进牛栏，将几头剽悍凶猛的大黄牛介绍给大家。他给他的宝贝牛取有名字：大犍小犍、大黄二黄、大黑二黑……都是他钟爱的。他骄傲地说，今天有个牛贩子上来，给这个数买这几头宝贝我都没有卖。他用两个食指交叉比了个数字。

冬庆说，哎呦，你差不多卖了算了，再宝贝，你也不能老养着呀。

王山憨笑道，是这个理啊，可有了感情，总舍不得。

270

看过了牛，王山招呼大家进屋喝茶。说这些牛就是爷，难侍候得很。只有将这些爷侍候好了，他才能安心陪朋友喝杯茶。

吴小波给他介绍了林意琳。他们也是第一次见面，春节期间，他到山东那边的养牛场取经去了，顺便请回几个专家。

林意琳说，你的大名如雷贯耳，虽未谋面，却一点也不陌生。敬佩大哥啊。

王山说，你才是我们敬佩的对象哩。现如今，哪个大学生愿意放下城里舒适的生活到山里来创业？就算有，也是蜻蜓点水的飞鸽牌，只有你是真心的。听说你父母为了支持你把住房都卖了。多么了不起啊。你也许不知道，我在你父亲手下念过书，还是响当当的高材生呢。当年考上西安交大，可是家里穷，上不起。你父亲组织社会募捐，支持贫困生上大学，八个接受资助的都如愿进了大学，只我拒绝了资助，背着铺盖卷到了山西煤窑。

林意琳说，咦，你为什么要拒绝资助？西安交大可是名牌大学啊。

王山说，接受别人资助，那感觉不大好。之前，我见到过受资助的同学返校作报告，说些感恩不尽的话，我替他们难过。生活的路这么多，为啥一定要上大学！你看，我在煤窑里摸爬滚打，在牛栏里奔跑跳跃，不也在上大学么！这是多好的大学啊！

林意琳特喜欢王山的放达。他注意到，他几乎满身是伤，脸上的划痕一道一道的，手上的伤口还渗着血珠子。但是，他的情绪那样乐观，神气就像王子般高贵。真正让人敬佩之至。

王山的妻子是典型的贤妻良母。大家说话，她烧水泡茶，炒瓜子，炸土豆片，不声不响走出走进。这一切，和这个古老的石头房子组合起来，就像电影里的山寨。而王山和妻子就是山大王和压寨夫人。

林意琳在四川阿坝羌寨见过这种鹅卵石砌成的房子，有些好奇，因而问王山，歌风河为何只有你一家建这种石头房子？

王山说，石头房子结实啊。这高山顶上，终年大风呼呼刮，一般的房子扛不住。我呢，又不喜欢水泥房子，所以就建石头房。

吴小波说，谁不知道王山哥追求古风啊，别说得那么轻描淡写好不好！看看你这屋里屋外的摆设，像是只为了防大风吗！这是高雅追求，返璞归真！见过大世面的人，跟我们不一样。

雪玲说，你们几个，都在外边闯荡过，都有骄傲的资本。

添过几次茶水之后，冬庆建议说，反正天快黑了，也干不成啥事，咱们干脆一起去磨沟看看蒋大姐去。过年之后还没跟她见过面呢。

雪玲说，真该去看看。今日索性把歌风河的各路英雄一并给小林介绍了，今后也好方便联络。

磨沟离王山的养牛场不远，车子在山道上盘旋过几道弯就到了。这里是庄稼地。青翠的油菜，绿油油的麦苗，铺满山坡和谷底，夕阳之下，流光溢彩，如油画般美妙。尤其那些重新整理过的梯田，石坎整齐，一弯一弯铺展在山间，非常壮观。

种粮大户蒋益琴就住在沟底的一座四合院里。车子刚到院边，便有两只大黑狗扑出来狂吠。蒋益琴吆喝着迎出来，将大家接进屋去。一边喧哗着说，我说今天一清早喜鹊就叫个不停，原来是有贵客啊。

除夕夜里，雪玲给林意琳介绍过这个省里市里有名的蒋益琴。但那时不熟悉，并不知道她为何有名，今天实地一看，才知道名不虚传。蒋益琴是歌风河第一个走出大山在市里读过大学的人，也是第一批冲进大城市创业成功的人。她回乡创业缘于她不愿意看见家乡大片的良田荒芜，尤其磨沟的层层梯田，是当年他父亲担任村支书时带领大家一块石头一块石头垒起来的。那是多苦的日子啊，在蒋益琴的记忆里，那时候上学，见父母就是在修筑梯田的工地上。风餐露宿，累断筋骨，就是那个时代的写照。她存下大愿，要让磨沟的层层梯田和山谷里永远长着高贵的庄稼。她说，看过外边的世界之后才知道，世界上再没有比庄稼更高贵的植物了。可惜的是，她的先生和孩子们都不愿意跟她回来。他们习惯了城市生活，习惯了做生意赚大钱。蒋益琴尊重他们的意愿，自己带着几百万资金回来。她不修楼房而建起白墙灰瓦的民居，在山水间做起了逍遥神仙。

林意琳知道，这一条山谷就住着蒋益琴一个人。他对她的敬仰早就存在心里了。所以，他看她的眼神是充满敬慕的。

蒋益琴说，哎，小林，别用那种眼神看我。他们几个，一定把我吹得神乎其神，其实我平凡得很，就是干了点儿自己喜欢的事情，打下了一点儿优质粮食而已。

吴小波说，我们几个，今晚可要在你这儿蹭饭喽，你有什么好招待啊。

蒋益琴说，山沟沟里有啥好东西，无非是腊肉土鸡之类。你们三个，肯定不稀罕这些。说吧，想吃什么，我倾其所有。

冬庆说，一个年过得，这些都吃腻了，依我说，你地里眼下有什么我们就吃什么。

蒋益琴说，这个容易。萝卜白菜、芹菜莴苣，西兰花，韭菜黄，样样有。你们到地里弄去。说着找出锄头、镰刀和竹篮，塞到冬庆和吴小波手里，命令道，你们两个去，王山歇着。他跟你们不同。他那个活儿累。

冬庆说，凭什么你总是护着他呢？他比我们嘴巴甜，叫姐叫得响是不是？

雪玲说，别贫了。我和你们一起去。

蒋益琴不让，偏让他们两个去。林意琳想看看蒋大姐的菜地，要求一起去，蒋大姐答应了。

一会儿菜弄回来，雪玲说，今晚上歌风河各路神仙会齐，是件了不起的大事。你们肯定有很多话说。这顿饭我来下厨，你们就只管放开聊吧。

蒋益琴说可不是吗？这些年各忙各的，成年的见不着面。谁承想今晚在我这里会齐。咱们一定要好好庆祝一下，正好我有两瓶茅台，还是二十年前到贵州旅游背回来的，今晚就让你们过个瘾。

一听说有茅台喝，大家雀跃不已。不大喝酒的林意琳也跟着欢呼雀跃，并说道，我看索性把王山大哥的媳妇和冬庆兄的媳妇都接来，把我那里的徐永峰和雪雁也接来，大家一起热闹，可好？

蒋益琴赞同道，这个主意好，一起会会，也算个民间创业者聚会。

说完命令吴小波开车去接人。小波应声而去。她又命令冬庆到柴房搬出火盆和木炭，烧起两盆旺旺的大火。林意琳觉得又进入过年的气氛了。这是山乡特有的气氛，也是农耕文明特有的气氛。是复制不来，也移植不了的气氛。

一会儿，客人陆续来到，大家自是一番寒暄，然后围炉

274

而坐。徐永峰连连称赞林意琳创业选对了地方。他感叹道，要成就一番事业，在诸多因素之外，人的因素最为重要。歌风河有这样一帮人马，定能成就大事业。

菜上桌，说的不要肉，还是炒了豆酱腊肉，宫爆鸡丁，还有熏制的麂子肉和山鸡肉，外加青笋、芹菜、萝卜片、白菜豆腐，也是满桌子满碗的丰盛。美酒满上，觥光交错，好个温馨的夜晚。

蒋益琴是东道主，率先提议一杯，一是欢迎大家光临，二是祝福大家新年事业顺利，关键词是欢迎林意琳到歌风河创业。大家一饮而尽，干了一满杯。第二杯酒，蒋大姐让雪玲提议。

蒋大姐说，歌风河村，我最敬佩的就是你们爷孙三个，几十年风风雨雨，毫不动摇地为我们这些漂泊者守护着家园。要不是你们守着，歌风河早就荒掉了。现在有的地方，就是一个村子一个村子的荒，只剩下老弱病残。

大家纷纷响应，说可不是吗，歌风河现在依然温暖，全靠着蒋氏一门人。要说出去创业，他们家哪个不是顶天立地的好汉！

雪玲推辞不过，给自己的酒杯斟满酒，站起来高举酒杯，郑重地说道，这杯酒我敬在座的各位。歌风河今天依然生机勃勃，是大家的功劳，尤其你们几个能人，回来发展产业，才使我们古老的村庄不至于衰败。你们才是最值得尊敬的人。

吴小波说，就是，我们也自我表扬一下。我们本来有多少理由可以留在大城市里，就是蒋叔一声号令，我们就回来了。

冬庆说，蒋叔那封"致在外创业的歌风河成功人士"的信写得多感人啊。就像父母亲呼唤儿女回家一样，我们怎能不回来呢。

王山说，所以我们回来，吃再大的苦受再大的累也不后悔。因为家乡没有忘记我们，因为家乡认为我们是创业英雄。

王山话音一落，大家一饮而尽干了杯中酒。雪玲诚恳地说了声谢谢。

第三杯酒蒋大姐让林意琳提议。林意琳举起酒杯说，我这杯酒是拜师酒。在座的各位都是我的老师，还望今后大家多多指教。

王山说，这话客气了。今后咱们就是一个林子里的麻雀了，风雨同舟，大家说对不对。

大家一起说是啊是啊，痛快地把酒干了。

林意琳又给自己满上了一杯，说道，我有个唐突的提议，说出来供大家参考。我建议成立歌风河青年创业协会。咱们几个，平均年龄不到40岁，成立这个最恰当。不为什么，只为聚会有个理由，对外宣传也有个说头。

大家一起鼓掌赞成，并再次将杯中酒一饮而尽。

这时候，正全心全意啃着肉骨头的强强仰起头来，举起面前的饮料，稚声稚气地说，也算我一个。我也加入你们。他满嘴满脸都是油，衬得那对圆眼睛更加活泼明亮。

大家一起笑道，啃你的骨头吧。小不点儿，你知道我们要干什么啊你要加入？

他左看看右看看，说，知道。你们要去放羊。我也会放羊。我长大了要办一个大大的养羊场，就像王山叔叔的养牛场那么大。

王山拍拍他的头说，小子哎，你可别学我。你长大了得去上大学。知道吗，要到很远很远的地方去上大学。去北京，上清华北大，给咱歌风河人争气。

他一歪脑袋说，不，我就要办个大大的养羊场。

王山说，哦，为什么？

他说，我要挣很多很多钱。我要爸爸回来。我不要他再去山西挖煤。我想爸爸，妈妈也想爸爸。

童言刺心。人人酸楚。

为了调节气氛，林意琳举起杯子跟强强碰了一下，说，好，我们的小强强有雄心壮志，同意你加入我们的队伍。

大家一起举杯，笑道，同意强强加入。

笑毕，蒋大姐说，好了。现在言归正传，我们来推举个会长。

林意琳说，不用推举，会长非蒋大姐莫属。今后你这里也就是我们的协会所在地。我们还应该有章程，把纪律和责任规定得清清楚楚。

蒋大姐说，你忘了"青年"两个字，要在过去，我该划到老年队伍里去了，现在勉强混在青年队伍里，万万不能当这个领头羊。依我说，小林最合适。

大家一齐举杯祝贺，容不得林意琳推辞。然而，林意琳还是诚惶诚恐，说自己刚刚起步，几乎谈不上业绩，在座的任何一位都比他更有资格担任会长。

蒋大姐严肃地说，你到歌风河创业，意义太重大了。这说明，歌风河是个福地，是个可以留住人的地方。你来牵这个头，本身就是一种宣传，你不要推辞。说着，举杯一饮而尽，其他人也纷纷仿效，劝林意琳不要推辞。

喝下祝贺酒，蒋大姐又为各人满上一杯，然后站起来郑重说道，今后大家有难同当，有福同享，一定要互相帮助，把产业做大，把歌风河所有人带动起来，走共同富裕的道路。

雪玲说，可惜我爸爸不在。他要在，不知有多高兴呢！

雪玲的话，为自己招引来一杯酒。大家一齐起哄，要她代蒋支书喝一杯。雪玲喝下这杯酒，面红耳热，那副微醉的样子，若摇曳山桃花，煞是迷人。林意琳忍不住多看了她两眼。

冬庆说道，为了支持林总，我先把你场里的各样花卉买上几盆，再动员我县里市里搞花卉销售的朋友从此在你这里进货。

王山和吴小波听说，也举杯响应。王山当场就给县上和市里的朋友打电话，那边说，不日就来歌风河进货。蒋大姐来得更直接，要了林意琳场里的一半花卉，准备送给自己的各位企业家朋友，以示支持。

林意琳感动得不知说什么好，就携徐永峰和雪雁，一一给大家敬酒。

雪玲提醒说，你没酒量，当心喝醉，表示一下就行了。他却不依，非要跟每个人喝个满杯，表示诚意。结果一圈下来，就喝醉了。吴小波只好送他回去。临上车前，他仍然含混不清地说，高兴，今天是他这辈子最高兴的一天。

第二十四章　　相亲游戏

第一批货销售出去，林意琳像个孩子似的兴奋。当手机短信通知销售资金进账的时候，他首先拨通了父亲的手机，向他报告好消息。

林元是个冷静的倾听者。他在电话那头静静倾听儿子报告花卉农场发展的情况，报告他在歌风河创业的所见所闻，不时反馈几个字，"嗯，不错""嗯，很好""嗯，要记住大家的恩情"。最后他说，你该抽空回来一趟，拜访一下你的第一批雇主，看看你妈。

林意琳嗯嗯应诺。

林意琳觉得这段时间收获太大了。如果说，除夕之夜，他看见的只是歌风河诗意的一面，那么这些天，他则实实在在感受了这里生存的艰难和生活的严峻。他打开日志，将这些天见到的所有人、经历的所有事做了详细的记录。他想，也许有一天，他会成为作家，那么这些宝贵的资料，都会成为他创作的素材。

林意琳答应父亲立即回家，事实上等他回到云城，已是半个月以后的事了。公司的事务是繁杂而琐碎的。资金要周转，产业链条要延续，销售推进了，进货渠道必须畅通，等等，忙得他人仰马翻，每天手机几乎打爆，晚上睡觉都在十二点以后。

所以，当他出现在父母亲面前的时候，竟是又黑又瘦。母亲梁音看见他的第一反应就是满眼泪花。父亲林元也是微微吃惊，因为，自从去到歌风河，儿子报告的都是好消息。他这个形象和信息有些不符。

林意琳解释说，主要是太累。

他选择周末回来，原以为可以陪爸妈度过一个温馨的周末，没想到母亲周末也要出去上课，这使他满心的欢喜骤然凉了下来。他才意识到，他的挫折给父母的退休生活带来了多大的压力。记得母亲进入五十岁之后，几乎是天天盼退休。教师生活太辛苦了，一年三百六十五天，除了节假日，每天必须六点起床，每天都像钟表的法条一样刻板。妈妈盼退休，主要是盼望每天能睡到自然醒；盼望有自己的时间，那样就可欣赏艺术，创造艺术。好容易退休了，为了他这个不争气的儿子，却连星期天也没有了。

一种从来没有的难过心情笼罩了他，他觉得太对不起父母了。

林元有正常的双休日。他对儿子说，你先休息一下，我去买菜，很快就回来。

林意琳惊道，你去买菜，你会买菜？

在林意琳的印象里，父亲林元是头号大忙人，在家里从来十指不沾水，饭来张口，衣来伸手，一应家务都是母亲打理。现在竟然上街买菜。他当然知道，这个改变，也是因他而起。心里又是一阵翻腾。

林元却没有他那么多的想法。打工生活将他变得单纯了。上班时竭尽全力工作，下班后竭尽全力帮助妻子做家务，就这么简单。他来到菜市场，直奔肉架子，买了新鲜的牛腩，又买了豆角、黄瓜、蒜薹、西红柿和韭黄。这些大棚蔬菜，他平日里是不买的。他和所有老学究一样，信奉随季节自然生长的蔬菜而排斥反季节大棚蔬菜。但是，儿子回来，仅买那些芹菜、莲菜之类的季节蔬菜，似乎不足以表达父母的心意，所以他就买了这些。买完之后，他又在心里笑自己：一千次一万次地教导自己不要把儿子看得太重，不要把他看作自己生活的全部，但事实上根本做不到。就像你不想吃大棚蔬菜，而当大棚蔬菜成为主导的时候，你不吃就由不得你。生活的悖论，多么荒谬，又多么合理！

　　知识分子的最大毛病就是想得太多。正如歌风河养殖场场长王冬庆所说，想得太多就把自己想得走投无路了。林元明白这一点。所以，他摇摇头，驱逐掉心里的所有杂念，在拥挤的人缝里疾步快走。星期天的菜市场是一个人车大交融的场所，不时有小轿车堵住通道，人车都无法通行，急促的喇叭声震得人心惊肉跳。林元不明白，明明街道这么狭窄，车主们为何要把车开进来？难道这年头，人们买菜也要开着车子显摆？

　　有车子撞着摩托车了，车主们下来，大打出手，扭成一团，一大群人拥在那里围观，活脱脱一个巨大的马蜂窝。林元东张西望，希望市场管理人员出现，但是却没有。他只好挤过去劝架，结果被激动的拳头揍到鼻梁，立即有一股热辣辣的东西喷涌而出。幸而有好心的人递给他几张卫生纸，使他不至于太狼狈。他的流血倒使交战双方住了手，一齐向他致歉。

　　他说，我不要紧。你们赶紧挪开车子，否则，就要出乱子了。

两个车主气哼哼互相瞪一眼，各自去发动车子。有人认出林元，大叫着：林校长，林校长，发生了什么事？谁打了你？

林元赶紧摆手，说没事没事，我劝架呢被人误揍了两拳。

说话人却不信，继续昂扬着说，谁这么大胆子，敢打你这样的人物！我扭送他到公安局去。你知道吧，新来的市公安局局长就是你过去的学生。

林元说，哎呀，别多事。说完赶紧捂着鼻子钻进人流里逃走了。走出老远，还回头看了一眼那要为他打抱不平的人，见那人还将信将疑盯着他的背影，他一低头躲了。

林元疾步走出菜市场，很想找个镜子整理一下自己，可惜到处是人，不好意思到商店的玻璃门前去。想了想，走上天桥，用手认真在脸上抹了两把。无意间抬头，竟发现对面街上又出现了装饰华美的商城，名曰"时尚汇"，LED画面滚动播出，彩旗飘飘，鼓乐喧天，还有穿着巨型充气服的大头娃娃在那里摇摆。再看桥下，车水马龙，那车子的密集度使他想起幼年在乡下经历过的蝗虫灾害。莫名其妙，他竟忧国忧民起来。他想，这么多的车子，有一天，没了汽油怎么办？尔后又嘲笑自己：真的老了，总爱把事情往坏处想。

忽然林意琳走来，远远地叫道，爸，您站在桥上做什么？

林元一惊，说道，你跑出来干什么？

林意琳说，我高中同学李涛给我打电话，说您被人打了。伤到哪里？快让我看看。

林元哭笑不得，只好将刚才的事情诉说一遍。

林意琳说，爸，不是我说您，您这种身份就不该去劝那种架。知道的说您在劝架，不知道的以为您在跟人打架。您知道我那同学怎么说？他说您爸跟卖菜的打起来了。

林元不高兴了。他说，我有什么身份，一个老打工仔，一个买菜做饭的普通人而已，就是跟人打架也很正常。

林意琳没想到父子见面的第一次对话会陷入这种僵局。只好偃旗息鼓，说，好好，咱们快回家做饭，我都饿死了。他没说出口的话是，都怪我。若不是为了我，父亲怎么会上街买菜，怎么会弄到这样口鼻流血。刚才林元虽然收拾了一番，但脸上到处还留有血迹，这使林意琳很难过。他暗暗发誓，自己更得努力再努力，让家庭早日摆脱困境。那样，妈妈就不用出去打工，父亲自然就不必到市井出入了。父亲这样的教育专家，就该永远待在他的书斋里。

林元听说儿子饿了，顾不得多想，将手中蔬菜交给儿子，自己跟在儿子后边疾步回家。

林元走进家门，第一个动作是换拖鞋，第二个动作是进厨房系围裙，第三个动作是打开水龙头洗菜，这又让林意琳内心大大感慨一番。

林元先用电饭锅蒸了米饭，再用高压锅做了个牛腩焖萝卜。为了增加营养，他细心地给菜里放了红枣和枸杞，还放了黄芪当归。炒菜是一个干煸豆角，一个肉丝炒韭黄，一个肉丝炒蒜薹，还做了个凉拌黄瓜，凉切变蛋。这样，桌上凑合着也有六个菜了。他拿出一瓶五粮液，打算跟儿子喝几杯。

林意琳说，酒就不喝了吧。我下午还有事哩。

林元说，必须喝两杯。你经了这么多事，现在终于走到人生的康庄大道上来了，做父亲的，应该为你庆祝庆祝。

林意琳说，那晚上等我妈回来一起喝，不是更有意思吗。

林元说，你妈回来是一个意思，咱父子俩是另一个意思。

　　林意琳向来拗不过父亲，只好听他的，动手开酒瓶。林元却要自己开，并要亲自给儿子斟酒。

　　两个人碰了杯，一口气喝过前三杯，林意琳以为父亲要和他说许多话呢，他却什么也没说，只是一杯一杯地对饮。也是，说什么呢？彼此的情况，电话上已经说过了，安慰的话，鼓励的话、激励的话都没有必要说。他想起"北国之春"里的一句歌词"一对沉默寡言人"。人生到了一定的阶段，父子之间是最没有办法对话的，只能沉默！

　　正尴尬间，母亲回来了。到底因为想念儿子心切，梁音上过两节课后给老板请了假。母亲一进门就大呼小叫，责备林元做的菜太简单了。她说，你最起码也该炖个莲菜猪蹄呀。你知道意琳最爱吃这个。又是走进厨房，要炒元宵，要煮米酒。

　　林意琳说，妈，你就别忙活了，快坐下来跟我们喝两杯吧。

　　梁音却坚持要添两个菜，要烧一个汤，结果把一顿饭弄得支离破碎。等她做好端上来，父子两个基本上酒足饭饱了。为了安慰老妈，林意琳又勉强喝了碗蛋花汤。忽然就想到，爱得过分，也是生命不能承受之重。在歌风河的时候，他那么想家，而且几乎夜夜入睡前都要想到爸和妈，真正见面，却是这样隔膜。还不到半天，他就想着要赶紧处理完城里的事，回到歌风河去。

　　梁音不知道儿子的心思，还在那里一个劲儿劝菜。指着盘子里的香肠说，吃一片，妈看着你吃一片。

　　林意琳噗嗤笑出来，说，妈，你把我当三岁小孩吗？你可知道我们那边的留守儿童，三岁开始就要自己做饭洗衣了。

梁音说，别跟我说那些。我只知道我心里的爱必须要释放出来。这么些天，我吃不好，睡不稳，担心你在山里吃不上新鲜蔬菜和水果，担心你睡不惯那里的床，走不惯那里的山路。我从来睡眠很好，现在失眠成了家常便饭。

林意琳说，哎呀，罪过。我应该把那边的快乐生活多拍些照片发给你，好让你放心。

梁音说，儿子，说老实话，你快乐吗？

林意琳说，我说的是老实话，创业很艰苦，但是也很快乐。

梁音说，是啊，你快乐得又黑又瘦。你多快乐啊。

林意琳就不知说什么好了。

晚上，林意琳办事回来已经很累了，妈却一定要跟他说话。她让林意琳像小时候那样斜靠在床上，而她坐在床边，有一搭没一搭的聊天。

妈问他，那个雪玲什么样？你为什么不发张她的照片给我们看看？

林意琳说，我们只是普通朋友，怎么能随便发人家照片呢。

妈说我知道，但我就是想看看她长什么样。我感激她啊。照顾了我儿子的人，我都在心里存着感激。

林意琳只好在手机里调出雪玲的照片让她看。

母亲把手机倒过来倒过去，左看右看，然后评价说，挺朴实。符合我心里边对乡村教师的想象。她好像有个五岁多的孩子。

他说，对呀。这有什么奇怪。

梁音说，我不是奇怪。我是想提醒你，有了孩子的女人，就会一心扑在孩子身上。这种人，眼里是容不下别人的。尤其离

异的女人，她们往往会把对前夫的爱全部转移到孩子身上。就
是说，她们大都不太正常。

然后岔开话题，问道，你们通常吃什么饭？厨房里卫生条
件怎么样？山泉水干净么？有没有像样的厕所？

林意琳耐着性子一一回答。

最后，妈说到实质问题了。她说，经过这一段，能不能适
应那种生活，你心里肯定已经非常清楚了。如果不能适应，趁
早回来。无论如何，山里的生活跟城里没法比。

林意琳说，咦，妈，你怎么到现在还不放心我？我已经在
电话里说过一千遍一万遍了，我决心在歌风河扎根，闯出一番
事业，而且，已经有了良好的开端。我要怎么说，才能使您放
心呢。要不，您请几天假，这次就跟我去那边看看。

梁音沉默不语。许久才说，娘的心在儿身上，儿的心在石
头上。这话一点不假。妈为你的后半辈子考虑呢，你怎能知道！

林意琳说，我的后半辈子肯定也在歌风河过。从今以后，你
就不要操那份心了。

为了安慰母亲，林意琳干脆坐起来，认真说道，妈，我在
那边真的很好。我长这么大，感觉从来没这么好过。那些年在
北京，以为自己在天堂呢，其实那种生活是地狱。现在的情况
恰恰相反，别人以为我在地狱，而我生活在天堂。我现在才明
白，一个人生活得开心才算好，在城里或乡里并不重要。我甚
至可怜那些依然在北上广讨生活的人们，要是他们能够挣脱自
己给自己设下的藩篱，到山里来创业，人生的路该多么广阔啊。
妈，我正在计划写一部书。我想用我的亲身经历警醒世人：拥
抱蓝天，才是真正的生活。

梁音听儿子高谈阔论，将信将疑。她是个单纯的人，容易听什么信什么。丈夫林元常常说她情商高智商低，心思单纯得跟少年儿童差不多。现在她就提醒自己，不要被儿子煽惑得什么都信了。

林意琳拉着母亲的双手，继续说道，我不但在那边生活得开心，我还逐渐爱上了那个地方。妈，你爱我，就该放心我，支持我。

梁音说，还要怎么支持你？为了你的事业，我们把房子都卖了。

林意琳说，我这次想带走家里的钢琴。我有一个念想，我想让歌风河的留守儿童接受最先进的教育。你不知道那些孩子，天资多么聪明，你不知道他们的眼睛有多么明亮。

梁音说，你不要煽惑我。这个我要慎重考虑。钢琴可是我须臾离不开的宝贝。

林意琳说，我知道啊。等我的事业起来，我首先为您买一架最好的钢琴。但是现在请您先牺牲一下自己吧。您打工的地方不是有钢琴吗？我拿走家里的钢琴应该对你影响不大吧。

梁音说好吧。谁让我一向对你有求必应呢。你知道你妈的软肋，那就是无法拒绝你的任何要求，所以你任何无理要求都敢提。不过，你也要答应我一个要求。

他说，您说吧，我肯定答应。

梁音说，那可说好，你答应了就不能反悔。

他说不反悔不反悔。母亲大人有什么要求就快说吧。

梁音说，我要你明天到我打工的艺术培训中心去看看。

他说，那有何难！我明天早晨就跟你去。

梁音说，上午不行。大家都忙着上课，我没法接待你。你下午四点以后去。

林意琳说，我本打算明天赶回去呢。好，既然答应了您，我就多待一天。

梁音意味深长地说，这才是我的乖儿子嘛。

林意琳被她逗笑了，说，妈，我在你眼里，到底什么时候才能长大嘛？

梁音说，你在我眼里永远长不大。我不让你长大。你都不知道，我现在特喜欢去艺术培训中心上课，因为看见那些天真烂漫的孩子，我就想到你——想到你孩提时代的每一个动作，每一个笑容，每一个恶作剧。

林意琳说，好了好了。我在歌风河领导着一个公司，叱咤风云哩，一回家你就把我变弱智了。看来，我得赶紧走。

这么一说一笑，母子俩的心情都好起来。话匣子打开，直说到夜里两点，直到林元频频来催，梁音才勉强离开。

林意琳第二天下午来到阳光艺术培训中心，差不多一进门，他就知道母亲的意图了。因为他刚在办公室坐下，就进来了一个女孩。说女孩不大准确，确切地说，是个女强人。这女子皮肤白皙，五官精巧，眼睛上边撮着假睫毛，使本来就大的眼睛更大。服装朴素里透着讲究——蓝色长袖连衣裙，脖子上配着细细的金项链，腰际处系着细细的淡金色腰带，脚上配着深紫色浅口皮鞋，外搭一件紫色皮衣。一望而知，这不是个简单的人物。果然，母亲介绍说，她就是这里的老板，十年前辞掉云城一小的金饭碗，白手起家创业，现在已在全市各县开办了数十家艺术培训中心。大名叫做金一旦。上网一搜就能查到。网上关于金总的资料铺天盖地。

林意琳站起来，说道，真了不起啊。向你致敬。

女子矜持地微笑着，弯了一下腰，点了一下头，说，过奖，过奖。你请坐。

那女子是装作无意间来到妈妈办公室的。这时，她一本正经地给梁音交代了工作，飘然而去。然而，一会儿，她又回来了。这次回来，她是指正另一位教师的工作。这教师跟梁音差不多年纪，一望便知也是退休后出来打工的。

金一旦说，有家长反映，你上课时练习曲教得过多。你知道，练习曲非常枯燥，如果占用课时过长，学员容易疲劳，也会影响学员的兴趣。

声音清脆悦耳，霸气十足！似乎在对着千军万马讲话，使得那受训的教师不由得前后左右张望。

那老师站起来，唯唯诺诺说，好，我一定改正。以后我多加点有趣味的歌曲演奏。

金一旦说，你须得明白，艺术培训，要把培养学生的情致和教授知识有机结合起来。据说，你几乎不跟学生交流，基本上是打开琴盖就上课，盖上琴盖就下课。这怎么行！

那老师点头哈腰说，我注意。今后我一定注意。这方面我确实做得不够。

金一旦说，现在各行各业竞争激烈，我们也面临着激烈的挑战。你知道吧，最近高新区那边新开了两个艺术培训中心，硬件设施和教师队伍都很厉害。面对这样强大的竞争对手，我们只有做得更好，才能立于不败之地。

那教师头点得像鸡啄米，连说，对的对的。

这显然是做给林意琳看的。她训话期间，梁音不断地给儿子飞眉眼，意思是：看看，不简单吧。但林意琳低头喝茶，假装什么也不懂。

金一旦走后，梁音夺下他的茶杯往桌上一顿，嗨，别光顾着喝茶。怎么样？有感觉吗？

他说，感觉挺好啊。这里窗明几净，秩序良好。我还真没想到，民间的艺术培训中心有这么好的教学条件。真的让我很震惊。

梁音说，别胡扯。你知道我指的什么。

林意琳说，你说那个金一旦啊，确实是个人物，不简单，委实不简单。她这培训中心，放在省城都不逊色。

梁音说，这不算什么。各县的培训分部更好，越是后成立的条件越好。金一旦的理念就是办一流的培训中心，培养一流的艺术人才。你还不知道吧，这里走出去的人才，上过星光大道哩。虽然在第三关就被淘汰下来了，但毕竟登上了央视舞台，这是云城的第一次。据说，分管文化的市长都接见了她呢。她头上的光环一大推：市政协常委、省政协委员、市音乐家协会副主席……

林意琳打断她，行了，妈，您到底要说什么嘛？

梁音说，我要说什么你还不懂啊。我在给你介绍一个百里挑一的好姑娘呢。这姑娘不仅本人优秀，还有一个优良的家庭。他的爸爸妈妈都是云城大学计算机学院的教授。我看重这个。你若愿意，就替妈出了口恶气了。当年蓝梅那个社会底层的娘，口口声声嫌弃我们家穷，口口声声说我们是穷书生。我现在想起来心里还隐隐作痛。

林意琳说，妈，我遇人不淑，让您和爸爸受了伤害。但我也不能因此就改变人生方向呀，您说是吧？

梁音说，我没让你改变人生方向啊。我只是要你做正确的人生选择。说实话吧，你若选择了金一旦，你的人生就会彻底改变。

林意琳说，那万一人家看不上我呢。您在这里一头热什么！

妈说，她看了照片就已经喜欢你了。她也喜欢我们的家庭，非常崇拜你爸爸。她虽然事业成功，但年龄没了优势，算起来，比你还大两岁哩。

林意琳说，听说老姑娘都变态。

梁音说，谁说的？因人而异。金一旦就很正常，甚至可以说非常优秀。我和你爸爸都很欣赏她。

林意琳说，这么说，你跟爸爸沟通过了？

梁音说，对啊。金一旦都到我们家去过几次了。

林意琳说，那我明确告诉您啊，以后再也不要带她到家里去了。我这辈子是铁了心把自己交给歌风河了。我的事情我自己解决。你们不要瞎操心。

梁音瞪大眼睛看着他，你说什么？我们瞎操心！

林意琳说，哎呀，妈，您就别挑我字眼了。我忙着哩，今晚得连夜赶回去呀。

林意琳说着站起来，一副要走的架势。

梁音问他，你真的不考虑？

他说，不考虑。

梁音说，你真的要在深山老林过一辈子？

他说真的。

梁音说，你真的一点不考虑父母的感受？

林意琳说，原谅我，妈！你一定要原谅我。

第二十五章　茶　缘

　　三月底的歌风河，鲜花开得烂漫无度。不知道那些樱桃树、杏子树、李子树、桃树，梨树，是怎样在凛冽的寒风里孕育了花蕾，反正，它们在一夜之间灿然怒放，耀得人眼睛都睁不开。那一树一树的白花，没有叶片，分外繁茂。

　　留守儿童乐园周围有三棵樱桃树，两棵杏子树，两棵李子树，两棵桃树，两棵梨子树。它们次第开放——先是樱桃花，接着是杏花，然后是桃花，接着又有梨花和油菜花。林意琳将钢琴运到歌风河留守儿童乐园的时候，犹如飘进了花海。一向对季节反应迟钝的他，也不由得驻足赞叹：山野的春天太美了！

　　那个时刻，雪玲手扶着一株高大的梨树，一树白花罩着她，她就像仙女，静静伫立在花篮里。我们的仙女看着那庞然大物被工人们抬下车，推进留守儿童乐园，眼睛湿润了。这事太出乎她的意料。偏僻的歌风河，突然就有了一架钢琴，她觉得这是在做梦。

　　忙碌的林意琳一抬头看见她，突然心里一动。才不过走了几天，他竟然想念她了。如果不是周围人太多，他会拥抱她——站在白色花影里的她，多美啊。粉面高扬，明眸如星，红色的中式上衣，黑色的长裤，分明也是一朵美艳的山花。她和穿梭在城市里的女强人金一旦是多么的不同啊。她是他想要的带着泥土芬芳的花儿，就这么简单。

运输工人刚刚在一楼大厅将钢琴安放好，他就弹了一支曲子——"让我们荡起双桨"。这首歌经常被穿着白衣蓝裤系着红领巾的城市少年和穿着白色连衣裙系着红领巾的城市女孩在电视上演绎。那是乡村儿童的向往和梦。

孩子们围拢在钢琴旁，开头怯怯地看着它和它的主人，后来轻轻地跟着唱起来，越唱声音越大，最后就是欢乐的大合唱了。林意琳反复弹了很多遍，直到童声合唱与音乐完全融合。

一些老人探头进来，有几只鸡也摇摇摆摆的进来，林意琳看在眼里，喜在心里，就一直将这欢快的乐曲延续了很久。而后，他离开琴凳，让娃娃们走近去观看。娃娃们伸手摸那锃亮的黑色琴盖，小心翼翼地按响琴键，然后用惊喜的目光互相交流，喳喳的议论出声，最后高兴地拍着手儿欢笑。

歌风河历史上的第一架钢琴就这样住下来了。

歌风河历史上的第一节钢琴课就这样开课了。

雪玲上师范的时候弹过电子琴。林意琳鼓动她试弹了《两只老虎》。娃娃们跟着钢琴的旋律唱得很起劲。雪玲受到鼓励，又弹了《读书郎》和《小毛驴》，娃娃们就完全沉浸在狂欢里了。

在之后的时间段里，林意琳让每个娃娃坐上琴凳，他手把手教他们用标准指法弹奏练习曲。

最后，林意琳觉得应该为雪玲演奏点什么。他就弹了《献给爱丽丝》和《少女的祈祷》。结束的时候，他为娃娃们演奏了《小星星变奏曲》和《动物狂欢节》。他看见，雪玲和娃娃们的眼睛都像星星那样闪烁着。

下课时，雪玲对孩子们宣布：以后的钢琴课就定在每个周一的上午。平时大家可以随时练习，但是必须有礼貌地排队。孩子们一片叫好。

第二节课，林意琳给孩子们上了英语课。他教授了英文字母："ABCDE"，要求孩子们当堂学会读和写。

在孩子们自由活动的时候，雪玲和林意琳进行了如下对话。

雪玲说，这个春天的下午，你开辟了歌风河两个史无前例。以后，歌风河的孩子们走出山外上学，也可以骄傲地说：我两岁半就受过正规的钢琴教育和正规的英语教育。

林意琳说，对对。这点最重要。不过，我得纠正一下你的说法：是咱们一起开创了歌风河两个史无前例。

这天下午的游戏课，雪玲决定带娃娃们上茶山采茶。

林意琳说，雪玲院长，我申请一起去，可以吗？

雪玲望着他笑了一下，点头同意。

林意琳又说，我决定以后每周一拿出一整天时间，配合你教学。

雪玲说好啊好啊，那可太好了。

吃饭的时候，杨瑞花提出了抗议，说道，迟不来早不来，偏偏在我准备午饭的时候来。我听见琴声，心都要跳出来了，可就是抽不开身出来听一听。

林意琳说，哪天我专门为您演奏。

杨瑞花就抱拳谢谢，说我等着。别看我没见过世面，可我就爱听个钢琴曲。中央电视台十五套节目播出的钢琴演奏会我基本上都看过，还特爱听那个什么芬的"命运交响曲"。开头那

"梆梆梆"的几下，真像为每个人打开了命运之门，每次都敲得我心疼。

林意琳说，杨姨真是不简单，竟然喜欢贝多芬的钢琴曲。回头我练一练，为您现场演奏。

杨瑞花说那可太好了。我这辈子还没有看过现场钢琴演奏呢。

说着为他们各添一勺饭菜，然后就给娃娃们添饭添菜去了。生活老师是最忙的角色，只要娃娃们醒着，就须臾不能离开。林意琳看着杨姨忙碌的身影，心想，生活老师可真辛苦啊。

林意琳没有想到，他才走了一个星期，茶山就这样苍翠了——一望无际的苍翠，尖尖茶芽春带雨，就像少女那样鲜嫩。春天的勃勃生机，惊心动魄！清明前的茶叶是绿色黄金。趁着好天气，人们都忙着采茶，茶山一派繁荣。这边那边，不时有茶歌飘来，引得人意醉情迷。雪玲和林意琳带着娃娃们沿着歌风河去东坡茶园。孩子们的身上都挂着一个小小竹篮，甩手走在暖暖的春阳里，就和路边上黄亮黄亮的蒲公英花一样惹人喜爱。走到安全地带，雪玲允许孩子们摘一朵小花。孩子们采下花儿，相互别在头上，或捧在手里，小脸如花，惹人疼爱。林意琳拿出手机，为他们拍照，同时将那些花儿拍下来，即刻发到网上。题目就叫：歌风河的春天。立即就有人跟帖，询问歌风河在何方。

采摘明前茶是一种细致的活儿。茶树上，银针那么细细的、紧紧包裹的芽眼，一根一根掐下来，不能有一点杂叶。林意琳奇怪孩子们都知道怎么采摘，雪玲要教的学生其实只有他一个。在这方面他是个笨学生，教了很多遍，还是不能准确找到茶芽儿。

雪玲掐住一个肥肥的茶芽，说你来感受一下，它像不像针那样坚挺饱满。他用手去掐。两人的手碰在一起。两人同时抽回手，目光却又碰在一起。那情景有点儿像山涧淙淙流水交汇于歌风河里，有种欢畅淋漓的感觉。

林意琳就慌乱起来，一脚踩滑，差点儿绊倒，刚刚站稳，手里的茶芽儿又撒了。

雪玲看着他吃吃地笑。

他捡起散落地上的茶芽儿，讪讪道，这么细的茶芽儿，这么慢的工夫，这一天能采多一点儿呀？

雪玲说，最老道的茶农，一天能采一斤半到两斤。像你这样，一天最多能采二三两。

他说，哎呀呀，难怪春茶那么贵啊。

雪玲说，要不春茶怎么叫作绿色黄金呢。

太阳升到半空，广袤的茶园绿雾茫茫，就像无边无际的绿海。茶树的叶片在阳光里泛着闪闪油彩，让人止不住地想要呐喊。林意琳将双手做成喇叭罩在嘴上，对着茶山深处喊道：啊——啊——孩子们也跟着喊啊——啊——

远处有人唱着茶山情歌——三月三啦啊，好春光啦啊，姐妹上山采茶忙啦啊……歌声若隐若现，把眼前的一切诗化了。

沐浴着暖暖的春阳，林意琳两手齐动作，一颗一颗采着鲜嫩的茶芽。他真想就这么慢慢地采摘着茶芽儿，一直采下去。可是孩子们不能在太阳底下待的时间过长。他们该回去了。

他也必须到玫瑰山谷去。那里有许多工作在等着他。告别时，雪玲说，晚上到茶厂来吧，看看收购春茶的景象，也看看制作春茶的工序。热闹着呢，保准你喜欢。

林意琳答应了。他目送着雪玲在娃娃们的环绕下离去。

林意琳回到玫瑰山谷就被大事小事缠住了。茶山开园，工人都回家采茶去了，玫瑰山谷所有的活儿就只有徐永峰和吴俊两个人干。雪雁除了做饭，其余的时间也都泡在地里。春旱是明显的。需水量很大。徐永峰说，从发展的眼光来看，明年必须要上喷灌。

林意琳没有接这个话茬，他在心里默默地计算着投资。

雪雁跟徐永峰悄悄说，老板好像有压力。

徐永峰说，那是肯定的。别说刚刚创办的场子，就是规模很大的场子，每天也都面临着压力。创业的风险是很大的。

雪雁说，以前常听打工回来的姐妹讲老板们的故事，以为天下所有老板都是青面獠牙的恶魔呢。从林老板身上看到，老板其实比我们还要辛苦。我们每天就是按部就班干活儿，他却要跑市场，筹资金，还要平衡各种各样的关系。

徐永峰说，你只要记住，天下没有一碗饭是好吃的。很多老板都是外表光鲜，他们艰辛的另一面只有自己知道。

林意琳在远处查看树形玫瑰的长势。上万棵嫁接的玫瑰，已经嫩枝摇曳，紫红的叶片慢慢泛绿，只可惜当年不能开花。但他从徐大壮送给他的那批嫁接成活的树形玫瑰上已经看到了奇异的花朵——每朵花都有小碗那么大，艳艳的橘红、柔柔的粉红、火辣辣的大红，还有清雅芬芳的白玫瑰。这些宝贝集中栽植于玫瑰园的制高点上，所有来玫瑰山谷的人远远地就能看见这奇异之花。

雪玲是在第一朵花儿开放的时候就来欣赏过的。那天早晨，林意琳看见树形玫瑰上第一朵花儿开放，激动得心都要跳出胸膛了。他捂着胸口跑到留守儿童乐园，一句话不说，拉着雪玲就走。到了园子，他将那朵花儿摘下来，双手捧着送给了她。而当她低头轻吻那朵花的时候，他用手机拍下了那珍贵的一瞬。他给那张照片取名为"玫瑰仙子"。他把她藏在一本书里，常常在夜深人静时拿出来欣赏。

现在他站在这一片盛开的玫瑰园里，又一次想到那情景，接着就想到采茶时碰着的那只手的温度——那并不是城里女子的纤纤玉手，那手甚至有点儿粗糙，但是很厚实、很绵软、很温暖。记得上高中的时候，一位极有趣的班主任老师曾对他们说，将来你们选择爱人的时候，要注意对方那一双手的感觉。如果那手握着舒服温暖，那人就会给你带来幸福和安全感。现在想来，老师的话是多有意思啊。

这时候，徐永峰跟过来，说道，老板，想什么好事呢？这么乐？

他说，你看这玫瑰，我才走了一个星期啊，就满园开放了。

徐永峰说，我正想跟你说这些玫瑰呢。最近市里不断有人出高价买它们，出价高到离谱，咱们何不把它们卖掉，再拿这笔钱扩大投资。

林意琳说，这些玫瑰是我们的镇园之宝，绝对不能卖掉。你想想，今年新嫁接的树形玫瑰两年后才能开花。这两年，我们拿什么向人们展示树形玫瑰的独特之处？

徐永峰说，哦，我倒没想到这一层。

林意琳说，要发展就不能只顾眼前利益。你是管理者，得多多学习才是。

话还没说完，雪雁来汇报财务上的事，他就匆匆忙忙跟雪雁走了。一会儿，养牛场的王山大哥又领来市里的客户，要求把刚刚嫁接的树形玫瑰全部买走。又是商谈价钱，又是指定技术员去做现场移植指导。等他终于将手头事情处理完，已是月上柳梢头了。他这才想起与雪玲的约会。拍拍手上的泥土，对王山说，回头请你喝酒。说完拔腿就走。走出几步，忽又改变了主意。折身回到住处，换了干净圆领衫，又翻出件茶色休闲服，在配牛仔裤还是运动裤时费了周折，最后选定牛仔裤，鞋是耐克，有点脏，他蘸水擦了擦，还去泉边洗了脸，当冰凉的泉水浇到脸上的时候，他嘲笑自己，不过是陪雪玲去茶厂参观而已嘛，至于这么激动么！

雪玲在村前大皂角树下等他。灯光将她拉长——立领紧身枣红上衣，黑色长裤，嫣然凸凹有致的美女雕塑。他心跳加速。

大路上摩托飞驰，轰隆隆从他们身边窜过去。月光底下，飞出飞进的摩托就像战争片里的运输大队。雪玲告诉他，这都是去茶厂卖鲜叶的。当天采摘的鲜叶，必须送进厂里杀青，否则，就不值钱了。所以，整个三月四月，夜行摩托车都是歌风河独特的风景。

月光如水。他试着牵了一下雪玲的手，然后又松开。转过一个山湾，雪玲牵起了他的手。

他们还在茶厂大门外，就闻到浓烈的鲜茶叶的清香了。茶厂院子里的千瓦灯泡将整个院子照得如同白昼，所有车间的门都大开着，人们出出进进奔忙。左边鲜叶收购的地方最热闹，队伍排得长蛇一般。林意琳在人群里看见蒋志勇，刚想上前打招呼，他却一闪不见了。

雪玲说，我爸在采茶季节忙得跟国家领导人似的，我都见不到他身影。

　　进车间需要套上蓝色的塑料鞋套，戴上一次性口罩。他们认真地按要求武装起来，心里顿生敬畏之感。

　　鲜叶车间最为繁忙。验收等级的、过秤的、付款的，各司其职。里边层层铁架子上摆满了大大的竹篾箔子，青青的茶叶铺展在里边，活像一些有生命的草芽。杀青车间热气腾腾，苍翠的叶子进到机器里边，出来就有了茶的雏形。林意琳觉得很神奇。手工制茶车间有种让人想落泪的景象——一排电炒锅在墙边一字摆开，炒茶工人穿着雪白的工作服，带着雪白的工作帽和大口罩，坐在低矮的凳子上，徒手在锅里翻炒茶叶。第一道工序，温度八十，翻炒二十分钟左右。第二道工序温度七十，翻炒十七分钟左右。在第二道工序里，茶叶有了沙沙的声音。第三道工序，温度六十五，翻炒十八分钟。在第三道工序里，茶叶就像颗颗银针，沙沙声有了音乐之感。侧耳倾听，茶叶像在歌唱一样。精美的明前银针茶在这里就做成了。林意琳看着表数了数，炒茶工人一分钟里要弯腰四十次左右。三道工序，需弯腰两千多次。多么惊人的数字啊！他们每一次弯腰都像在向茶叶鞠躬致敬。他又想，那工人的双手在炒锅里烘烤，该多么难忍。想那一杯清清的茶水，采茶工人要鞠躬多少，炒茶工人又要鞠躬多少？他把这想法对雪玲说了。雪玲说，真是个多情善感的人啊。我们看过多少次炒茶了，就没有这些想头。

　　选茶车间是安静的。一群女人安静地围坐在椭圆形案前，用两只尖尖的竹筷子，一颗一颗拨拉银针一般的茶粒儿，选中的是饱满紧致青青小翠的，有一丝瑕疵或不够饱满的，都会被淘汰。

　　气氛安宁静好。女人在这种状态下也安宁静好。

　　他想，真该让城市里那些浮躁的人到茶厂来接受精神洗礼。

临出车间时，他仍恋恋不舍回头张望。

办公室早有人等候他们品尝新茶。茶是从选茶室直接拿来的，似乎还有温度。专门表演茶艺的小雨严格按照茶道为他们沏茶。这一套程序，林意琳看雪玲做过。今天看专业人士做，感觉又不同。小雨在冲泡过程中配了解说，从水温到每道工序的文化含义，说得诗情画意。当一杯清清茶水在手时，他举着杯子，久久观赏那根根直立水中的鲜活生命，对雪玲耳语道，我心里充满敬畏。

雪玲说，这就是茶道的意义啊。有个北大教授在电视节目里说，茶道的精髓就是在洗茶泡茶的缓慢过程里唤起人内心深处对大自然的敬畏，感恩上苍赐予我们清清茶水。

他说，教授说得可真好。似乎这一刻，他才明白了茶道的奥妙和茶道的精髓。

品了新茶，走出门去，雪玲说，今晚你就再仔细看看吧，等明年新厂设备安装好，就是全封闭制茶了。参观的人只能在参观通道远远观看，不能近前。

这么一说，他更舍不得离开了，又去各个车间转了一遍，恨不能自己就是一个制茶选茶的工人。

在返回的路上，林意琳注意到一棵一棵花树，也和他们一样迷醉——静静地伫立在山野里，享受春风的抚摸。

他们在花香袭人的旷野里默默地走着。走着。

终于说了一句话。

他说，过了那么多春天，我似乎今夜才注意到花儿对于这个世界的重要。

又说，才知道茶对于人们生活的重要。

又说，过了那么多春天，我感觉这个春天是最美妙的。

还有月光。

对！还有月光。似乎这个春天的月光也特别美妙。

他们一起停下脚步，仰望月亮。十四的月亮，将圆未圆，温情脉脉。

这一次他们牵起手，没有分开。走过长长的山道，越过村前的大皂角树，越过歌风河，走进西坡山脚下的瓦屋，两人的手一直牵着。

上床。这样的夜晚。别无选择。

激情过后，雪玲静静依偎在林意琳的臂弯里——发达的胸肌，健壮的胳膊，粗壮的大腿，让停泊在这里的女人感觉到安全。

雪玲想起萍萍的爸爸王海涛，他也是这样健壮的，也和她在月夜里牵过手，在长长的山路上看过花，但走着走着却走散了。她曾经企图拽住他，她曾经在他面前泪流成河，最终却只能眼巴巴看他决绝地转身离去。

林意琳想起蓝梅。"搭伙过日子"这个词汇跳进脑海。也许一开始，蓝梅对他的定位就是这样，打工路上做伴儿，走一段算一段，从未想过相伴永远，必要时离开，连头也无需回。可怜的是他太投入了。他投入进去就没想过回头。结果，头破血流。

第二十六章　放牧心灵

　　进入五月，玫瑰山谷的生意出奇得好——栽植的玫瑰陆续开花，进的货供不应求。林意琳亲自到云南广州考察市场，进货。他还抽空去了一趟新疆。他放心不下徐大壮。徐大壮现在的头衔是光明花卉农场的董事长兼总经理。他挑起他的前任老板扔下的烂摊子，走得悲壮又顽强。

　　人只有一辈子。当他们在静静的夜晚单独相对的时候，林意琳对他说，你还这么年轻，除了事业和责任、义务，还应该追求正常的生活。比如说，寻找生命的另一半。

　　这么说，你栽倒后爬起来了，找到知音了？

　　林意琳不说自己，却说，徐永峰可能不会回来了。他在歌风河遭遇了爱情。

　　徐大壮说，好啊。天大的好事啊。祝贺表弟。

　　林意琳说，我在说你的事哩。我这次来，希望你跟我走，回内地去，到我的玫瑰山谷，也许，你的人生会发生改变。

　　徐大壮说，我嘛，我恐怕要与我的光明花卉农场相伴一生了。因为我确信，只有它会与我不离不弃，相伴到老。

　　林意琳摇摇头，老兄你可真固执啊。

　　徐大壮豪爽地邀请林意琳游历了新疆的许多地方。他说，可可托海你不能不去，到了那里你才会知道什么是矿山，什么是牧场，什么是神赐的河流，什么是自然之子。

新疆的公路是天底下最神奇的路——笔直的路，以为从天边来，要伸展到天边去。以为到了尽头，又无限延伸。无边无际的戈壁、沙漠，以为生命绝迹，却有奇异的骆驼刺茂盛着，却有珍奇的野马和野驴穿过。

林意琳感叹：这就如同人生。

车子在阿尔泰山区穿行，一路所见，石头山寸草不生。徐大壮告诉他：富矿山上不长草！这地底下蕴藏着无尽的宝藏。

磕头机（采油机）一下一下缓慢地磕头，石油滴滴渗出，喂饱大江南北的车子。

在看见第一个牧场的时候，林意琳大喊大叫：停车！停车！

天啊，多么辽阔的牧场，多么肥壮的骏马！在草原湖泊的那一边，高山之下，稻谷金黄，水肥草美。安静的马群犹如灵物，低头静静地吃草。金色的云团在天边滚动。牧场安静得出奇。

林意琳将双手合拢在胸前，低头膜拜！

这就是天堂的景象了。他喃喃自语。

徐大壮是最好的向导。他引导他，却很少说话，也不评价任何事物。就像世纪老人那样冷静。林意琳想，这是他在新疆这种地方待久了的缘故——在神的土地上待久了，人也就变成半神半人了。

转场的牧民过来了。一大群马和羊，女人搂着孩子骑在骆驼背上摇摇晃晃走在队伍中间，戴着牛仔帽的男人骑着枣红色高头大马，前后奔跑，招呼着他的队伍。马匹驮着帐篷、锅灶、劈柴、粮食。据说，转场的牧民是最为浪漫的。他们并不明确地知道要去哪里？只是这么慢悠悠地走着，走到水草丰美的地方就停下来，搭起帐篷，生起炊烟。传说里的故事，林意琳在这里亲眼看到了。那女人多么高贵啊，安然坐在骆驼背上，任多少人围观，眼皮都不抬一下。心里有一个王国的人才能做到这样吧——草原女人的王国就是丈夫、孩子、骆驼和牛羊，当然还有草原和蓝天白云。

林意琳幻想自己就是那骑着枣红马戴着牛仔帽的男人，雪玲就是那个女人——她守着自己的王国，眼眉低垂，不见王国之外的任何风景。

景区服务员是清一色的哈萨克姑娘，她们个个健壮丰满，圆脸盘，大眼睛，壮实的双腿紧紧裹在牛仔裤里。

林意琳感叹说，草原为我们养育了多么健美的姑娘啊！这么健美的姑娘在城市里已经绝迹了。

徐大壮说，这么喜欢新疆，我看你倒不如留在这里算了。

林意琳说，我是典型的叶公好龙。虽然千般万般地喜欢这里，却还得回去。

晚上，坐在布尔津的夜市里品尝冷水鱼。徐大壮说，你现在明白我为什么不愿意离开新疆了吧？

林意琳说明白了。

下一站，他们去了禾木村——哈萨克人的木楞房，桥上的白霜，额尔齐斯河里翻滚的雪浪，密密的白桦林，让林意琳体味了异域风情。他在徐大壮的鼓励下勇敢地骑上了一匹大白马向美丽峰进发。十六岁的哈萨克姑娘丹妮是马的主人。她跟着他们，嘴里打着口哨。

林意琳问她，你几岁开始骑马？

三岁。丹妮说，我们是马背上的民族，上学，走亲戚，都是骑马。

骑着马儿在额尔齐斯河畔的白桦树林里穿行，林意琳觉得自己成了传说和故事，成了惊悚电影里的主角。

阳光灿烂。下午三点的美丽峰金光辉耀。他们沐浴在金辉里，不由自主眯起了眼睛。

太阳啊！草原上无遮无拦的太阳——

美丽峰山巅，倾泻下万道金光，将万物融化。

他们躺在草地上，任阳光裹挟全身。他们紧闭双眼，让心灵像身边的马儿那样，自由自在游荡。

草垛和木栅栏是草原上最迷人的风景——收割过牧草的牧场安静异常，金黄的牧草垛在中间，象征性的栅栏围着牧草。林意琳坐在草垛旁、栅栏上，留下了一张又一张照片。与那匹白马合影的时候，他拉上了小姑娘丹妮。哈萨克小姑娘，被草原的风霜染红了双颊，看起来像一颗红红的苹果。

将马儿拴在白桦树上，在林子里漫无目的地穿行。

啊，这些白桦树上的眼睛，见证了多少世事沧桑？这些树的年轮，记录了多少沧桑巨变！

晚上，他们在小丹妮家的冬房里和丹妮一家共进晚餐——温暖的炉火、滚热的奶茶、雪白的酸奶、自家烤制的俄式面包、奶酪、土豆烩羊肉。慢慢地吃，慢慢地品，享受着极地的慢时光。

这家的老奶奶九十多岁——包着花头巾，穿着连衣裙，套着棉背心，活像传说里的老奶奶。男主人骨骼清奇，面如青铜，眉骨凸起，双眼凹陷，使人没法不想到传说里的强人或者大侠。女主人像高大的俄罗斯女人。她为远在乌鲁木齐上大学的儿子担忧，觉得那里不够安全。她为他们展示自己为儿子大婚所做的绣品——门帘、窗帘、床单、桌单，黑色平绒面料，彩色丝线绣着鸳鸯、蝴蝶、奔马、牛羊。女主人说自己身体不好，担心等不到儿子大婚的那一天，所以要提前将一切准备停当。他们极尽宽慰之语，以安抚这位忧伤的母亲。

出来时，繁星满天。草原的星星，繁如串串葡萄，悬挂在头顶上，伸手可及。有人说，每个人都有一颗星星。林意琳仰视夜空，想找到属于自己的那颗星星。

徐大壮说，走了这几个地方，感觉如何？

他说，不游新疆不知道中国之大，不游新疆不知道祖国山河之壮美。老兄，我懂你的用意了。我知道你是要我在这里放牧心灵。谢谢。不过，不能再走了，我得赶紧回去，场里的事太多了。

徐大壮说，可我还想带你走几个地方，去吐鲁番看火焰山，去罗布泊访古、去塔克拉玛干沙漠探险。

他说，以后吧。以后再找机会。

徐大壮说，磨刀不误砍柴工。胸怀博大了，事业才能大。

他说，知道了。但这次的确不能再耽搁了。

第二十七章　情海荡舟

　　林意琳回到歌风河，已经是六月初了。他下车时，手搭凉棚看了看苍翠的山野，在心里说，时光过得真快啊。

　　他回来，自然先到雪玲家里去。见到他大家就像过年一样欢喜。村子里很多人闻讯过来，雪玲家里拥满了人。雪玲走来走去地忙活着给大家分发礼物。他隔着人群给她飞了个笑眼，雪玲抿嘴一笑。雪玲抿嘴笑的时候就像英语"I"的发音那样，嘴扁扁地向两边拉开，非常好看。看着一件件发出去的小礼物，林意琳奇怪自己何时变得这样细心了。他给歌风河所有熟识的人买了礼品，大到衣帽鞋袜，小到梳子、手镯、手串、耳环、钥匙链，总之每个人都有一件纪念品。他给雪玲爷爷买了件皮袄和维族老大爷的小帽，给蒋志勇买了皮帽子，给雪玲的是一双小巧的白色羊皮靴——买那双羊皮靴的时候，他眼前出现过红衣红裤的雪玲穿着它在雪地上行走的情景。萍萍是一顶维族小姑娘戴的五彩小帽、一件维族姑娘的小坎肩和短裙。杨瑞花的礼品也很特别——一个精致的皮护腰，他知道杨姨有腰痛的毛病。徐永峰对皮手套很满意。雪雁得到的玉镯不一定是真货，但颜色和款式都令她喜欢，她当即就挽起袖子戴上了。青年创业者协会的几个朋友，每人一个手玩把件、一本名为《正能量》的书。

礼轻仁义重！蒋爷爷说，好个懂事的娃娃！像咱们歌风河的人。杨瑞花说，当初他来咱们这里，我一眼就看出他厚道。夸奖之后，要进厨房炒几个菜为他洗尘，林意琳跟进去帮忙。杨瑞花悄悄问他，几时跟雪玲办事呀？

林意琳说，那要看她的意思。她恐怕一时半会儿忘不掉那个王海涛吧？雪玲痴情，他们还有一个那么可爱的女儿。

忘不掉王海涛？杨瑞花说，你可能不知道，他害得她差点儿活不下去。王海涛出去打工的时候，雪玲正怀着萍萍呢。从他离开的那天起，雪玲就望眼欲穿地盼他回来。拖着那么重的身子，为他年迈体弱的父母端茶倒水洗衣裳。而且，生孩子难产，九死一生。他一走三年，回来拍在雪玲面前的是一纸离婚申请。雪玲啊，是那种一根筋的女子，她求他不要抛弃她们母女俩。她泪水涟涟跟着王海涛到火车站，他却头也不回地走了。这些年，她流下的泪水，歌风河也装不下了。那你呢？放得下那个她？

怎么说呢？的确，他是爱蓝梅的。八年的休戚与共，八年的相依为命，在北京的茫茫人海里，有八年时间，他的生命里只住着蓝梅。可是，她弃他而去了。去得那么决绝！去得那么无情！他原以为，蓝梅将他生命里的激情消耗殆尽了。他曾怀疑过自己还有没有爱的能力。他和雪玲，同病相怜，最终擦出火花，使他有些吃惊。他想，假如他和雪玲结婚，那两个人——王海涛和蓝梅，会不会横梗在他们中间？

这时候，外边的人在喊他了。他对杨瑞花笑了一下，走出去。

大家在热烈地探讨这些不同的礼品出产在新疆的什么地方，

是维族人制作的，还是汉族人制作的？林意琳给他们一一讲解。关于新疆的话题，太多了。大人们喜欢听唐僧走戈壁过天山的故事。娃娃们要他讲火焰山，问那山真的一直燃烧着吗？铁扇公主的扇子能扇灭火焰山的大火吗？等等。雪玲紧挨他站着。他俩第一次在众人面前靠得那么近。在蒋爷爷和蒋支书的眼皮底下，他鼓起勇气搂了一下她的肩膀，算是公开宣告了他们的爱情，众人一片欢腾。有人喊，啥时候请我们喝喜酒啊？有人扭头冲蒋志勇说，蒋支书给个话啊！蒋志勇笑而不答，算是默许。蒋爷爷冲林意琳眨眼睛，山羊胡子笑得一抖一抖的。

徐永峰说道，这些日子，大家都累惨了，何不趁今夜热闹一下呢。我们唱起来、跳起来，就算他们俩的订婚仪式如何？

人们嚷嚷：赞成。赞成。

蒋大姐自告奋勇做主持。吴小波忙着去车里为王冬庆拿笛子。冬庆是吹笛子的高手，据说小时候放羊，他倒坐在牛背上吹笛子，能把所有人的羊群吸引到身边去。他走到哪里都是笛子不离手。在人们乱着的时候，他已经吹响了笛子。不过，他也只会吹些老掉牙的曲子，像《王二小放牛》《敢问路在何方》等等。他倒蛮讲究，说吹笛子必须到远一点的地方，这样听起来才有千回百转之感。说着边吹边走到院边的大杏树底下。有了距离，那笛音倒也真有穿林越水之感。林意琳趁乱着，悄声对萍萍说，走，我打扮打扮你，出个特别的节目，把大伙儿震一下。他将萍萍领到厨房，给她编起十来个小辫子，再穿戴上那套维族小姑娘的行头，还真像个维族女孩了。

杨瑞花放下手里的活儿，过来给萍萍把衣裳拽拽平整，说道，你看萍萍那对灵豆豆的眼睛，真是个演员坯子呢。

林意琳说，我也这么看。从现在开始，我就要好好培养她，给她单独上钢琴课。她问萍萍，你学过新疆舞吗？会一点点就行。萍萍点头。小脸激动得红苹果似的。林意琳就给她教了几个简单的动作，又让她和他配合着跟了一遍乐曲的节奏。他牵着萍萍出来的时候，王山大哥正在表演他的绝活《孙悟空三打白骨精》。一根擀面杖充当金箍棒，一根红带子系在额头上权当紧箍咒，眼圈上抹了两道红，倒也蛮像回事。等他蹦跶结束，蒋大姐郑重报了幕，林意琳和萍萍闪亮登场。他给自己的白衬衫上系了根皮带，又借用了蒋爷爷的维族大爷小帽戴上，顺手拿起个盘子做手鼓。所有人真的是眼前一亮。

　　　　掀起你的盖头来
　　　　让我看看你的眼
　　　　你的眉毛细又长呀
　　　　就像那弯弯的新月亮

　　萍萍那稚气的声音满屋回荡。林意琳老道的维族舞让人们大开眼界。

　　有人叹道：到底是城里娃娃啊，能唱能跳能弹琴，真是天才。

　　调皮的吴小波硬把雪玲推进场子中间去，要她跟林意琳对跳。雪灵扭捏着，不肯加入。忽然，吴俊冲进来，呀呀叫着，比划着，那意思也是让雪玲一起跳。雪玲被逼不过，镇定了一下，扬臂甩手地跳起来。雪玲的新疆舞很地道，超难度的扭脖子和高速旋转都做得很到位。关键是三个人配合默契，舞得欢快，跳得热烈。最后感染得大家都跟着跳起来，不会跳的就拼命鼓掌。

吴俊的呀呀声最大。雪玲知道，这个憨厚的人，在为她的幸福激动。

这样的时刻，杨瑞花的民歌是少不了的。但她坚决不唱陕南花鼓子，却唱了陕北民歌《一对对鸳鸯水上漂》。那歌词深情婉转，唱尽情人心中的情意。当她唱到"咱二人甚时候把天地拜"的时候，大家一齐扭头去看蒋志勇，他却赶紧溜了。

蒋爷爷评价说，这歌唱得人心里疼。只是后边那句不好，怎能说忘了娘老子也忘不了你哩？再怎么相爱，娘老子也是不能忘的啊。

大伙儿都笑起来。吴小波说，爷呀，你老糊涂了。那只是个形容，表明爱得厉害，并不是真的要把娘老子忘了。

蒋爷爷说，去，你小子懂个啥？

正说笑间，忽然一阵哗啦啦巨响，小翠拉着她的傻丈夫冲进人群。破布条和彩色气球装饰的车子，红布条扎起的茅草一般的头发，脏兮兮的衣衫，火辣的歌词——老公老公我爱你……冲进人群之后，小翠松开那根一直挎在肩上的背带，围着车子手舞足蹈，又唱又跳，旁若无人。唱几句，附身将她的老公吧嗒吧嗒亲几下。

全场震动。没有人干涉他们。她唱够了，跳够了，又将那根背带绳子挎在肩上，拉着车子哗啦啦走了。人们的目光追着他们的背影，静场了很久。

众人散了之后，林意琳也准备回去。雪玲点了一支大大的火把送他。山野沉寂，夏虫们的歌唱昂扬。林意琳说，咱们吹灭火把摸着黑走怎样？我想看看萤火虫。

这当然是一个借口。事实上他想享受他们独处的夜晚——不要一丝干扰，连火把的光亮也不要。分开的这一段时间，像发酵剂，将他们的感情升温了，他有种强烈地回家的感觉。

西坡山谷里的房子，是世界上最好的爱的温床——包裹在群山之间，坐落在密林之中，明月松间照，清泉石上流。他和她，在大自然的怀抱里，创造了激情的夜晚。

之后，是无法避免的话题。

蓝梅从来没有把我当作终身伴侣。林意琳说，我是她打工路上选定的一个伙伴，她从来不在意我。

他想起多少个冬天的夜晚，坐公共汽车、坐地铁，再穿过沙河一带的荒野，精疲力竭爬上六楼，厨房里却是冰锅冷灶。然后是下六楼，去小区的超市买菜，然后做饭。整个过程，蓝梅眼皮都不抬一下。有一年正月，说好她回娘家住几天，他陪父母亲去西安。可是，当晚蓝梅来电话，说她父母到外县走亲戚去了。想到大过年的她一个人待在家里，他准备第二天一早赶回家陪她。可是，第二天大雪纷飞。父母担心他的安全，一齐眼巴巴看着他，劝他不要冒险。妈妈小心翼翼地说，她虽然孤单，但待在家里是安全的。他哪里听得进！冒雪坐大巴，一路险象环生。三个小时车程走了整整一天。晚上十点到家，满腔热忱，遭遇的又是冰锅冷灶。他躲在厨房里吃泡面的时候，心里涌满酸楚。

要命的冷漠。林意琳说，她一直对我不满意。她想过香车宝马的生活，可我没法满足她。每次看到开宝马的女人从身边飞驰而过，她都会久久地目送。我心里明白。她迟早会离开我。但我不愿意面对现实。

林意琳本不想说这些。但这些话拥堵在心里，非得一吐为快。

他的话勾起了雪玲诉说往事的欲望。

都是贫穷惹的祸。雪玲说，王海涛不是坏人。他英俊帅气，是这里数一数二的人精子，但他受不了贫穷的日子。我们结婚不到一个月，他就闹着要出去打工。他是独生子。在家父母百般疼爱。青春当年，离开热突突的家，在外奔波，碰见个知冷知热的女人，一头栽进去是可以理解的。尤其，对方是大老板的女儿。他想要的一切，顷刻之间就能得到满足。不能理解的是，他对我们母女的冷酷。当初多么相爱。说声分手，连自己的亲生女儿都不愿意多看一眼。这些年，我守他，是不甘心失败，是害怕他在那条路上走不远。大凡为了功利目的的婚姻注定无法长久。也是为着女儿。我告诉萍萍，爸爸去远方打工，过几年就会回来。

物质主义时代就是这样的——变幻莫测。好好地在路上走着，不知道哪里会有陷阱，不知道何时会掉下去。几乎没有一个人能保持住心灵的完整。问题是，不管陷阱有多深，你必须找到出口！

这样说着话，王海涛和蓝梅仿佛站在了面前——英俊的王海涛和冷漠的蓝梅，站在远远的岸边，看着他们俩，而后，又幻化为泡影，飘浮到空中去了。

无论生意多么好，小企业家的日子终归是窘迫的。接下来，林意琳四处奔波筹措周转资金。蒋志勇领着他到镇上和县里跑了很多回，直到七月初，扶持资金和贷款批下来，林意琳才松了一口气。周末，林意琳说，我们给自己放个假吧！实在太累了，想歇歇了。

林意琳提出去寻找歌风河的源头。雪玲说，别去。去了你会失望。他问为什么。雪玲说，前些年有个投资商在上游开矿，到处挖得稀烂，到处堆满矿渣，把上游弄得跟蛮荒地带似的。爷爷一直担心，倘若发大水，就不得了。

林意琳说，现在还在开矿么？

雪玲说，开啊，怎么不开！这大山里边，藏的矿山多着呢，还有工厂，很大的化工厂和黄姜皂素厂。还有水电站，把活活的一条河流弄死了。你若看见库区那边的境况，就不会喜欢这条河了。现在，上级下级都抓钱，所有人都疯了。

那我更要去看看。我有个心愿，想为歌风河的前世今生写个小传留存下来。林意琳说，我要告诉我们的子孙后代，原来的山川河流是什么样子，现在我们的江河为什么会节节寸断！我还要告诉我们的子孙后代，原来的山里人是多么朴素地生活着，金钱的皮鞭是怎样将人们抽得遍体鳞伤。

雪玲说，奇怪的是，谁都知道现代文明是双刃剑，但谁都没法躲过这个劫难，就像中了魔法一样。你看，歌风河那些个打工者，每年抛家别子出去，千辛万苦地挣钱回来，盖个水泥楼房又出去。许多人发誓不走了，回来过个年还是走了。所以啊，山里的荒凉是阻挡不住的。

林意琳说，不对！我们能够阻止山村的荒凉！你看，我来了，住下了，还准备扎根。蒋大姐、王山大哥、王冬庆夫妇、吴小波，他们回来了，也准备扎根。山村的温馨还是能够回来的。你说是不是？

雪玲高兴起来，夸赞道，还是男人有见识。

歌风河的夏天是美丽的。大河两岸树木葱茏，遍生着野花和百样仙草。心情很好。林意琳左手牵着雪玲，右手牵着萍萍，歌唱着穿行在树林中。他们不时停下脚步听河水歌唱。有时候，也会被鸟儿的歌唱所吸引。萍萍喜爱所有的蝴蝶——粉色的小蝴蝶，黄色带黑点的小蝴蝶，硕大的金翅黑蝴蝶和白色蝴蝶，都是她追逐的对象。她悄悄地跟着它们，并不伸手去捉。看见成双成对的蝴蝶，她就说，它们是爸爸妈妈蝴蝶。看见一大一小两只蝴蝶，她就说，它们是姐姐妹妹蝴蝶。林意琳和雪玲在她童稚的叫声里相视而笑——梁祝化蝶双双飞。他们同时想到了那古老的传说。只有中国，才能创造出这样美丽的爱情神话。他们相信，这传说会地老天荒地伴随着天下所有的有情人。

林意琳拉起雪玲的手，紧紧地握了一下。

走到一处白沙滩，林意琳冲下去四仰八叉地躺在沙滩上——蓝天白云，绿野清风。他闭着眼睛。一动不动。

雪玲找来一根麻柳树枝，学着做口哨。萍萍在灌木丛里摘来一串瓜蒌——红红的野生瓜蒌，像小灯笼一样好看。萍萍提着那串瓜蒌，蹑手蹑脚走近林意琳，依偎在他身边，将那串瓜蒌高高提起，在他眼前晃。

他假装睡着，任她恶作剧。后来还是萍萍忍不住。说，叔叔醒来嘛，我要你给我做水晶灯。

萍萍教给林意琳，可以把瓜蒌旋个小洞，用竹片伸进去慢慢刮薄，直至透明，到了晚上，抓一些萤火虫放进去，就是一个明亮的萤火虫灯了。

哦啊。林意琳想象那个萤火虫灯在漆黑的山野里摇曳，感叹道：多美的萤火虫灯啊。他从包里找出小刀，削一个竹片，按照萍萍的指挥做萤火虫灯，却是怎么也做不好，不是把小洞旋大了，就是把瓜蒌刮穿了。后来做成了一个，他们高兴得大喊大叫。

雪玲远远地坐着，看他们乐。

林意琳一抬头，忽然觉得不远处有个人影。他招手让雪玲到身边来，对她说，我怎么觉得有双眼睛在盯着我们，早在我们第一次在一起的时候，我就有这种感觉了。

雪玲四边望望，说，不会吧。这地方很少有人来的。人在旷野里容易产生幻觉。她这么说着，事实上也感觉到有点不对劲，就站起来，朝麻柳林那边走去。走到树林边，果然看见一个身影一晃钻进林深处不见了。她立即明白那是谁了。

回到林意琳和女儿的身边坐下，林意琳问，你确信没什么人跟着我们吗？

雪玲说，是吴俊在跟着我们。我虽然没有看清楚，但我确信是他。

林意琳说，难得他一片痴心。上苍让他生了个不健全的身子，却给了他一颗金子般的心。

雪玲说，就是。他的心就是金子一般的。在我最困难的那些年，他一夜一夜睡在我门外的房檐下守护我们娘俩，谁劝都不听。尤其，冬天的夜里，起来看见他蜷缩着身子冻得簌簌发抖，我心都碎了。有段时间，我都想就跟这痴情人一起过算了。但当我把自己的意思告诉他时，他就像被火烧了一样蹦得老远，又是跺脚又是摇手又是用呀呀的叫唤告诉我，他不是那个意思。他只想守护着我。还有更离奇的，有一年，他竟然等在火车站袭击了王海涛，致使王海涛之后再也不敢回来了。

林意琳说，那他会袭击我吗？

雪玲说，不会的。你在他眼里就是天上掉下来的神神，是上天派来保护我们的神神，他对你只有感激。

林意琳说，那我们以后要格外注意，要维护他的尊严。

雪玲点头说好。

林意琳又问，那他什么时候开始不在屋檐下守护你们了？

雪玲说，嗨，这可费了大周折。为了阻止他，我搬回娘家住，他才放心了。

林意琳说，天下竟有如此痴情的汉子，真是奇人啊。

他们继续沿河岸往上游走，很快看到一个小型水电站，歌风河的自然风貌在这里消失了，活水变成死湖，水绿沉沉的，水面上有许多肮脏的漂浮物。失却了奔腾的气势，失去了那种蓝格莹莹的流水之美，河流就像一条死蛇，懒洋洋缠绕在山湾里。尤其水位下落以后，树枝上挂着的五颜六色的塑料袋、烂衣裳、破布条，更是破坏了河流的自然气息。

林意琳叹息连连，说道，我若有权，我就下令把这大坝炸掉，恢复歌风河的本来模样。

雪玲说，炸掉？你说得轻巧，你可知道修这电站花了多少钱？几千万呢，吓人吧？

林意琳说，就是花了几个亿也应该炸掉。我们应该给子孙后代留下一些完整的河流。像现在这样到处乱建电站，弄得江河节节寸断，实乃千古罪人。

再往前走，看见河两岸堆积如山的尾矿，他就更加气愤了，言辞也更加激烈。

雪玲说，你冷静冷静吧，这年头，整个国家都这样，你恨得咬牙切齿也没用啊。

他说，是啊，毫无办法。我们就是这样肆意妄为，等遭到大自然的报复，才会去总结血的教训。云城三十年前遭受过灭顶洪灾，那时人们对大自然顶礼膜拜，但灾难过后，大家就忘了，就又开始到处开挖乱建。

两个人正在那里忧国忧民呢，却见吴俊的影子又在不远处的荒林里晃动。林意琳说，看来今天你非得跟他敞开心扉谈谈了，否则，我不能安心啊。

为了安抚吴俊，林意琳带着萍萍先走了。他一离开，吴俊就出现了。雪玲招呼他在自己身边坐下，用树枝在沙滩上画了两个人人——结婚拜堂的人人。一个写上林意琳的名字，一个写上雪玲。先让他明白，雪玲要跟林意琳结婚。然后用手语跟他说，你是我最亲的大哥，你同意不同意？

吴俊用清亮如水的眼睛目不转睛地看着雪玲，使劲儿点头。

雪玲比划道，我有了保护人，你可以放心了，从此不要暗里跟着我们了。

吴俊点头，又摇头。

雪玲说，你跟着我们不好。

吴俊就傻笑。

雪玲没辙，只好看着这可爱的兄长耸肩摇头。

他们并肩往回走，吴俊高兴得一会儿蹦下河为她捉只螃蟹，一会儿又折来柳枝编个凉帽子给她戴在头上。手上已经采了一大束野花了，他还是不断地采啊采啊，直到雪玲满怀抱都是花，他才住手。

第二十八章　天　灾

开始采摘秋茶的时候，雨季来临了。大雨下个不住。哗哗的，盆倒一样，不时传来塌方的消息。上面频频发来黄色预警。雪玲守着孩子们，寸步不离。蒋志勇日夜在各个山头奔波——带人抢修公路，检查危房，动员危险地段的人们搬家。他几乎是不回家的，走到哪个山头，就在哪个山头随便找个人家住下。

歌风河浊浪滔天，可谓"飞湍瀑流争喧豗，砯崖转石万壑雷"。站在岸边，头晕目眩。

林意琳率领着工人们给所有的大棚加盖了草袋，下边坠上重石，大棚还是一个个被暴风雨掀翻。工人们将卷起的大棚拼命拽住往下拉。林意琳在风雨里跑来跑去指挥，喊得嗓子都哑了。分不清是雨水还是泪水，顺着脸颊流淌。后来林意琳下令停止抢救大棚，带着大家回到他住的地方。但是大家都不肯进屋。人们站在屋檐下，眼睁睁看着对面的老房子一个一个坍塌。大树在风中疯狂摇摆，咔嚓，折断一个树枝。咔嚓，一棵老树连根拔起。一个炸雷，老皂角树半边烧焦。

林意琳惊得满脸煞白。

人们说，这不是好兆头，恐怕又要发洪水了。

林意琳想起歌风河上游那堆积如山的尾矿，吓出一身冷汗。

在心里默默祷告：老天！别惩罚我们！别惩罚我们！

徐永峰说，赶紧解散工人，让大家回去照顾家人。

有人等不得这句话，立即冲进大雨里去。

雪雁急得大喊，快回来！危险。

林意琳反应过来，也大声喊叫，小心泥石流，走大路，避开河岸。说着自己也冲进雨里。

徐永峰知道，他是去雪玲家里，也不拦他，只是关照那些还没走的人进屋避险。

林意琳来到离雪玲家不远的地方，见他们一家人都站在家门前看歌风河咆哮的河水。蒋志勇靠在门框的左边，他看起来非常疲惫。雪玲一手抓着右边门框，一手拉着萍萍。蒋爷爷坐在门槛中间，怀里抱着个孩子。他刚要开口喊他们，却见后山上一股泥石流飞速冲下。他张开的嘴还没有合上，泥石流就从他们的屋子穿堂而过。林意琳本能地紧抱着旁边的大树，就像经历了一个惊悚的电影片段，还没醒过来，就听到了惊天动地的哭喊声。

泥石流卷走坐在门槛中间的蒋爷爷和强强，冲进歌风河。眼看着两人的头冒出水面，瞬间又不见了。所有人都惊呆了。等到清醒过来，蒋志勇发疯般冲到河边，想要跳进浊浪滔天的河里救人，却被正好赶来的堂兄蒋志伟死死抱住。蒋志伟大叫，你个混球，现在下河不是送死吗？你不是你一个人，你身系着一村人哩。

蒋志勇仰天大叫，天啊，我苦命的父亲啊，你怎能这样走了哇！天啊，你就是收走了谁，也不能收走强强啊，他才四岁，他还没有活人哩。天啊，你让我怎么跟素云交代，怎么跟那个甘肃男人交代？天啊，你怎么不收走我哩？

　　雪玲冲到河边，喊了声爷爷，又喊一声强强，就昏了过去。林意琳嘴对嘴做人工呼吸，才将她救了过来。萍萍傻了一般，呜呜哭着，一会儿叫爷爷，一会儿叫强强，一会儿叫妈妈。

　　忽然，有几个人从山巅狂奔下来，边跑边喊，蒋支书，村南吴家老屋塌了，吴俊被埋在里边了。

　　蒋志勇一愣，立即止住悲号，撒腿就向村南跑去。作为村支书，他没有权利为个人的悲痛耽搁太久。杨瑞花从另一条小路上冲过来跟着他。这时候，山上到处飞沙走石。林意琳看见，他们不断地躲避着飞滚的石头，还看见有两次石头飞来时，杨瑞花奋不顾身把蒋志勇推倒护在身下。

　　歌风河式的殉难般的爱——在天地间上演情感大剧。

　　这天，歌风河所有的土坯房倒塌，泥石流卷走了蒋爷爷和强强，倒塌的房屋埋葬了吴俊。

　　吴俊从玫瑰山谷跑回家之后，发现好多人都集中在王伟家的别墅里，唯独没见小翠夫妇。他呀呀叫着，满山遍野去找，后来发现他们躲在路边的一处危房里。他立即冲进去拉他们出来。小翠却死死抱着她男人不出去。吴俊费了九牛二虎之力把他们背出去，小翠又跳又叫要他们的车子。吴俊再次冲进屋子的时候，房子塌了。蒋志勇他们扒开废墟的时候，吴俊还紧紧抱着那个平板车子。

　　雪玲抱着他的头，哭得死去活来，哭诉道，吴俊啊，你傻呀，一个车子比你的命重要呀！你救了人就行了，为啥去救一个破车子呢？

　　杨瑞花劝她，别哭了，吴俊聪明，吴俊知道，那平板车就是小翠两口子的命。

事故刚发生时杨瑞花就指派人守着素云，怕她想不开。她却不知怎么来到了现场，趁大家乱着的时候，一头撞在树上。幸亏杨瑞花眼疾手快扑上去抱住她，才没酿成新的事故。这之前，徐永峰一直抱着她，不断对她说，今后我就是你儿子。虽然你比我大不了几岁，但我甘愿做你儿子。我养活你们，给你们养老送终。你千万不要太难过。素云却不哭不闹，谁知一松手，她就去撞树。她喃喃道，你们别拦着我。强强走了，我是迟迟早早要跟他走的。你们谁也拦不住我。这绝望的呓语，使大家更为悲伤。

上边派了武警部队来歌风河救灾。战士们在歌风河流域搜寻了一天一夜，终于找到了蒋爷爷和强强的尸体。

歌风河三条人命祭奠了老天。天晴了，太阳很毒。

大地蒸腾出滚滚热浪，山清水秀的歌风河突然间苍夷遍地——洪水跌落，河边树枝上挂着五颜六色的塑料袋和破布条；淹死的牲畜和野兔、老鼠、死鸟到处都是。面对满目疮痍，人们悲戚得不知怎么办好。在这关键时刻，蒋大姐挺身而出，她将在场的人分成几拨，一拨人由徐永峰带着，将死去的牲畜迅速收集起来拉到深山掩埋；一拨人由王冬庆带着去墓地挖坑。一拨人由蒋志伟带着迅速抢修雪玲家的房子，用作停灵枢。雪雁和几个媳妇由杨瑞花带着负责厨房事宜。林意琳被指定负责丧事接待和所有杂务。她自己将到各村去借人——三副灵枢上山，需要几十个壮劳力，歌风河的老弱病残无法对付。

蒋爷爷有现成的棺材。四岁的强强由蒋志伟动手做了口薄棺。吴俊的棺材是王伟奶奶赠送的。王奶奶的棺材是孙子花大

· 324 ·

价钱特制的柏木棺材。

吴俊的大哥说，我兄弟年轻，只怕服不住这么好的寿材。

王奶奶说，服得住。他配这柏木棺材。他配！

这时候，人们突然发现，几乎给全村人做过好事的吴俊竟然没有留下一张照片，大家一脸悲戚，都为吴俊悲哀。这么个好人，在世上走了一遭，连个影子都没留下。吴俊相貌奇特，每个人都记得他的相貌特征。有人建议雪玲为他画张像。雪玲在师范学校学过绘画，是村里唯一会画画的人。

雪玲有些为难。说道，我这点水平，教教娃娃们画画可以，给人画像肯定不行。更何况，吴俊哥这样匆忙去世，我心里悲痛，没法专心画呀。

正在为难，萍萍跑过来说，妈妈的手机里有一张吴俊叔叔的照片，是小林叔叔从新疆回来那天拍的。那天晚上林叔叔和妈妈跳舞，吴俊叔叔高兴得咧嘴大笑，我就用妈妈的手机给他拍了照。

雪玲将萍萍搂在怀里，无限感激地亲吻着女儿。说道，好孩子，妈妈感谢你。

王山大哥接过手机就往外跑。吴小波追上他说，稍等一下，我回去骑摩托来，路通的地方咱们骑一段，路不通的地方咱们爬过去，再把摩托拖过去，这样总要快一些。

寿衣是全村女人赶制的。冬庆媳妇李丽来时就将家里现成的新布匹和针线带来了。素云默默剪裁，其他人默默缝制。

黄昏时，王山和吴小波连滚带爬地回来了。他们在镇上放大了照片，还带回了两箱冰和两个柴油发电机。他们满身泥浆，手和脸挂得稀烂，全身都血糊糊的，一副九死一生模样。

王山说，好玄啊，我俩差点把命丢在路上。原来，路上塌方的地方泥土松软，根本分不清哪里是路面哪里是山谷。王山一脚没踩好陷进去。吴小波赶过去拉他，结果也陷了进去。眼见得有性命危险，幸好前边来人，将他们救了。

装框的相片摆出来，满脸慈祥的蒋爷爷、咧嘴大笑的吴俊、一脸稚气的强强，就像活了一样，在场的人都大放悲声。还是杨瑞花从厨房里赶出来冷静地说了几句，大家才止住悲伤。

她说，现在不是哭的时候，天气这么热，赶紧装殓要紧。

杨瑞花这时候充分显示出她山乡高人的气派。她指挥人迅速烧了热水，亲自为死者擦洗身子，然后穿上寿衣。

雪玲拿出化妆品，仔细地为爷爷、吴俊、强强恢复容颜——眉毛、鼻翼、脸颊、嘴唇，一点一点画，那一个仔细，仿佛他们不是永远睡去，而是要装扮好前去赶庙会或者看大戏。

林意琳在大家的态度里读懂了歌风河人视死如归的大气度。

村里人都来吊唁。蒋志勇和萍萍见到每一个前来吊唁的人，都要曲步上前长跪不起。蒋志勇是蒋爷爷的孝子。吴俊兄弟俩都没有后人。雪玲让女儿萍萍做他的孝女，为他披麻戴孝。因为他生前跟萍萍最亲。前来吊唁的人第一个动作就是到灵前上香磕头。孝子孝女分别跪在两边，祭奠的人三叩六拜，他们也陪着磕头。

他们每跪一次，林意琳的眼睛就要热一回。他从来不知道，生命逝去时有这样庄严的仪式。执事给前来吊孝的人都分发了孝布，人们披挂起来，白花花一片。戴孝是有分别的。血脉至亲穿孝衣，戴孝布；次亲的戴拖地长孝，一般孝子戴齐腰的短孝。林意琳发现杨瑞花穿着孝衣，因此也要求穿孝衣。执事略做思考，同意了。这样，在蒋志勇忙不过来的时候，他就代替他跪在灵前跟祭奠者一起磕头。

王山从镇上请来一个专业礼乐公司。蒋志勇本来主张一切从简，但是蒋大姐和王山都不同意。他们认为正是因为遭了大灾，才要把丧事办得隆重，才要彰显活着和死去的意义。蒋志勇只好听他们的。

锣鼓乐器在灵堂旁边摆开，八个乐手分两边坐下，锣鼓敲响，而后就是喇叭、双簧管、圆号、长号、长笛一齐奏响，真正地哀乐动地，令鬼神也惊。

第一次正规开席，是犒劳所有前来帮忙料理丧事的人，叫作"祝席"——所有人入席坐好，蒋志勇带着孝子们一字排开站在席前，然后郑重磕头，感谢乡邻们前来帮忙。三个响头，每一个都要先跪下，再作揖，然后双手摊开，手背着地，深深地磕下头去；然后起立，再跪下；如是反复三次。林意琳在跪拜的过程中，进一步悉心地领会乡村的葬礼仪式。

最辛苦的是杨瑞花。她从一开始就在厨房担任主厨外兼指挥，累得腰都直不起来。歌风河的丧宴是很讲究的，要让四面八方赶来吊唁的人都吃好，就要开流水席，也就是按时间段不断开席。也许灾后重生让人们更觉生命宝贵，亲情宝贵，歌风河方圆团转的人，知道消息的都赶来了。这些人来时就自动地买了肉食和蔬菜，送了碗筷和桌椅。这份浓浓乡情，除了蒋志勇长跪谢恩，就只有通过丰厚的宴席来表达谢意了。林意琳害怕杨姨吃不消，专门走到厨房问候。他说，席面不能简单点儿吗？比如说，就下个面条，或者简单地炒几个菜，吃个米饭。

杨瑞花摇头。说道，歌风河的规矩，宁肯结婚的宴席简单些，丧宴绝对不能马虎。这是对死者的敬重。也是对生者尊重。尤其，这次去世的是村子里最受人敬重的两个人和一个天使般可爱的娃娃，他们又走得这么突然，这么凄惨，我就算累死，也要做最好的席面送他们。杨瑞花说着，眼睛就红了，一包泪水汪在眼睛里，似乎眼睫毛一闪，就会豆子般滚落出来。林意琳赶紧将头扭向一边。

　　这次丧宴做的是歌风河最为讲究的宴席"三点水"。林意琳知道"三点水"列入了国家非遗项目。但因为程序复杂，事实上现在很少有人做这种席面了。因此，他听说过，却不知道它的含义。杨瑞花告诉他，"三点水"席面其实是一种敬老文化。因为婚礼和葬礼，都有许多老人参加，因此，首先要让他们吃好。那么，席面就要有凉有热，有咸有甜。八个凉菜，须有四个坐碟，也就是开胃小菜——五香黄豆、甜味泡菜、小葱拌豆腐、咸辣萝卜干。喝酒时，供人们调节口味。热菜上来时要敲锣，以示郑重。上两道热菜，要换甜品的时候，须上几碗清水，供大家涮洗勺子；甜品换热菜的时候，又要上几碗清水，供大家涮洗勺子，整个席面要换三次水，因此叫作"三点水"。这水也是十分讲究的，烧开的山泉水放凉，根据不同的季节水面上飘几朵不同的花瓣，分别叫做桃花水、荷花水，或者牡丹花水等等。最后要上四个坐碗，也就是下饭菜——粉蒸肉、豆豉蒸肉、豆腐乳蒸肉、炒青菜；压席的是一道酸辣粉丝汤，或者酸辣肚丝汤，要放足姜片和胡椒，为的是暖和肠胃。这席面的总体要求是"滚、淡、烂"。"滚"是端上来的菜要热气腾腾；"淡"是要清淡；"烂"是菜品里的肉要烂，所谓肉烂自香。所以，"三点水"的席面有好几道蒸菜，还要有三道汤。说起这汤，又有许多讲究。比如我眼下做的这道鸡肉丸子汤，那是要杀了上好的活鸡，不烫毛，立即开膛取鸡腹肉出来，剁碎了加入少许淀粉和鸡蛋清，标准是肉丸子必须在水里飘起来。杨瑞花说着用大拇指和食指蜷起，挤出一个个肉丸子在水里，果然漂浮了起来。

林意琳大惊。说道，真没想到，歌风河的饮食文化有这么讲究。

杨瑞花叹道，大约山里人活得艰难，所以才这么认真地对待每一顿饭，认真地对待每个人的生和死。

林意琳本来是担心杨瑞花累着，来劝她简化宴席的。听她这么一番说道，倒觉得必须这样了。尤其是，歌风河今天要庄严送走的是村里最值得敬重的两个人和一个人见人爱的小娃娃，想不讲究都不行啊。

雪玲一直缓不过劲儿来，总是发呆，所以只能让她干些端茶倒水和接待客人的琐事。三个至亲至爱的人突然离去，而且是以那样不可思议的方式离去，严重摧残了她的身心。她尤其无法面对强强的母亲素云——那天，本来是要送强强回家的。暴风雨骤起之后，雪玲就把娃娃们都送回了家。只因强强的家在另外一道山梁上，相对较远，也由于风雨太大，雨水打得人睁不开眼睛，更是因为太累，她在风雨里跑了几十个来回之后，双腿实在挪不动了，她就给素云打了个电话，征得素云同意之后，她将强强带回了自己家，说好雨住就送他回去。谁知却遭遇了这样的不幸。她总在心里说假如，假如她再坚持一下把强强送回去，假如她将强强牵在自己手里，或者牵在父亲蒋志勇手里而不是让他坐在爷爷怀里，也许强强就不会被泥石流卷走。她像得了强迫症，不断地看自家堂屋门框，想象强强牵在自己手里应该在什么位置，牵在父亲蒋志勇手里又该在什么位置？总之，那是一个安全的位置。可她把这个安全的位置给了自己的女儿。现在自己的女儿好好活着，强强却不在了。这无论如何没法解释。一条门槛上呀，为什么有人活着，有人却死了？就仿佛老天爷故意幽默了一下，施了个魔法，闹出这样说不清道不明的事故让人们猜详。出事之后，她暗暗盼望素云来打她闹她、撕咬她、骂她黑心肝害死了她的儿子，可那个忠厚善良的女人一句都没有责备她。是的，一句都没有责备她，连一个责备的眼神都没有，这让雪玲更加难过。

乖巧的萍萍不知从何时开始，改口把素云叫作妈妈。她小心翼翼地围绕在她左右，不时递一杯水，或者站在她身后扑拉扑拉扇扇子。这让雪玲多少有些安慰。灾难，使每个人的心智都突然长了一节，萍萍似乎一夜之间长大了十岁，不仅能够体谅大人的苦楚，并且知道怎样安慰大人了。

林意琳看在眼里，疼在心上。但也毫无办法。他只能尽量地多多陪伴在她身边，以安慰这个灵魂受难的女人。

这天的第三次宴席开过之后，林意琳觉得音乐太闹了。他几次要求乐手们停一下，都没能做到。蒋大姐拉他到一边说，音乐不能停。停了，人们哭倒一片咋办？灾难够难受了，音乐就是要把大家心里的悲伤压住。

林意琳点头，表示自己明白了。

夜里十点半举行封棺仪式——孝子在灵前跪拜、烧纸、磕头，然后打开棺材盖，让众亲友最后一次与亲人见面。告别仪式是个悲伤的场面，绕着棺材缓缓行进的人个个都是掩面不禁，林意琳忍不住哭出了声，大叫爷爷，又哭叫吴俊，还试图伸手抚摸强强的小脸，惹得许多人都哭泣不止。随着一声盖棺令，催人肠断的孝歌响起。孝歌是孝歌手根据死者生平现场发挥的。曲调单一而哀伤，唱词却非常丰富。蒋爷爷的一生，从英雄马帮到文革受难，再到中年丧妻，一个人又当爹又当妈，再到承受儿子孙女家庭破裂的苦难，而后超越苦难成为山乡贤达，而后被无情的山洪卷走，孝歌手娓娓道来，听者无不动容。至于哑巴吴俊，孝歌手更是唱得凄惨——一个苦难的生命，生下三天便没了母亲，而后的三十五年，生活里几乎都是劳作与苦难。然而，这个独特的生命总是微笑着面对命运的不公。别人不尊重他他尊重别人；别人欺负他他不欺负别人；别人不干的苦活累活他干，别人知道的人间丑恶他不知道，几十年风风雨雨，他对世界只有一个态度：那就是无尽的友善。

林意琳非常佩服孝歌手的才华，毫无准备，不需要构思，就把自己的乡亲总结得那样生动和到位，而且句句都是押韵的，真正如泣如诉如歌。

唱孝歌的时候，孝子们开始转香——三支燃烧的香，用大拇指和直通心脏的中指轻轻拈着——所谓心香一炷，低头慢步，绕着灵柩一圈一圈地转。一些人转累了，另一些人立即替补上去。

午夜之后，祭奠活动结束。孝子们守灵，其他人可以休息。但是，这一夜，没有一个人离开，即使老人和孩子，也劝不动。大家默默地守护在灵柩旁、院子里，就像一群白色雕塑。只有飞蛾活跃，绕着发电机和千瓦灯泡疯狂地飞扑——几寸长的巨型飞蛾，白色的、灰色的、绿色的，以及各种各样奇形怪状的飞蛾，仿佛是来殉葬，前赴后继地碰落在地面上，扑棱着翅膀悲壮了。

这次突发性灾害受灾面积很广，汉江沿岸的几十个村庄都受灾严重。有个村子一夜之间死了二十多个人。有一家七口全部遇难——主人和回娘家的女儿全家。省市报刊和各种媒体铺天盖地报道着灾区受灾的情况和救灾的进度，以及悲惨和感人的各类故事——某村党支部书记为了组织群众转移，走在半路上被泥石流卷走；某年轻的村官在救灾时被飞石砸中；某村的一位母亲在房屋倒塌瞬间将半岁儿子拥在怀里，结果母亲惨死儿子完好无损；某村的两位老兄弟，洪水袭来时，兄弟将智障的哥哥背到自认为安全的一处空房子里并安顿好哥哥后，自己去找柴火给哥哥做吃的，结果，山顶一块巨石飞来，不偏不倚砸在哥哥头上等等，离奇又神秘，仿佛洪荒时代的传说，霎时传遍省内外。

　　林元夫妇在报纸上、电视上看到山区受灾的消息，立即像热锅上的蚂蚁，急得在屋里团团转。林意琳那边手机信号不通，一点儿消息都没有。发急的梁音就埋怨林元：都是你，我说去看看，你总是不让去，现在倒好，我们连儿子具体在哪里都不知道。

　　林元心里虽然也急，但表面上很镇定。他说他的第六感觉知道，儿子平安无事。说完进屋，不慌不忙地收拾东西。梁音跟进来，问他要干什么。

　　他说，去看儿子啊。你现在赶紧上街买些吃的东西，罐头肉肠之类的多买一些，估计那边用得上。另外，给意琳买两件衬衣和短裤，男女胶鞋按不同码多买几双。

　　梁音拿上自己的信用卡进了超市。饼干、面包、巧克力、咸蛋、变蛋、鱼肉罐头、大肉罐头、火腿肠等等，看见什么都觉得是灾区最最需要。结果买得自己拿不动，只好在超市门外叫了工人帮忙搬运回家。于是，两人出门时，各自背着大大的旅行包，仿佛要到国外去野营。

林元夫妇来到歌风河蒋家大院的时候，这里正在进行惊天地泣鬼神的起灵仪式——万炮齐鸣，花圈如林，白幡飘飘，二十四个壮年男人分别抬起灵柩缓缓出门，招魂幡在前面引路，孝子顶着燃烧的火盆紧跟。那抬灵柩的队伍却在院子的斜坡下前后踏步不前——这是死者不舍人世、生者不舍死者之意。抬棺人沉重的喘息和低吟，送灵人幽咽的哭声和哀鸣，杂沓的脚步和沉闷的鞭炮，混合成悲壮的生命之歌，让第一次见识这种场面的林元夫妇大放悲声。他们惊讶地看见，儿子林意琳夹杂在抬灵柩的队伍中间。他紧紧地抓着丧杠，牙关紧咬，肩膀上肌肉凸起，满脸挣得通红，随着指挥的节拍一前一后地摇摆。终于，孝子摔了孝盆，回头给抬灵柩的人跪下磕头，队伍这才万般不舍地往前走。

林元夫妇无声地跟随着送葬的队伍到了星子梁下向阳的南坡蒋家墓地。蒋爷爷生前把吴俊看作自己的孙子，小强强是坐在他怀抱里离世的，他们又在同一天同一个时间遇难，吴俊的哥哥和素云同意将他们安葬在蒋爷爷身边。

棺材放下去，孝子蒋志勇将第一铲土抛起来，撕心裂肺地叫了三声"爸"，萍萍也喊了三声"爸"，素云无声地哭泣。中年男人蒋志勇狼嚎般的哀嚎和五岁女孩萍萍清脆如雅雀的童音撞在四面山上，就像教堂里的钟声，久久地、久久地在山谷里回荡。

葬礼结束后。林元夫妇站在一边，等待儿子过来。他们没有交谈，只是深深地互相看了一眼。

第二十九章　阳光村构想

一个月之后，林意琳主持歌风河青年创业者协会召开了第二次会议。在会上，会长林意琳提出议案——每个会员筹措三百万资金，在歌风河两岸的安全地带建设长治久安的生态移民新村——阳光村。新村按 180 平方米的统一标准，建别墅式两层小楼，每家每户屋前有花园栅栏，屋后有菜地，而且要有花果树，桃李杏梨，枇杷、核桃、银杏、梧桐按各自不同爱好选栽，但房前屋后必须栽够十棵树，树种由村委会统一免费提供，愿意自己出资栽种珍贵稀有树种的给予奖励。村子中央最好的地段依次建村委会大楼、学校、留守儿童乐园、文化广场和医务室。村子尾部建一座住宿和餐饮一体的酒楼。村头移栽蒋支书家的两棵大杏树作为阳光村村树；歌风河两岸全部治理之后，岸边栽植四季蔷薇，红色与白色相间，河边遍植杨柳，杨柳间栽植樱桃树、杏树、李子树、桃树、李子树、柑橘、柚子、枇杷等果树。这样，整个春天，果树花一茬一茬地开放，歌风河移民新村就成了真正意义上的阳光村。

林意琳继续阐释道：关键是，阳光新村也将是精神文明的典范。我们将在每家每户门前右侧立一块镇宅石。石头上镌刻镇宅箴言。像"奋发""自强""和谐""友爱""宝宅""福地"

等等；我们还要把门牌号和家训牌合二为一，做深入调查研究之后，把各家不同的家训书写其上，悬挂门口左边墙壁上，向世人昭示歌风河古老的文明。同时，采取村民入住时收取最低成本价政策，有钱没钱，统一入住。困难户视其实际情况，有劳力的，在村子里的企业打工慢慢偿还；没劳力的，无条件入住；欠房款的，不打借条，不催不逼，随意还款，实行零压力。我设想，新村建成之后，所有的节假日，全村人都在一起过。尤其春节，除夕集体团年之后，每家每户轮流接村里人玩一天，从初一玩到正月十五，让我们的村子成为真正意义上的大家庭。

大家一起鼓掌赞成。

王山大哥说，这主意太好了。我们要建就建一个巴山腹地的大同乐园。这样，大家可以互相照顾、互相取暖。尤其那些只留下老人娃娃的家庭，就再也不用受孤独寂寞之苦了。这几十年，农村人奔波在打工路上，过着妻离子散的日子，岂一个"苦"字了得！我们这些所谓的乡村能人和成功人士，理应为结束这种苦难效力。我首先举双手赞成。只是，大家集中居住之后，种地怎么办呢？我们必须考虑到种地的问题。农村不同于城市，家家户户得种个葱种个蒜呀，种点粮食呀蔬菜呀，不然吃什么？尤其那些靠土地生活的困难户。

蒋大姐说，这个问题我来解决。我在村里开个超市，专门卖我农业园区生产的蔬菜粮食水果。至于靠土地生活的这部分人，我们可以把他们的土地置换到靠近新村的地方。农闲时，让他们在企业打工，农忙时组织劳力帮助他们播种和收割。

这么讨论了一阵，举手表决，大家都同意。列席会议的蒋志勇说，我的企业规模大一点，我拿五百万。蒋大姐说，我也拿五百万吧。虽然我的农业园区这次受灾严重，但建设歌风河新村是我很早就有的心愿。我得感谢意琳，把我的梦变成现实。

是啊。吴小波和王冬庆也说，若不是意琳，我们也就是在心里想一想。

林意琳说，这是蒋爷爷和吴俊给我的启示。蒋爷爷年轻时，带着马帮贩盐，为的是给全村人谋一条生路；吴俊几乎是歌风河的大众儿子。他们都是给大众谋幸福的人，所以，他们的去世才使我们如此悲痛。守灵的那两夜，我想啊，想啊，我们怎么样才能把他们的意志发扬光大呢，怎么样才能让歌风河人过上安居乐业的小康日子呢？结果，就想出了这个主意。现在看来，大家是英雄所见略同啊，不然也不会这么顺利就达到思想统一。

蒋志勇说没错，这几年，所有创业有所成就的人都想为家乡做点实事，就是找不到突破口。

正说着，林意琳的手机铃声骤响，是徐大壮从遥远新疆打来的长途电话。他说，惊闻歌风河受灾，他个人捐资 50 万，光明花卉农场捐资一百万，为灾后重建贡献一点绵薄之力。

林意琳呆呆的，一句话说不出来。直到对方又重复了一遍，他才喃喃说道，谢谢啊，好兄弟，我替歌风河的父老乡亲们谢谢您。

大家都听到了对方慷慨激昂的话语和捐资数目，个个感动不已。要林意琳再次转达歌风河人的谢意和问候，并邀请他随时到歌风河做客。

远方的友情更加激发了大家战胜灾难重建新村的斗志。人们又热烈地讨论了一阵。

意见统一后，林意琳拿出自己设计的方案。他过去自学过建筑设计，经过一个多月苦心经营，他拿出的方案非常具体：房子的样式为二层小洋楼，外观为白墙灰瓦，一层设客厅、厨房、农具间、卫生间；二层为 18 平方米和 14 平方米的卧室三间，外带一个小客厅和卫生间。这样，既文明又方便出入。说着展开图纸，招呼大伙儿围拢来，他给一一讲解。

他讲解结束后，大家都很惊讶，一个多月来，他同村民一起抗洪抢险，辛苦备至，没想到他在劳作之余，竟对新村建设做了这样周密的设计。

蒋志勇说，我看新村建设工作就让意琳全权指挥，我们大家全力协助。

大家齐声说好。林意琳却担心自己能力有限，恐怕有负众望。

蒋志勇说，对所做的工作充满感情和理想，就是成功的保证。作为歌风河的村支书，我信任你。

大家也都纷纷表示信任他。为了郑重起见，还进行了举手表决。

林意琳组织大家开会的时候，他的父母就在隔壁坐着。这时候，他们走进来。林元说，请原谅，我们在隔墙旁听了你们的会议。歌风河要建移民新村，我们也该尽一份力。我们捐资 20 万元。就算支持儿子的事业。

林意琳说，爸爸！

林元知道，林意琳的意思是他创业已将家里资产掏空。所以他解释道，你不用担心。家里有两幅名人字画，我回去卖了就是钱。又对大家说，我跟一个民营大学签了三年合同。等三年期满，我和意琳的妈妈都到歌风河定居。我们做不了别的，就为歌风河小学和歌风河儿童乐园义务教学。

大家一齐站起来鼓掌。蒋大姐还时髦地拥抱了林元夫妇。

第三十章　歌风河夜话

　　林意琳的父母不顾大家反对，坚决地参与了歌风河的抢险救灾工作。那些天，儿子在一线清河道，修桥梁，他们也赶去做些力所能及的活儿。直到开学的前一天，他们才决定离开。

　　为了给他们饯行，杨瑞花做了一桌最正规的"三点水"宴席。每一道菜都是她亲手操作。上菜指定雪雁和雪玲，其他人一律不许插手。这让林元夫妇非常感动。

　　开席时，采取了传统的敲锣打鼓仪式。"咚锵咚锵咚咚锵"！庄严而欢乐。厨房里的人也出来举杯，喝第一轮开席酒。

　　大家举起酒杯的时候，蒋志勇说道，今天，我借林校长夫妇的饯行酒，郑重宣布一件事：我和杨瑞花女士，从今以后就搬到一起住啦。以前我不敢正视这件事，是我心里有解不开的疙瘩。经过这场大灾难，我想通了。世事变迁，人心变化，也属正常。我父亲就很通达。他曾经说过，这三十年的打工潮拆散了很多家庭，这是坏事，但也有好的一面，这种家庭解体又重新组合，而且东西南北互换，实际上提高了人口质量，尤其是山区人口的质量。以前我认死理，曾激烈地反对他这种说法。老人家的目的是劝我走出过去的阴影，重新组合家庭。他不忍心儿子受可怜受孤单，可我当时没有理解他的好意。那天，当我把孝盆子摔下去的那一刻，我突然明白了父亲的苦心。我不孝啊，让老父死不瞑目。

他说这番话的时候，杨瑞花哭着跑进厨房去了。林意琳立即起身跟过去，把她拉了回来。

雪玲说，天啊，终于等到这一天了。请允许我这做女儿的先喝了这杯酒吧。我等得心都碎了。说着，举起酒杯一饮而尽。其他人也纷纷仿效，还闹着要蒋志勇和杨瑞花喝交杯酒。

林意琳起哄道，对对，喝个交杯酒，就算响个众，也算村支书订婚的新闻发布会。

王山大哥说，哎，意琳小弟，别只顾说别人的事啊。今天当着林校长、梁老师的面，你也把自己的事说一说，好求父母大人恩准呀。你难道不觉得这是最好的时机吗？

正准备给杨瑞花敬酒的雪玲脸一红，放下酒杯就走。吴小波一把拉住她，说道，别走啊，雪玲姐姐。你苦尽甘来，应该高兴才对啊。我们，还有全歌风河的人，不，还有歌风河的山和水，歌风河的飞禽走兽，歌风河的虫子蚂蚁，都为你高兴哩。

林元和梁音互相交换了一下目光。梁音说，我们多么迟钝，竟然没有觉察出儿子的情感动向。做父母的，最高兴莫过于孩子找到自己心仪的另一半。说着，解下自己脖子上的纯金项链，郑重地给雪玲戴上，说道，好孩子，我和他爸爸，感谢你在最困难的时候，陪伴了我们的儿子。

林元也郑重地举杯，说道，感谢你！雪玲！

在大家热烈碰杯的时候，雪雁正好来送"第一点水"——托盘里的三碗水里，漂着红白相间的玫瑰花花瓣，那一种清雅芬芳，让所有人都醉了。徐永峰趁机悄悄捏了一下她的手，幸好她已转过身，大家没有看见她红到耳根的脸庞。

是夜，林元夫妇靠在床头夜话。

梁音说，这么说来，儿子真的要离开城市，在这里安家了。你甘心么？说老实话，不许矫情！

林元说，我没什么不甘心的。有爱的地方就有家——哪怕是世界上最偏僻的角落，有爱就是最温暖的地方。北京够繁华吧，咱们云城够热闹吧，丢失了爱，最繁华的地方也是生命的荒岛。

梁音说，哎，你总是道理一套一套的。能不能放下你那些大道理，说点接地气的话。

林元说，我说的就是接地气的话呀。我很喜欢雪玲，喜欢她的女儿萍萍。我尊敬她的父亲蒋志勇。尊敬杨瑞花女士。要说有遗憾，就是没能见到他们英雄的爷爷。

梁音说，我也喜欢雪玲和她的家人，喜欢歌风河的这些乡亲。我就是有一点不甘心，我的同事们——那些最不起眼、业务最差劲的同事，孩子们不是清华就是北大，还有把孩子送到美国、英国、德国、法国、新西兰的，为什么我们的儿子要把自己的一辈子定位在这穷乡僻壤？我想着心里不顺。

林元说，人生的路是各种各样的。出国的人，人生未必就精彩。留在国内的人，生活未必就黯淡。经过这一个多月的观察，我觉得意琳的生活很精彩——脚踏实地，干着自己喜欢并热爱的事情，生活在友爱的人群里。跟你说实话吧，他在北京漂着的那些年，我没有一天心里是踏实的，如果三天没有他的电话，我就会惶惶不安。而这些天，我心里非常踏实。你难道没有感觉到吗，我那顽固的失眠症，不治而愈了。

梁音说，对啊，没见你整夜翻腾，我还以为你是累极了。不过你这人真能装。意琳在北京的那些年，你表面上很豁达，原来内心也是虚的。

林元说，我是男人啊，天大的苦楚只能藏在心里。儿子在外漂着，无根无基，娶下的媳妇面合心不合，北京生存压力又那么大，我这个做父亲的，怎么能安心？现在我真的心安了。说着，他拉过梁音的手放在心脏的地方，说道，不信你摸摸。

梁音说，去你的。心安不安还能摸得到啊。

林元又把自己的手放在妻子的胸口上，说道，其实，你也是心安的。你只是被自己的观念束缚，所以发出这些感叹。从今说过，咱们都不做世俗观念的奴隶，一切从生活实际出发，好不好？

梁音笑了笑，算是应诺。

和天下所有的父母一样，儿子有了伴儿，他们就要想到抱孙子的事。

梁音说，你看周围，比咱们小七八岁的人，都有孙子了。

林元说，儿媳妇都有了，孙子还会远吗？

梁音说，从现在算起，咱们抱孙子最早也在明年秋天。那时候我五十九岁，你都整整六十一了。

林元笑道，真是小女人见识。我还以为你是超凡脱俗的另类呢，却原来也是凡夫俗子一个。

梁音说，我就是凡夫俗子，就是想孙子，你就笑话我吧你。

林元说，凡夫俗子好。凡夫俗子脚踏实地，是最可贵的。我喜欢你的恰恰就是这一点。我问你，夫妻这么多年了，你知道我最喜欢你哪种状态？

梁音说，还用问吗，就是我系着围裙给你和儿子做饭时的状态呗。你们男人，典型的大男子主义思想，就喜欢女人做你们的附庸和奴仆。

林元严肃地说，错。恰恰相反，女人满怀着幸福感为丈夫和孩子做饭洗衣的时候，是女人最高贵的状态——奉献，忘我，都是在那一刻体现出来的。我曾经无数次地陶醉在那种状态里。你说，从这个意义上讲，生活在纽约和生活在歌风河有什么两样吗？

梁音说，一肚子歪歪道理，我说不过你。说着溜进被窝，并伸出手将林元拉进被窝，说赶紧睡吧，明天还要起早赶路哩。

可是，又怎么睡得着！天南海北，人生种种，说不尽道不完的话题。说着说着，天就麻麻亮了。林元干脆起来，说道，咱们不如自己走到镇上去搭车吧。反正没行李，走路权当锻炼。这几天，意琳他们要安置灾民，要筹备新村奠基仪式，我们不要给他们添麻烦。

梁音说，不辞而别，这合适吗？

林元说，特殊时期特殊行动，没什么合适不合适的。你赶紧起来收拾，我们趁天没亮出村。

于是，这对文雅的夫妇，扮演了潜行者的角色，于天亮前悄悄出村，踏上去镇政府的大道。谁知他们的行动还是被蒋家的特殊成员大黑察觉了。它紧跟着他们，忽前忽后地跑，不时"汪汪"大叫两声。林元想赶它回去，它怎么也不走。只好由它。到了车站，买了车票上车，大黑远远站着送行，倒叫他们分外感动。

第三十一章 "方舟"里的人们

天亮，林意琳发现父亲的留言，叹道，典型的老夫子，任何时候都这样自律自强。

雪玲说，赶紧找车去追他们吧，无论如何要送一送。

林意琳说不用，又不是远隔千里万里。说着，父亲的短信到了，告诉他，车已开，有座位，让他放心。当然，后边还有一堆啰唆话，无非让他劳逸结合、爱护身体云云。也没忘了告诉他们对雪玲很满意，也很喜欢蒋家所有的人和杨瑞花。

接下来的几天，林意琳忙得人仰马翻——向上级汇报新村规划；请专家勘探地形地貌；论证各类数据；一家一户征求村民意见；还要应付上边各类检查，接待不同前来灾区看望的领导和媒体。他眼窝深陷，目光犀利，行动敏捷，就像一只机警的鹰，不断对付着各类突变情况。直到奠基那天，施工队开进来，十几台挖掘机开进来，他才长长地松了一口气。

那天，送走了前来参加奠基仪式的县镇领导，他站在村口，仰头默念了自己亲手写就在村头彩门上的横幅：走进阳光村，请高扬希望的风帆；来到歌风河，请记住幸福的密码。会心一笑，然后爬上山坡，找了个密密的松树林躺下来，想休息一下。忽然想到，很久没有去蒋爷爷和吴俊的坟地祭奠了。于是，他在林子里摘了几个青果作为祭品，转过一面坡，来到蒋家墓地。虽然已过去多日，来到这里，他依然止不住感伤。大中小三个新坟，泥巴缝里长出了许多青草，更让他感觉人生易老天难老。他在附近折了几根艾蒿分别插在三座坟前，算是香烛，再把青果摆上。然后，郑重地跪下，磕了三个响头。磕过头之后，他依然跪在那里，先呼唤了三个人，接着，把歌风河正在建设的阳光新村详细汇报了一遍。最后他说，爷爷、吴俊大哥、小强强，你们放心吧，我们一定把新村建设好，让歌风河所有的人都过上安稳幸福的生活。说完倒在地上，立马就睡着了。雪玲来到他身边许久他都没有发现。还是雪玲担心地下潮湿，硬摇醒了他。

他眨巴着眼睛，仿佛在回忆一个世纪以前的事情。说道，我好像欠了八辈子的瞌睡，都不知身在何处了。

雪玲说，总该记得我吧？

他说，死八回也记得。

雪玲说，我看你差不多把我忘了。这些天，你都没有给我打过一个电话发过一个短信，我给你送饭送水，你也没有看我一眼。不过，你倒记得爷爷他们。我到处找你找不着，猜你就在这里。

他一把将她拉进怀里，说，对不起对不起，我是忙疯了。压力太大了，我来到世上三十一年，从来没有承受过这么大的压力。一村人的安危，一村人的长久生存之计，一村人的信念和精神寄托，压得我喘不过气来。你得理解我。

雪玲说，嗨，快放手，小心爷爷他们怪罪。

林意琳说，哎呀，我倒忘了。罪过，罪过。走，咱们到那边林子里去。

雪玲说，等一下，让我先祭拜爷爷他们。又问，你祭拜过了？

林意琳点头。

雪玲在坟前跪下，行三叩六拜大礼，并且久久地膜拜。林意琳看着她蠕动的双唇，知道她也在给爷爷他们祷告什么，就不去打扰她，悄悄站在一边。

许久，结束了祭奠仪式。雪玲缓缓站起来，说道，每到他们坟前祭奠一次，我就感觉肩上的担子重了一分。爷爷他们是多么盼望歌风河人过上幸福安宁的生活啊。

林意琳说，我也是。与其说是来祭奠，不如说是来接受心灵洗礼。我跪在坟前，就会想起爷爷的慈祥、吴俊的善良，还有强强那亮晶晶的眼睛，以及他那童稚的声音。他曾经说，他要挣很多很多钱，让妈妈不再受苦，让爸爸回家。这无异于祷语，提醒我们：我们的责任就是让孩子们的爸爸妈妈回家，让受苦的人不再受苦。

雪玲走过来，紧紧拉住他的手，然后两人一起鞠了三个弓，默默地离开。

两人来到松树林里坐下，林意琳将头枕在雪玲腿上，伸展双臂，作舒服状，问道，嗨，你还没有回答我哩，能不能理解我呀？

雪玲笑而不答，掏出手机，打开照相镜头对准他，说道，让我先照下你这英雄形象留个纪念——看你现在这个样子，蓬头垢面，脸颊瘦得像猴子，鼻子尖得像鹰勾，衬衫满是汗渍，裤腿一只挽着一只吊着，鞋上的泥巴有两寸厚。将来新村建成，肯定有个博物馆，就把你这形象永远留在博物馆里，供后来人参观学习。

林意琳翻身坐起，左右看看自己，不由得发笑，呵，确实有点儿狼狈。

雪玲说，岂止是有点儿狼狈，简直跟个叫花子似的，与你刚进村时判若两人。

他说，你不喜欢我现在这个样子？

雪玲说，不喜欢不喜欢。说着却滚进他怀里，紧紧地抱住了他。

蓝天白云下的浪漫，跟童话一样。

从激情中醒来，林意琳说，我心里一直有件事压着，这些天忙，顾不过来。

雪玲说，何事啊？赶紧说出来，免得憋坏了你。

他说，我们应该去看看彩云大姐。他们那个地方肯定也是重灾区。灾后，不知他们回老家去了，还是留在了那里。总之，我一直放心不下。

雪玲说，我也是。我给彩云大姐打过电话，但一直没人接。那咱们现在就去星子梁那边看他们，早看早安心。

林意琳看看表，上午 11 点半，抓紧的话，赶天黑前可以跑个来回。他立即给工程队负责人打了电话，又给徐永峰打电话让他盯在工地上，就和雪玲出发了。

一路上，到处都是山体滑坡堆积起来的沙土石头。林意琳感叹说，灾难的巨手威力太大了，它一瞬间的发威，我们恢复重建得用一两年，有些地方甚至数年都抹不去灾难的痕迹。比如我们失去的亲人，那是永远也抹不去的伤痛。

雪玲说，就是。又说，爷爷在时，曾激烈地反对在山上修公路，反对乱建房屋。他说，大山就好比一只水桶，你到处打眼，它就漏了。他还说，山也是有生命的，你到处修路，等于挑断了它的脚筋，割断了它的脉搏，那它就萎了，站不起来了，这就要发生"山笑"。我们这里把泥石流叫作"山笑"。山笑了，灾难就来了。但是，村村通公路，家家通村道，是上边的指令，我爸必须不折不扣的执行。为此，爷爷和爸爸闹翻过，但是没有用，谁也挡不住历史的潮流。我那时也埋怨过爷爷迂腐。我是在爷爷离开之后，才反复思考他的警告的。我现在才知道爷爷是对的。爷爷就是书上说的那种智者，对世事看得很明白。

说话间登上星子梁，他们驻足远望。雪玲说，你看，那些布满山坡的道路，像不像一道道的疤痕？大山本来是完整的，是我们人为地把它割裂得遍体鳞伤。我有时想，这每隔几年就有一次的灾难，是不是上苍发出的警示呢？也许，是大山的反抗，警告我们不要伤害它们太甚。

林意琳说，我也在思考这个问题。我亲历过 1983 年的滔天洪水。虽然那年我刚刚出生，但灾难的气息我能感觉得到。接着是 2005 年的滔天洪水，到今年，才不过五年时间，灾难又光顾了我们。原先说，汉江洪水是四百年一个轮回，现在的密度翻了多少倍？ 12 年一次，5 年一次，将来会不会密度更大？ 所以，我思考，必须要保护我们的父亲山。所以我提出全村人搬下山来居住的构想。

雪玲望着他，目光里是满满的敬佩之情。

下午三点的时候，他们来到彩云大姐家所在的山坡边上。没有大黄狗的叫声，他们甚是诧异。小心翼翼下到谷底，才发现原先的窝棚顶上有一个大洞。院子里荒草齐人高，几乎没有人的气息。他们互相对望了一眼，走进屋去，赫然看见原先支锅台的地方有一块巨大的山石，锅台砸塌了，铁锅也砸扁了，地上有黑红的血迹。

　　雪玲说，莫非他们走了？很奇怪，这里并没有发生泥石流，这块巨石是从哪里来的？

　　林意琳说，我感觉他们还在这里。走，到周围去找找。

　　他们各自找一把大弯刀拿在手里，还顺手抽了根棍子，就出门去寻找。果然，在山谷口，远远地看见有个人坐在那里。他们疾步走过去，认出是彩云。便齐声大叫：彩云大姐，这么大的太阳，你一个人坐在太阳底下干什么？

　　叫过两声，彩云才慢慢抬起头来——面如死灰，目光呆滞。他们立即意识到发生了不幸。差不多同时，他们看见了草丛里的新坟。还没有长草的新坟，一块块新堆的泥巴发出腥甜的气息。更让人惊奇的是那条大黄狗，它卧在主人的新坟边，已经气息奄奄。看见他们，抬起头无力地轻叫了一声，就断气了。他们冲过去连连呼唤，那狗却再也没有睁开眼睛。

　　彩云喃喃呓语：那天，我们本来要煮包谷糊糊吃的。他说，反正下雨天没事，一定要我擀面条。我那死鬼，一辈子没个别的，就好吃个手擀的燃面。就是刚出锅、调上油泼辣子、捣碎的大蒜、切细的芫荽那种面。我听他的，掀起被子，擦了竹席，和了面，我一边唱着歌子一边擀面，他在灶前烧下面的水。本来要擀好面才烧水的，可是他性急，早早地就在那里烧水了。他高兴地烧着水，脸上笑眯眯的。我想，他肯定在想着油汪汪的燃面，因为我擀面的时候抬头看见他一直在笑着。谁承想，就在这时候，一块天上飞来的石头砸在了他头上。本来我们是要煮包谷糊糊吃的。煮包谷糊糊的话，我们早就吃完饭了。吃完饭我们也可能睡觉，也可能到门口看雨，也可能坐在凳子上"斗地主"，那他就不会被石头砸着，那他现在就能给你们泡茶喝了。往日来了贵客，只要有好茶，他总是要亲手给客人泡茶的……

林意琳和雪玲不打断她。他们知道彩云失去金富大哥，就犹如鲁迅小说《祝福》里的祥林嫂失去了自己的阿毛，她必须那样诉说着才能活下去。

雪玲说，我们来迟了。金福大哥去世后，她肯定悲痛欲绝，才变成这个痴呆模样。真不知她是怎么活过来的。这些天吃什么、喝什么、睡在哪里？

林意琳顾不得讨论这些。他返回窝棚，找来一把锄头和铁锨，与雪玲合力挖了一个坑，将大黄狗埋葬在主人旁边。他从衬衣上撕下一个布条，在包里找出碳素笔，写下"义犬大黄之墓"几个字，绑在木棍上，插在坟头。那布条迎风摇曳，很有几分悲壮。想了想，从衬衣上再撕下一片，写上"割漆人金富之墓"，也绑在木棍上插在金福坟头。后来干脆脱下衬衫，铺在地上，写道：金富，甘肃人氏。二十三岁来到陕南星子梁，青春与星子梁山风漆树结伴，快快乐乐二十年。上过电视报纸，做过刊物封面人物，见过达官贵人，结交过良朋好友，妻贤子孝，人生圆满。可谓生也辉煌，去也悲壮。盖天地之精灵也。如今安息此处，与天地合而为一。是为大幸，是为神归。呜呼！

挥笔写完，用石块压在坟头。拉雪玲一起在坟前跪下，三叩九拜。

之后的当务之急是让彩云清醒。想了很多办法都不行。最后的招数是反复跟她说她的儿子和女儿。幸亏雪玲记着她儿子女儿的名字、年龄，以及打工的地方。慢慢地，她有点儿明白过来。这时候，林意琳对她说，我领你去看玫瑰花好不好——满坡架岭的玫瑰花，红色的、白色的、黄色的，漂亮极了。你不是喜欢玫瑰花么？你去我们那里看玫瑰园子，给它们除草，浇水，让它们开得好大好大。然后我们把你的儿子女儿接来看花，让他们住在园子里陪伴你，再也不走了。你说好不好？

这些话彩云听懂了。她点着头，在雪玲的搀扶下站起来。林意琳背起她朝他们的窝棚走去。进门之后，看见那块天石，彩云哇哇哭了出来。哭着哭着，彻底清醒了，叫着雪玲的名字，说，我怎么办呀？金福这死鬼抛下我，我今后可咋办呀？

雪玲抚摸着她的头，轻声说，有我们呢。今后咱们就是一家人。你还有儿子女儿哩，将来他们挣下钱就会来看你。你不要哭，好好儿的，一会儿咱们就回家去。

雪玲在床底下拉出个木板钉成的箱子，里边有两把原包装的挂面。她如获至宝，指挥林意琳从倒塌的锅台上扒出几块砖，支起灶，烧起火，准备用幸存的钢精锅煮面条。火烧起来之后，她去外边坎底下拔来一些野葱野蒜和荠菜，又去泉边洗净，幸好有盐，野菜拧巴拧巴和面条煮在一起，就是一顿不错的混合饭。搪瓷碗压扁了但还能用。三个人一人一大碗，呼呼啦啦吃完就上路了。

由于彩云大姐一步三回头，不舍旧屋，他们走得很慢。下得山来，已是晚上九点。幸好线路修通，村子里灯火通明。走到村口，正遇着小翠拉着她的丈夫摇摇摆摆回来。林意琳灵机一动，跟雪玲商量道：吴俊的大哥年岁大了，照顾自己都困难。

干脆让小翠两口子搬到我那里去住。彩云大姐也住在我那里，今后他俩就由彩云大姐来照顾。空闲时间，彩云大姐还可以帮厨、送饭，也可以带着小翠两个逛玫瑰园子。你看这样可好？

雪玲说，这样一来，你那里可就成了热闹之地了。现在看来也只有这个办法了。爷爷一去，我和爸爸成天在外忙，我家也成了空壳。把他们安置在你那里是最合适不过了。只看彩云大姐愿意不愿意。

彩云说，我愿意。我们孤魂一样在深山待了几十年。日盼夜盼就是有个人说话儿。只要有人相伴，我干什么都愿意。我听人说过这两个可怜的人儿，就让我来照顾他们吧！也赎赎我前世的罪孽。

林意琳说，眼下我那里房子破旧些，但我们的新村建设已经开工，最迟明年春天就能住上新房。我马上跟蒋支书申请，请他派人到你家乡把你的户口迁到这里来。从此后，你就是歌风河村的村民，不，是我们阳光新村的村民，和我们大家一起生活，你看好不好？

彩云大姐点头。一包泪水汪在眼睛里，眼看就要冲出来了。幸好杨瑞花过来。她一看有生人，就热辣辣说道，让我猜猜，这是哪里的贵客。星子梁的对不对？雪玲给我描述过，星子梁割漆的大姐，云盆大脸，明眸皓齿，好漂亮一个人物儿。经她这么一说，彩云破涕为笑。说道，我也早知道你。歌风河最响亮的人物儿，能歌善舞，精通厨艺，会开汽车，也会开拖拉机。不知我哪辈子修来的福分，能跟你们这些能人儿见面，真真三生有幸。

雪玲趁大家给小翠两口子搬东西忙乱，将杨瑞花拉到一边咬耳朵，如此这般说了彩云的遭遇。杨瑞花叹息，幸亏刚才没说错话。又说，既然来到歌风河，她就是我们的姐妹，今后我会善待她。

林意琳所住的王家院子是八十年代修建的五间旧式楼房。打扫一下，够十来个人居住。他把自己的房间让给彩云大姐和小翠两口子，为的是住在一楼，小翠的车子出入方便。他自己搬到二楼去住。搬东西时他才想起，去新疆时，他在小摊上买过四个小小的橡皮轱辘，原准备改装小翠的车子，谁想遇着洪水灾害，把这事忙忘了。现在他立即动手，卸下四个硬轮胎轱辘，把充气轮胎轱辘换上去，拉起来就轻松多了。他还准备了一条彩色的背带，一并换上，车子好看多了。

细心的杨瑞花当然知道，必须给他们洗个热水澡，才能脱胎换骨。她一边打电话让蒋志勇送个大木梢过来，一边嘱咐徐永峰摘些玫瑰花瓣，一边吩咐雪雁烧水，自己则回到家里，拿来一大包衣裳鞋子。还顺便拿了些彩色布条，把小翠的车子装点了一番。

雪玲说，这一来，小翠的车子就是名副其实的爱情彩车了。这个车子也会留存在歌风河的历史里。

说话间热水烧好，大木梢和玫瑰花也送来了。杨瑞花先把玫瑰花瓣撒在木梢里，然后注上热水，屋子里立即腾起浓浓的花香。

她命令道，现在你们大家都出去，我先给小翠洗澡。雪玲要求给她帮忙，她说不用。大家只好到堂屋去等待。

林意琳趁机给蒋志勇汇报工程进度。以前是平等关系，现在蒋志勇成了他的老丈人，他一时间还有些不大习惯，谈工作也没过去那么顺流了。蒋志勇看在眼里，就低着头听他说，尽量不去看他。

雪玲则拿出扑克牌，教彩云和德贵打扑克。德贵在没有伤残之前，是有名的鬼精灵。她相信，只要照顾得好，再加上耐心启发，他的智力还是多少能恢复一点。其实，德贵真是个奇人，脑子完全坏了，却记得爱人小翠。只要小翠唱"老公老公我爱你"他就眼睛发亮；只要小翠拉着他满世界跑，他就安静地待在车子里不吵也不闹。如果抛开世俗眼光看问题，他们还真是不离不弃的幸福夫妻，甚至可以说是超凡脱俗的神仙夫妻。

一会儿，门吱呀一声打开。杨瑞花将一个水灵灵的女子推出来——黑亮的头发在脑后扎成马尾；红扑扑的脸蛋放着光彩，眼珠子滴溜溜的；桃红色圆领衫，黑色的九分裤，白色平底塑料凉鞋，活像出水芙蓉似的。

啊，这是小翠吗？大家惊道，哪里还有一点傻气和疯人的迹象。

雪玲脱口赞道，杨姨，你真是化腐朽为神奇啊！天啊，让人怎么能相信，眼前这个水冲也似的人儿，就是小翠。

杨瑞花严肃道，以前我们只顾着忙，忘记了这两个可怜的人。吴俊冒死救出他们，使我突然明白，他们也是歌风河的一分子，我们得像照顾亲人那样照顾他们。吴俊哥俩比我们所有人做得好。

蒋志勇说，你说得很对！这首先是我失职，我应该检讨。

彩云说，大家都不要自责了。以后小翠两口子就交给我吧。我保证每天把小翠的头发梳得光光的，把德贵的脸洗得净净的，让他们吃得饱饱的，他们爱去哪里，我都跟着，再也不让他们风吹雨打受可怜。

杨瑞花拍着手说，这就好了。

杨瑞花接着拉彩云进去洗澡。她为她准备的衣裳是一件真丝草绿上衣，一条黑色的裤子，一双棕色平底塑料凉鞋。彩云洗过澡换上，有着同样惊人的效果。大家又赞叹了一番。

该给德贵洗澡了。林意琳自告奋勇，却被杨瑞花拦下。她命令蒋志勇，你去！打两遍香皂，冲洗两遍。然后给他换上干净衣服。

蒋志勇乖乖听命。雪玲和林意琳冲着他的背影挤眼吐舌头。

一会儿，蒋志勇领着换上新衣的德贵出来，大家惊讶得喊出了声。这个肮脏了多年的人，洗浴之后，竟然也油光水亮的光鲜。

雪玲叹道：简直是奇迹啊！

杨志勇把德贵放进彩车里，小翠立即就把那根绳子挎在肩上，还低下头，亲了一下德贵。林意琳赶紧用手机拍下那个画面——幸福的彩车。

杨瑞花说，一场大灾难，我们这些活下来的人都不容易。我记得有本什么书，说到一条船——滔天洪水袭来，那条船上的人一起逃生，上帝叮嘱他们不能回头……

"诺亚方舟"，林意琳说，是《圣经》里边的故事。

杨瑞花说，我不知道啥是《圣经》。但我知道，我们这些坐着一条船逃出来的人，从此要紧紧抱在一起，把每一个日子过好。今晚，我也要做个"三滴水"宴席，专门庆祝彩云和小翠夫妇劫后余生。

林意琳说，赞成。我给你打下手。

雪玲给他使眼色，说，厨房的事你就别掺和了，有人帮忙呢！我们去村里找些蔬菜。说完拉着林意琳出去了。临出门时还回头对父亲做了个鬼脸。

第三十二章　秀女服装厂

　　安顿好彩云和小翠夫妇，已是半夜两点。回到家里，蒋志勇边脱衣裳边对杨瑞花说，明天早晨不要叫我，即使天塌下来我也要睡到自然醒。我感觉累得要虚脱了。说着倒在床上，雷鸣般的鼾声立马就响起来了。杨瑞花心疼地拿条毛巾被给他盖上，自言自语说，可怜的人啊，你是累坏了。可怜的人啊，你样样都好，就是不知道心疼自己。可恨你还不让别人心疼你，犟得像头牛。她幸福地唠叨着，一边拉了灯，在他身边躺下。却睡不着，眼前走马灯似地闪过这些天没日没夜的忙乱——那天，在林意琳父母的饯行晚宴上，她长达十几年的爱情马拉松终于有了结果，但还没容她反应过来，一场意外，竟差点儿断送了他们的幸福。就在那天夜里，疲惫的蒋志勇骑着摩托赶去镇上参加抗洪抢险会议，回来时连人带摩托蹾进沟里，头部严重受伤。为了不影响大家的情绪，他竟谎称去外地谈判招商引资事宜，直到伤势完全好转才回到村上。那天，他们大大地吵了一架。她埋怨他没有把她当自己人，出这么大的事竟不让她知道。她责备他不了解自己的心，不了解他和她早就合二为一，一损俱损，一荣俱荣。如果他出了意外，她也就不会存在于这个世界上了。她哭哭啼啼，鼻一把泪一把，仿佛要倒尽千年万年的委屈。一贯以刚强铁汉自居的蒋志勇服了软。他跪在她面前，宣誓般说道，正因为爱你太深，才不忍心在你满心欢喜的时候扫你的兴，以后再不会这样了。听他如此表白，歌风河的铁娘子也不由自主在他面前跪了下来。他们相拥着互诉衷肠，两个跑爱情马拉松的人第一次心心相印了。然而，那个夜晚之后，蒋志勇一直在修桥补路的工地上奔忙，几乎没有回过家。这个夜晚算是他们真正意义上的爱情之夜，他却这样沉沉睡去，让杨瑞花哭笑不得。

杨瑞花就这样一阵清醒、一阵迷糊地胡思乱想。说真的，她有点舍不得睡。在这个特殊的夜晚，她希望就这样看着心爱的人在自己身边香甜酣睡。然而，还没容她的美梦做完，一阵急促的敲门声惊得她差点儿跳起来。

她说谁啊，天还没亮呢，这么鬼打门似的。

外边的人仿佛没听见，继续咚咚敲门。她只得赶紧穿好衣裳跑过去开门，一边说，别敲了别敲了，啥事啊，这么急？

来人是林意琳。他说，杨姨，天大的好消息，赶紧叫蒋支书起来。

杨瑞花挡在门口不让他进，说道，天大的事今天也不许叫醒他。你没见他累成啥样了。

林意琳说，我怎么不知道他累！可是今天必须叫醒他。你知道吗，王伟和水芹回来了！他们带着一个服装厂的建筑材料和上百台缝纫机，还有一个建筑队和十几个服装设计师、缝纫师回来了，浩浩荡荡十八辆大卡车，已经走到镇上了。

杨瑞花说，有这等事，怎么事先一点风声没有？我还在心里埋怨他们呢，家乡遭了这么大的灾，他们却连一点表示都没有。

林意琳说，这事怪我。事实上，他们在歌风河遭灾的第一时间就打来电话要捐款，是我建议他们不如在家乡遭难的时候，带着资金回来建工厂。我发短信跟他们说，你们想啊，歌风河人的苦难怎样才能结束？是不是家门口有了工厂，人们就地上班就地挣钱，家人团圆了就幸福。因为我的建议事关重大，他们需要论证，需要考察市场，还需要找下几个大客户，当然还需要痛下决心，才能最后决策。这就是水芹的办事风格，一旦决策，就是大手笔，就要出乎所有人的意料。哎呀，咱们别啰唆了，赶紧叫蒋支书起来。咱们要把全村人动员起来，到村口夹道欢迎。要打出个横幅：欢迎王伟、水芹回家！

　　杨瑞花说，这些事不难，咱们先叫些人赶做。让他多睡会儿吧。你这老岳父，这阵子都快累死了，你就可怜可怜他吧。一边说，一边推他走。

　　林意琳见杨瑞花不肯叫蒋志勇起来，知道多说没用。就趁她不注意挤进门去，一头蹿进卧室，又摇又喊，一下子就把蒋志勇弄醒了。

　　林意琳不等他下床，就把事情原原本本汇报了。蒋志勇高兴得瞪大眼睛说不出话来。

　　杨瑞花说，看你们这点出息。不就是回来个投资商嘛，看把你们乐得，话都不会说了，跟个范进中举一样。

　　林意琳说，杨姨啊。不是我非要打扰蒋支书的好觉。这实在是天大的喜事啊。你想想，这秀女服装厂建起来，能解决一百多个人就业啊。不但咱村的女子，就连附近村里的女子，都能在厂里就业了。这意味着一百多个家庭从此有了家庭主妇，一百多个孩子不再是留守儿童，一百多个老人不再是留守老人。这是划时代的壮举啊。我过年时见着王伟两口子就有预感，他们会对改变歌风河的命运做出贡献。果然不出我预料。

蒋志勇完全清醒了，跑到厨房洗了把凉水脸，抓起衣服就走。

杨瑞花追出来，喊道，回来，吃口饭再走啊。不然，这一出去，不知啥时才能吃上饭哩。

林意琳嬉皮笑脸对她挥挥手，说，饿不着！高兴能当饭吃哩。我相信，今天，蒋支书是最最高兴的人，所以他不用吃饭。

杨瑞花跺脚说，好你个小林，啥时变得这么油嘴滑舌了。

蒋志勇他们一口气跑到留守儿童乐园，雪玲和徐永峰、雪雁几个早已在那里等候。因为在路上就打过了电话，他们把做横幅标语的红布和剪字用的白纸等等物什都准备好了。蒋志勇命令徐永峰带人去砍柏树枝做彩门，又命令雪雁带人去玫瑰山谷采摘装饰彩门的玫瑰花。雪玲的任务是剪字。安排妥当之后，他和林意琳就开始不断拨打电话，通知人们到村口集合。

有消息灵通的，很快就赶到了现场。大家一起动手，不到一个小时，一座漂亮的彩门就在村口搭建起来了。由于松柏和玫瑰的装点，彩门高雅气派；更因为"欢迎王伟、水芹回家"的横幅标语而充满温情。人们围在彩门前，指指点点，议论纷纷，讨论的热点竟是"工厂"这个新鲜的词汇。山里人祖祖辈辈跟泥巴打交道，不知道工厂是啥样子。在大山里建工厂，他们这些摸惯了锄把的人要在工厂里当工人，多新鲜啦！

红日当头。这天的太阳就像人们的心情一样，热烈而又火爆。每个人额头上都晒出了汗水。蒋志勇要大家到阴凉处躲一躲，等王伟他们的大队伍快要到达时再排队，但是大家都不听。

他反复劝说，人们还是整整齐齐排在彩门两边，伸长脖子张望。只要山湾那边有一点动静，大家就喊，来了来了。所有人就心跳加速，脸红扑扑的光彩闪耀。

蒋志勇感叹说，歌风河人几十年都没有这样高兴过了。

杨瑞花附和道：就是。人们心里苦得太久了。

最令人惊讶的是，一向冷漠的蒋志伟今天情绪也特别激动。他一直挤在队伍的最前边，任人群怎么涌动，他都站在最显眼的位置上寸步不让。

吴小波跟他开玩笑说，哎呦，老伯，你老人家靠后点儿，让我们年轻人站在前边好不好！

冬庆说，就是啊。我们站在前边，水芹姐看着我们也赏心悦目啊。

蒋志伟说，去去，一边去。歌风河这么大的事体，哪轮到你们这些毛头小子站在前边！

以王伟奶奶为首的一帮老头老太太也要求站在队伍最前边。他们跟蒋志伟唱一个调调：是啊，哪轮到你们这些毛头小子啊。靠后靠后。后来还是蒋志勇出面给大家排了队，人们才安静下来。

冬庆来时就带了笛子，吴小波把搁置多年的葫芦丝也拿出来了。他们已练习了好几遍《请到我们山庄来》，准备在王伟他们的大队伍露面时一齐吹响。

雪玲在林意琳耳边说，可惜钢琴太重了，不然搬了来，你弹奏一曲贝多芬的"命运交响曲"，那才叫来劲。

林意琳说，钢琴的缺点就是太笨重。这种场合，我们民族乐器的优势就显现出来了。

正说着话，山湾那边响起了悠扬的汽车喇叭声和车队的轰鸣。冬庆他们的乐声立即响起。与此同时，惊天动地的鞭炮声也炸响了。人们看见，在公路上边的制高点上，王山带着几个人用长竹竿高挑着十几挂一万响鞭炮。长长的鞭炮随着炸响而飞动，就像歌唱着的欢迎词，首先把欢迎的人群感动了。人们嗷嗷尖叫着，有人还喊起了口号。

林意琳大声吆喝道，好个王山哥，我说这半天你怎么不露面，原来干这勾当去了。

王山说，心里高兴啊，想给你们来个出其不意。

王伟的车队在彩门前停下。蒋志勇和林意琳冲过去打开车门。夫妇两个下车，先倾听悠扬欢快的笛音和葫芦丝，再仰望上边炸响的鞭炮，而后注视着人群。当看见悬挂彩门上方的"欢迎王伟、水芹回家"的横幅时，他们的眼眶里倏地盈满了泪水。

等到大家情绪平静下来，王伟上前一步，先对大伙儿抱拳致意，然后大声说道，乡亲们，我们回家了，从此再也不走了。

排山倒海的掌声，树木也哗哗抖动。王伟也只好跟着鼓掌。直到手掌都拍得有些疼了，掌声才停下来。他继续说道，在这里，我要特别告诉大家，是城里小伙林意琳的诚意感动了我们。他先后给我们发了二百九十九条情真意切的短信，才促使我们下了回家的决心，让我们一起感谢这个年轻人。说着将林意琳拉到前边。

哗啦哗啦，又是排山倒海的掌声。

他讲完之后，水芹也上前一步，同样的先对大伙儿抱拳致意，然后朗声说道，我在这里重复一遍，我们回家了，再也不走了。

水芹穿一袭红色长裙，外搭一件黑色的薄纱衣，脚上穿着枣红皮鞋，在青山绿水的映衬下，犹如仙女下凡。而她那短短的剪发、坚毅的神情，又分明昭示着女企业家的风采。

这就是歌风河在外经过了血与火的洗礼的儿女，他们见过了大世面，积累了资金，回来造福乡亲。

再次热烈鼓掌。群情激动，山河沸腾。

掌声落下，水芹清清嗓子，继续朗声说道：大家可能都知道了，我们将在你们的家门口建一座服装厂，让你们和你们的家人在家门前上班，当工人，领工资。我们还要把孩子们的爸爸妈妈，老人们的儿女吸引回来，要把歌风河的年轻人召唤回来，一起建设家乡，把歌风河建设成为大家安居乐业的家园。大家说好不好？

人们一起高喊：好！好！

许多人都在擦拭眼角的泪花。王伟的奶奶竟然哭出了声，说道，可把你们盼回来了。今后，我再也不用一个人住在那座大房子里受孤单了。

其他人则在热烈地议论报名当工人的条件。留守儿童乐园的孩子们虽然不大懂得眼前这件事的重大意义，但是他们知道，家门口建了服装厂，妈妈就回家了。所以，孩子们兴奋得小脸涨红，也有人眼角挂着喜悦的泪珠。

蒋志勇的讲话很简短。他说，我代表全村人，热烈欢迎你们回到家乡建服装厂。村委会的人刚才已经碰过头，决定把村口那片最好的土地划拨给你们建厂。我们今天就选定第一批工人，就地培训。

林意琳是歌风河移民新村建设委员会主任，又是歌风河青年创业者协会会长，他当然也得讲话。他的讲话很实际。他说，第一，欢迎你们回来做阳光村村民。第二，欢迎你们加入歌风河青年创业者协会。第三，我要动员玫瑰山谷的所有员工，目前全力以赴投入秀女服装厂的建设工作。

简单的欢迎仪式结束之后，大家就开始卸货。十几辆大卡车，满载的货物卸下来，堆得有一公里长。大家就地搭帐篷，搬货物，人来车往，忙乱得就像大战前的物资运输一样。

在林意琳建议下，当天就在新厂址上举行了别开生面的奠基仪式。典礼没请领导，也没繁复的程序——打下第一根桩，蒋志勇、王伟、水芹、林意琳四人握着绑了红绸的铁锨铲下第一铲土，就由王伟他们带来的建筑队开工建设了。

杨瑞花评价说，这恐怕是全中国最简单的奠基仪式了。

她的话立即给自己惹来了麻烦。王伟说，今天的欢迎宴会，恐怕得是"三点水"吧？

水芹说，是啊，杨姨，你肯定要做"三点水"欢迎我们回家对吧？

蒋志勇代她说，那是必须的。

杨瑞花也说，必须的。我已安排人杀鸡宰羊了。我这就回去亲自上灶。你们就等着享用家里的盛宴吧。

第三十三章　爱　河

　　由于资金充足，歌风河移民新村建设进度很快。为了保证工程质量，林意琳吃住都在工地上。他还学会了开挖掘机，学会了打钎放石炮，工程艰难的地方，一概亲自去干。杨瑞花屡屡劝他不必这样，他根本不听。蒋支书和蒋大姐更是亲自到工地干涉，他也只是一笑了之。倒是雪玲开通，说，由他去吧。他跟着干，心里踏实。

　　第二年正月，好消息像春风一样吹到歌风河畔——首先是"秀女服装厂"建设完工，第一批经过培训的工人顺利进厂上班。紧接着，镇县领导将歌风河兴建生态移民新村的消息报告到市里，市里又报告到省里，受到上边充分肯定。上边紧锣密鼓制定了陕南生态移民新村建设的大政方针。政策下来，每户移民可补助建房资金 3.5 万到 4 万元，这等于给歌风河的新村建设添上了翅膀，所有人都欢欣鼓舞。一些小额度捐资也逐步到账——林意琳父母捐赠的 20 万到账；紧接着，他父亲打工的学校捐资 30 万到账，他母亲打工的艺术培训中心捐资 50 万也到账。这些汇集的资金，像春雨一样滋润着工程建设，保证着所有工程保质保量向前推进。行道树、绿化树、房前屋后的果树也同步栽植。林意琳脑子里几乎每时每刻都浮动着新村美景的图画。

　　移民建房补贴红头文件传达下来这天，正好是周末。雪玲做了些好吃的来工地看望林意琳，一见他就惊叫道：哎呀，你的衣裳都臭了。你有十几天没洗澡了吧？我看得让杨姨强拉着你洗玫瑰浴了。

　　他不好意思地笑了，说实在太忙了。雪玲强令他回家洗澡。逼急了，他说，那我去河里洗。咱们到上游那边没人的地方，洗他个痛快。说实话，我也真得歇歇了。不然就要垮掉了。

　　雪玲说，你疯了。这么冷的天去河里洗澡，寻着感冒呀。

　　他说，我今天就是想到河里洗澡。我就是想要歌风河的清流把这些日子的污垢洗掉。

　　雪玲拗不过他。回家去拿来了厚浴巾、小棉被和换洗衣裳，还灌了个热水袋藏在小被子里边。林意琳一见那些东西就喊道，不要不要。咱们就到河里赤裸裸洗个澡。雪玲哪里听他的，自己把那些东西捆好背上，在前边引路。她知道上游较远的地方有一片沙滩——淡粉色石英沙，细如面粉，柔如毛毯。最神奇的是，有一片麻柳树林包裹着它，外边一点儿也看不见。过去，它是歌风河青年男女们约会的天堂。这些年几乎没人去，那里差不多被人遗忘了。

　　他们来到这里，正有一对鹭鸶在沙滩上漫步——雪样的小精灵悠闲地、缓慢地走着，时不时停下来啄食点什么，有时会单腿站着凝望流水。

　　整个生物界，恐怕只有鹭鸶这种鸟儿保持着绝对的高贵。林意琳说，我看见它们，就要顶礼膜拜。小时候就是这样。我外婆家门前的西沙河，长满橡树和芦苇，沙滩辽阔无垠。那里不仅有鹭鸶，还有朱鹮。我会一整天、一整天跟着它们走。有一次，我跟着一对鹭鸶走到西沙河与汉江的交汇处，在芦苇荡里迷了路，吓得哇哇直哭。后来遇着村里熟人才得救。

真浪漫！雪玲想象着那样的情景：茫茫河滩里，渺无人烟，一个小小的多情少年，跟着对鹭鸶在河滩里且走且停，最后走到芦花飘飞的深处……

鹭鸶有灵性。听见他们的说话声，就扇着翅膀飞走了。

林意琳立即脱掉衣裳扑进河水里。开头冷得刺骨，整个人像被扔进了黑暗的隧道。他拼命地扑腾，拼命划动臂膀和双腿，游着游着就发热了，眼前就出现了光明。他嗷嗷地叫着，任由碧波清流冲刷着、洗涮着。这可心疼坏了雪玲。她不断地大声呼唤：快上来！快上来！

林意琳非但不上来，反而顺流游到远处。雪玲见此情景，忽然心动，也脱了衣裳，扑进河水里。歌风河的女儿，天生好水性。但那最初的刺骨寒冷还是让她浑身哆嗦。不过，她瞬间战胜了寒冷，顺流搏击，很快就追上了林意琳。

他们呀呀欢叫着，先是相抱在一起翻滚，后又仰躺在水面上，相牵着手，顺水漂流。

在一条自然的河流上漂流，犹如在梦中的天空翱翔。他们看见了橘红色的天光，看见了漂浮的白云，看见了南飞的大雁，还听见了清凌凌的天籁之音。

林意琳问，你刚下水时有什么感觉，像不像突然跌入了黑暗的隧道？而同时涌上心头的是……

雪玲接道：是必胜的信念——人是打不败的。你可以消灭他，但你就是打不败他！

林意琳惊喜道：你读了《老人与海》？

雪玲说，你带来的书我全读了。《追风筝的人》《牧羊少年的奇幻之旅》《群山回唱》《船讯》《家园》《老谋深算》等等。

林意琳无限爱恋地抱紧雪玲，在冰冷的河水里热吻她。

而后，他们并肩逆水上行。逆水游泳是艰难的。两个人都憋足气力向前游着。他们奋力游到出发的地点，同时站起来，走上沙滩。

雪玲惊讶地看着眼前的男人——这个在创业的艰难历程里去掉了一身书生气而略显粗蛮的男人，胸肌鼓凸、胳膊似铁、大腿健壮；小腹那里，毛发葳蕤茂盛，生殖器赳赳雄伟。这是一个从任何意义上说，都堪称顶天立地的汉子，担得起生活重任，挑得起爱情的担子，值得信赖，可以托付！雪玲不由自主走近去。她从上到下抚摸他，指头点着他身体的每一处，说道：你的头发，你的眉毛，你的眼睛，你的鼻子，你的嘴，你的牙齿，你的胸膛，你的胳膊，你的大腿，你的小宝贝，你的小腿，你的大脚丫子，你的一切的一切，都是我的最爱。

林意琳惊讶地看着眼前的女子——这个天生聪慧温良，善于将生活磨难变成乳汁滋养自己的女子，就像质地淳厚的美玉——眼睛清亮、面如满月、皮肤光洁、乳房坚挺、细腰如柳，小腹饱满，水草丰茂的宝贵之地如梦似幻。这是一个从任何意义上说，都堪称好女人的女子。他退后一步，用目光从头到脚抚摸那个躯体。也痴痴说道：你的头发，你的脸，你的眉毛，你的眼睛，你的鼻子，你的嘴，你的牙齿，你的乳房，你的宝地，你的美腿，你的小脚丫子，你的一切的一切，都是我的最爱。

青山静谧。流水欢畅。白云悠悠。晚霞灿烂。

两只鹭鸶落在不远处的沙滩上，漫步轻摇。河滩一派静寂。西天落日辉煌。红彤彤的太阳蹲在山巅上，仿佛在见证这一刻的安宁静好。

寻找命运的出口

——长篇小说《出口》后记

张虹

我的孩子大学毕业之后留在北京打工，使我得以直接和间接地了解了一些北漂大学生的生存现状。对这个特殊群体印象最深的一是漂泊无依的渺茫感；二是永远在路上的疲惫感；再就是如蝼如蚁的生存艰难感。那时候，媒体铺天盖地介绍着北漂们的生存现状——史各庄的"蚁族"群体，昌平一带的"睡城"，说的都是北漂们蝼蚁般的生活。我的孩子也是"蚁族"成员。他住在昌平朱辛庄一带，是京城的"荒郊野外"。每天早晨穿过一片荒野，坐两个小时地铁再转公交车去中关村那边上班，晚上再坐两个多小时公交车和地铁回来，好容易等到周末，就两个内容：睡得昏天黑地，然后电子游戏打得昏天黑地。这种"不见天日"的生活，使他们情感麻木，心灵疲惫。然而，他们却丝毫没有离开京城另谋生路的想法。北京对于他们那是人间天堂，是心灵圣地，是他们的"中国梦"。

我去过史各庄，亲眼目睹过蚁族大军下班时在垃圾遍地的窄巷里排着队往里走——他们神情疲惫，目光游移不定；我去过地铁站，亲眼看见过早晨七点西二旗地铁站上班族疯狂挤车的情景——那被夹在车门里的人的哀告，那不要命地往车上挤的疯魔扭曲的面孔，让我心惊胆颤。我想，人若是长年累月蜗居在史各庄那样的地方，生命还有光彩吗？人若是每天这样挤车，生命会多么疲劳啊！人若是一天四小时奔波在路上，还有诗意和创造力可言吗？人若是这样如蝼蚁般地活着,还叫生活么？

我的孩子有惊人的表述才能。他给我描述：有一次地铁挤到脸贴脸，他正好贴上一张女性的脸庞，说实话他并不想贴那张脸，因为那张鼻子偏平、眼泡浮肿、还有一种不大好的气味的脸并不值得去贴，但对方却愤怒地骂他流氓。但他不想流氓都不行，因为他无论怎样努力都挪不开自己的脸。就那样贴了一路被人骂了一路，下车又狂奔着去转车，面对身后追着他的谩骂连回嘴的工夫都没有；他给我描述冬天下班后那种怎么也走不到家的感觉——无边无际的黑暗，漫漫长路。在生命科学园下车后，面对大排档茫然无措，不知道该吃什么！过桥米线、鸡蛋灌饼、三鲜砂锅、杂酱面、麻辣烫、烤肉串，那吃了千百次的食物激不起任何食欲……他给我描述有位同学，找不到工作时就猫在租屋打游戏，门外是臭鞋和泡面碗，门内昏暗潮湿，霉味冲鼻，靠墙的雪碧瓶子和矿泉水瓶子里装着尿液。同学头发蓬乱脸色苍白怀里抱着笔记本电脑，他进去时，抬头看他的眼神就像泥塑……

我惊愕地发现，他叙述这一切的时候，也是神情疲惫，目光散淡，而且，脸色晦暗，缺少生气。衣裳也是那样凌乱，皱皱巴巴的 T 恤，迷彩图案的过膝短裤，全然没一点讲究。

遥想当年，他拿到北京工商大学录取通知书的时候，双眸

是多么清澈明亮啊。小小少年，怀揣着实现梦想的凌云壮志踏上北去的列车，在火车开动时，头和手臂探出窗外，欢笑着向故乡和亲人告别，红黄相间的格子衬衫就像旗帜那样鲜艳。才不过几年工夫，那欢情烂漫就像一张招贴画，随风远去，只有满脸的疲惫和无奈！

我跟他讨论过回家乡小城谋生的问题，他总是摇头。他说，北京就是个陷阱，你进来了就没法离开。不是谁不让你离开，是你自己无法离开。

我说，北京的确是天堂，但那是人家的天堂，不是你的。那么多现实问题摆在面前：永远买不起房买不成车，甚至没有条件生儿育女，将来怎么办？

他说，想那么多干什么！

而后，他又戏谑地套用电视剧《北京人在纽约》里的画外音，说道：如果你爱一个人，就送他到北京。如果你恨一个人，也送他到北京。

多么经典！

然后，我看见他在早晨六点，那么不情愿地起床，那么凄然地走出门外。我就要想到："人生的黑暗隧道"这句话。我就想，这个北漂的群体，犹如陷入黑暗隧道的蚁群，如何才能找寻到命运的出口？我想到了"家园"这个词汇，想到了"回归"这个说辞，但我又清醒地知道，故乡也不是温柔港，在就业形势如此严峻的今天，小城市和大城市一样就业艰难。而且，由于生态文明程度的差别，说不定，对于知识分子而言，小城市生存会更加艰难。因此我不敢拍胸膛说：回吧。回去一定比做"京漂"生存容易。

在北京行走的时候，我总是觉得北京太大了。大得没有边际，大得让人心慌，大得让人绝望，大得个体生命，尤其是打工群体的个体生命，真的就像蝼蚁般轻贱。试想，一个和周围没有任何关系的人，住在这荒郊野外，假如有一天莫名其妙消失了，不就如一个苍蝇蚊子或者蚂蚁消失了一般的不为任何人注意吗？

这个念头挥之不去。这种担忧让我久久地心酸。

我固执地以为，人活在世上，无论贵贱，是一定要和环境有一些关联的。你存在时，要有人关注。你离去时，要有人牵挂。我固执地认为，漂泊无依和没有归宿感是人生最可怕的状态。

就在这一年，因为一个偶然的机会，我得以在一个叫作白河的县域深入采访。白河是秦岭腹地的山区县，山清水秀，但生存条件异常艰难，有"地无三尺平"的说法。在遥远的过去，这个地方为一碗饭而奋斗，修了很多高耸入云的梯田，其著名的"三苦精神"闻名全国。改革开放之后，这里出台了很多惠民政策，山里人潮水般涌出山外，奔走在打工路上。他们有人失败，有人成功；有人将性命丢在了打工路上，有人开着宝马路虎衣锦还乡。但有一个现象令我颇感兴趣——很多成功者带着大量资金返回家乡，重建家园。我参观过青年王启武在家乡建起的童话般美丽的移民社区；参观过黄治贵在家乡建设的生态茶园；参观过刘和兴创建兴办的规模宏大的汽车制造厂；参观过查文君在深山里兴办的化工厂和现代化农业园区，还参观过一些返乡小老板在高山上兴办的养鸡场、养牛场、孔雀养殖基地、野猪养殖基地，以及规模不小的现代化服装厂。他们的回归，使凋敝的乡村重新焕发了活力，而他们自身也成了乡人

敬重的人物和各级党委政府关注的当代英雄。我和他们中的许多人有过深入交往。我发现，他们出山时，无一例外都是穷得走投无路，且在打工路上九死一生，而后浴火重生打下了江山。他们原是奔着"北上广"的五彩光环去的，成功了却义无反顾地回到了家乡。我问他们，赚了钱，有了在大城市扎根的资本，为何不留在大城市？那里就医条件、孩子上学条件、尤其文化生活要优越很多。他们说，回来有价值感。被人需要，被人敬重，还有这么广阔的天地可以作为，为什么一定要在大城市跟人家挤地盘呢。

我脑海里突然闪过一道亮光。我想，那些北漂们如果换一种思维，也许可以闯开一条更好的生路——一条可以彰显个体生命、实现人生价值的生路。

我想到了作家的天职。我想写一本书，给那些陷入人生黑暗隧道的人指一个可行的命运"出口"。

这就是长篇小说《出口》的创作初衷。

林意琳是我钟爱的小说人物。他天性善良，意重情长，多才多艺，热爱自然，迷恋那种充满人性暖意的农耕文明。现代化都市使他迷失，现实生活使他备受伤害，甚至陷入命运的绝境。一场山里的大雪让他结识了命中的福地"歌风河"，于是，命运发生转机。我满怀深情地让他在这远离闹市的荒僻之地寻找到命运的出口和温馨的爱情，寻找到现代生活的稀缺之物——那种人人内心渴望的叫作"温情"的东西。林意琳的父母也是我钟情的小说人物。他们洁身自爱，一辈子为社会默默奉献，社会却似乎不领情。然而，他们不抱怨、不自弃，而是绝地奋起，和儿子一起成长，一步步艰难地完成着自我改造与自我升华。歌风河村的蒋爷爷、蒋志勇、蒋雪玲、杨瑞花们，更是我寄托理想的人物——他们在商业时代备受伤害，却始终守望着精神高地，坚守着爱情的"上甘岭"，在困苦中互相守望，互施援手，不离不弃。我因而饱蘸笔墨，诗意地歌唱他们。

八零后是我最为关注的群体，他们的生存现状是我最为关注的问题。他们是我们这个时代最为不幸的一个群体：上大学时遇到扩招，就业时被推向市场，该谈婚论嫁时遭遇爱情消解，住房时遇到房改，……每一项，似乎都成了套在他们头上的枷锁，压得他们喘不过气来。作为一个职业写作者，我想为这个群体鼓与呼，想给这个群体以抚慰和歌唱，想给他们寻求另一种人生道路——这条路也许虚幻，也许不大现实，但总是一条"别样"的路——一条能够有尊严的活着的路！

也许有人会觉得，我将农村生活理想化了。每个写作者都有不同的追求。有人喜欢将现实生活撕开来写，血糊淋当不给人一丝喘息的空隙。有人喜欢心怀美好的理想，给人物命运来一点光亮。我倾向于后者。这也许与我的出身有关。我出生在陕西南部美丽的南沙河畔，经历过上世纪五六十年代的苦难，也领受过农耕文明的脉脉温情。且因时光和距离的过滤，乡村生活里那种无法言说的诗意，土地和田野的清新气息，使我一想起来就有种迷醉感。相反，城市优越的生活却往往让我感到窒息。我因而在写到城市生活时，会把人物逼上绝境。而一写到乡村，我就会心生诗意。我觉得，上帝是把一点可怜的神性藏在乡村里的——乡村的荒僻偏远，自然的山川河流，以及光源无法普及的黑暗，留下了种种神秘的空间，供我们冥想和躲藏。我因而让我钟情的小说人物林意琳，从北京到歌风河，经过艰

难曲折的挣扎，最后实现了自己的梦想和追求，在广阔的原野找到了自己命运的出口和灵魂的归宿。可以说，这部小说，是我心里的理想之歌。

《出口》是陕西省委宣传部 2015 年度重点扶持项目。我因而怀着感恩之心，向所有关心、帮助过我的领导和同仁深致敬意。同时，也向西安出版社的领导和本书责任编辑李宗保先生深致敬意。没有他们的关心和帮助，我也许无法完成本书的创作。有人说，文学的时代已经远逝，且永不再来，我深有同感。

2016 年 5 月 16 日